Loch ist eine sehr kleine Kleinstadt im tiefsten Odenwald. Durch den Ort fließt ein Rinnsal, die Rinnach. Nach einem Unwetter wird in eben diesem Flüsschen ein goldenes Amulett mit Drachen-Ornament gefunden. Und sofort ist klar: Es kann sich nur um ein Teil aus dem legendären Hort der Nibelungen handeln, der vor 1600 Jahren bei »Lôche in den Rîn« versenkt wurde. Die Locher sind begeistert: Der älteste Mythos des Landes hat seinen Ursprung in ihrem Heimatort. Die Geschichte Deutschlands muss neu geschrieben werden! Festspiele müssen her! Und ein Hinweisschild! Aber wird das Ganze am Ende vielleicht doch ein riesiger Rheinfall?

»Wunderbar respektlos – nur dort zu lesen, wo man auch lauthals lachen mag.« Neue Presse Hannover

Astrid Ule, in Frankfurt geboren, studierte Ethnologie in Mainz und fand ihre Berufung als brotlose Satirikerin in Berlin: im preisgekrönten TV-Magazin »Kaos«, in kurzlebigen Sitcoms und der Werbung. Heute arbeitet sie als freie Autorin und Lektorin und kann sich auch mal ein Stück Kuchen leisten. Eric T. Hansen begegnete sie auf einer Halloween-Party, wo sie als Marie Antoinette verkleidet erschien. Mit ihm zusammen veröffentlichte sie u.a. sein erstes Buch ›Die Nibelungenreise‹.
www.astrid-ule.de

Eric T. Hansen wuchs in Hawaii auf, wo er seine Leidenschaft für das Mittelalter und für europäische Kultur entdeckte. 1981 verschlug es ihn nach Deutschland – als Mormonenmissionar. Hier studierte er Mediävistik, verließ die Kirche und zog nach Berlin, wo er für Radio Eins, den NDR, The Hollywood Reporter und die Süddeutsche Zeitung schreibt. Astrid Ule erspähte er auf einer Halloween-Party und forderte umgehend ihren Kopf. Lieferbar im Fischer Taschenbuch Verlag: ›Planet Germany‹, ›Deutschland-Quiz‹ und ›Nörgeln! Des Deutschen größte Lust‹.
www.ethansen.de

Unsere Adresse im Internet: www.fischerverlage.de

Astrid Ule · Eric T. Hansen

Nibelungenfieber

Roman

Fischer Taschenbuch Verlag

MIX
Papier aus verantwortungsvollen Quellen
FSC® C006701

Veröffentlicht im Fischer Taschenbuch Verlag,
einem Unternehmen der S. Fischer Verlag GmbH,
Frankfurt am Main, April 2011

Die Erstausgabe ist erschienen
im Scherz Verlag

Gesamtherstellung: CPI – Ebner & Spiegel, Ulm
Printed in Germany
ISBN 978-3-596-17815-5

An all die großen Lokalpatrioten
in den kleinen Städten dieses Landes,
die sich bemühen,
ihrem Heimatort ein unverwechselbares Profil zu geben:
Wir bewundern Sie.

Prolog

DIESE NACHT haben die meisten Menschen im Odenwald als stürmisch in Erinnerung, mit Blitz und Donner und schwerem Regen, durch den man weder sehen noch gehen konnte. Doch in Wahrheit fiel kein einziger Tropfen mehr. Die Wolken hatten alles hergegeben. Weil Hochwasser für die meisten Menschen jedoch von Regen nicht zu trennen ist, dichteten sie auch in jener dritten Nacht des Hochwassers ein Gewitter hinzu. Tatsächlich war die Nacht gestochen klar, als ob der Himmel den Menschen mit Sternenlicht den Weg weisen wollte.

So wird Hannes Westernacher dies auch gesehen haben, als er in seinen Pantoffeln den Hof verließ, anstatt in die warme Küche zurückzukehren, wo eine Scheibe Schweinebraten mit Rotkohl und Kartoffeln auf ihn wartete. Sicher, es war bloß aus der Mikrowelle, doch das allein kann nicht der Grund sein, warum er in die eiskalte Novembernacht hinausstapfte. Auf jeden Fall marschierte er ohne Taschenlampe über die nassen Wiesen zum Wasser.

Warum der Bauer ausgerechnet in jener Nacht zum Fluss wollte, wissen wir nicht. Hatte sich in den fünf Jahren seit dem Tod seiner Frau eine gewaltige Todessehnsucht aufgebaut, der er jetzt, wo er längst bewiesen hatte, dass er ohne seine Ute auskam, nicht mehr widerstehen konnte? Haderte er mal wieder damit, dass sein Sohn sich weigerte, nach Hause zurückzukehren und seinem alten Vater auf dem Hof zur Hand zu gehen? Oder hatte er die Nase voll vom Leben im Odenwald? Bauer Westernacher war zwar im Ort am Fuße des Berges angesehen, doch ab und zu hörte man schon eine gewisse Unzufriedenheit aus seinen Worten heraus. Zum Beispiel über die Lage seines Bauernhofes. Seine Kuhweiden waren zwar biogerecht, dafür aber verdammt steil, und Kühe, wenn auch mit vier Beinen gesegnet, sind nicht die geschicktesten Kreaturen. Wenn, wie es mit einiger Regelmäßigkeit passierte, eine seiner Kühe wieder mal den Hang herunterpurzelte und sich ein oder mehrere Beine brach, musste das teure Vieh eingeschläfert werden. An solchen Tagen war Bauer Westernacher nicht gut auf den Odenwald zu sprechen.

Andererseits konnte es auch einfach sein, dass er bloß seinen Hund Toto suchte.

Die Rinnach ist ein kleiner Gebirgsfluss, eigentlich nichts weiter als ein Bach, und entspringt hoch im Überwald auf dem Berg Tromm. Auf der Höhe des Westernacher-Hofs hat er eine Breite von ein bis zwei Metern. Bei Hochwasser sollte die Rinnach gar nicht so gefährlich sein, doch an der Stelle, wo der alte Hannes stehen blieb, wird der Fluss durch eine Reihe enger Klippen geleitet. Das heißt, in normalen Zeiten wird er hindurchgeleitet; bei Hochwasser wird er hindurchgejagt. Weiter unten im Tal war der Fluss schon über die Ufer getreten, hier brauste er derart durch das Gestein, dass man das Tosen schon zwischen den Bäumen hörte. Eine Erle, die direkt am Ufer wuchs, war bereits unterspült worden und neigte sich gefährlich über die Gischt.

Hier muss Hannes Westernacher etwas im Wasser glitzern gesehen haben, als er in dieser verhängnisvollen Nacht den Fluss erreichte.

Sein Sohn Peter Westernacher fand ihn zwei Tage später.

Unten im Ort räumte eine Kehrmaschine den Schlamm von der Promenade An der Rinnach, und jemand pinselte eine neue Hochwassermarke an die feuchte Rathausmauer. Peter fuhr den Hang hoch in seinem klapprigen, gelben 1998er Citroën Berlingo, durchsuchte Haus und Scheune, telefonierte mit seiner Tante in Wiesbaden, der alten Frau Hammel im Ort, mit dem Kreiskrankenhaus und der Polizei. Keiner hatte Meldung von dem alten Mann erhalten. Auf der matschigen Weide fand er die zertretenen Pantoffeln und wurde nervös. Er wanderte das Gelände ab, in immer größeren Kreisen, bis ihn eine seltsame Ahnung zum Fluss trieb.

Den Hund hörte er schon lange bevor er ihn sah. Der energische Foxterrier kam ihm aber nicht entgegen. Das war seltsam. Noch Wochen später wurde unter den Nachbarn diskutiert, ob der Hund als treu gelten musste, weil er den alten Bauern tagelang nicht verlassen hatte, oder als doof, weil er keine Hilfe geholt hatte. Peter wusste, dass beides stimmte. Wenn diese beiden Eigenschaften in Konflikt miteinander gerieten, rannte Toto so lange bellend im Kreis herum, bis irgendwas passierte. Diesmal hatte es nicht funktioniert.

Im Wasser lag sein Vater: gefangen in den Ästen der umgestürzten Erle, gerade ein Ohr und ein Arm ragten aus dem Fluss, der ihm über Tage und Nächte so zugesetzt hatte. Peter stieg in die friedlich dahinströmende Rinnach. Erst als er näher gekommen war, merkte er, wie seltsam sein Vater im Tod den Arm hielt.

Anstatt sich mit letzter Kraft ins Geäst zu klammern, war es, als ob Hannes krampfhaft versucht hatte, vor allem seine Hand über Wasser zu halten, damit der Fluss ihm nicht wieder nehme, was seine Finger fest umschlossen hielten. Diese Haltung schien Peter so seltsam, dass er damit wartete, die Leiche seines Vaters freizuhieven, und zuerst die Hand untersuchte. Sie war dreckig, und die Fingernägel waren abgebrochen, als ob der alte Mann im Uferschlick nach irgendwas gegraben hätte. In seinen steifen Fingern hielt er etwas. Etwas, das golden glänzte. Etwas, das weder Peter noch überhaupt jemand im Ort je zuvor gesehen hatte.

1.

AN EINEM SONNIGEN SONNTAGMORGEN im Januar brauste ein nagelneuer silberner Audi A6 die kurvige, steile Gemeindestraße Am Zindelfeld entlang und stoppte beim alten Ortsschild am Rand des Überwalds. Zwei Männer mittleren Alters, Fritz-Eberhard und Willi Steiner, warm angezogen mit Steppjacken und Handschuhen, stiegen aus dem Auto, holten Werkzeuge aus dem Kofferraum und gingen daran, das verwitterte Schild zu demontieren.

Auf dem Schild stand:

Willkommen in Loch
»Die Stadt, die nicht unangenehm auffällt«

Das Stadtmotto stammte noch aus den Fünfzigern. Adenauers Devise ›Keine Experimente‹ war damals Programm. Seitdem hatte Loch auch streng nach diesem Motto gelebt. Vielleicht hatten die Locher ihre eigenen Maßstäbe diesbezüglich sogar übertroffen, doch das müssen die Geschichtsschreiber in ein- oder zweihundert Jahren beurteilen. An jenem historischen Tag aber schraubten die Gebrüder Steiner das Schild ab, legten es auf den Rücksitz des Audis und montierten an seiner Stelle ein neues. Dieses trug das Motto:

Willkommen in Loch am Rhein
»Die Stadt, wo der Schatz der Niebelungen begraben liegt«

Fritz-Eberhard Steiner trat einen Schritt zurück, klopfte sich den Mantel ab, schenkte flink zwei Gläser Sekt ein und sprach: »Aufbruch. Das ist es, was ich verspüre, Willi. Weißt du, es gibt einfach Slogans, die die Welt bewegen. ›Ich bin ein Berliner.‹ – ›Ich habe fertig.‹ Und jetzt: Loch am Rhein! Ab heute ist Schluss mit ducken und zuschauen, wie alle Welt an uns vorbeizieht. Prost!«

Mit diesen stolzen Worten weihte Fritz-Eberhard Steiner, 53, Bürgermeister von Loch (FWB – Freier Wählerbund), das neue Schild ein, das für die Stadt eine neue Ära einläuten sollte.

»Recht hast du«, kommentierte nach kurzer Pause Willi, der sieben Jahre ältere Bruder, und nickte. »Das wird uns noch beschäftigen. Wir haben ›Nibelungen‹ falsch geschrieben.«

In der nächsten Stadtverordnetenversammlung brachte Fritz-Eberhard Steiner das Thema einer Schildkorrektur auf den Tisch. Man trank Kaffee mit Schuss und trug Wintermäntel, weil die alte Heizung bei dieser Kälte an ihre Grenzen stieß. Beinahe wäre auch alles glattgegangen, doch diesmal war die Opposition anwesend.

»Ich habe da Bedenken«, sagte Renate Pirsch (SPD), die außerdem Stadtverordnetenvorsteherin war.

»Ich warne Sie, Frau Pirsch«, knurrte Bürgermeister Steiner. »Als wir das Schild bestellt haben, hatten Sie keine Bedenken.«

»Ich war auch nicht anwesend«, zischte sie nicht ohne

eine gewisse Bitterkeit. »Hat sich denn kein Mensch überlegt, was die Nibelungen bedeuten?«

»Ich kann Ihnen genau sagen, was die Nibelungen bedeuten«, erwiderte der Bürgermeister. Diese Frau machte ihn immer irgendwie nervös. Sie hatte die Gewohnheit, sich direkt vor den ausgestopften Hirsch zu setzen, sodass es so aussah, als ob das Geweih aus ihrem Kopf herauswüchse. Sie war nicht nur in der Stadtverordnetenversammlung die Opposition, sie war grundsätzlich Opposition. »Sie bedeuten Touristen, Frau Pirsch. Sie bedeuten, dass wir endlich wer sind. Mein Gott, sie sind wie John Lennon für Paul McCartney, wie der Tiger für Siegfried und Roy. Wir haben hier nichts weniger als einen Teil des historischen Nibelungenhortes gefunden! Das ist ein Geschenk des Himmels. Wenn wir das nicht ausnutzen, verdienen wir es nicht.«

»Nibelungen bedeuten Neonazis«, beharrte Frau Pirsch. »Ein Geschenk des Himmels, sagen Sie? Für die Ewiggestrigen vielleicht. Dann können wir hier gleich ein Wagnerfest aufführen.« Frau Pirsch wusste nicht, dass in ihrer Abwesenheit ein Wagnerfest in Betracht gezogen, dann aber als zu aufwendig wieder verworfen worden war. »Die Neonazis kommen her und erklären uns bald zur ausländerfreien Zone.«

»Wir sind schon eine ausländerfreie Zone«, sagte Fritz-Eberhard. »Hier findet einfach kein Ausländer her.«

»Also wirklich, ich frage mich manchmal, wo wir eigentlich leben.« Frau Pirsch war pikiert.

»Das frage ich mich jedes Mal, wenn ich eine Landkarte aufschlage und unsere Stadt nicht finde«, erwiderte der Bürgermeister. »Eben das versuchen wir jetzt zu ändern. Nicht wahr, die Damen und Herren?«

Nach hitziger Diskussion und mehreren weiteren Sitzungen wurde ein ungewöhnlicher Kompromiss geschlossen. Der Bürgermeister würde sich bemühen, einen Ausländer ins Dorf zu holen, am besten einen Türken. Das war Frau Pirschs Idee. Auch gern einen arbeitslosen Türken. »Besonders sie brauchen unsere Fürsorge«, pflegte sie zu sagen. Und als Vorsitzende des Ausschusses für Soziales, Jugend, Sport, Gleichstellung und Umwelt sowie Leiterin des Arbeitsamtes musste sie es ja wissen. Es wäre nur verständlich, wenn sie sich heimlich darauf freute, endlich mal 15 statt nur 14 Schäfchen in der Kartei zu haben. Unter diesen Umständen würde Frau Pirsch sich mit einem zweiten Schild einverstanden erklären.

Doch damit war es nicht getan. Eine Tür war aufgestoßen worden. Weitere Bedenken gegen das Schild erhoben sich und vermehrten sich schneller und zuverlässiger als eine Lawine.

In der ersten Februarsitzung meldete sich der Vorsitzende des Ausschusses für Finanzen, Städtepartnerschaften und Umwelt Rudi Schuster (FDP), 62, mit einer leicht tatterigen Stimme zu Wort. »Das Geld, das wir heute für ein neues Schild ausgeben, ist vielleicht genau das Geld, das wir morgen dringend brauchen. Dann haben wir nicht nur den Ruf, dass wir nicht buchstabieren können, sondern auch, dass wir nicht haushalten können.«

»Es handelt sich um weniger als hundert Euro«, wandte der Bürgermeister ein. »Wenn irgendwann zum Bau eines Krankenhauses oder einer Feuerwache genau hundert Euro fehlen, wird man an den heutigen Tag zurückdenken!« Erst als entschieden wurde, Angebote von mehreren Herstellern einzuholen und den nachweislich billigeren zu wählen, wandte sich Schuster wieder seinem Kreuzworträtsel zu.

»Ich finde es ehrlich gesagt immer noch leichtfertig, nicht zu warten, bis das Innenministerium in Wiesbaden die Namensänderung genehmigt«, meinte der Vorsitzende des Bau-, Verkehrs- und Umweltausschusses Manfred Hinkel (CDU). »Wir wissen ja noch gar nicht, ob wir den Namen der Stadt in ›Loch am Rhein‹ ändern dürfen. Gestern hat mich meine Frau, die übrigens aus Koblenz stammt, mit Recht darauf hingewiesen, dass wir gar nicht am Rhein liegen.«

»Dass unsere Rinnach der echte Rhein ist, ist historisch bewiesen«, schnaubte Bürgermeister Steiner. »Außerdem, durch das fertige Schild setzen wir Wiesbaden unter Druck. Wir machen Nägel mit Köpfen.«

Fast wäre es dann soweit gewesen, wenn nicht im Moment der endgültigen Abstimmung ein unerwarteter Einwurf die Prozedur unterbrochen hätte: »Ich sehe schon, der Bürgermeister hat euch mal wieder alle um den Finger gewickelt«, ertönte es plötzlich von der Tür.

Peinliches Schweigen breitete sich aus. Es gab wenige Vorwürfe, die die Locher Stadtverordneten tiefer hätten treffen können.

»Wir haben eine Sitzung hier«, sagte Fritz-Eberhard frostig. »Was gibt's? Bringst du Christels Wagen?«

»Steht im Hof«, sagte der KFZ-Meister und Bürgermeister-Schwager Kurt Jannowitz. »Waren die Zündkerzen. Rechnung leg ich in die Diele.«

»Dann kannst du ja wohl gehen.«

»Ist das Streuselkuchen?«, fragte Jannowitz und näherte sich dem Teller mit dem Kuchen, den der Witwer Willi Steiner mitgebracht hatte.

»Kurt!«, erregte sich der Bürgermeister. »Der Kuchen ist nur für Ratsmitglieder. Das ist kein Stammtisch, wo sich jeder dazusetzt.«

»Klar. Ein Stammtisch wäre auch geradezu demokratisch, verglichen mit der Fritz-Eberhard-Show. Ich wette, über dieses komische neue Motto wurde nicht mal abgestimmt, außer zwischen dir und Willi, vielleicht.«

Als Jannowitz endlich mit einem Stück Kuchen in der Hand die Sitzung verließ, ruhten alle Augen auf dem Bürgermeister.

»Ich bin in der Tat unglücklich mit der Wortwahl«, eröffnete Renate Pirsch. »Findet ihr nicht, dass ›Die Stadt, wo der Nibelungenschatz begraben liegt‹, falsch klingt? Besser ist, ›Die Stadt, *in der* der Nibelungenschatz begraben liegt‹.«

»›*In der der*‹?« wiederholte Fritz-Eberhard fassungslos.

»Der Jannowitz hat gar nicht mal so unrecht«, zischte Renate zurück. »Außer Ihnen und Ihrem Bruder hat tatsächlich keiner über das Motto mitbestimmt. Es leben aber mehr Menschen in dieser Stadt.«

»Es geht hier nur um zwei Worte«, argumentierte der Bürgermeister. »Sollen wir die etwa der Bevölkerung zur Abstimmung vorlegen?«

»Warum eigentlich nicht?«, fragte Renate mit jenem furchtlosen Blick, mit dem sie selbst Pitbulls in die Flucht schlagen konnte. »Ein wenig Basisdemokratie könnte dieser Stadt nicht schaden. Oder ist es etwa so, dass Sie befehlen und wir folgen? Wir sollten das Motto der ganzen Bürgerschaft vorlegen, neue Vorschläge entgegennehmen und die wirklich besten Worte aussuchen. Das wäre wahre Demokratie. Überhaupt, wo bleibt eigentlich mein Mitbürger mit Migrationshintergrund?«

»Da müssen Sie sich schon ein wenig gedulden ...«, versuchte Steiner sie zu bremsen, »es braucht Zeit, bis die Stadt für Ausländer bereit ist. Wir haben doch keine Moschee hier.«

»Bis ich meinen Ausländer habe, passiert hier gar nichts«, schwor Frau Pirsch und stopfte dabei wütend ihre Papiere in eine Mappe. »Und noch was: Um eine saftige Bürgerbefragung kommen auch Sie nicht mehr herum.« Mit diesen Worten rauschte sie aus dem Saal. Auf den Fersen folgten ihr der Vorsitzende des Ausschusses für Landwirtschaft, Forsten und Umwelt, Karl Backes (CDU), und Piet Bärweiler (CDU), der Vorsitzende des Ausschusses für Stadtentwicklung, Märkte und Umwelt, die beide schon längere Zeit die Befürchtung hegten, im Falle einer Migration werde Geld vom Stadtfonds für den Bau einer Moschee abgezweigt, wo doch die Stadt ein neues Buswartehäuschen brauchte, und das seit Jahren.

Aus ungeklärten Gründen verließ des Bürgermeisters Sekretärin (parteilos) mit ihnen den Raum.

So kam es, dass die zwei Sätze Ende Februar der Bevölkerung in einem Rundschreiben vorgelegt wurden.

Anfang März wurde das Rundschreiben der Bevölkerung erneut vorgelegt, diesmal mit der Bitte um zusätzliche Vorschläge zu Farbe, Form, Material und Herstellungsverfahren.

In der Zwischenzeit bemühte sich der angeschlagene Bürgermeister redlich um einen Türken, jedoch ohne viel Glück. Auf seine Anfragen bei den Ausländerbeauftragten der Umgebung, er suche einen zuzugswilligen ausländischen Mitbürger, reagierte man mit Befremden. Währenddessen ging im Ort bereits ein Gerücht um, dass die Bürgermeistersippe – so wurden die Steiners genannt –

maßgebliche Details ihres Schilderplans verschwiegen hatte. Welche diese wohl sein könnten, war Gegenstand wilder Spekulationen – und vorherrschendes politisches Thema bis Ostern. Eine Bürgerinitiative wurde gegründet. Eine Petition ging um, in der die Wiedereinsetzung des alten Schildes verlangt wurde. Bis Ende April war die Stadt zu diesem Thema so zerstritten, dass Fritz-Eberhards Sekretärin aus moralischen Gründen in den Streik ging und jeden Tag vor dem Rathaus mit einem Schild demonstrierte, auf dem stand: *Kein Polizeistaat in Loch.*

Das war der Stand der Dinge, als ich am 5. Mai 2002 endlich in Loch eintraf.

2.

IM INTERESSE DER WAHRHEIT muss ich vorab etwas klarstellen. Ich bin kein Auslandskorrespondent der *New York Times*. Es handelt sich um ein Versehen. So. Jetzt ist es raus.

Ich wäre zwar gern der angesehene amerikanische Journalist, für den man mich in Loch am Rhein hielt – einer dieser coolen, globetrottenden Autoren, die in wichtigtuerischen Sonntagmorgen-Presseshows auftreten und mit übergeschlagenen Beinen und ernster Miene unglaublich fundierte Meinungen von sich geben. Doch leider gehöre ich eher zu den Typen, deren Berufsbezeichnung meist mit dem Präfix »Möchtegern-« beginnt. Möchtegernjournalist, Möchtegernautor, Möchtegernglobetrotter.

Es gibt viele wie mich fern der Heimat. Wir entfliehen der engen, provinziellen Mentalität unserer amerikanischen Kleinstadt und streben nach Europa, um uns in der reichen Kultur des alten Kontinents zu baden und unseren bahnbrechenden Roman zu schreiben. Doch bevor wir mit dem Roman richtig in Fahrt kommen, geht uns das Geld aus, und wir nehmen einen Job als Englischlehrer in einer Sprachschule an, wo keiner nach Qualifikationen fragt. Mit anderen Möchtegerns geben wir dann zu viel Geld in Bars aus, wo wir eine sexuell aufgeklärte europäische Frau kennenlernen und irgendwann mit ihr zusammenziehen, und bevor man »Die Vergewaltigung von Europa« sagen kann, beginnt sie, ihren Englischlehrer-Ehemann nach einer Perspektive zu fragen.

Die Art, wie eine coole, sexuell aufgeklärte, europäische Frau nach Perspektive fragt, ist immer ein bisschen anders. Bei Carla ging es in etwa so: »Du, ist mir völlig egal, dass die ersten vierzig Seiten deines Romans seit drei Jahren in der Schublade liegen, für mich bist du tief im Herzen ein Romanautor. Nur das zählt. Aber vielleicht wäre es gut, mal mit was Kleinerem anzufangen. Schreib doch mal einen Artikel für eine amerikanische Zeitung.«

»Ich bin kein Journalist. Journalisten sind Huren. Ich bin Romanautor.«

»Es kann nicht schaden, mal was anderes zu probieren. Nur der Erfahrung halber, meine ich«, sagte sie schnell und fügte ebenso schnell hinzu: »Willst du was aus dem Kühlschrank? Ich habe Ben & Jerry's gekauft.«

Doch das Thema war noch lange nicht vorbei.

»Ein Erfolgserlebnis könnte dir guttun, weißt du? Für jemanden wie dich muss es doch ein Leichtes sein, irgendwelche Artikelchen zu schreiben, die Geld bringen. Das machst du mit links. Und wenn du erst deinen Namen in der Zeitung siehst, wird dir das mehr Antrieb geben für den Roman.«

»So leicht geht das nicht«, sagte ich.

Das war so im Spätsommer. Im November fing es wieder an:

»Ich dachte, du wolltest mal was Einfaches schreiben. Für eine Zeitung.«

»Ich überlege mir das noch.«

Anfang Dezember fand ich einen Haufen amerikanischer Zeitungen auf dem Tisch im Wohnzimmer.

»Ich war am Hauptbahnhof und habe mal bei der Internationalen Presse vorbeigeschaut«, gab Carla überraschend bekannt. »Du glaubst nicht, wie viele Zeitungen es in Amerika gibt. Weißt du was? Ich wette, keine von denen hat einen Korrespondenten hier in Krefeld. Du könnest einen Artikel über Krefeld für den Reiseteil schreiben. So was hatten sie bestimmt noch nicht.«

»So läuft das nicht …«, begann ich, doch da holte sie den Holzhammer heraus:

»Du hörst dich immer mehr wie ein Deutscher an.« Das hatte gesessen.

Kurz vor Weihnachten, als wir aus organisatorischen Gründen bereits seit einigen Tagen wieder miteinander sprachen, drehte sie auf: »Was meinst du, was ich meinen Eltern sagen soll? Du wärst fast fertig mit deinem Roman? Weißt du, wie lange ich das schon erzähle?«

Der große Streit würde kommen. Das wussten wir beide, aber wie so viele Paare schoben wir es so lange wie möglich vor uns her. Warum tut man sich das an? Warum nicht einfach das Ganze im Schnelldurchlauf durchziehen? Sobald sich ein Thema anbahnt, das ganz klar im Streit enden muss – warum nicht umgehend losbrüllen? Dann ist es schneller vorbei. Ich glaube, wir Männer schieben es vor uns her aus Angst, es könnte wehtun. Frauen sind da weniger egoistisch, sie schieben es vor sich her aus Rücksicht auf uns. Denn sie wissen, sie werden gewinnen.

Es war dann in der Silvesternacht. Nachdem wir einander lange genug angeschrien und genügend Türen geknallt hatten, zog ich mich ins Schlafzimmer zurück, schaute der Realität ins Auge und schmiss wütend und trotzig zugleich den Computer an. In 30 Minuten hatte ich einen Artikel über Krefeld heruntergehackt. Nach weiteren 30 Minuten sah der Artikel dann nicht mal halb so schlimm aus. Er lebte von einem starken, heilsamen Zynismus und meinem unbestechlichen Blick auf die piefige deutsche Provinzmentalität. Ich stilisierte ein paar Penner in der Friedrichstraße zu kreativen Rebellen hoch und schloss, das Schönste an Krefeld sei, wie schnell man von hier wegkäme nach Holland. Mit dem Ausdruck in der Hand marschierte ich ins Wohnzimmer, pfefferte ihn vor Carla auf den Couchtisch und sagte: »Schick das an die *New York Times* und schau, was passiert, wenn du glaubst, ich bin irgend so ein billiger News-Reporter.«

Am nächsten Tag erkundigte ich mich bei meiner Sprachschule nach Aufstiegschancen. Es gab keine. Im Gegenteil. Zwei Monate später stellte die Volkshochschule Krefeld ihr Programm um und entdeckte gemeinsam mit mir, dass mein Name nicht mehr darin vorkam.

Als ich an dem Abend arbeitslos, aber mit einem sehr teuren Blumenstrauß nach Hause kam, wartete Carla freudestrahlend mit einem Brief auf mich. Irgendwas hatte sie fröhlich gestimmt, warum sollte ich ihr also die Stimmung verderben? Ich schmiss die Blumen in den Abfalleimer, bevor sie mein schlechtes Gewissen erriet.

»Lies mal!«, sagte sie aufgeregt. Und reichte mir den geöffneten Brief. Adressiert war er an Steve Gunderson, Journalist, *New York Times*, an meine Adresse in Krefeld.

Sehr geehrter Herr Gunderson,

wir sind durch Ihren interessanten Artikel in der *New York Times* auf Sie gestoßen. Imponierend, mit welcher Beobachtungsgabe Sie über eine eher unbekannte Stadt, zumal eine deutsche (!), schreiben. Es ist eine Seltenheit, dass Ausländer, insbesondere Amerikaner (!), über so genaue Kenntnisse unseres Landes verfügen und darüber hinaus so positiv über uns berichten.

Aus diesem Grund hoffen wir, Sie als Kapazität für ein besonderes Projekt gewinnen zu können.

Ein spektakulärer archäologischer Fund weist unserer Stadt seit kurzem eine neue, brisante historische Rolle zu. Jener Goldfund gibt zur berechtigten Hoffnung Anlass, dass der Schatz der Nibelungen in unserer bescheidenen Gemeinde vergraben liegt. Archäologisch gesehen rangiert diese Entdeckung auf dem Niveau der Bergung der *Titanic*. Aus diesem Grund planen wir eine Reihe städtischer Erneuerungsprojekte, einschließlich eines anspruchsvollen Festspiels. Auch wenn ich mich dadurch ein wenig aus dem Fenster lehne, wage ich zu behaupten, dass der Name Lochs in der Öffentlichkeit bald eine ebenso hohe Stellung einnehmen wird wie Bayreuth, Oberammergau und Bad Segeberg.

Für unseren Ort hat damit ein grundsätzlicher Verwandlungsprozess begonnen. Wir laden Sie ein, die einzelnen Projektphasen bis zur Premiere im August mitzuerleben und als Serie wöchentlicher Artikel in der *New York Times* zu dokumentieren. Wir glauben, dass dieses Projekt eine Dynamik aufweist, die auch für eine überregionale Leserschaft von Interesse ist. Natürlich stehen alle führenden Personen der Stadt, einschließlich Bürgermeister Fritz-Eberhard Steiner, Festspielintendant Drafi Becker und Festspielautor Peter Westernacher, für Interviews zu Verfügung.

Sollten Sie diese Einladung annehmen, stellen wir Ihnen in unserem malerischen Stadtzentrum gern Kost und Logis zur Verfügung, ferner selbstverständlich ein Honorar sowie eine angemessene Aufwandsentschädigung für Ihre laufenden Kosten, deren Höhe Sie uns bitte mitteilen möchten.

Auf positiven Bescheid freue ich mich
und verbleibe
mit freundlichen Grüßen,
Wilhelm Steiner, Kurator
Heimatmuseum Loch am Rhein
18. April, 2002

Das war der großartigste Brief, den ich je in meinem Leben bekommen hatte.

Ich war in der *New York Times*!

Mein erster Gedanke war: Scheiß auf Romane. Ein Leben als international berühmter Journalist? Auch nicht schlecht. Ich rief New York an und verlangte den zuständigen Redakteur. Ich faselte etwas von meiner Bereitschaft, regelmäßige Beiträge über Deutschland zu schreiben. »Das ist eine wahre Fundgrube hier, die Dinge, die ich jeden Tag erlebe, das glauben Sie nicht …«

Er sagte: »Wer sind Sie?«

Gut 30 Minuten lang wurde ich hin und her verbunden. Ich konnte geradezu mithören, wie meine Telefonrechnung hochkletterte, aber ich ließ den Hörer nicht los. Endlich landete ich in der Rechtsabteilung:

»Mister Gunderson, gut, dass Sie sich melden. Hier liegt offenbar ein Missverständnis vor. Wissen Sie, es gibt einen anderen Steve Gunderson, der regelmäßig für uns schreibt. Unser Redakteur hat irrtümlich angenommen, der Beitrag käme von ihm, und hat ihn ohne weiteres akzeptiert. Offenbar ohne ihn vorher zu lesen. Hätte er auf die Qualität des Textes geachtet, wäre ihm der Fehler sicher aufgefallen. Dass ein derartiger Beitrag überhaupt in unseren Seiten erschienen ist, hat uns möglicherweise mehr geschadet, als Sie sich vorstellen können. Der Redakteur ist beurlaubt worden. Von dem echten Herrn Gunderson liegt uns eine Beschwerde wegen Rufmords vor. Wir arbeiten daran, dass es nicht zu einer Anzeige kommt. Wenn Sie mir Ihre Adresse geben, werde ich Ihnen ein vorgedrucktes Formular zukommen lassen, in dem Sie bitte klarstellen wollen, dass Sie wissentlich einen Beitrag unter dem Namen Steve Gunderson eingereicht haben und dass die alleinige Schuld sowie jede rechtliche Konsequenz bei Ihnen liegt. Wir bitten Sie, dieses Schreiben zu unterzeichnen und umgehend zurückzusenden. Haben Sie sonst noch Fragen?«

»Nein. Doch. Bekomme ich den Artikel bezahlt?«

»Der Scheck ist schon an Herrn Gunderson rausgegangen und eingelöst worden.«

Es folgten ein paar sehr dunkle Wochen meines Ehelebens. Als ich Carla irgendwann von meinem Jobverlust erzählen musste, dachte ich schon, sie würde mich umbringen, aber sie hatte dafür keine Kraft mehr. Immerhin kam kein Wisch von der *New York Times*: Schon während des Gesprächs, das sie am Hörer mitbekam, war sie klug genug, mir per Handzeichen mitzuteilen, ich solle eine falsche Adresse angeben, und ich war klug genug, ihren Vorschlag zu befolgen.

Irgendwann fiel mir ein: Da war doch was.

Ich suchte nach dem Brief aus Loch. Da stand es ja: Kost und Logis und genug Geld, um meine Miete … etc.

»Wie willst du denn eine Serie in der *New York Times*

unterbringen?«, fragte Carla, die von der Konfrontation mit der Zeitung noch mehr mitgenommen war als ich. »Oder willst du die Leute da nur hinhalten und das Geld kassieren?«

Ich zuckte mit den Achseln.

»Das wäre Betrug, das weißt du, oder?«

»Nicht nur das«, sagte ich. »Es wäre Betrug auf allerniedrigstem Niveau. Ich finde die Stadt nicht mal auf der Landkarte.«

»Vielleicht brauchst du eine bessere Landkarte.«

Als ich in Worms am Rande des Odenwaldes ankam, wo es eigentlich bessere Landkarten der Region zu kaufen geben müsste, stellte ich fest: Auch auf einer Landkarte mit größerem Maßstab gibt es die Stadt Loch nicht.

Es half nichts, Herrn Steiner im Rathaus anzurufen, denn das Rathaus war nur drei Tage in der Woche besetzt. Meine einzige Hoffnung war, mit öffentlichen Verkehrsmitteln schnell genug nach Loch zu gelangen, wo mich der Bürgermeister sicher großzügig zum Essen einladen würde, bevor ich verhungerte, denn ich hatte zum Frühstück nur Cornflakes gehabt und aus finanzieller Umsicht im Zug nichts gegessen außer den restlichen Cornflakes aus der Packung von heute Morgen, die ich in letzter Minute geistesgegenwärtig ins Gepäck gestopft hatte. Und die war jetzt fast leer.

Ich schleppte mein Gepäck über die Bürgersteige zum Wormser Busbahnhof und wartete drei Stunden, bis ein Bus kam, der nach Michelstadt fuhr. Michelstadt war auf der B47 und 30 oder 40 Kilometer von der Stelle entfernt, wo Loch eigentlich ungefähr hätte sein müssen. Von dort aus sollte ein weiterer Bus nach Loch fahren. Als ich endlich in Michelstadt ankam, war es bereits früher Abend. Von den vier Menschen, die ich fragte, wussten drei überhaupt nichts von Loch. Der vierte sagte: »Loch? Da gibt's keine reguläre Verbindung mehr. Da kann Ihnen höchstens der Eckhart helfen. Er ist Schulbusfahrer.«

»Wie erreiche ich ihn?«

»Er wohnt am Kirchfeld. Klingeln Sie einfach, der kennt das schon.«

Ich erwischte den Schulbusfahrer beim Abendessen. Das Erste, was mir an ihm auffiel, war, dass er heftig schielte. Ich hatte ständig das Bedürfnis, über die Schulter zu gucken, wenn er sprach. Eine Stunde später saßen wir in seinem Schulbus. Ich zahlte den Tarif von € 4,30, nahm als Einziger im Bus direkt hinter ihm Platz, und wir fuhren los. Es ging direkt in den Wald hinein, bergan. Die Bäume zogen still und unheimlich in der Dunkelheit vorüber. Wir passierten ein hell erleuchtetes Telefonhäuschen. 30 Minuten später fuhren wir noch einmal daran vorbei.

»Wo liegt denn Loch genau?«, erkundigte ich mich.

»Es geht hier irgendwo links ab«, sagte er zuversichtlich und deutete dabei rechts aus dem Fenster.

Als ich zum dritten Mal das Telefonhäuschen nahen sah, fragte ich so höflich wie es ging: »Kann es sein, dass wir im Kreis fahren?«

Er hielt an. »Wissen Sie was? Loch ist gar nicht auf meiner Route. Ich mache das nur Ihnen zuliebe. Besser, Sie steigen hier aus.«

Ich stieg aus und blätterte im Telefonbuch. Die gute Nachricht: Loch stand drin. Die schlechte Nachricht: Taxis gab es dort nicht. Seltsamerweise war meine Stimmung nicht schlechter als zuvor. Zu Fuß hatte ich genauso gute oder schlechte Chancen. Ich ging los. Eine Stunde später fand ich eine Straße, die links abging. In dem Moment fing es an zu gießen.

Bis ich den Bauernhof erreichte, war ich völlig durchnässt. Meine billigen Koffer hatten mehrere Kilo Wasser aufgesogen, meine Turnschuhe fühlten sich an wie zwei Badewannen. Es war nach Mitternacht, als ich in die Einfahrt einbog. Das Haus war dunkel und still. Vielleicht wartete schon jemand hinter der Tür mit einer Schrotflinte. Dann fiel mir glücklicherweise ein: Wir sind in Deutschland. Keiner ist bewaffnet. Ich klopfte an die Tür. Keine Antwort. Ich klopfte ans Fenster. Stille. Ich ging um das Haus herum, und dort sah ich es: ein Fahrrad. Ein Damenrad, ein altes Ding. Ohne Schloss. Mit Gepäckgummi.

Schuldig des Diebstahls und vermutlich der Dummheit fuhr ich ein paar Minuten später bedenklich wackelnd und mit Gepäck überladen – ein Koffer hinten, ein Koffer vorn, ein Rucksack auf den Schultern – aus der Einfahrt und bog wieder in die Landstraße ein. Es war eine eiskalte Frühlingsnacht. Dunkle Klumpen von dreckigem Schnee säumten noch die Straßenränder. Am Himmel begann es zu donnern. Bald musste ich schieben. Nicht, weil das Rad einen Platten hatte. Das störte mich nicht. Sondern, weil der Weg nach oben führte und ich keine Kraft mehr hatte. Es war nach ein Uhr. Das Gepäck fiel vom Fahrrad in den Matsch. Ich lud es wieder auf und ging weiter. Es war 1.20 Uhr. Das Gepäck fiel wieder runter. Ich zurrte es fest und schob weiter. Es war 1.25 Uhr.

Um 2.50 Uhr näherte ich mich einem Schild. Ich wartete auf einen Blitz und konnte die Worte erkennen:

Willkommen in Loch am Rhein
»Die Stadt, wo der Schatz der Niebelungen begraben liegt«

Plötzlich ging es steil bergab, und ich sprang aufs Rad. Ich schlitterte in eine scharfe Kurve, vorbei an einer Mauer mit der Aufschrift *Grabstein Lederer* in mannshohen Lettern, kreuzte einen Schotterweg, der irgendwo in die Finsternis führte, verlor einen Koffer, was mich aber nicht lange aufhielt. Es folgten eine heruntergekommene Kneipe mit Plastikflamingos vor der Tür und einer ausrangierten Harley-Davidson-Chopper auf dem Dach; eine geschlossene Tankstelle aus den sechziger Jahren; mehr Wald; eine Reihe dunkler Einfamilienhäuser, einige enge Kurven und ein Sturz mitten auf der Straße, die plötzlich nur noch aus Pflastersteinen bestand, vor mir ein Brunnen mit einem seltsamen Untier obendrauf, umringt von sieben bis acht malerischen Fachwerkhäusern, ein Marktplatz offenbar, eine Kirche mit einem Uhrentürmchen und einem Schild neben der dunklen Tür: Rathaus. Mit verzweifeltem Automatismus klingelte ich. Irgendwo bellte ein Hund. Eine Minute später hörte ich eine Stimme aus dem Hof neben dem Rathaus: »Wer ist da? Was gibt's?«

Ich ging um die Ecke und sah im angeschlossenen Nebenhaus im zweiten Stock ein hell erleuchtetes Fenster, aus dem ein Mann lehnte.

»Mein Name ist Gunderson …«, stammelte ich.

»Christel!«, rief der Mann ins Zimmer, »Christel, die *New York Times* ist da!«

3.

IN DIESER NACHT träumte ich vom Frühstück.

Ich träumte von enormen, fliegenden Erdbeeren, auf denen ich ritt, wie Münchhausen auf der Kanonenkugel. Meine Aufgabe war es, sie durch stürmische Zuckerbrisen in ein riesengroßes Erdbeermarmeladenglas zu steuern. Am Himmel zogen weiße Wolken aus Quark vorüber, und es regnete Gänseblümchen. Sie fielen auf dicke Käsebrote. Ich wollte gerade genüsslich in mein Marmeladenbad eintauchen, da – peng! – knallte ich gegen den Glasrand und flog durch die Luft. Ich landete beim Jüngsten Gericht. Ich träume öfter mal vom Jüngsten Gericht, und ich wusste schon, wen ich da zufällig antreffen würde. Und siehe da, tatsächlich: Neben Gott stand mein alter Großvater, auch noch in seiner Armeeuniform. Gott hörte ihm aufmerksam zu. Vor Gericht stand nämlich Deutschland selbst, das ganze Land, und mein Großvater hielt gerade sein Schlussplädoyer. Er war der Meinung, Gott solle das ganze Land zum Teufel schicken. Und als er seinen Bericht beendet hatte, sah Gott nicht besonders amüsiert aus.

»Hör nicht auf ihn, Gott!«, flehte ich den Herrn an. »Er war im Zweiten Weltkrieg hier und ist befangen. Außerdem hält er alle Deutschen für linke Schlaffis und will, dass ich endlich nach Hause komme.«

Gott blickte mich streng an. »Nenne drei gute Gründe,

warum ich Deutschland nicht schnurstracks zur Hölle schicken soll.«

Ich überlegte. Keine einfache Frage.

»Nenne mir zwei Gründe!«, donnerte er mir ungeduldig entgegen.

»Gib mir eine Minute«, flehte ich Gott an.

»Ein Grund! Nenne mir einen Grund, oder es ist ein für alle Mal aus und vorbei.« Gott hob den Hammer. Er ließ ihn niedersausen. Einmal ... zum zweiten Mal ... endlich hörte ich mich mit aller Kraft rufen:

»Das Frühstück, o Herr! Bedenke das Frühstück!«

Er hielt inne. »Da könnte was dran sein«, sagte er nachdenklich. »Sie machen ein verdammt gutes Frühstück.«

Ich erwachte mit knurrendem Magen in einem Bett, das so flauschig und bequem war wie zu Großvaters Zeiten, und freute mich auf das, was unten in der Küche auf mich wartete. Von allen Ländern dieser Erde hat nämlich nur Deutschland das Prinzip des Frühstücks richtig verstanden.

Für uns Amerikaner ist Frühstücken eine morgendliche Erledigung neben Duschen, Katze füttern, unter dem Bett nach der Krawatte suchen und auf den Nachbarn schimpfen, der mal wieder die Zeitung geklaut hat. Es soll uns Kraft für den Tag geben und sonst nichts.

Das große Essen kommt erst am Abend – es ist die Belohnung für getane Arbeit. Die Deutschen dagegen fangen schon frühmorgens an, sich zu belohnen. Für sie ist Frühstück ein Fest, als ob sie die Tatsache feiern, dass sie aufgestanden sind; es ist das Nachspiel zum Sex, auch wenn es gar keinen Sex gab; es ist eine Volksreligion, bei der sie sich mit dem Kosmos vereinen –

wie eine Frühmesse, die auch noch lecker ist. Und es ist die einzige Religion, an der sich alle Deutschen beteiligen. Schwarz geschminkte Gruftis diskutieren den Tod beim 4-Minuten-Ei; Punks spucken auf die Gesellschaft bei frischer Erdbeermarmelade auf warmen Brötchen; die RAF plante den Umsturz des Kapitalismus bei Croissants, gutem Filterkaffee und Orangensaft mit einem Schuss Sekt.

Als ich vor Jahren zum allerersten Mal in Deutschland erwachte – ich habe meine Frau Carla in Amerika kennengelernt und bin ihr ins Ausland gefolgt –, verwöhnte sie mich gleich mit dem perfekten Frühstück. Es war riesig. Allein die Auswahl verwirrte mich: Der Tisch bog sich dermaßen unter Brötchen und Croissants, Käse, Salami und Marmeladen, Honig, Müsli und tropischen Früchten, Rühreiern mit Schinken und frisch gepresstem Orangensaft, dass ich ständig erwartete, dass noch mehr Gäste kommen würden. Und so ging es weiter, jeden Morgen, und ich dachte schon: Deutschland, hier lässt sich's aushalten.

Bis wir verheiratet waren. Nach der Hochzeit hörte es schlagartig auf. Wenn ich heute vorsichtig andeute, wie toll es doch wäre, aufzustehen und da wartet schon ein üppiges deutsches Frühstück auf einen, bin ich der Chauvi, der zu faul ist, sich selbst ein Brot zu schmieren.

Aber hier in Loch würde alles anders werden. Hier würde ich jeden Tag das perfekte Frühstück bekommen. Das hatte ich schon in der Nacht zuvor mit dem Bürgermeister abgemacht. Hier war ich ein VIP, und ein VIP kriegt sämtliche Wünsche von den Augen abgelesen, das gehört sich so.

Mein Handy klingelte, als ich gerade unter der Dusche stand. Irgendwie weiß Carla immer, wann der geeignete Zeitpunkt ist.

»Na? Wie geht es meinem Cowboy?«

»Schlecht, aber nur weil es mir heute Nacht zu gut ging«, beichtete ich.

»Heute ist ein besonderer Tag …«, begann sie bedeutungsschwanger. »Es gibt gute Nachrichten.«

»Mein Gott, du bist … Carla, egal was kommt, ich will das Kind behalten.«

»Andere gute Nachrichten«, kicherte sie.

»Gott sei Dank. Was denn?«

»Ich hab was ganz Verrücktes gemacht, und eben habe ich deswegen Bescheid gekriegt. In der Post. Ich muss nochmal anrufen, aber ich glaube, es klappt.«

»Kannst du nicht etwas deutlicher werden?« Ich schüttelte den Schaum vom Hörer.

»Nein, nein. Ich will es nicht verderben. Ich erzähl dir alles heute Nachmittag«, sagte sie mit einer Stimme, die so zufrieden klang wie lange nicht mehr. »Wo ist übrigens dein Ehering?«

»An meiner Hand natürlich … Also wirklich!«

»Und dass er mir auch schön da bleibt«, betonte sie. »Du wirst schon bald ein paar junge, ehrgeizige Schauspielerinnen kennenlernen, die zu einem internationalen Theaterjournalisten besonders nett sein wollen. Diese Kleinstädte wimmeln doch nur so vor hübschen Frauen, die es raus in die große Welt zieht.«

»Keine Sorge, es wird hier furchtbar langweilig werden. Ich habe schon einen Vorgeschmack bekommen. Da brauchst du dir keine Sorgen zu machen.«

Das war eine Lüge. In der Nacht hatte der Bürgermeister ein leuchtendes Beispiel für die Locher Gastfreundschaft abgegeben. Es war ein Empfang gewesen, wie ich ihn mir erträumt hatte.

Ich erinnere mich an das warme, freundliche Licht, als endlich die Tür aufging, das große Hallo und Händeschütteln, die Pfütze Regenwasser, die ich in der Diele hinterließ. Der Bürgermeister Fritz-Eberhard Steiner entschuldigte sich für sein schlechtes Englisch, seine Frau Christel entschuldigte sich für das schlechte Wetter. Hinter ihnen schimmerten Holzdecken, ich sah Fachwerk, eine Reihe kleiner Hirschgeweihe an der Wand. Ihr Mann griff mein Gepäck, und unter Vorwürfen, warum ich denn nicht angerufen hätte, man hätte mich doch am Bahnhof in Worms abholen können, wurde ich eine knarrende Treppe hoch Richtung Gästezimmer geführt. »Christel bringt Ihnen ein Handtuch, Sie können sich etwas Frisches anziehen. Dann will ich Ihnen unbedingt etwas zeigen. Es kann nicht bis morgen warten! Christel, haben wir einen Morgenmantel für den Herrn?«

Der Bürgermeister von Loch wartete im Flur, als ich zehn Minuten später mit trockenen Haaren in einem weinroten Morgenmantel aus dem Gästezimmer trat. Er trug genau den gleichen Mantel. Zudem war er – und das mitten in der Nacht – frisch geschrubbt, rasiert und parfümiert. Ein gepflegter Mann war das. Anfang 50, sah aber wie 40 aus. Er achtete auf seine Erscheinung. Und sein Kiefer bearbeitete Kaugummi – das sichere Zeichen eines Nikotinabhängigen.

Ich folgte ihm den Gang entlang durch eine Tür, die von seiner Wohnung direkt in das Treppenhaus des angeschlossenen Rathauses führte, und von dort in sein Büro.

Die alten Holzdielen knarzten unter unseren Füßen. Die dicken Balken des alten Fachwerks waren freigelegt. Jede Ecke war anders gestaltet – in einer stand sein Schreibtisch, in der anderen war eine Bibliothek, dort zwei Lederohrensessel und ein runder Tisch mit einer Karaffe und zwei Gläsern. Hier setzten wir uns. Dann wickelte er sein Kaugummi in ein Tempo-Taschentuch und goss uns einen Schnaps ein.

Er hob sein Glas. »Willkommen in Loch«, sagte Bürgermeister Fritz-Eberhard Steiner, »der Stadt, von der man noch hören wird. Ich freue mich, dass Sie hier sind, Herr Gunderson. Prost!« Wir schlürften gemeinsam – und rissen die Augen auf, kniffen sie fest wieder zu und ließen ein lang gedehntes »Aah …« entweichen. »Echter Locher Fallobstschnaps«, erklärte er. »Von unseren Streuobstwiesen. Der beste der Welt. Kriegen Sie nur hier bei uns.« Es brannte bis in meine Schuhe.

»Wir Hessen und Amerikaner müssen zusammenhalten«, meinte er jovial. »Das ist doch Tradition seit eurem Unabhängigkeitskrieg. Unser Kurfürst hat euch damals Tausende von Soldaten zur Verstärkung geschickt, wussten Sie das?«

Das ist genau der Grund, warum die Hessen mich immer ein bisschen nervös machen. Damals haben sie nämlich auf der falschen Seite gekämpft – gegen uns. Sie haben diese Kleinigkeit vergessen, wir nicht. Wenn wir »Hessen« hören, denken wir nicht an ein Land, sondern an *Sleepy Hollow*, die allererste amerikanische Horrorstory – und an den »galoppierenden Hessen«, das mörderische Gespenst eines enthaupteten Offiziers, der nachts durch die Gegend reitet auf der Suche nach seinem Kopf.

»Waren Sie überrascht, von uns zu hören?«, fragte er

mit einer gewissen Genugtuung in der Stimme. »Ich wette, Sie haben uns nicht mal auf der Landkarte gefunden. Habe ich recht?«

Genau dieses Thema wollte ich höflicherweise eigentlich nicht ansprechen. Er lachte, als ich nickte.

»Eine kleine Stadt wie unsere hat es schwer, sich zu behaupten. Es wäre so leicht aufzugeben. Manchmal sehne ich mich richtig danach. Aber ich tue es nicht, weil ich weiß, irgendwann lohnt es sich, und wissen Sie was, Mr *New York Times*? Diesmal ist es so weit. Allein dass Sie hier sind, zeigt mir das. Die *New York Times* hat den richtigen Riecher. Nicht wie unsere deutschen Zeitungen, nicht wahr.« Er sagte »nicht wahr« ohne Fragezeichen. »Die *Wormser Zeitung* hat nichts außer Hohn und Spott für uns übrig. Willst du mal sehen? Ich darf doch ›du‹ zu dir sagen, oder?«

Er goss mir noch einen Schnaps ein, und ich spürte ein warmes wohliges Gefühl in mir aufsteigen. Ich mochte, dass er keine Scheu hatte, den Mund zu voll zu nehmen. Ich mochte, dass er mich duzte, auch wenn ich keine Ahnung hatte, wie ich darauf reagieren sollte. Deutsche glauben grundsätzlich, wir Amis sprechen uns sofort mit Vornamen an, was nicht stimmt, und glauben nicht eine Sekunde lang, dass sie uns mit ihrer Duzerei zu nahe treten, wir aber sind unsicher, ob wir sie zurück duzen dürfen. Es gibt nur eine Lösung: Wir sagen weder »Du« noch »Sie«, sondern »Man«: ›Was hält man eigentlich von der Gesundheitsreform? Man könnte mal zusammen ins Kino gehen. Will man noch einen Keks?‹

Der Bürgermeister zog einen Leitz-Ordner mit der Aufschrift »Presse« aus einem Regal und legte ihn mir vor. »Hier. Das einzige Mal, dass ich in der *Wormser Zei-*

tung abgebildet bin. Eine Karikatur. Habe ich so eine Wampe?« Er drehte und wendete sich vor mir hin und her.

»Im Gegenteil, man ist doch recht in Form.«

»Worms! Was ist Worms? Stimmt doch, dass Worms auf Englisch *Würmer* bedeutet, oder? Eine der wichtigsten Städte der Region und heißt *Würmer*! Schreib das in deinem Bericht. Das interessiert die Amis ganz sicher.« Schwer ließ er sich in seinen Ledersessel fallen. »Weißt du überhaupt, was die Nibelungen sind, Mr *New York Times*?«

»Keinen blassen Schimmer.«

Er lachte. »Ich auch nicht. Niemand versteht die Nibelungen, und trotzdem sind sie der wichtigste Mythos der Deutschen. Er dreht sich um einen Schatz, der in grauer Vorzeit in den Fluss ›Rin‹ versenkt wurde. Er wurde nie gefunden. Im letzten Jahr nach dem Sturm aber ist ein Teil des Schatzes in unserer Rinnach aufgetaucht. Eine Art Amulett. Komm mal mit.«

In einer anderen Ecke seines Büros stand eine brusthohe Vitrine, die mit einem Tuch verhüllt war. Er knipste einen Lichtschalter aus und einen anderen an. Mit einem Summen erloschen die Deckenlampen. Das einzige Licht war das goldene Leuchten, das nun unter dem Tuch hervorschimmerte.

»Pass gut auf – was du hier zu sehen bekommen wirst, das ist ein Wunder, nichts weniger«, prophezeite der Bürgermeister und zog das Tuch fort.

Unter dem Glas lag das sagenumwobene Amulett. Ich näherte mich neugierig. Es machte seinem Namen alle Ehre. Es zeigte ganz eindeutig einen sterbenden Drachen, aus dessen Brust ein Schwert ragte.

»Das ist das Original«, sagte er. »Dem Gutachter in der

Schweiz haben wir eine exakte Kopie geschickt.« Er schloss die Vitrine auf. »Nimm es mal in die Hand.«

Das Amulett war etwas größer und dicker als eine 2-Euro-Münze. Es war schwer und schön und rätselhaft. Es war absolut zeitlos. Und es war so golden, dass mich das urzeitliche Bedürfnis überkam, einmal richtig herzhaft hineinzubeißen.

»Wo dieses Amulett herkommt, da ist noch mehr«, sagte Fritz-Eberhard Steiner und nickte bekräftigend. »Es hat die ganze vergessene Geschichte Lochs wieder zutage gebracht. Die Nibelungen waren hier, und wir hatten ja keine Ahnung …« Hörte ich richtig? Zitterte seine Stimme? »Das ist ein Gefühl, als ob du plötzlich erfährst, du hast einen reichen Onkel in Amerika und er hat dir alles vererbt. Oder du entdeckst, dass es den Nikolaus wirklich gibt. In dem Moment, wenn du nicht mehr glaubst, genau dann geschehen Wunder.«

Er schloss das Amulett ehrfürchtig wieder ein.

»Weißt du, was das bedeutet, Steve? Diese Nibelungen waren ein stolzes Völkchen, und wir werden es wieder sein. Wir kommen bald als Nibelungenstadt ganz groß raus. Kennst du Schliemann? Der Mann hat nur einen Fehler gemacht: Er hat Troja nicht in Deutschland gefunden.«

Als er meinen verdutzten Blick sah, erläuterte er:

»Wenn Troja in Deutschland gelegen hätte, dann hätten die Deutschen so viel Selbstbewusstsein gehabt, dass sie die beiden Kriege nie angezettelt hätten. Oder – sie hätten sie gewonnen. Loch ist das deutsche Troja, Steve. In hundert Jahren – und merk dir, dass ich das gesagt habe, schreib ruhig mit – in hundert Jahren gibt es nur noch drei Städte, über die die Welt spricht – New York, Peking und Loch.«

Das war der Moment, in dem ich begriff, dass der Bürgermeister von Loch verrückt war.

»Heute schreibst du noch Artikel, Steve, aber diese Geschichte – das wird ein Weltbestseller.« Er schlug mir auf die Schulter. »Und weißt du was? Troja haben sie auch verfilmt. Die Nibelungen sind noch größer. Hollywood wird hierherkommen. Sie werden wissen wollen: Wie sieht er aus, der Bürgermeister von Loch? Ich finde ja, ich habe Ähnlichkeit mit Bruce Willis, nicht wahr. Noch einen Schluck?«

Er brachte mich zum Gästezimmer zurück. Als er an der Tür fragte, was er mir noch Gutes tun könne, kam es wie aus der Pistole geschossen: »Frühstück.«

»Jetzt?«

»Ich kann bis morgen warten. Wenn es richtiges Frühstück ist. Das perfekte Frühstück.«

»Du wirst sehen, Steve, dass der Locher was von Gastfreundschaft versteht. Und jetzt gute Nacht. Grüß mir New York, Steve. Sag den New Yorkern, dass wir da sind. Sag ihnen, wir haben keine Skyline, aber einen Wasserturm, im Mondlicht ist es das Schönste, was du dir vorstellen kannst. Wir haben keinen Central Park, aber wir haben die Schmetterlingswiese vom alten Schmidt, im Sommer blühen da die Lupinen, da wirst du verrückt. Diesmal klappt es, Steve. Wenn nicht, stehe ich schon wieder als Spinner da, nicht wahr. Aber diesmal gelingt es, ganz sicher. Gute Nacht! Morgen geht's los, da präsentieren wir dich auf der Pressekonferenz!«

Carla hatte recht. Es könnte sich schon die eine oder andere Gelegenheit ergeben. Als Journalist in eine fremde Stadt zu kommen, weit weg von zu Hause, und dort wie ein Star aufgenommen zu werden … das ist schon inspirierend. Man spürt eine gewisse Freiheit. Es liegt Abenteuer in der Luft. Man ist wer. Alles ist möglich. Nicht, dass ich vorhatte, die ganze Zeit jungen Schauspielerinnen nachzusteigen. So einer bin ich nicht. Andererseits bin ich auch nicht so richtig athletisch, und ich weiß nicht, wie schnell ich laufen kann, sollte die eine oder andere mir nachstellen.

Ich musste mich damit abfinden: Die nächsten dreieinhalb Monate würde ich wie ein König leben. So eine Chance kommt nur einmal im Leben, und es wäre ratsam, sie voll auszukosten. Jeden Morgen das perfekte Frühstück. Jeden Abend ein Gelage im örtlichen Gasthaus mit dem Bürgermeister. Mittags vielleicht ein Spaziergang in den Bergen des Odenwalds, man muss schließlich in Form bleiben für all die wilden Partys mit den örtlichen Künstlern, die einen weltgewandten Reporter umwerben wollen. Welcher Kleinstadthengst kann damit konkurrieren?

Also schaute ich der harten Realität ins Gesicht, und bevor ich das Zimmer verließ, um Loch zu erobern, legte ich meinen Ehering liebevoll auf dem Nachttisch ab. Ich war froh, dass ich Carla hatte. Manchmal hat sie wirklich gute Ideen.

Auf meinem Weg zur Küche – immer dem Kaffeeduft nach – stieg meine Laune im gleichen Maß wie meine Vorfreude. Ob es wohl selbstgemachte Erdbeermarmelade gab? Frischgebackene Hörnchen? Nutella gar? Mir lief das Wasser im Munde zusammen.

Ich war so in Gedanken, dass ich vor der Küche beinahe in einen fremden Mann hineingerannt wäre.

Er stand in der Diele. Er sah genauso aus wie der Bürgermeister, nur etwas massiger, wahrscheinlich über 60 und komplett ergraut. Er lächelte mich an und reichte mir die Hand:

»Herr Gunderson! Ich bin Willi Steiner, der Bruder vom Hardy.«

›Hardy‹ war, wie ich später erfuhr, der Spitzname des Bürgermeisters.

»Willkommen in Loch«, sagte der pensionierte Geschichtslehrer. »Wir freuen uns alle so, Sie kennenzulernen. Ich bringe sie gleich zum Gemeindehaus. Die Proben stehen erst am Anfang – es ist uns gelungen, einen berühmten Regisseur aus Hamburg zu gewinnen, aber er ist noch nicht da –, trotzdem hat sich die Schauspielertruppe spontan entschlossen, Ihnen ein kleines Ständchen vorab zu bringen.«

Hinter ihm flatterte Christel um den Frühstückstisch herum wie ein nervöser Vogel. »Er muss doch was essen!«, argumentierte sie.

»Aber schnell!«, sagte Willi. »Sie haben zu lange geschlafen, mein Guter! Wir wollen doch die Schauspieler nicht enttäuschen.«

»Es dauert ja nicht lange«, meinte Christel.

Das war ein schlechtes Zeichen. Mit einer gewissen Vorahnung ging ich wortlos an Willi vorbei zum Küchentisch. Und da sah ich es: das perfekte Frühstück.

Das heißt: das perfekte amerikanische Frühstück. Eine Schüssel Cornflakes.

»Ich bin extra heute früh nach Erbach gefahren, um sie zu holen«, erklärte Christel stolz. »Damit Sie sich hier auch zu Hause fühlen. Milch ist schon drin.«

4.

WILLI STEINER ÖFFNETE DIE TÜR. Die Sonne strömte mit einer Wucht herein, dass ich nahezu geblendet wurde. Ich trat hinaus wie durch ein Tor zu einer anderen Welt, und ich sah es: Loch. Die Stadt, in der Sonne, in den Bergen, unter dem blauen Himmel und der frischen Luft – es war wie … Mein lieber Herr Geheimrat, dachte ich, das ganze Städtchen ist von einem fanatischen Märchenbuchillustrator erbaut worden.

Es war eine Puppenstuben-Welt, umkränzt von bunten Fachwerkhäusern, gelb, grün und rot, durchzogen von schwarzen Balken mit neckischen Schnitzereien: Das Café, das urige Gasthaus Landsknecht, das Rathaus selbst, die paar Läden am Platz, ein wenig abseits die Kirche mit der Uhr oben im Türmchen. Der gepflasterte Hauptplatz beschrieb einen weiten Kreis, und in seiner Mitte gurgelte ein Brunnen, genauer gesagt gurgelte eine sitzende Kuh, die im hohen Bogen Wasser in einen Trog spuckte. Sogar der mobile Döner-Imbiss neben dem Brunnen war im Fachwerkstil gestrichen.

Wenn Städte Kuscheltiere wären, wäre Loch der niedlichste Teddybär, den es je gegeben hat. Alle Welt sollte sein wie Loch, dachte ich, trunken von dem Anblick: Es gäbe kein Leid mehr; Menschen, die in solch einem Niedlich-Paradies leben, können einfach nicht streiten.

»Na, kommen Sie, ich zeige Ihnen unsere Stadt«, sagte

Willi Steiner und deutete auf den Platz vor uns: »Das ist unser Blatsplatz.«

»Platzplatz?«, fragte ich.

»Nicht ›Platzplatz‹, sondern ›Blatsplatz‹.«

»Blatzblatz?«

»Nein, ›Blatsplatz‹, mit weichem ›b‹ am Anfang und scharfem ›p‹ am Ende.«

»Platzblats?«

»Nicht Platzblats, sondern Blatsplatz.«

»Und zu Weihnachten gibt's dann hier sicher einen Blatsplatzplätzchenbackwettbewerb?«

Er schaute mich skeptisch an, als ob er schlagartig erkannte, dass ich ihn durch den Kakao ziehe und dass nicht alle höflich interessierten Menschen auch wirklich höflich sind, und ich dachte: Jetzt bin ich zu weit gegangen, jetzt habe ich aus einem Freund einen Feind gemacht – bis er sagte: »Das ist eine wirklich gute Idee.«

Ich ließ mich um den Platz herumführen. Es war merklich wärmer geworden. Wir schlenderten am nagelneuen Döner-Imbiss vorbei (»Auch wir sind Teil der Welt«), an diversen Pflanzenkübeln (»Zur Verkehrsberuhigung«), an der Sparkasse (»Früher war das eine Volksbank«), an der Kirche (»eine der ersten protestantischen Kirchen der Region«) und an diversen Läden (»Wir pflegen zu sagen, hier kriegt man alles, nur nicht das, was man braucht«). »Übrigens«, sagte er zwischendurch, »Ihr Buch ist heute morgen angekommen.«

»Welches Buch?«

»Wissen Sie gar nicht, dass Sie Buchautor sind?«

Aha! »Aber sicher weiß ich das. Ich fragte: welches Buch? Ich habe ja mehrere geschrieben.«

»Das kann ich gar nicht sagen – ich weiß nur, es wurde

im Rathaus abgegeben. Hardy hat erst letzte Woche herausgefunden, dass Sie auch Buchautor sind, und gleich ein Exemplar in Erbach bestellt für die Pressekonferenz nachher.«

Jetzt war ich auch noch Buchautor. Es wurde immer besser.

Er führte mich um das Rathaus herum, an dem Fahrrad vorbei, das noch an der Wand lehnte, und hinter das Rathaus, wo wir eine Brücke betraten, die über einen kleinen, hübschen Bach führte.

»Die Rinnach«, sagte Willi ehrfürchtig. »Wissen Sie, bei uns in der Schule lernt jedes Kind, was im *Nibelungenlied* über den Ort geschrieben steht, wo der Schatz versenkt oder begraben wurde: *Ze Loche in den Rin. Nibelungenlied,* Aventiure 19, Vers 1137.« Seine Stimme wurde aufgeregter. »Nun, ich habe eine Landkarte von 1601 in meinem Büro, und darauf wird die Rinnach ganz klar als ›*Rin*‹ bezeichnet. Unsere Rinnach ist der ›*Rin*‹.«

»Mir hat man gesagt, die Nibelungensage wäre ein Mythos.«

»Nur weil es die Nibelungen nie wirklich gab, heißt das nicht, dass der Schatz nicht existiert«, erklärte Willi gewichtig. »All die Jahre hat man im Rhein gesucht und keiner wusste, dass er hier bei uns liegt. Irgendwo in diesem Fluss, einige Kilometer flussaufwärts, wartet er auf uns.«

Ich war beeindruckt, was man alles aus ein paar Worten in einem alten Buch und auf einer alten Landkarte zusammenkonstruieren kann. Das zeugte von einer Menge Phantasie.

»Das war es«, sagte Willi, »das war die Stadtführung«, und wir gingen wieder von der Brücke herunter.

»Ging vorbei wie im Flug«, meinte ich.

Es kroch eine bedrohliche Hoffnung in seine Stimme: »Wenn Sie mehr sehen wollen – ich bin gerade im Begriff, ein Heimatmuseum aufzubauen – im Gemeindehaus, wo wir sowieso gleich hingehen. Ich könnte Ihnen …«

Ich suchte verzweifelt nach einer Ausrede, um bloß keine Führung durch ein Heimatmuseum ertragen zu müssen, als direkt neben mir gänzlich unerwartet eine Stimme ertönte.

»Die Truppe wäre dann soweit«, sagte die Stimme: »Wir können Herrn Gunderson empfangen.«

Der Mann war komplett aus dem Nichts erschienen: ein eifriger, kleiner Mann, etwas stämmig, mit Stupsnase, aufgerissenen Augen und einer servilen Art. In meinem Alter, vielleicht etwas jünger. Ich kannte diese Typen: Kein Rückgrat, keine Persönlichkeit. Typen, die sich bei anderen dranhängen, weil sie nichts Eigenes zustande bringen. Wie zum Beispiel bei einer Theatertruppe, als, sagen wir, Assistent. Oder bei einer angesehenen Zeitung, obwohl sie gar keine richtigen Journalisten sind. Ich mag solche Typen nicht.

Der kleine Mann gab mir die Hand, grinste mich stolz an und sagte: »Herr Gunderson, willkommen in Loch. Wir haben exklusiv für Sie eine kleine Kostprobe von unserem Stück vorbereitet. Wir würden uns freuen, es Ihnen präsentieren zu können.«

Irgendwas lief hier falsch. Kaum kam ich an, wurde ich schon von einem Assistenten zum nächsten gereicht wie ein ungeliebtes Weihnachtsgeschenk. Ein VIP lässt sich nicht so einfach herumreichen. Ich musste ein Zeichen setzen.

»Wissen Sie, es ist vielleicht hier nicht so Sitte, aber in

New York präsentiert man einem Theaterkritiker niemals auch nur irgendwas, wenn er nichts im Magen hat außer einer Portion Cornflakes.«

Bevor ich noch ein Wort sagen konnte, war der Assistent mit tausend Entschuldigungen »schon mal vorgegangen«, und wir saßen in der Sonne vor dem Café Hell, bei einer anständigen Tasse Kaffee und einem leckeren Stück Streuselkuchen, den uns die Frau Sinner brachte. Eine der großen Freuden, die man als Amerikaner in Deutschland genießt, sind die Namen. Von einer Frau Sünderin im Café Hölle bedient zu werden, das erlebt man nicht überall auf der Welt, auch wenn ich nur irritierte Blicke erntete, als ich einen Teufelsbraten mit Oblaten bestellte.

»Eins muss ich Sie noch fragen«, gestand ich Willi. »Über die Geschichte der Nibelungen.«

»Was wollen Sie wissen?«

»Wovon handelt sie eigentlich genau?«

Willi lachte wie sein jüngerer Bruder. »Das ist eines der großen Rätsel der deutschen Kultur. Wer die deutsche Seele verstehen will, muss die Nibelungen verstehen. Aber niemand weiß, worum es geht. Das ist das Schöne an der deutschen Seele.«

Ich hatte keine Ahnung, wovon er sprach. Also probierte ich es auf meine pragmatisch-amerikanische Art. »Hat die Geschichte, sagen wir, einen Helden?«

»Aber klar – das ist Siegfried. Er ist der Ur-Deutsche.«

»Und was macht so der Ur-Deutsche?«

»Er wird ermordet.«

Willi schien nichts dabei zu finden, dass die größte Tat des größten deutschen Helden war, dass er stirbt.

»Sie müssen Siegfried als Symbol verstehen«, erläuterte

er. »Die Nibelungensage sagt uns, wer wir sind, wo wir herkommen – sie ist der Garten Eden der Deutschen, verstehen Sie? Nur mit viel mehr Blut. Stellen Sie sich vor: Adam mit langen blonden Haaren und gut gebaut, wie Arnold Schwarzenegger, nur stärker, und er hat ein Schwert und kann damit umgehen, aber schon verantwortlich, verstehen Sie – nie würde er einen Drachen einfach so töten, er muss provoziert werden. Und Kriemhild ist die Eva. Sie ist blond und schön und kann auch gut kochen, und zusammen müssen sie gegen die Widrigkeiten des Paradieses kämpfen.«

»Widrigkeiten im Paradies?«

»Vergessen sie die Schlange nicht.«

»Aber klar«, meinte ich und nahm den letzten Bissen Kuchen.

»Überhaupt«, sagte Willi, »das Nibelungenlied ist vor allem für das Blutbad am Ende berühmt. Das Blut fließt nur so, es ist wunderbar. Als Adam von dem Teufel – das ist Hagen – ermordet wird, schwört Eva Rache und heiratet Attila, den Hunnenkönig, und sie befriedigt ihn im Bett so sehr, dass er alle umbringt, auch den Teufel und die drei Könige. Für mich ist Hagen Hitler und Attila ist … nein, Moment. Attila ist eher Hitler. Hagen ist mehr wie George W. Bush – er tut nur das, was er für richtig hält, aber er macht alles nur noch schlimmer. Und der Priester, den Hagen in den Fluss wirft, ist Martin Luther, und Volker der Minnesänger ist Goethe, und Wärbel und Swämmel sind Marx und Engels, und Brunhild ist diese Frau aus *Basic Instinct*. Und bevor sie sterben, trinken sie alle ihr eigenes Blut, weil der gesamte Garten Eden brennt. Haben Sie noch Fragen?«

»Nein«, sagte ich verwirrt. »Jetzt ist alles klar.«

Schon die ganze Zeit musste ich aus irgendeinem Grund an das Buch denken, das ich angeblich geschrieben hatte. Ich hatte das dumpfe Gefühl, dass ich mehr darüber wissen sollte. Zumindest den Titel des eigenen Buchs sollte man kennen.

»Sollen wir dann mal, Herr Gunderson? Die Schauspieler warten.«

Willi führte mich über den Platz und in eine Seitengasse bis zu einem dreistöckigen Neubau, Typ Achtzigerjahre-Klotz, der seine nackte Funktionalität mit einem auf dem Dach montierten Wintergarten und einer überwältigenden Anzahl grün gestrichener Fenster wettzumachen versuchte. Er angelte einen riesigen Schlüsselbund aus der Hose, aber bevor er ihn benutzen konnte, ging die Tür von selbst auf, und da war schon wieder der Strahlemann von Assistent. »Willkommen in Loch, Herr Gunderson«, meinte er abermals.

Da konnte ich nicht widerstehen. Ich wandte mich an Willi: »Wissen Sie was? Jetzt bin ich doch neugierig. Sie sagten, Sie planen hier ein Heimatmuseum?«

Wir ließen den mit einem tragischen Ausmaß an Geduld verfluchten Assistenten unten im Flur vor dem Mehrzwecksaal stehen und stiegen durch die Stahl-, Plastik- und Beton-Welt der 80er-Jahre-Architektur die Treppen hinauf bis zum Dachgeschoss. Ich bin noch heute froh, dass ich darauf bestand. Hinter einer Stahltür tat sich eine andere Welt auf. Es war Willis Welt. Und Willis Welt war vor allem … Zeugs. Der Raum war zur Decke mit – es gibt kein besseres Wort – Zeugs gefüllt. Dem meisten Zeugs konnte ich auf Anhieb weder Zweck noch Namen zuordnen.

»Das«, sagte Willi stolz, »ist meine Sammlung. Eines

Tages bringe ich all diese Dinge in einem Heimatmuseum unter. Das ist mein Traum.«

Auf einem offenen Regal lagerten mehrere Dutzend Objekte, die entweder riesige Äpfel waren oder recht ungewöhnliche Hüte in der Form riesiger Äpfel – in allen Größen und Farben, manche mit Würmern, die rausguckten, manche angebissen, andere in der Form von Baumkronen mit einem Apfel drin.

»Ach, die Kronen«, sagte er. Bei deren Anblick überkam Willi eine süße Sehnsucht, die ihm ins Gesicht geschrieben war. »Als ich ein Kind war, hatten wir jedes Jahr das schönste Fallobstprinzessinnenfest, das Sie sich vorstellen könnten. Unsere erste Fallobstprinzessin wurde 1912 gekrönt: Maria Blats.«

»Ach … Blats?«

»Ja, das war für die Maria eine große Sache. Für alle Mädchen war es das. Maria Blats hat in die Zeppelin-Branche eingeheiratet und ist später in der Sächsischen Schweiz von einer Klippe gestürzt. Wir nennen sie die Grace Kelly von Loch.«

Willi machte ein Fotoalbum auf und zeigte mir ein Schwarz-Weiß-Foto nach dem anderen: lauter stolze, schöne und blutjunge Bauernmädchen, die in falsche Bäume, in riesige falsche Äpfel und in Kisten voller riesiger falscher Äpfel gesteckt worden waren. »Wir haben die Kronen aller Fallobstprinzessinnen hier, außer aus den Jahren 1939–1945«, meinte der alte Mann und wies hinter sich.

Loch feiert heute das Fallobstprinzessinnenfest nicht mehr, weil es zu gefährlich war. »Es war wie ein Fluch, schrecklich«, raunte Willi. Vielleicht neun von zehn Fallobstprinzessinnen sind nach der Krönung gefallen oder ausgerutscht. Die jeweilige Verletzung der Dame wurde auf der Rückseite des Fotos notiert: gebrochene Zehen, Knöchel, Nasen und Beine. »Es ist gar nicht leicht, mit so einem künstlichen Baum auf dem Kopf rumzulaufen und darunter auch noch hohe Absätze zu tragen«, gab Willi zu bedenken. »Ich könnte das nicht. Irgendwann mussten wir es einstellen. Den Mädchen zuliebe. Es war eine sehr unpopuläre Entscheidung. Komisch, nicht? Alle wussten, höchstwahrscheinlich würden sie verletzt aus dem Rennen gehen, trotzdem würde heute noch jedes Mädchen in Loch antreten, wenn es könnte.«

Neben einem Paar durchgelaufener Sportschuhe stand ein silberner Pokal mit einem Foto von dem Sieger und offenbar einzigen Teilnehmer des Locher Marathons, der bei tiefster Nacht ins Ziel kam. »Und das war der kleinste Marathon der Welt«, erklärte Willi stolz.

»Meinen Sie nicht der ›kürzeste‹?«

»Nein, nein, er war schon 42 Kilometer lang, Sie Witzbold! Wir sind halt eine der kleinsten Städte Deutschlands, da dachten wir, wieso machen wir nicht den kleinsten Marathon der Welt? Die Strecke führte 210-mal um den Blatsplatz herum. Fast neunhundert Läufer sind gekommen aus dem ganzen Odenwald. Es wäre auch toll gewesen, hätte es nicht dieses Gedränge gegeben. Die meisten sind einfach wieder gegangen. Die, die nicht niedergetrampelt wurden. Nur dieser hier – der hat so lange ausgehalten, bis der Blatsplatz geräumt war, und dann konnte er laufen. Dafür hat er gewonnen.«

Doch das Rätselhafteste waren die Taubenteile: Ein riesiger, salbungsvoll blickender Taubenkopf ragte bis an die Decke, der Taubenkörper ruhte still daneben wie ein großes weißes Ei – nur ein schwarzes Kreuzchen zeigte an, wo hinten war – und die Taubenflügel lehnten an der anderen Wand wie übergroße Autotüren aus Federn. »Ist das die größte Taube der Welt?«, fragte ich ahnungsvoll.

»Nicht nur die größte Taube der Welt«, korrigierte mich Willi, »sondern die größte Friedenstaube der Welt. Das war 2000. Wir wollten die größte Friedensdemo der Welt veranstalten. Für den Umzug – 65 Kilometer durch den Odenwald bis nach Worms – haben wir diese Taube aus Pappmaché konstruiert, hier im Gemeindehaus.« Willi seufzte vor Nostalgie. »Es wäre schön gewesen, das Schönste, was wir je gemacht haben. Wissen Sie, das Geheimnis ist, möglichst viele Promis anzulocken. Was haben wir Einladungen rausgeschickt! Der Einzige, der gekommen ist, war Günter Wallraff, aber keiner hat ihn erkannt.«

»Und wieso ist die Taube … tranchiert?«

»Um sie durch die Tür zu kriegen, mussten wir sie zerlegen, und danach konnten wir sie nicht mehr rechtzeitig zusammensetzen, die Zeit hatten wir nicht. Also haben wir nur den Kopf vor dem Zug hergetragen. Aber es war nicht alles umsonst – wir benutzen das gleiche Design für den Drachen im Nibelungenfestspiel.«

Wir waren bei einer langen Vitrine angelangt, die die ganze hintere Wand dominierte und voller verwitterter Objekte in allen Farben und Formen war. »Und das hier? Geht das auch auf Ihre Kappe?«

Willis Kinn zitterte, wenn er aufgeregt war, und seine Stimme wurde piepsig. »Nun, ich habe schon als Kind angefangen, auf den Feldern hier in der Nähe zu graben.«

»Sie sind Archäologe!«

»Ach, höchstens Hobbyarchäologe«, meinte er bescheiden. »Aber ich habe einige sehr alte Funde gemacht – sogar aus der Steinzeit.«

Langsam war ich von dem Kerl wirklich beeindruckt. »Was denn?«

»Steine.«

Er zeigte auf einen Stein, der erstaunliche Ähnlichkeit mit einem ungelenken Knetprodukt aus Kinderhand hatte. »Dies zum Beispiel ist eine Speerspitze«, meinte er, »und das hier ist ein Pfeil.« Der Pfeil sah genauso aus wie die Speerspitze. Willi machte weiter. »Das dort ist ein Faustkeil. Und da ein Messer.«

»Sind Sie sicher?«, unterbrach ich. »Für mich sieht es aus wie eine Speerspitze.«

»Nein, das ist definitiv ein Messer. Und hier sehen wir mehr.«

Er hatte in der Tat eine imponierende Sammlung von Zeugs aus jeder Epoche gesammelt.

»Ich vertrete die Ansicht, dass Loch seit der Steinzeit durchgehend besiedelt war«, erklärte Willi.

»So alt ist Loch?«

»Uralt.«

»Aber dann muss ja noch einiges da sein … Mauerreste? Höhlenmalereien? Gräber?«

»Das ist alles sicher da, wir haben es bloß noch nicht gefunden. Es ist unwegsames Gelände, in den Bergen. Bis jetzt haben wir nur die Müllhalde gefunden.«

»Müllhalde?«, fragte ich pikiert.

»Ein Archäologe weiß, dass eine Müllhalde das Ergiebigste ist, was man sich wünschen kann«, erläuterte er milde. »Paläste und Burgen werden ja mit neuen Bauten ersetzt und das Alte daran wird weggetragen und verschwindet. Aber eine Müllhalde wächst und wächst – da findet man alles.« Ich wies auf seine Funde. »Und wo befindet sich diese Müllhalde?«

»Nun, eigentlich überall. Was glauben Sie, wie oft ich gerufen werde, wenn mal wieder die Straße aufgerissen wird … Die Bauern sammeln nach dem Pflügen die Steine für mich ein …«

Langsam begriff ich. »Wollen Sie sagen, ganz Loch war seit der Steinzeit eine Müllhalde für irgendeinen Nachbarort?«

Willi scharrte mit dem Fuß. »Manche vertreten diese Meinung, ja. Daher auch der Name, Loch …« Er räusperte sich. »Ich selber bin kein Anhänger dieser These. Ich glaube fest daran, dass Loch mehr als eine Müllhalde war. Irgendwo hier muss eine Burg gewesen sein, die schon früh durch Steinschlag oder Erdrutsch verschüttet wurde. Eine reiche, verschwenderische Burg. Ich habe sie noch nicht gefunden, aber ich suche noch. Auf jeden Fall war irgendwas hier, das zeigt schon der Fund des Amuletts. Die Nibelungen wussten von Loch. Irgendetwas haben sie hier gemacht.«

»Ihren Müll entsorgt?«

»Es ist ein schwieriges Feld.«

Mir wurde schlagartig klar, dass ich Loch unterschätzt hatte.

Ich war davon ausgegangen, dass ich keinesfalls einen Artikel über ein so piefiges Kaff in der *New York Times* oder sonstwo veröffentlichen könnte, selbst wenn ich ein etablierter Journalist wäre. Wer interessiert sich schon für den Größenwahn einer gottvergessenen Kleinstadt? Von Anfang an vermutete ich, dass Loch mit seinem Festspiel und dem ganzen Nibelungenkrams scheitern würde. Weit gefehlt! Nach Willis kleiner stolzer Führung war mir klar, dass Loch nicht nur scheitern würde, es würde grandios scheitern.

Und das war eine Story, die selbst ich verkaufen könnte. Vielleicht nicht an die *New York Times* – es gibt schon genug amerikanische Kleinstädte, die sich lächerlich machen –, aber an eine deutsche Zeitung schon. Nicht von ungefähr ist das Wort »Schadenfreude« ein deutscher Begriff. Wer sagt, die Deutschen hätten keinen Humor, hat sie noch nicht über andere lachen hören.

Ich musste lediglich die Augen offenhalten. Ich musste nur dabei sein, mehr nicht. Also zückte ich meinen Notizblock und spitzte die Ohren, als der Assistent demütig erneut klopfte, und sagte zu Willi: »Ich bin so weit! Es kann losgehen!«

Und als wir im Erdgeschoss ankamen und der Assistent die Doppeltüren des großen Mehrzwecksaals auseinanderschob, bot sich mir in der Tat ein wundervoller Anblick.

Da standen sie, die Nibelungen, wie man sie sich vorstellt: rund zehn Germanen, die Männchen in dunklen Fellen und schwarzem Leder, die Weibchen in bunte, verwaschene Seidengewänder gehüllt, einige bäuerliche Figuren dazu in Leinen, ihre Haare unbändig lang, ihre Augen wild, ihre Köpfte behelmt, gehörnt, bezopft und gekrönt, und bis an die Zähne mit Speeren, Schwertern, Keulen, Morgensternen, Messern, Schilden und Harnischen gewappnet.

Das war der erste Eindruck.

Doch gleich darauf entdeckte ich die Bikerstiefel mit den unpraktisch hohen Absätzen, die kajalumrandeten Augen und die aufgemalten Tattoos, die schwarzen Superman-Capes, die silbernen Nieten und überflüssigen Reißverschlüsse auf schwarzem Leder … Das waren keine Mittelalterkönige, das waren eindeutig Demon, Starchild und Space Ace von Kiss.

Und da drüben? Das lange Gewand, die Blumen im Haar, die durchsichtigen Flatterschals, die an ihr herumhingen wie die Federn eines nicht ganz gerupften Huhns; und neben ihr, die Dame im silbernen Glitzerhosenkostüm mit tiefblauem Lidschatten, gefedertem Haar, das dank tonnenweise Haarspray oder vielleicht doch Zauberei wie ein Heiligenschein vom Schädel abstand: Es waren einerseits die Prinzessinnen Kriemhild und Brunhild, andererseits waren es definitiv Bonnie Tyler und Cher.

Da stand auch der Schönling Siegfried, in einem gelben, bauchnabelfreien Piratenhemd mit Rüschen über der Brust, einer engen Diskohose und mit schnittig geföhnter Vokuhila-Mähne: Ah, Bon Jovi, ich dachte schon, dich sehe ich nie wieder. Ein wenig verlebt siehst du aus, alter Junge!

Und majestätisch fett, mit wallender Haarpracht, mit Ledermanschetten an den Handgelenken und das Hemd dummerweise bis zum Bauchnabel offen – das war theoretisch der Bösewicht Hagen und dessen beeindruckendes Brusthaar, doch praktisch war es kein anderer als der stolze Meat Loaf.

Als sie mich erblickten, hoben sie wie ein Mann ihre Speere und Schwerter, und wie aus einer Kehle begrüßten sie mich mit einem ordentlichen Kriegsschrei:

»Nibelungenheil!«

5.

ICH SPÜRTE DIE BEKLEMMENDE und zugleich befreiende Atemlosigkeit; ich hörte das Knistern der zum ersten Mal anprobierten Kostüme, roch den zarten Duft des Make-ups, die Chemie des Haarsprays und den würzigfrischen Angstschweiß der Darsteller. Elektrisch aufgeladene Spannung flutete in Wellen über mich. Ah, Theater! Gibt es was Herrlicheres auf der Welt? Das Licht wurde gedimmt, die Bühnenscheinwerfer leuchteten auf; Willi schob mir einen Stuhl unter den Hintern, und der Assistent schlug den Gong.

Die große Darstellung der Locher-Rockstar-Revival-Truppe konnte beginnen:

Im Hintergrund ist, etwas zusammengepfercht, ein Bergfried zu sehen sowie eine riesige Taube aus grün gefärbtem Toilettenpapier mit einem nicht ganz überzeugenden Drachenkopf aufgepfropft. Die Liebenden Siegfried/Bon Jovi und Kriemhild/Bonnie Tyler stehen davor.

BONNIE TYLER:
Oh Siegfried, geh nicht jagen mit Hagen.
Es träumte mir, du kämest nicht zurück. Jagen
bringt Unglück über die Welt. Der Geist des
Waldes und die Tiere sagten mir: Lass den Wald
Wald sein.

BON JOVI:
Ich gehe zu Hagen! Jagen!

BONNIE TYLER:
Aber damit greifst du in die Natur ein –
für Sport! Du sollst nicht zum Vergnügen töten,
sondern nur zum Überleben.

BON JOVI:
Ich gehe zu Hagen! Jagen!

Da erscheint Meat Loaf auf der Bühne in beeindruckender Lederkluft mit einem großen Totenschädel auf der Brust.

MEAT LOAF:
Süße Kriemhild, ich pass' auf deinen Siegfried
auf. Wir sind wie Brüder – unter Adligen gibt
es kein' Verrat. Er wird heil wiederkehren aus
dem Wald.

Jetzt treten die drei Könige auf: Demon, Starchild und Space Ace, die offenbar mit Hagen unter einer Decke stecken:

SPACE ACE:
Nur zu, Siegfried! Wenn du Hagen zeigen kannst,
wie gut du jagen kannst, wirst du bei uns im Adel
akzeptiert!

DEMON: *(zu Kriemhild)*
Hör nicht auf deine zarten Mädchenträume –
hör auf uns Männer, wir wissen, was läuft …

STARCHILD:
Es kann ihm nichts passieren, liebe Schwester.
(kichert)

BONNIE TYLER:
Ihr habt sicher recht, ich bin nur eine Frau. Ach, ich muss mehr auf die Männer hören, die mit kalter Logik denken. Doch wieso sagt nur immer wieder eine Stimme tief in mir, dass genau das falsch ist?

BON JOVI:
Ich gehe zu Hagen! Jagen!

Alle Schauspieler verlassen die Bühne; es werden zwei Pappbäume vor den Bergfried geschoben; Bon Jovi und Meat Loaf kehren auf die Bühne zurück und tragen diesmal tote Tiere über der Schulter.

BON JOVI:
Ich habe dich geschlagen, Hagen. Obwohl es mir wehtat, das freie, glückliche Wild zu töten. Akzeptierst du jetzt, dass ich der Stärkste bin?

MEAT LOAF:
Das hast du hiermit bewiesen. Nur noch einen letzten Wettkampf will ich mit dir machen. Wer als Erster die Quelle dort erreicht – gewinnt. Der ist der männlichste Mann!

BON JOVI:

Ich kann nicht widerstehn! Auch wenn ich mein', die Stimmen der Naturgeister zu hören, die mir raunen – Geh nicht zum Wasser hin! – tue ich es doch, um Männlichkeit zu beweisen.

Es kommt, wie es kommen muss: Bon Jovi bückt sich über die Pfütze – einen Spiegel –, und in dem Moment rammt Meat Loaf ihm einen Speer genau zwischen Brust und rechten Arm. Bon Jovi bäumt sich auf, schreit, stolpert nach links, stolpert nach rechts, nochmal nach links, ich dachte schon, Meat Loaf würde ihm den Speer noch einmal in die Brust rammen müssen, aber nach einer Weile sinkt der arme Bon Jovi doch noch zu Boden.

MEAT LOAF:

Und wer ist jetzt der männlichste Mann, Siegfried? Haha! *(Höhnisches Gelächter.)*

Ich musste mir die Lachtränen aus den Augen wischen. Das Lachen hatte ich unterdrücken können, die Tränen nicht. Willi, der neben mir saß, klopfte mir mitfühlend auf die Schulter. »Nimmt einen ganz schön mit, gell?«

»Wie hat es Ihnen gefallen?« Dieser Assistent hatte offenbar die Fähigkeit, aus dem Nichts zu erscheinen.

»Wie könnte es mir nicht gefallen? Hier ist offenbar ein Genie am Werk.«

»Wirklich?« Der Assistent strahlte plötzlich eine übernatürliche Dosis Hoffnung aus.

»Ich dachte schon, die Deutschen wären gar nicht in der Lage, über sich selbst zu lachen!« Ich war begeistert.

»Die Deutschen? Lachen?« Der kleine Mann war irritiert.

Mir wurde klar, dass ich das Stück schleunigst loben sollte. Das hätte ich sicher auch geschafft, wenn mir in dem Moment nicht eingefallen wäre, an wen mich der Assistent die ganze Zeit erinnerte. Klein, etwas stämmig … diese großen, runden Augen … »Aber natürlich!«, platzte es aus mir heraus. »Elton John!«

»Warum lachen Sie jetzt?«, fragte Elton John verwirrt.

»Ach, nichts«, winkte ich ab. »Sie haben das sicher schon oft gehört … das mit Ihrer Ähnlichkeit …«

»Meiner Ähnlichkeit mit wem?«

»Na, mit Elton John!«

»Wie bitte?«, fragte Elton John.

»Sie wissen schon … *Candle in the Wind*? Haha!« Ich klopfte mir auf die Schenkel.

Es herrschte eine Totenstille. Nur Elton Johns Gesicht wurde noch finsterer.

»Ich meine das natürlich als Kompliment«, warf ich hastig ein.

»Auszusehen wie Elton John ist ein Kompliment?«, fragte Elton John.

»Wo ich herkomme, schon«, log ich. »In Amerika ist Elton John total beliebt! Wer aussieht wie Elton, der hat einen Schlag bei den Frauen, aber hallo.«

»Ich verstehe.«

»Stimmt wirklich. Ich wünschte, ich würde aussehen wie Elton John.«

»Was Sie nicht sagen.«

»Wie ist eigentlich Ihr Name?«, fragte ich verzweifelt. »Wir sind uns noch gar nicht vorgestellt worden. Steve Gunderson.«

»Ich weiß, wer Sie sind«, sagte Elton John kalt. »Ich habe heute schon zweimal versucht, Ihnen die Hand zu geben …«

Ich wollte gerade irgendwas sehr Weises sagen, um die Situation zu retten, aber erstens fiel mir nichts ein, und zweitens drehte sich der kleine Mann um und ging.

Willi hatte mittlerweile die Darsteller in Gruppen aufgeteilt, sodass ich meine Interviews mit ihnen durchführen konnte. Also versuchte ich, den eingeschnappten Elton John zu vergessen und mich darauf zu konzentrieren, so zu tun, als ob ich mir Notizen mache.

»Ich spiele einen Drachentöter«, meinte Bon Jovi, der Siegfried-Darsteller.

Der Mann machte wirklich Eindruck auf mich. Seine blonde Vokuhila-Mähne war zwar eine Perücke, aber darunter trug er genau die gleiche Frisur. Außerdem hieß er wirklich Siggi und war Wirt einer Bikerkneipe namens »Waldschlösschen«. Er hatte eine eindrucksvoll gegerbte Indianerhaut (ich tippte auf Solarium im Keller – oder Fahren ohne Helm) und eine dunkle Raucherstimme. Obwohl er bestimmt schon um die fünfzig war, schimmerte immer noch der Sunnyboy in ihm durch. »Siegfried ist die coolste Rolle. Die beste Szene ist die, wo ich den Drachen töte. Er spuckt Feuer. Wollen Sie mal sehen?«

Ich folgte ihm auf die Bühne, vorbei an diversen Burgzinnen und Mauerresten und schaute mir den Drachen aus der Nähe an. Er war ebenfalls aus Pappmaché und hatte die Form einer riesigen, pummeligen Taube mit kümmerlichen Flügeln und langgezogenem Hals, der Kopf immens angeschwollen, das Maul in stummem Protest aufgerissen, die in eine dicke grüne Soße gefallen war.

Bon Jovi klappte die Flanke des Untiers auf und steckte seinen Kopf hinein. Innen war eine Art Kabine. Er fummelte eine Weile darin herum und gab dann enttäuscht auf. »Die Jungs haben hier tolle Spezialeffekte eingebaut, aber ich weiß nicht, wie man sie aktiviert.«

»Ich dachte, der Stadtbaurat Hinkel hat die Taube … äh, den Drachen gebaut?«

»Nee, das war der Sohn vom Hinkel, der Henner.« Siggi wies durch die offene Seitentür in einen Requisitenraum, wo mehrere farbbekleckerte Jugendliche sägten, hämmerten und pinselten, was das Zeug hielt.

»Henner Hinkel?« Jetzt fehlte nur noch Gustav Gans.

»Soll ich ihn holen?«

»Später vielleicht.«

»Aber das mit dem Drachen ist echt die beste Szene«, sagte Siggi begeistert. »All dieses Zeugs mit den Naturgeistern und das Gelaber von Kriemhild – ›Geh nicht!‹, ›Ich gehe!‹, ›Geh nicht!‹, all das – das ist erst der Anfang. Erst am Ende wird es richtig cool, wenn ich den Drachen töte.«

»Töten Sie den Drachen nicht am Anfang?«

Siggi lachte. »So was wie der Drachenkampf muss natürlich als Höhepunkt kommen.«

Ich war verwirrt. »Also kommt die Waldszene, die wir gerade gesehen haben, ganz am Ende?«

»Ich sterbe doch nicht am Ende. Ich bin der Held. Der Drache stirbt, nicht ich.«

»Aber wir haben doch gerade gesehen …«

»Nein, nein, das ist nicht am Ende, die Waldszene

kommt mittendrin. Dann geht das Stück weiter, Kriemhild und Hagen bekriegen sich, dann kommt der Höhepunkt, das ist da, wo ich den Drachen töte. Und dann kommt das Ende, und ich bin der Held. Weil ich Kriemhild vor dem Drachen gerettet habe.«

»Stehen Sie denn … nach der Waldszene wieder auf?«

Jetzt hatte ich Siegfried verwirrt. Was gar nicht so leicht war.

»Fragen Sie mich doch so was nicht«, sagte er verzweifelt. »So weit sind wir noch nicht.«

Ohne Make-up sahen die drei Könige – Demon, Starchild und Space Ace – beinahe lustiger aus als mit.

»Also, meine Herren«, sagte ich, »wer waren denn diese Nibelungen überhaupt?«

»Das weiß kein Mensch«, meinte Demon, der den ältesten König Gunter spielte. Demon war im echten Leben Bäcker.

»Ich schon«, widersprach Space Ace, der den mittleren König Giselher verkörperte. »Es war eine geheimnisvolle Rasse von Übermenschen, die in einer riesigen unterirdischen Höhle lebten.« Unter der Woche arbeitete Space Ace als Yogalehrer.

»Die ›Nibelungen‹, das ist doch nur ein Spitzname«, bemerkte Starchild, der den jüngsten König spielte, Gernot. Starchild arbeitete in der Locher Steinschneiderei und war ein bisschen schwerhörig. »Das hat nichts zu sagen.«

Doch Space Ace war nicht fertig. »Die mussten in einer Höhle leben, im Geheimen, weil die Welt noch nicht bereit für sie war.«

»Naja«, meinte Demon, der mit solchen Dingen offenbar etwas mehr Erfahrung hatte. »So ganz weiß man das nicht.«

»Doch«, meinte Starchild, der sich übergangen fühlte, »man weiß es schon – es ist bloß ein Spitzname, mehr nicht. Wie ›Manni‹.«

»›Manni‹ ist kein Spitzname, sondern eine Abkürzung«, korrigierte ihn Demon.

Space Ace beharrte stur auf seiner These: »Das war schon immer so – die Welt ist nie bereit für eine höhere Wahrheit, und da muss man sich als Übermensch eben verborgen halten.«

»Aber wenn wir nicht dafür bereit sind und sie im Verborgenen bleiben, woher wissen wir dann, dass sie jemals da waren?«, gab Demon zurück.

»Die Abkürzung von Nibelungen wäre ›Nibs‹«, murmelte Starchild nachdenklich. Er probierte seine neue Entdeckung gleich aus: »Die ›Nibs.‹ ›Der Untergang der Nibs.‹ ›Wer ist da vor den Toren? Es sind die gefürchteten Nibs!‹«

»Das war eine geheimnisvolle Rasse halt«, insistierte Space Ace. »So viel weiß man schon.«

»Was weiß man?«, fragte Starchild, der nicht zugehört hatte.

»Das ist aber ein Widerspruch«, wiederholte Demon, der ein alter Besserwisser zu sein schien. »Wenn wir nicht dafür bereit gewesen sind, können wir auch nicht wissen, dass es eine geheimnisvolle Rasse war. Kannst du mir mal sagen, wie das möglich sein soll?«

»Ja, wie ist das möglich?«, fragte ich.

»Wie ist was möglich?«, fragte Starchild genervt.

Space Ace musste nachdenken.

Auch Meat Loaf hatte eine Theorie: »Alle sagen, die Sage handelt von Siegfried, weil er halt den Drachen getötet hat«, brummte der große Mann mit dem wallenden Haar. »Aber eigentlich handelt es von Hagen.«

Der mächtige Meat Loaf hieß bürgerlich Mike, auch *Mike the Bike*, war beruflich Roadie und von Berufung Biker. In dieser Eigenschaft flößte er nicht nur mir, so merkte ich, Respekt ein. Auf der Bühne und auf der Straße trug er fast die gleiche Kluft, von einer Sonnenbrille abgesehen. Außerdem sprach er, ohne den Mund aufzumachen. Er würde einen guten Bauchredner abgeben.

»Hagen ist der Berater des Königs«, erklärte Meat Loaf, der seine Rolle offenbar studiert hatte, »und der Einzige, der ein bisschen was auf dem Kasten hat. Und dann taucht dieser Idiot Siegfried aus dem Norden auf, und alle hören auf ihn, und schon geht alles schief.«

»So kann man das natürlich sehen«, sagte ich. Man streitet nicht mit *Mike the Bike.*

Meat Loafs Gesichtszüge wurden weicher. Er geriet ins Philosophieren. Alle großen Biker sind Philosophen. »Das ist wie im echten Leben, wissen Sie«, meinte er. Seine Stimme konnte von Brummen auf Schnurren wechseln ohne Vorwarnung. »Solche Typen gibt's noch heute. Ich könnte einige nennen, hier in Loch. Wir Hagens wollen nur in Frieden leben irgendwo und unsere Joints rauchen, und da taucht irgendein Typ auf, der alles ändern will und Politik machen und der große Ideen hat, die nirgends hinführen, und er bringt alles durcheinander, und am Ende muss er umgebracht werden.«

»Umgebracht? Hier in Loch?«

Da wurde Meat Loaf nervös. »Ich meine, im Stück. In der Wirklichkeit gibt es diese Typen, aber man bringt sie nicht um. Soll man jedenfalls nicht. Auch wenn man will. Schreiben Sie nicht, dass ich das gesagt habe, Mann.«

»Die Nibelungen?« Bonnie Tyler, die im wahren Leben mobile Fußpflegerin war, warf ihre Haare zurück. »Das waren vor allem starke Frauen.«

»Starke Frauen, die machten, was sie wollten«, ergänzte Cher, die Kriemhilds Gegenspielerin Brunhild verkörperte. Sie hatte zwar keine Sprechrolle in der mir präsentierten Szene gehabt, aber das Kostüm wollte sie mir trotzdem zeigen. Sie war auch die Einzige, die sich nach der Szene nicht umgezogen hatte, und saß jetzt in voller Cher-Montur, mitsamt übergroßen Pfauenfedern, vor mir. »Und die Männer haben ihnen gehorcht, yeah!«

Bonnie war die Beschreibung »starke Frauen« scheinbar nicht genug, und sie lieferte die notwendige Korrektur: »Trotzdem waren sie schön und begehrenswert.«

»Brunhild kann zum Beispiel einen Felsen über ihren Kopf stemmen«, fuhr Cher begeistert fort. »Und werfen. So stark war sie.«

»Aber du kannst das nicht«, meinte Bonnie Tyler zu Cher.

»Klar kann ich das«, meinte Cher etwas irritiert.

»Du brauchst einen Spezialstein dafür. Aus Styropor.«

Cher rollte mit den Augen. »Klar, auf der Bühne bekomme ich einen Spezialstein. Ich kann das nicht mehr, aber nur weil zwischen uns und den Nibelungen so viele Generationen von Frauen liegen, die keine Felsen mehr gestemmt haben. Wir haben vergessen, wie das geht. Sie haben sich nur noch darauf konzentriert, begehrenswert zu sein. Und du bringst alle Männer um.«

»Ich bringe doch keine Männer um«, sagte Bonnie pikiert.

»Auf der Bühne schon. Deine Figur Kriemhild bringt alle Kerle um.«

Bonnie lief rot an. »Stimmt. Kriemhild mag Männer, aber sie bringt sie alle um.«

»Wer ist eigentlich für die umwerfenden Kostüme verantwortlich?«, wollte ich wissen.

Cher grinste verlegen. »Das bin ich. Ich bin die Carmen.« Sie streckte mir die Hand hin. »Von Carmens Frisierstübchen. Ich mache die Kostüme. Und das Make-up. Ich bin eigentlich gar keine Schauspielerin, aber eine richtige Brunhild haben wir noch nicht, deshalb bin ich mal schnell in ihr Kostüm gesprungen, damit Sie auch sehen können, wie sie aussieht.«

»Sie machen die Kostüme fertig, bevor Sie die Schauspieler haben? Sie sind schnell«, sagte ich.

»Wenn ich inspiriert bin, bin ich inspiriert«, erwiderte Carmen-Cher. »Dann kann ich nicht warten. Außerdem sind alle Nähte nur geheftet, schauen Sie mal hier.« Sie riss an ihrem Rock und er fiel entlang der Seitennaht in zwei Teile. »Wichtig ist, dass die Schauspieler gut aussehen. Das Stück hat ja alles, Mord und Totschlag, aber wenn der Mörder aussieht wie ein Mörder, wer will so was sehen. Im Mittelalter haben die Leute gestunken und waren dreckig – aber drei Stunden hältst du das in echt nicht aus. Was auch immer sie tun – gut müssen sie dabei aussehen. So bringt man alles rüber.«

Bonnie Tyler wollte noch was loswerden, vermutlich hatte sie die ganze Zeit darüber nachgedacht: »Aber auch wenn Kriemhild die Männer alle umbringt, ist sie trotzdem lieb und begehrenswert.«

»So, und jetzt der Höhepunkt«, verkündete Willi aufgeregt. »Ihr Interview mit unserem Autor.«

»Hatten Sie nicht gesagt, der Autor sei noch nicht eingetroffen?« Ich folgte ihm neugierig.

Willi lachte. »Sie meinen den Regisseur. Der ist aus Hamburg – Drafi Becker. Er kommt in den nächsten Wochen. Der Autor ist ja Locher.«

Es war wie einer dieser Momente, wo du dich eben wieder hinsetzen willst, aber gerade noch siehst, wie dein Stuhl von jemand anderem weggezogen wird, jemand, der offenbar eine eigene Verwendung für ihn gefunden hat, und du erkennst, dass du dich jetzt sofort wieder aufrichten müsstest, aber leider, leider: zwischen diesem Moment der Erkenntnis und dem Moment, wo dein geistiger Befehl deine noch ahnungslose Muskulatur erreicht, liegt genau die Nanosekunde, in der du bei vollem Bewusstsein und auch noch in Zeitlupe das Gleichgewicht verlierst, und während du auf das Parkett knallst, fragst du dich, warum du nicht einfach stehen geblieben bist, wo du doch bei vollem Bewusstsein warst, und darüber hinaus hast du noch Zeit, zu erkennen, dass das jetzt ganz entschieden der falsche Moment war, den riesigen Teller voller Kartoffelpüree, Erbsen und Geschnetzeltem in Rahmsoße sowie das große kühle Bier zu holen.

Erstarrt beobachtete ich, wie Willi auf einen Mann zuging, der in einer Traube ihn anbetender Amateurschauspieler Hof hielt, und schon bevor er sich umdrehte, wusste ich, dass es der in der ganzen Stadt sehr beliebte und verehrte Autor Elton John war.

»Ich glaube, Sie wurden noch gar nicht offiziell vorgestellt«, sagte Willi. »Also: Peter Westernacher, unser literarisches Genie. Wir sind alle so stolz auf ihn.«

Man hält es kaum für möglich, aber Elton John kann, wenn er will, ziemlich ernst gucken. Und eine Eiseskälte ausstrahlen.

»Sie hatten eine Frage?«

Wir setzten uns, sehr vorsichtig. Die Schauspieler scharten sich um uns, wie Geier um eine um ihr Leben kämpfende Antilope. Als ich nicht mehr länger husten, mich räuspern oder meinen Notizblock durchblättern konnte, fragte ich endlich: »Wie sehen Sie die Nibelungensage?«

»Wie meinen Sie das?«, konterte er genüsslich, ja fast sadistisch. »Ist Ihnen die Sage nicht bekannt?«

Er hatte mich in die Defensive gedrängt. Ich wusste, ich sollte einfach aufhören zu reden. Aber meinen Mund zu halten, das ist eine der vielen Fähigkeiten, mit denen ich im Leben nicht gesegnet worden bin.

»Die Sage kennen? Aber klar. Wer kennt sie nicht? Siegfried, die Nibelungen, die ganze Clique, das ist meine Lieblingssage, ganz oben auf der Liste meiner Lieblingssagen, mit *Indiana Jones*! Ob ich die Sage kenne? Aber hallo! Wotan, ha! Und diese Götter! Wie sie sich tummeln da oben im Himmel. Jeder mit jedem, so sind sie, die Götter. Ich lache mich tot, jedes Mal. Und der Ring!«

»Sie sprechen vermutlich von Wagners Opernzyklus. Wir spielen hier das *Nibelungenlied* aus dem Mittelalter nach. Darin kommen keine Götter vor.«

»Aber Siegfried schon?«

«Siegfried schon«, bestätigte Herr Westernacher. Ein seltsam schiefes Lächeln erschien in seinem Mundwinkel. Wenn ein gemütlicher Mann beginnt, gefährlich zu gucken, bekomme ich es ernsthaft mit der Angst zu tun.

»Ah, Siegfried! Der größte aller Nibelungen. Der Top-Nibelung. Ich mag besonders den Teil, wo er den Drachen tötet, Sie auch?« Ich betete, während ich mich um Kopf und Kragen redete, dass er gleich mit einem Herzinfarkt umkippen, das Telefon klingeln oder sich ein Erdbeben ankündigen würde. Aber nichts dergleichen.

»Wie oft schreiben Sie denn über europäisches Sprechtheater?«

»Ich? Ach immer. Das ist mein Spezialgebiet. Sprechtheater. Wenn Europäer im Theater sprechen, da bin ich dabei.«

»Wie sehen Sie das Brecht'sche Theater heute?«

»Könnte mal renoviert werden. Aber hat einen gewissen Charme.«

»Und der deutsche Expressionismus?«

»Ich mag besonders diese, na, die blauen Pferde. Und die Frauen, die so ein bisschen verschwommen sind.«

»Glauben Sie, dass Regietheater eine Zukunft hat?«

»Ich bin überzeugt, dass auch in Zukunft jedes Theaterstück einen Regisseur braucht. Es sei denn, die Schauspieler sind wirklich gut.«

»Sind Sie ganz sicher, dass Sie Theaterkritiker sind?«, fragte mich der Autor genüsslich und verschränkte seine Hände hinter dem Kopf.

»Ja, das heißt, ich bin nicht direkt Theaterkritiker. Ich bin mehr Theaterschreiber. Lange Künstlerporträts und so. Der Kritiker selbst kommt dann später, wenn das Stück aufgeführt wird. Ich bereite sozusagen den Boden für den großen Kritiker vor.«

Mir wurde peinlich bewusst, dass der Raum totenstill war. Alle standen um uns herum und verfolgten die Diskussion gespannt.

»Ich habe bloß Bedenken«, meldete Herr Westernacher an, »ob Sie nun eine Reportage oder eine Kritik schreiben wollen. Eine Reportage ist ja immer willkommen, aber ich würde einen deutschen Kritiker vorziehen, weil das ein sehr kompliziertes Stück ist, und Sie als Amerikaner werden es vielleicht gar nicht verstehen können, weil ja Amerikaner nicht an komplizierte deutsche Stücke gewöhnt sind.« Er lächelte nachsichtig.

Wenn ich eins nicht ausstehen kann, ist es der Vorwurf, wir Amis seien ein einfaches Volk und könnten die überlegene europäische Kultur nicht verstehen, und ich hätte ihn liebend gern mit einer so niederschmetternden wie fundierten Antwort dermaßen kaltgestellt, dass ihm der Kinnladen runterfallen und er für immer schweigen würde, aber ich hatte leider keine Ahnung, wovon er sprach.

»Haben Sie sich schon bei uns angemeldet?«, fragte er noch.

»Angemeldet?«

»Für unseren Presseverteiler. Marion? Wo ist die Liste, die wir vorbereitet haben?«

Marion händigte ihrem Autor aufgeregt eine 10-seitige Liste aus. Oben auf jeder Seite stand:

Presseanmeldung ›Die Nibelungen‹
Name – Publikation – Ausweis-Nr.

Die Blätter waren leer. Ich war der erste Journalist.

Ich füllte auch alle Details gewissenhaft aus – fast alle.

»Was ist Ihre Ausweisnummer?«, fragte Herr Westernacher.

»Ich habe meinen Pass im Zimmer gelassen«, sagte ich. »Kann ich gleich holen.«

»Das müssen Sie nicht«, meinte er jovial. »Wir brauchen nicht Ihre Passnummer, sondern die Ihres Presseausweises. Den haben Sie sicher dabei. Sie sind doch beim Journalistenverband gemeldet?«

Die Schauspieler waren inzwischen bedrohlich nahe gerückt. Ich spürte ihren Atem und ihre Blicke in meinem Nacken. Sie murmelten und grunzten. Ich schwöre, ich hörte Meat Loafs Magen knurren.

Der einzige Ausweg, den ich erkennen konnte, war Bon Jovi. Er stand oben auf der Bühne und scheuchte ein paar farbbekleckste Teenager um den Drachen herum. Es hatte Siegfried wohl hart getroffen, dass ich Zweifel an der ästhetischen Macht der Drachenszene geäußert hatte.

»Entschuldigen Sie mich«, sagte ich unvermittelt. Ich warf die Presseliste achtlos beiseite, auf den Stuhl, wo auch mein Notizblock und Eltons Laptop lagen, und sprang auf. »Ich habe versprochen, den Drachen anzuschauen.«

Ohne einen Blick zurück eilte ich zur Bühne, kletterte hinauf und gesellte mich zu Bon Jovi.

»Gleich zeig ich Ihnen den Höhepunkt, wo ich den Drachen töte«, versprach er. Er freute sich, dass ich ihm eine zweite Chance gab. »Moment noch.« Bon Jovi stellte sich auf die Zehenspitzen und spähte dem Drachen in den Schlund. »Wieso sind hier drei Gasflaschen drin?«, ertönte seine dumpfe Stimme. »Hat dein Vater dir nicht gesagt, du sollst nur eine einbauen?« Die Frage war augenscheinlich an den ältesten Jungen gerichtet. Das war sicher Henner Hinkel.

»Mein Alter kann mich mal«, grinste Henner. »Ich will Feuer sehen.«

»Wie funktioniert so ein Ding?«, fragte ich und versuchte, das Tuscheln der Schauspieler unten im Saal zu ignorieren.

»Ist doch ganz easy«, nuschelte Henner, der vielleicht 16 war, umwerfend nach Marihuana roch und verschlafen grinste. Nach dem Verhalten der anderen Jungs zu urteilen, war Henner der Chef. »Steigen Sie ein.«

Er klappte die Seite des Drachen auf. Untendrunter war eine Art Seifenkiste – eine enge Kabine mit einem Stuhl und mehreren Hebeln, und das Ganze auf Rollen. Ich passte nicht richtig rein, aber ich schaffte es etwa zur Hälfte, mit viel Renken und Bücken. Ein Arm, ein Bein und mein Kopf blieben draußen. Wer ganz hineinkam, konnte durch die Drachenaugen rausgucken.

»Wir schieben, Sie lenken«, sagte Henner. »Lenken Sie mit dem mittleren Hebel. Fassen Sie den rechten Hebel nicht an, bis ich es sage – das ist der Feuerhebel. Einen Moment noch.« Er kratzte sich am Kopf, schob Siggi beiseite und warf selbst noch einen prüfenden Blick in den Drachenschlund. Dann wanderte er murmelnd um das Monster herum und zog hier und da etwas mit einer Rohrzange fest.

Unauffällig spähte ich nochmal nach den Schauspielern. Irgendwas ging da unten vor. Konnte es sein, dass der Autor gerade in meinem Notizblock blätterte? Ich wollte gerade sagen, »Das gehört mir …«, als Herr Westernacher auf die Bühne zutrat und sich lautstark empörte:

»›Lachnummer‹? Hier steht ›Lachnummer‹.«

Er wedelte tatsächlich mit meinem Notizblock.

»Ich kann das erklären«, sagte ich, obwohl ich natürlich gerade das nicht konnte. Wie oft im Leben muss ein Mann so einen Satz sagen?

Herr Westernacher war nicht zu beschwichtigen. »Hören Sie, wir versuchen hier eine ernsthafte Interpretation einer der ältesten und wichtigsten deutschen Sagen. Halten Sie uns etwa für einen Witz?«

Die Schauspieler drehten sich wie ein Mann zu mir. Ihre Augen, die vorhin vor Aufregung geglänzt hatten, blickten völlig entgeistert. Das ist ein gutes deutsches Wort. Als ob der Geist aus ihnen entwichen sei, wie Luft aus einem Ballon. Dann begann Bonnie Tyler leise zu weinen. »Was, wenn wir wirklich eine Lachnummer sind?«, klagte sie.

»Krieg dich wieder ein, Marina«, schnaubte der Autor. »Das ist bloß ein Ami, der hat keine Ahnung von Kultur.«

»Ich will aber keine Lachnummer sein«, schluchzte Bonnie und stürmte aus dem Saal. Im Laufen riss sie sich das Kostüm herunter. »Ich steige aus, jawohl!«

Es blieb mir kein anderer Ausweg. Ich musste sie ablenken. Von ihren Sorgen und vor allem lange genug, um aus dem Drachen zu krabbeln, von der Bühne zu springen, meinen Notizblock zu schnappen und zu flüchten.

»Leute!«, sagte ich. »Schaut mal alle her!«

Ich zog an dem rechten Hebel. Der taubenförmige Drache rumpelte und zischte. Ich roch Gas. Ich hörte Henners Stimme: »Er hat am rechten Hebel gezogen! In Deckung!« Ich zog den Kopf ein. Durch die Drachenaugen sah ich ein Flammenmeer. Feuer barst aus dem Drachenmaul in einer gleißenden Fontäne, die unkontrolliert in alle Richtungen spritzte. Die Technik war eindeutig noch nicht ausgereift.

»Yeah, Baby!«, hörte ich von Bon Jovi. Carmen-Cher fing an zu kreischen.

Ich schob den Hebel wieder in die Ausgangsposition, aber das bewirkte gar nichts. Die Flammen schossen weiter auf der Bühne herum. Eine Hitzewelle umfing mich, als der Kopf des Drachen zu brennen begann. Ich versuchte vergeblich, aus der Kabine zu hechten, und musste mich mühsam Glied für Glied herausfummeln. Endlich fiel ich auf die Bühne. Der Drache spuckte immer noch Feuer. Henner stürzte an mir vorbei und in die Kabine, während ich eilig von der Bühne in den Zuschauerraum sprang, und als ich mich unten umdrehte, wurde ich gerade noch Zeuge, wie der Drache die Pappmachéburgen, -zinnen und -bäume in Flammen aufgehen ließ.

Im nächsten Moment sprang die Sprinkleranlage an.

Der starke Regen durchnässte alles sofort. Das Pappmaché war von einem Augenblick zum anderen ein Haufen Asche, der Drache nichts als ein Klumpen grüner Matsch auf einem Maschendrahtgestell – und Henner in seinem Bauch sah fast genauso aus. Die Schauspieler verwandelten sich in begossene Pudel, die Kostüme in pastellfarbene Säcke. Herr Westernacher versuchte, seinen Laptop zu retten, der noch aufgeklappt war. Als er danach griff, rutschte er aus. Sein Rechner flog ihm aus den Händen, knallte auf den Boden und schlitterte durch das Wasser, das sich von oben auf uns ergoss.

»Mein Stück!«

Als die Sprinkler wieder ausgegangen waren, starrten mich alle an. Ich war gerade im Begriff zu sagen »Ich war's nicht«, als mir mein Unterbewusstsein, das sich schon immer besser auf die Setzung von Prioritäten verstand als ich, eine eilige Botschaft zukommen ließ: Dieses

Buch … eines *meiner* Bücher. Das der Bürgermeister bei einer Pressekonferenz im Rathaus herumzeigen wollte … heute noch. Ich blickte auf die Uhr. In zehn Minuten.

Bücher, fiel mir ein, haben oft hinten auf dem Umschlag ein Foto vom Autor.

Ich rannte.

6.

ICH WUSSTE GAR NICHT, dass ich so schnell rennen kann.

Und überhaupt, das Springen. Dass ich so gut springen kann, wusste ich auch nicht. Ich sprang zur Tür hinaus, sprang zum Blatsplatz, setzte über einen Blumenkübel (Maiglöckchen), über einen weiteren Blumenkübel (Vergissmeinnicht), über die Beine einer Dame, die sich in einem Klappstuhl vor dem Rathaus sonnte, um die Ecke und über den Hof bis an die Wohnungstür des Bürgermeisters und klingelte. Als die Tür aufging, sprang ich auch die Treppe herauf.

Christel stand in der Küche und füllte gerade einen Glaskrug. Sie war erfreut, mich zu sehen, aber bevor sie noch den Mund öffnen konnte, sprudelte ich los: »Ich … Büro … Bürgermeister … dringend …«

»Ich habe keinen Schlüssel, Herr Gunderson«, bedauerte sie.

»Nein!«

»Die Sekretärin lässt Sie schon rein.«

Die Treppe wieder runter, drei, vier Stufen auf einmal, aus der Tür raus, über die Beine der sich sonnenden Dame, in die Tür zum Rathaus, durch die alte Diele, die Treppen rauf, immer den Schildern nach.

Als ich das Büro erreichte, war keiner da. Ich klopfte an, ich klingelte, ich hämmerte. Nichts.

Zurück zur Christel: »Sekretärin! Weg!«

»Natürlich ist Fräulein Ganzke nicht im Büro, sie streikt ja.«

Die Treppe runter, so schnell, dass es nicht ganz klar war, ob ich heruntersteig oder fiel. Vor dem Rathaus saß sie, in der inzwischen erstaunlich warmen Maisonne, mit ihrem Kaffee, ihrem schwedischen Krimi und einem Schild, auf dem »Kein Polizeistaat in Loch« stand.

Ich bekam keine Luft mehr. Ich keuchte, ich pfiff, ich ächzte und stöhnte. »Büro ... Bürgermeister ... muss ... holen ... dringend ... Schlüssel ... Leben und Tod.«

Ohne ein Wort übergab mir die Dame einen Schlüssel.

Und fort war ich. Drei, vier Treppen, durch die Tür, der Schlüssel passte – schon war ich im Büro des Bürgermeisters.

Mein Herz hämmerte mir gegen die Rippen. Ich durchsuchte den Schreibtisch, den Rollschrank, das Bücherregal, das Alkoholkabinett. Alles, was nicht verriegelt war. Kein Buch. Keine Postsendung. Nicht mal im Papierkorb.

Wieder die Treppen herunter, an die Tür draußen, zur Sekretärin. »Ich ... Autor ... suche Buch ... Widmung ... wichtig ...«

»Ach das Buch! Das habe ich schon in den Konferenzsaal gelegt, für die Pressekonferenz«, sagte die Dame lässig, und fügte schnell hinzu: »In meiner Mittagspause.«

Treppen. Türen. Konferenzsaal.

Und da lag es. Am Kopfende des großen Tisches. Den Titel erkannte ich nicht, aber das Wort »Gunderson« stach mir schon von hier aus ins Auge. Ich brauchte nur noch schnell um den Tisch herum zu gehen und den Umschlag zu entfernen. Das tat ich auch. Keuchend eilte ich links an dem großen Tisch entlang, an den ganzen Stühlen vorbei, am Flipchart vorbei, an einer zweiten Tür vorbei, und war bereits in der Mitte des Tisches angelangt, als die Tür hinter mir aufging.

Noch einmal sprang ich. Diesmal auf den Boden, und rollte mich unter den Tisch in dem Moment, als ein Mann und eine Frau den Raum betraten und gemeinsam irgendwas auf den Tisch stellten.

»Ich könnte dir bei deinen Steuern helfen«, sagte der Mann.

»Habe ich bisher auch alleine geschafft«, wehrte die Dame ab.

»Sag bloß nicht, dass du deine Steuern alleine machst. Das macht man schon lange nicht mehr. Alleine ist out.«

»Wie meinst du das?«

»Warst du noch nie auf einer Steuerparty?«

Dann waren sie wieder weg. Ich rollte raus, stand auf, stieß mir den Kopf und schaffte auch noch zwei Schritte, als die Tür wieder aufging.

»Also, das habe ich noch nie gehört«, hörte ich die Dame von meiner Position unter dem Tisch kichern.

»Du ahnst nicht, wie erotisch Zahlen sein können, vor allem die von anderen.«

Sie sagte frech: »Meinst du so was wie Nummern, Positionen und Potenzen?«

Jetzt tuschelten sie miteinander. Dann waren sie wieder weg.

Ich stand auf, stieß mir den Kopf erneut und schaffte noch einen weiteren Schritt. In dem Moment hörte ich hinter mir eine Stimme:

»Herr Gunderson? Sind Sie das? Ich habe Sie gar nicht gesehen! Herzlich willkommen!«

Ich fuhr herum, stolperte über einen Stuhl und knallte bei dem Versuch, mich abzufangen, mit voller Wucht gegen die Tischkante, wodurch ich sämtliche Gläser und Flaschen auf dem Tisch in lautes Klingen und Schwanken versetzte. Hektisch beugte ich mich über die Tischplatte, während sie wie die Dominosteine umkippten und versuchte, so viele wie möglich wieder aufzurichten, während die Frau mich amüsiert beobachtete.

»Ich freue mich Sie kennenzulernen«, sagte sie lächelnd. »Alle sind so gespannt auf Sie. Es ist toll, dass Sie den weiten Weg von New York in unser kleines Dorf gefunden haben.« Dann senkte sie die Stimme: »Ein Rat von einer Freundin, die es gut meint: Glauben Sie nicht alles, was der Bürgermeister sagt. Wenn Sie wissen wollen, was hinter den Dingen steckt – halten Sie sich an mich!«

Sie nahm mich am Arm und führte mich einen, zwei, drei Schritte zur Tür zurück – zwei, drei, vier Schritte weiter fort von dem Buch, das just so nah gewesen war. Sie war Ende 40, schlank, sportlich, von bestimmender Art, und als kleines Zeichen weiblicher Verspieltheit trug sie diese irritierend glitzernd eingefasste Brille – wahrscheinlich um ihre Gegner zu verwirren. »Ich bin Stadtverordnetenvorsteherin und leite das Jobcenter. Mein Büro ist im zweiten Stock, falls Sie sich mal arbeitslos melden wollen.« Sie zwinkerte. »Setzen Sie sich doch zu mir. Die anderen kommen gleich – ah, da sind sie schon.«

Und in der Tat, da waren sie. Einer nach dem anderen wanderten die Stadtverordneten und andere Rathausmitarbeiter zur Tür hinein. Sie nickten mir jovial zu, bevor sie sich zwischen mich und mein Buch setzten; einige wollten mir offenbar die Hand geben, aber irgendwie hatte ich einen unglaublich angespannten Ausdruck im Gesicht und hielt darüber hinaus lauter O-Saft-Flaschen und Wassergläser vor meiner Brust umklammert. Zuletzt kam der Bürgermeister. Er war noch besser drauf als in der Nacht zuvor. Er klopfte mir auf die Schulter, legte den Arm um mich, während er die anderen angrinste. Ich verstand nicht, was er sagte. Er duzte mich. Ich wusste, es würde das letzte Mal sein.

Als alle sich gesetzt hatten, stellte sich Fritz-Eberhard Steiner vor mein Buch, wickelte seinen Kaugummi in ein Tempo-Taschentuch und eröffnete die Pressekonferenz. Vielleicht würde er das Buch ja vergessen.

»Ich heiße besonders diejenigen von der Presse herzlich willkommen«, begann der Bürgermeister, »die kurzfristig meiner Einladung gefolgt sind. Falls sie jemand hier noch nicht kennt – darf ich vorstellen, die Damen und Herren? Frau Stroh vom *Grasellenbacher Tagblatt*.«

Bei dieser Erwähnung erhob sich eine junge blonde Dame mit dicker Hornbrille. Es wurde höflich geklatscht. »Es ist heute noch jemand von der Presse unter uns«, sagte der Bürgermeister mit einem verschmitzten Lächeln, »ihn möchte ich aber, wenn Sie gestatten, erst zum Schluss vorstellen.« Alle im Raum wandten sich mir zu. Einige zwinkerten.

»Meine Damen und Herren, erinnern Sie sich noch an den Odenwaldexpress?«, hob der Bürgermeister nun mit ernster Stimme an. »An die Gersprenztalbahn? Den Schellekattel oder die Überwaldbahn?« Er legte eine dramatische Pause ein. »Genau. Alle stillgelegt. Der Ausbau der Odenwaldautobahn A45? Nie verwirklicht. Heute weiß die Welt nicht mal, dass wir hier sind. Und für die, die uns kennen, sind wir eine Lachnummer. Nicht wahr.«

Die Stadtverordneten ließen die Köpfe hängen. Einige nickten bekräftigend.

»Doch die Tage des Spotts haben ab heute ein Ende«, fuhr der Bürgermeister fort, und seine Stimmer trug neue Zuversicht. Er lächelte mir galant zu, und ich lächelte verspannt zurück. Erst beim nächsten Satz begriff ich, dass sein Lächeln der Dame an meiner Seite galt.

»In letzter Zeit schien die Frau Stadtverordnetenvorsteherin Pirsch zu fürchten, dass wir uns mit unserem Vorhaben in Abenteuer stürzen wollen. Fürchten Sie nichts, meine Dame! Ich bin nicht der Mann, der leichtsinnig irgendwelche Risiken eingeht. Ich empfinde durchaus nicht das Bedürfnis, Loch zur berühmtesten Stadt Deutschlands zu machen. Allerdings bin ich der Ansicht, dass es sich nicht empfiehlt, das Rampenlicht anderen Städten kampflos zu überlassen.«

Es gab Gelächter. »Er bezieht sich auf Worms«, flüsterte mir die Dame ins Ohr, während ich heimlich betete, dass er das verdammte Buch vergessen würde.

»Wir sind gegenüber dem restlichen Odenwald erfüllt mit wohlwollenden und freundlichen Absichten. Aber die Voraussetzung für die Fortdauer dieser Freundschaft ist beiderseitiger Respekt.«

Sämtliche Rathausmitarbeiter klopften zustimmend auf den Tisch. Das Buch hatte er immer noch nicht angefasst.

»Wir müssen und werden durchsetzen, dass die Locher Bürger, die Locher Waren und der Locher Eintrag im

Katasterbuch geradeso geachtet werden wie diejenigen anderer Städte. Mit einem Wort: Wir wollen niemandem das Handtuch klauen, aber wir verlangen auch unseren Platz am Pool.«

Applaus brandete auf. Der Bürgermeister lächelte. »Ab heute gebe ich mich der Hoffnung hin, dass der Spruch ›das schönste Loch am Arsch der Welt‹ aus dem Vokabular der Region verschwindet, nicht wahr. Ich bin mehr als zuversichtlich, da wir nicht nur das moralische Recht auf unserer Seite haben, sondern auch die fast hundertprozentige Zusage verschiedener staatlicher und privater Stellen, die unser Vorhaben großzügig unterstützen wollen.«

Diese Nachricht kam offenbar als freudige Überraschung. Bravorufe ertönten, und die junge Dame vom *Grasellenbacher Tagblatt* machte sich eine Notiz. Der Bürgermeister schlug eine Aktenmappe auf und verkündete stolz:

»Heute Morgen habe ich über ein Dutzend Telefonate gemacht und ein Dutzend Zusagen bekommen. Unsere Befürworter im Innenministerium wollen die Namensänderung unserer Stadt in ›Loch am Rhein‹ durchsetzen. Die hessische Landesbank will uns so gut wie sicher die notwendigen Fonds für eine Anbindung an die B460 zuschießen. Sogar von einem Trimm-dich-Pfad ist die Rede. Auch das Festspiel und das Heimatmuseum sind finanziell gesichert.«

Er schmunzelte vergnügt. »Wie Dominosteine sind sie heute Morgen umgefallen, alle, die sich monatelang gesträubt haben. Und warum? Weil die *New York Times* nach Loch gekommen ist!«

Mir drehte sich der Magen um. Er wandte sich mir zu:

»Mr Gunderson – stehen Sie doch bitte auf. Meine Damen und Herren: Unser Mann von der *New York Times*.«

Alle klatschten begeistert. Ihre Augen waren auf mich gerichtet. Ich erhob mich und öffnete den Mund.

Ein Pieps kam raus.

Schmunzeln. Wohlwollendes Gelächter.

Noch ein Pieps. Dann schaffte ich es, ein, zwei Sätze herauszubringen: »Wissen Sie, jeder fängt mal klein an. Das ist … keine Schande. Was macht es für einen Unterschied, wer man wirklich ist? Wir Amerikaner lieben Verlierertypen, die … alles tun würden, um ihr Ziel zu erreichen! Manche nennen uns Hochstapler und Betrüger und werfen uns in den Knast, aber ich … ich nenne sie Pioniere! Danke.«

Ich setzte mich wieder hin.

Ich weiß nicht, was sich die Leute um den Tisch herum gedacht haben, auf jeden Fall schenkten sie mir großzügigen Applaus.

Der Bürgermeister war fertig. Die Stadtverordneten und das *Grasellenbacher Tagblatt* erhoben sich bereits. »Nicht vergessen!«, rief der Bürgermeister in den Raum: »Bis morgen will ich die aktuellen Berichte der Arbeitsgruppen zur Festspielplanung auf dem Tisch haben.« Das Buch lag noch immer unberührt da.

Die Locher Stadtverordneten strebten zur Tür. Meine Finger waren weiß – ich hatte sie die ganze Zeit dermaßen um den Tisch gekrallt, dass es mich nicht überrascht hätte, wenn sie Einkerbungen im Holz hinterlassen hätten. Die Leute mussten nur den Raum verlassen, und ich könnte an das Buch ran und es irgendwie aus Versehen zerstören. Es könnte alles noch gut gehen.

Tat es aber nicht.

»Einen Moment«, rief der Bürgermeister. »Da ist doch noch etwas. Ein Leckerbissen. Ich habe hier in der Hand das allerneueste Werk von Herrn Gunderson.« Er hob es auf und zeigte es den anderen. Sie blieben stehen. Es sah gut aus, mein Buch. Der Titel lautete – endlich erfuhr ich das mal – *The Apathy Advantage – The Art of Europeananity* in goldgeprägten Lettern. »Ich werde mir erlauben, es erst zu lesen, wenn ich meinen Englischkurs an der Volkshochschule absolviert habe«, witzelte der Bürgermeister. Die Anwesenden lachten höflich und schenkten mir anerkennende Blicke. »Ich lasse es mal herumgehen«, sagte er. »Oh, ist das schwer. Und hier hinten gibt's auch ein Foto.«

Der Bürgermeister schaute das Foto etwas näher an. Und sagte nichts. Er schaute auch mich nicht an. Sekunden verstrichen. Der Bürgermeister bewegte sich nicht. Es gab ein bisschen höfliches Schmunzeln, nur so, zur Vorbeugung.

Immer noch sagte er nichts und immer noch schaute er nicht von meinem Foto auf.

Endlich sagte er mit einem Lächeln: »Es wird noch spannend, meine Damen und Herren. Bevor ich das Buch herumgehen lasse, nehme ich aber lieber den schönen Umschlag ab, damit er nicht beschädigt wird. So.«

Er übergab das Buch an denjenigen, der am nächsten stand, er lachte und scherzte und schaute mich dabei nicht mehr an. Er teilte noch ein paar Papiere aus. Dann war Schluss. Alle gingen und ließen den Bürgermeister am Kopfende des Tisches stehen.

Auch ich stand auf. Ich ging zur Tür. Man rief mich nicht zurück. Ich blickte mich noch einmal um. Und erhaschte, wie durch Zufall, einen flüchtigen Blick auf den

Umschlag, den der Bürgermeister lässig in der Hand hielt. Die Innenklappe war nach unten gefallen und ich konnte das Foto sehen.

Jeder Mensch hat eine eigene Definition von einem kalten, gemeinen Universum. Seit diesem Tag habe ich eine neue Definition. Es gibt im Telefonbuch der 8-Millionen-Stadt New York über 400 Gundersons verschiedenster Schreibweise, und von diesen heißen ein Dutzend Steve.

Und ausgerechnet der eine, der für die *New York Times* schreibt, muss unbedingt schwarz sein.

7.

MEINE OMA HATTE SO EINEN SPRUCH: *You're in the doghouse now.*

Sie wendete den Spruch gern auf meinen Opa an. Das faszinierte mich als Junge, denn ich wusste, falls ich je herausfinden könnte, was der Spruch bedeutet, würde ich auch endlich verstehen, was es heißt, ein Mann zu sein. *In the doghouse* – dieser Fall tritt ein, wenn der Herr des Hauses, dessen hohe Stellung innerhalb der amerikanischen Familie grundsätzlich prekär ist, irgendeine unsichtbare Grenze überschreitet und seine Ehefrau dadurch derart verärgert, dass sie die höfliche Illusion, er sei Herr im Hause, unerwartet fallen lässt, und er muss fortan auf dem Sofa oder gar im Hotel übernachten.

Als ich aus dem Rathaus schlich, wusste ich noch, was ich zu tun hatte. Meine Sachen packen und fliehen, bevor der Bürgermeister die Polizei ruft oder gar zur Schrotflinte greift. Also ging ich um das Gebäude herum, durch den Hof daneben und klingelte an der Tür der Bürgermeisterwohnung. Nochmal. Und nochmal. Niemand öffnete mir. *I was in the doghouse.*

Es gibt – das ist wissenschaftlich erwiesen – fünf Phasen des hündischen Lebens. Die erste Phase ist: den Ernst der Lage rundweg leugnen.

Der Blatsplatz war wie ausgestorben. Ich vermutete, die Bevölkerung der Kleinstadt hatte sich hinter geschlossenen Fensterläden verschanzt, als sie mich aus dem Rathaus kommen sah. Während mein Leben um mich herum zusammenbrach, stand ich da und konzentrierte mich darauf, so wenig wie möglich aufzufallen, bis mir irgendeine geniale Idee kommen würde. Erst mal schlenderte ich lässig rund um den Platz, von Schaufenster zu Schaufenster. Besonders ins Auge fiel mir Carmens Frisierstübchen, dessen Fenster voll mit übergroßen Schwarz-Weiß-Haarmodelfotos aus den 80ern hing. Ihre Treue zu ihrer Lieblingsepoche war beeindruckend und inzwischen fast schon wieder modern. Durch das Fenster konnte ich Carmen sehen, die Kostümbildnerin des Festspiels, wie sie gerade Bonnie Tyler tröstete. Ich ging schnell weiter. Die Inhaberin von Mirandas Malkasten hatte ein erstaunliches Spektrum an Stilmitteln zur Verfügung bei gleichzeitig strengem Konzept. Sie machte jeden großen Künstler nach, von dem sie je gehört hatte, und interpretierte ihn darüber hinaus neu, und zwar in Plüschkätzchen-Manier: Picassos *Guernica* als Plüschkätzchentableau, Matisses *Reigen* als Plüschkätzchentanz. Was Joseph Beuys mit Fett vollbracht hatte, würde Miranda eines Tages mit Plüschkätzchen vollbringen. Der Laden ein paar Häuser weiter protzte hinter einer langen Fensterfront mit einer unmenschlich großen Auswahl schimmernder Badewannen in jeder erdenklichen Farbe, neben Regenschauer-Duschköpfen, japanischen Roboterklos, bunt blinkenden Unterwasserlampen und Säulenelementen in Form griechischer Göttinnen, für die man auch bei lebhaftester Phantasie keinerlei praktische Verwendung finden würde. Der Name war Programm. Er hieß »Bad Design«. Schlechtes Design. Das passte. Fasziniert wollte ich das Geschäft betreten, doch dann sah ich durch das Fenster Christel Steiner an einem Schreibtisch sitzen und telefonieren. Sie winkte ab, und da erst sah ich das ›Geschlossen‹-Schild an der Tür. Ich schätzte, sie sprach gerade mit dem Bürgermeister. Ich schaute mir das Schild nochmal genauer an, und da stand tatsächlich: Bad Design Steiner.

Ich machte kurz den Fehler, in die Tür des Gemeindehauses zu gucken, das nur eine Gasse weiter lag. Ich konnte nicht widerstehen, denn vor der Tür waren jetzt mehrere Traktoren geparkt. Als ich die Halle betrat, stockte mir der Atem. Die Bühne bot ein dampfendes Bild der Verwüstung. Es war feucht, und überall lagen angekokelte Pappmachéflocken herum. Türen und Fenster standen offen, aber das half nur begrenzt, den Geruch von nassem Hund zu vertreiben. Henner und seine noch jüngeren Freunde, darunter ein grimmiger acht- oder neunjährige Junge, schleppten durchnässte, formlose Fetzen der Drachenleiche an mir vorbei nach draußen.

Vielleicht hätte ich ihnen helfen sollen, aber als Henner die anderen anstieß und die jungen Männer begannen, mich seltsam anzuschielen und zu tuscheln, floh ich wieder auf den Blatsplatz und beschäftigte mich dort ausgiebig mit dem Infokasten. Mir war klar, dass es nur einen Ausweg aus meiner Lage gab: ein Teilgeständnis. Das ist eine mit Zerknirschung und etwas Wahrheit getarnte Lüge, die unheimlich gut geeignet ist, aufgebrachte Ehefrauen und andere Autoritätspersonen zu besänftigen, weil es ihnen das Gefühl gibt, das Ruder wieder in die Hand zu bekommen. Ein Anwalt hat mir diese Taktik mal auf einem Flug New York – Frankfurt beigebracht. »Ich gebe zu, was die *New York Times* betrifft, habe ich gelogen«, müsste ich gestehen, »aber dafür habe ich einen

Onkel bei dem *Pennsylvania Penny Pincher*, wussten Sie das? Das ist auch eine tolle Zeitung! Er war sogar mal in Deutschland – er liiiebt Deutschland. Er ist der einzige Amerikaner, den ich kenne, der jodeln kann. Ein Wort von mir, und er bringt eine ganze Serie über Loch. Entscheiden Sie!«

Ich kannte meinen Weg und war bereit, ihn zu gehen. Ich erhob mich und hielt genau auf das Rathaus zu. Gerade hatte ich die Treppe erreicht und wollte eben die Tür aufmachen, als die Wahrheit mich schlagartig traf, mit schrecklicher Wucht: Egal, was ich sagte, den Bürgermeister würde ich nicht überzeugen können.

In dem Moment kam die zweite Phase: Zorn.

Zorn auf den Bürgermeister, auf Loch, auf meine Frau, auf die Welt, die so schäbig mit mir, der ich doch voller guten Willens bin, umgesprungen ist. Im Grunde ist das alles gar nicht meine Schuld – die versnobte *New York Times* ist schuld, die ein Talent nicht mal bemerkt, wenn es direkt vor ihrer Nase sitzt. Wenn man mich schon längst als das Genie akzeptiert hätte, das ich innerlich bin, wäre all das hier nicht passiert. Vielleicht ist es an der Zeit, dass dieser Bürgermeister mit seiner Bauchnabelschau und seinem »Ach wie schrecklich, ein Ami führt uns an der Nase herum«-Gewinsel aufhört und sich mal Gedanken darüber macht, was er mir geben kann.

Ergrimmt erklomm ich die Treppe. Die Tür war abgeschlossen. Auf mein Klingeln gab es keine Antwort. Die Fenster waren dunkel. Die Kirchturmuhr hatte vorhin geläutet, aber ich hatte nicht mitgezählt. Das Rathaus war geschlossen. Gut für ihn. Ich kann nicht sagen, was ich in meinem Zorn mit ihm angestellt hätte. Ich klingelte Sturm, ich weiß nicht, wie lange, bis meine Wut endlich verflogen war und die dritte Phase eintreten konnte: Feilschen.

Ich setzte mich auf die Bank am Brunnen und tat das, was jeder souveräne Mann mit einem gesunden Selbstbewusstsein in dieser Situation getan hätte: Ich rief meine Frau an. Vielleicht würde sie sagen: ›Komm einfach nach Hause, Schatz. Ich geh arbeiten für uns. Kümmer du dich um deine Karriere als Schriftsteller.‹

Es war so schön, ihre Stimme zu hören. Noch schöner war, dass ich nicht einmal mein Problem schildern musste, bevor sie sagte:

»Es gibt gute Nachrichten!«

Mein Herz hörte beinahe auf zu schlagen.

»Du weiß doch noch, dass ich mich für das Stewardessen-Training bei Ryanair angemeldet habe? Schon vor Monaten?«

Ich hatte keine Ahnung, wovon sie sprach.

»Ich bin angenommen!«

»Wow!«

»Wow« hat verschiedene Bedeutungen, je nach Kontext. In diesem Fall bedeutete es: ›Und? Gibt's Geld?‹ Carla hatte wenig Umgang mit den Feinheiten der amerikanischen Sprache, das muss ich leider sagen, und ging nicht darauf ein.

»Montag geht's los. In Frankfurt. Wenn ich nach dem Training als Stewardess angenommen werde, können wir bald umsonst in den Urlaub fliegen. Ist das nicht toll? Es wurde Zeit, dass ich auch mal einen Traum verwirklichen kann. Es wird alles gut, Steve.«

Ich hörte ein bedrohliches Piepsen, und die Akku-Anzeige an meinem Handy begann zu blinken.

»Oh Gott, ist das schön«, sagte ich. »Wann bekommst du deinen ersten Lohn?«

»Lass mich mal rechnen. Die Ausbildungsphase dauert vier Monate. Das macht 400 Euro im Monat. Danach werden sie mich wahrscheinlich nicht sofort einstellen – ich muss auf einen freien Platz warten. Ich rechne mit zwei Monaten, das ist wahrscheinlich ein guter Schnitt. Wenn ich dann eingestellt bin, bekomme ich mein erstes Gehalt am Ende des Monats. Das könnte schon ... Oktober sein.«

»Wow! Aber nochmal ... während der Trainingsphase – die 400 Euro, ich meine, wann ...–«

Mein Handy piepste insistierend.

»Also, insgesamt 1200 Euro für die Trainingsphase müssen im Voraus bezahlt werden, Steve. Dazu kommen natürlich meine täglichen Ausgaben, und weil ich in der Zeit in Frankfurt bleibe, muss die Miete für unsere leere Wohnung weiter gezahlt werden.«

»Wenn du sagst im Voraus – wann genau wird das Geld auf unser Konto überwiesen?«

»Aber Steve, das weißt du doch – die Trainingsphase ist kostenpflichtig. Wir müssen 400 Euro im Monat zahlen.«

Mein Handy wurde ausfallend.

»Wir? Hast du gesagt, ›Wir müssen zahlen‹?«

»Das hab ich dir doch erzählt damals, als wir zum ersten Mal darüber gesprochen haben.«

»Ach ja. Klar. Jetzt weiß ich es wieder. Ist auch gar nicht so teuer. Nur 400 im Monat, plus Ausgaben und Miete. Klar, kein Problem.«

Dann war die Batterie alle. Das war auch gut so. Es wäre nicht schön gewesen, wenn sie in diesem Moment der Freude ihren Mann am Telefon hätte weinen hören müssen.

Die vierte Phase, wie könnte es anders sein, ist Depression:

Ich konnte nicht nach Hause. Nicht ohne Klamotten, Laptop und Pass. Und hierbleiben konnte ich auch nicht.

Wie ich mich plötzlich nach all dem sehnte, was ich in der Nacht zuvor hatte. Das Vertrauen des Bürgermeisters. Die goldene Wärme seiner Stube. Seinen leckeren Fallobstschnaps. Der Ehrgeiz in seiner geschwungenen Rede, die in der Aussage gipfelte: »Mach dich darauf gefasst – du wirst ein Bestseller-Autor!« Dass er mich geduzt hat. Es war weniger als 24 Stunden her. Und jetzt: Nur Scham und Schande.

Ich musste zu ihm. Ich würde mich ihm zu Füßen werfen. Er sollte entscheiden, was mit mir passiert. Wenn er die Polizei rufen wollte, so sei es. Ich würde keinen Widerstand leisten. Aber diese Funkstille hielt ich nicht länger aus. Ich konnte nur an seinen Großmut appellieren: »Ich bin ein Idiot, ich gebe es zu. Ich weiß, dass ich Scheiße gebaut habe, und will mich ändern, ich schwöre, aber ich brauche Hilfe, geben Sie mir eine Chance!« Das gibt ihm das Gefühl, ein guter Mensch zu sein. Jeder soll sich einmal so fühlen dürfen. Im Grunde tue ich ihm einen Gefallen damit.

Es war schon fast dunkel, als ich wieder aufstand. Ich schlurfte über den Hof und klingelte diesmal bei der Wohnung des Bürgermeisters. Keine Antwort. Ich klingelte noch einmal. Jetzt öffnete sich im ersten Stock ein Fenster. Da war er! Der Fritz-Eberhard persönlich! Schnell begann ich zu reden. Ich musste alles rauslassen, bevor er wieder zumachte: Selbstbezichtigungen, Ausreden, glatte Lügen, ich bettelte darum, reingelassen zu werden und brachte sogar etwas von einem jodelnden Onkel in Texas unter. Ich hatte mich gerade auf die Knie geworfen, als er etwas aus dem Fenster schmiss. Es landete direkt vor mir. Dann knallte das Fenster wieder zu.

Es war nicht mein Gepäck. Es war etwas, was mir nicht einmal gehörte: ein Schlafsack.

Die letzte Phase ist Einsicht.

Ich breitete den Schlafsack auf der Bank aus und setzte mich darauf. Nun war ich ganz unten gelandet.

Na ja, sagte ich mir: Du wolltest die Welt sehen. Jetzt darfst du Loch von einer ganz anderen Seite kennenlernen. Das Fachwerk, die Pflastersträßchen, die heitere Märchenfassade … das ist alles für Touristen. Nur wer den Mut hat, die Gosse von Loch zu ertragen, der wird das echte Loch erfahren. Und das würde ich jetzt tun.

Der Gedanke machte mich hungrig.

Ich hatte noch neun Euro in der Tasche. Die Dönerbude machte gerade zu. Ich bestellte schnell noch einen Döner. Ohne Soße. Es war 10 Cent billiger so.

Ich schaute dem alten Türken zu, während er mir bedachtsam mein Essen zubereitete. Er schien mir der einzige Türke im Ort zu sein. Ich war bestimmt der einzige Obdachlose. Ich fühlte mich ihm verbunden, wie ich mich noch nie zuvor einem Dönerkebabkoch verbunden gefühlt hatte. Als ich zahlte, sagte ich weise: »Jetzt weiß ich, wie es ist, ein Außenseiter zu sein.«

»Und? Wie ist es so?«, erwiderte er höflich-distanziert.

Der Satz, den ich nicht aussprach, als ich zu meiner Bank zurückkehrte, lautete: ›Leck mich am Arsch.‹

Wer weiß, dachte ich, vielleicht bleibe ich für immer auf dieser Bank, ein Schandmal, sichtbar für alle, ein Zeichen, dass Hochmut vor dem Fall kommt, beschimpft und bespuckt mein ganzes restliches Leben lang. Ich stellte mir vor, wenn ich tot wäre, würde Willi eines Tages Besuchern in seinem Museum ein Foto von mir auf meiner Bank zeigen: *Lochs erster Obdachloser.*

Nach dem Döner hatte ich einen schrecklichen Durst. Mit meinem letzten Kleingeld klimpernd, schlenderte ich zum Gasthaus Landsknecht rüber und schaute rein. Durch das Fenster sah ich den kompletten Gemeinderat beim fröhlichen Saufgelage. Die mussten da schon Stunden sitzen.

Am Blatsplatz gab es noch ein anderes Lokal, den Schnapphahn. Das war schon besser. Billige Kaschemmen spielen oft eine wichtige Rolle im Leben eines Landstreichers.

Am Eingang verharrend versuchte ich, durch den Dunst hindurch einen leeren Platz möglichst weit weg von den anderen zu entdecken. Es gab ausgesprochen viele Plätze, weil nur drei Kunden anwesend waren, und zwar an der Theke, wobei diese drei so viel rauchten, dass man glauben könnte, die Bar sei voll.

Ich wollte gerade den Tisch in der entferntesten Ecke aufsuchen, als mich von direkt hinter mir das Geräusch klingelnder Münzen erreichte.

Ich drehte mich um und blickte in die rußverschmierten Gesichter von vier Jugendlichen, die in der noch offenen Tür standen und penetrant die Hand aufhielten. Henner, der pappmachéfixierte Pyrotechniker, war nicht dabei, aber es war definitiv seine Truppe, und das Schlimmste war sowieso das grimmige Gesichtchen des rußverschmierten Neunjährigen, den ich schon in der Halle gesehen hatte und der nun wütend piepste: »Du warst es!« Nein, ich hatte mich geirrt, schlimmer noch als das war der herzhafte Tritt gegen das Schienbein, den er mir bei seiner Anschuldigung verpasste.

»Wir sammeln für die Renovierung der Mehrzweckhalle«, sagte der Anführer lauernd.

Die Blicke der wenigen Anwesenden hefteten sich auf mich.

Der Junge hielt keine Spendenbüchse in der Hand. Ich wollte das auch erwähnen, aber ihre Blicke trafen meinen, und ich wusste, ich war geschlagen.

Ich leerte meine Taschen aus und gab ihnen meine letzten Euro. »Nehmt alles!«, sagte ich hastig. »Klar, Jungs! Ihr habt's verdient!« Ich wollte noch hinterherschieben: »Und ich hoffe, wenn euch mal ein Landstreicher mit sehr intelligenten Augen um eine Spende bittet, dass ihr an unsere Begegnung denkt«, aber es wäre unklug gewesen. Ohne mit der Wimper zu zucken marschierten sie mit meinem Geld an mir vorbei zur Theke und kauften dort so viel Flaschenbier, wie sie sich leisten konnten. Dann zogen sie wieder ab. Noch bevor sie wieder rauskamen, öffneten sie die ersten Flaschen. Mit den Zähnen.

Ich wandte mich schon zum Gehen, als ich hörte, wie jemand hinter mir applaudierte. Wieso, konnte ich mir nicht erklären. Bis ich begriff, dass ich damit gemeint war.

8.

IN IHREM BUNGALOW hoch über Loch, der mehrere Millionen gekostet und zweimal mehr Außenwände aus Glas hatte als jedes andere normale Haus überhaupt Wände, machte sich Mimi Lederer, 50, Witwe, in dieser Nacht einen Caipirinha mit zerstoßenen Limettenwürfeln, die das Hausmädchen Irina bereitgestellt hatte. Das Mixen des Getränks fand sie beruhigend. Mit dem Caipi in der Hand schaltete sie das Fernsehen an, drehte aber den Ton weg, dann ging sie zu der Bang-&-Olufsen-Anlage und ließ leise *Hot Chocolate* von der gleichnamigen Band durchspielen. Unruhig ging sie in ihrem weißledernen Wohnzimmer umher, gefolgt von ihrem ebenso unruhigen Chihuahua. Sie schlenderte an den Glaswänden vorbei und schaute hinunter auf Loch, ihre Heimatstadt, und auf den dunklen Unterwald drum herum, und weiter, in der Ferne, auf die Litzelbacher Straße, die sich wie eine schwarze Schlange durch die dunklen Hügel Richtung Weschnitz wand.

Als das Telefon klingelte, sprang sie auf. Sie eilte hin und war schon außer Atem, als sie den Hörer abhob. Es war Fräulein Ganzke. »Gibt's was zu erzählen?«, schnappte sie ungeduldig. Mimi lauschte aufmerksam. Bald strahlte sie über das ganze Gesicht, während sie abwesend ihren Caipirinha schwenkte. »Nein! Und was hat sie ihm gesagt? Wirklich? ›Du kannst auch gehen‹? Diese Worte?

Nein! Christel ist so stur! Sie kennt Hardy überhaupt nicht. Ja, der Stress. Sie erträgt aber auch wirklich keinen Stress. Mein Gott, ist sie aus Zucker? Was hat sie erwartet, wenn sie einen heiratet wie ihn?« Nach einer Weile legte sie auf.

Dann zog sie aus dem Sideboard unter der Stereoanlage ein altes Fotoalbum heraus, kuschelte sich in die Couchkissen und legte es auf den Schoß. Mit Bedacht schlug sie Seite für Seite um, Ihre Hände liebkosten die alten Fotos: Hardy und sie beim Skilaufen, Hardy, sie und Christel beim Schulausflug zum Felsenmeer, Hardy, sie und Christel auf der Kerb, Hardy und sie beim Tanzen – auf seiner Hochzeit. Bald hörte sie auf, die Blätter umzuschlagen. Ihre Augen hörten auf zu wandern, dafür wanderten ihre Gedanken, und sie vermisste eine Zeit in ihrem Leben, eine bestimmte Zeit, die es nie gegeben hatte.

In ihrer kleinen Wohnung über dem Münkel Aktiv Markt legte Fräulein Ganzke, des Bürgermeisters Sekretärin, nach dem Gespräch mit Mimi Lederer den Hörer auf. Es brannte nur das Licht in der Küche. Vor Fräulein Ganzke auf dem Tisch lagen ausgebreitet ihr Arbeitsvertrag und ihre Kontoauszüge. Daneben befand sich ein Stapel Reiseprospekte. Auf jedem Prospekt klebte ein Post-It mit einer Zahl. Eine nach der anderen nahm sie die Broschüren in die Hand und rechnete mit ihrem Taschenrechner aus, wie viele Tage sie streiken und wie viel mehr Gehalt sie bekommen müsste, um die Summe auf dem Post-It zu erreichen. Als sie fertig war, ließ sie Hawaii, die Malediven und die Nordkap-Kreuzfahrt im Stapel; den Rest der Broschüren schmiss sie weg.

In ihrem Zweifamilienheim verbannte Carmen Bubbe, 34, bekannt in Loch durch Carmens Frisierstübchen, Mann und Sohn aus dem Wohnzimmer, nur wenige Minuten, bevor es an der Tür klingelte. Sie bat ihre beste Freundin, Miranda Michels, 38, bekannt in Loch durch Mirandas Malkasten, herein und brachte sie sofort ins Wohnzimmer. Dort warteten schon eine entkorkte Flasche Rotwein und zwei Weingläser mit neckisch bunten Stielen auf dem gläsernen Couchtisch.

Verstreut auf dem Wohnzimmerteppich befanden sich rund ein Dutzend Kostümentwürfe, mit Marker auf großen Papierbögen skizziert. Neben den Skizzen lagen alte LPs, die sie aus dem Keller geholt hatte: ihre beiden Kiss-Platten *Love Gun* und *Dynasty* neben der Skizze der drei Könige; die Siegfried-Skizze neben Bon Jovis Single *Take Me Home With You*, Brunhild neben Chers *Take Me Home*.

Miranda schaute sie sich an. Sie sagte nichts.

»Marina kommt übrigens nicht wieder. Jetzt fehlt uns auch noch die Kriemhild.«

Miranda nickte nur. Dann sprach Carmen aus, was sie beide die ganze Zeit dachten: »Der Ami hat recht«, sagte sie. »Sie sind sich total ähnlich. Das war mir gar nicht bewusst. König Gunter hat sogar einen Stern auf der Stirn.«

Miranda schmunzelte und nippte an ihrem Wein.

»Was mache ich jetzt?« Carmens Stimme bebte ganz leicht. »Dieser Regisseur, dieser Becker, der sieht das bestimmt auch. Der wird mich rausschmeißen. Der wird mich nicht ernst nehmen. Genau wie dieser *New-York-Times*-Fritze.«

Immer noch sagte Miranda nichts.

»Nu sag doch was!«, zischte Carmen ungeduldig.

»Weißt du – ich finde sie gut. Ich meine, das bist du. Du bist doch auch Künstler. Du machst, was du machen kannst. Genau wie ich. Das weiß ich aus Erfahrung. Ich habe es versucht mit Plüschhasen und es ging total in die Hose. Aber Plüschkatzen kann ich. Und du kannst Rock.«

»Aber er wird es lächerlich finden.«

»Das weißt du nicht. Peter mag es, oder?«

»Ja, Peter …«

»Peter ist auch Künstler. Er hat Geschmack. Und es ist sein Stück. Ich wette, er setzt sich für dich ein.«

»Meinst du? Autor ist nicht Regisseur. Dieser Becker ist aus Hamburg.«

»Na und? Du kannst nicht wissen, was kommt. Glaub mir, Regisseure stecken ihre Schauspieler in alle Arten von Kostümen heutzutage. Nazi-Uniformen, Punk-Klamotten … Wieso nicht Rock?«

»Das hab ich noch nie gesehen.«

»Dann ist es eben was Neues. Wo ist das Problem? Ein Regisseur aus Hamburg – der hat Mut. Meinst du, er will zum hundertsten Mal einen Siegfried im Großkapitalisten-Anzug sehen? Das ist so was von abgedroschen. Der will auch mal was Neues. Lass es dabei, Mädchen. Bleib bei deinen Entwürfen. Was gut ist, setzt sich durch.«

Im Landsknecht, einige Zeit, nachdem der Bürgermeister und die meisten Stadtverordneten bestellt hatten, warteten in einer Ecke der türkische Dönerbuden-Besitzer Erkan Degobedan, 55, und seine Tochter Aische, 28, auf ihr Essen. Seine Tochter war am Nachmittag zu Besuch aus Frankfurt gekommen, wo sie Jura studierte. Als der Wirt aus der Küche kam und dem Türken und seiner Tochter zwei Teller Rouladen mit Rotkohl servierte, tat er dies mit der Bemerkung: »Na, Alter! Schon wieder hier? Der eigene Döner schmeckt dir wohl nicht. Na, mir schmeckt er auch nicht.«

»Wie kannst du dir das gefallen lassen, Papi?«, fragte Aische auf Türkisch, als der Wirt wieder weg war.

Papa Degobedan war empört. »Rede nicht mit mir in diesem Ton«, zischte er zurück. »Ich bin dein Vater. Zeig etwas Respekt. Haben sie dir keinen Respekt beigebracht auf dieser Uni?«

»Papa, was machst du eigentlich in diesem Kaff? Warum bleibst du hier? Das ist unsinnig. In Darmstadt hast du Leute, da wirst du respektiert. Was soll das hier?«

»Du sollst nicht immer alles hinterfragen, was ich sage und tue.«

»Mama weiß nicht, wann du wiederkommst. Sie muss das wissen. Sie hat ein Recht, das zu wissen.«

»Ich komme nicht wieder. Das muss sie verstehen. Wenn es so weit ist, kommt Mama hierher. Jetzt iss deinen Rotkohl und sag mir: Wie schmeckt's?«

»Scheiße schmeckt das«, kommentierte Aische ohne einen Hauch von Übertreibung das Essen. »Was ist das für eine Soße? Sie ist komplett schwarz.«

»Rede nicht mit mir über Soße. Wie schmeckt dir der Rotkohl?«

»Wie aus der Dose.«

»Ich weiß auch, dass er aus der Dose ist. Sag mir, was fehlt.«

»Es ist doch egal, was fehlt, Papa, es ist billiger Fraß. Der Typ macht sich überhaupt keine Mühe.« Sie schob ihren Teller weg. »Das esse ich nicht.«

Der Vater explodierte. »Jetzt hör aber auf! Das reicht! Du kommst hierher und meckerst und hast nichts Gutes zu sagen, was machst du hier eigentlich? Willst du mich besuchen, dann sprich normal mit mir.« Einen Blick warf er zum Wirt rüber, der hinter der Theke aufgehorcht hatte, und senkte seine Stimme. Freundlich wiederholte er: »Noch einmal. Was fehlt an diesem Rotkohl?«

»Was weiß ich? Kumin.«

»Kumin ist ein türkisches Gewürz. Die Deutschen benutzen das nicht so wie wir. Irgendwas anderes fehlt hier, was ist das?«

Aische musterte ihren Vater genauer. Er meinte es ernst. Sie nahm die Gabel in die Hand und probierte den Rotkohl noch einmal. Diesmal dachte sie darüber nach.

»Lorbeer?«

In seiner muffigen Wohnung voller ausgestopfter Eichhörnchen, Amseln und Waschbären saß des Bürgermeisters Bruder Willi Steiner vor seinem Compaq-Rechner und schrieb eine E-Mail:

Sehr geehrter Herr Dr. Henke:

Ich hoffe sehr, dass Sie meine letzten E-Mails bekommen haben. Ich warte nun seit mehreren Wochen auf eine Antwort von Ihnen und mache mir schon Sorgen. Ich hoffe, es geht Ihnen gut. Nun ist es so, dass wir langsam erfahren müssen, wie Sie die Echtheit des Nibelungen-Amuletts einschätzen. Nochmals möchte ich mich ausdrücklich dafür entschuldigen, dass wir Ihnen nicht das Original, sondern nur einen Abdruck und Fotos zusenden konnten. Doch unsere Zeit wird knapp, und wir hätten daher äußerst gern Nachricht von Ihnen. Und sei es nur, zu erfahren, wie weit Sie mit dem Gutachten schon sind. Jede Antwort von Ihnen würde uns beruhigen.

Mit freundlichen Grüßen
und gespannt auf Ihre Antwort,
verbleibe ich,
Wilhelm Steiner.

Er setzte den Text in eine E-Mail ein, klickte auf »Abschicken« und schaute geduldig auf den blauen Lade-Balken, bis die E-Mail fort war.

Willi ging in die Küche und wärmte sich den Rest vom Mittagessen wieder auf. Nach der Mahlzeit kehrte er wieder an den Computer zurück, rieb sich die Hände und wählte sich ein. Keine Antwort.

Der Nibelungendichter Peter Westernacher stand in dieser Nacht in der rustikalen Küche des großen, leeren Hauses seines Vaters und schmierte sich ein Brot mit Leberwurst. Der Hund schaute ihm aufmerksam zu. »Vergiss es«, sagte er. »Das gehört mir.« Der Hund legte den Kopf schief. Der junge Westernacher seufzte.

»Du bist nicht der Einzige hier, der Großes erwartet, Toto«, sagte er. »Sie warten alle. Wir werden sie nicht enttäuschen. Wir schaffen das noch. Wir schaffen es.«

Peter machte ein Pils auf und setzte sich an den alten Schreibtisch seines Vaters, direkt unter einem staubigen Hirschgeweih. Den Hirsch hatte sein Großvater mal geschossen. Der Laptop lag schon dort. Er war trocken, soweit Peter das beurteilen konnte.

Er klappte ihn auf. Der Bildschirm leuchtete auf, und kurz erklang das freche Microsoft-Geräusch, dann war der Ton weg und der Bildschirm tot. Er versuchte ihn noch ein-, zweimal anzuschalten, aber jetzt kam gar nichts mehr. Er saß eine Weile regungslos. Da nahm er das teure Gerät, riss die Kabel raus und pfefferte es mit beiden Händen gegen die Wand. Dann legte er den Kopf auf den Schreibtisch und weinte. Er bemerkte nicht, dass sein rechter Ellenbogen perfekt das Leberwurstbrot abdeckte. Er bemerkte nicht mal Totos Pfote, die nachdrücklich auf seinem Knie lag.

»Da ist er ja, der Held des Tages!«, rief mir in dieser Nacht der Mann an der Theke zu und klatschte in die Hände.

Ich schaute mich um, aber er schien tatsächlich mich damit zu meinen.

»Da haben Sie sich ja ganz schön was geleistet …«, kicherte er. »Sie haben eine ganze Festspieltruppe heimatlos gemacht!« Er schüttelte den Kopf und zischte leise: »Gut gemacht! Ich kann die Angeber eh nicht leiden!«

Ich dachte, ich höre nicht recht, aber er klopfte aufmunternd auf den Barhocker neben sich. »Na los, Mr *New York Times*, setz dich zu mir. Einem Helden wie dir muss man ein Bier ausgeben.« Ich hatte keine Ahnung, wovon er sprach, aber die Worte »ein Bier ausgeben« drangen eindrucksvoll durch die Verwirrung hindurch. Ich näherte mich vorsichtig der Theke.

Der Mann hieß Kurt Jannowitz, und er sprach nicht über sein Alter. Er trug einen ollen Lederblouson mit Strickbündchen, lange braune Haare in einem fusseligen Pferdeschwanz zusammengefasst und einen hängenden Schnurrbart, der ihm das Aussehen eines schlecht gelaunten Walrosses verlieh. Sein Geld verdiente er als Kfz-Mechaniker. Kurt erzählte gern. Und nicht nur das: er war auch sehr geübt im Kritisieren, Sich-Aufregen, Besserwissen und Dozieren. Aus Erfahrung wusste ich, dass diese Art Mensch oft bereit ist zu zahlen, wenn ihnen nur einer zuhört. Allein erzählt es sich so schlecht.

Kurt hatte eine Menge zu sagen: über die Dummheiten, Arroganz und Irrwege des Bürgermeisters, der zufällig – er seufzte – sein Schwager war. Über dessen Wahn, aus Loch eine Nibelungenstadt machen zu wollen. Über den Wahn der Locher mitzumachen. Über den peinlichen Festspielversuch, der nicht gelingen konnte, und über den unfähigen Autor, der mehr von Kühen verstand als von der Bühne.

Ich nickte und lächelte, und tatsächlich: Bis zum dritten Bier kam ein Schweinebraten dazu. Bald verschwand der aufgeregte Monolog im Hintergrund, und ich war von einer wohligen, bierigen Watte umgeben, die mir, muss ich sagen, unwahrscheinlich gut stand.

Bald nahm ich nur mehr Bruchstücke der Umgebung wahr. Billige Witze, gackerndes Gelächter, enthemmtes Kreischen, Verschwörungstheorien, plötzliches Flüstern und irgendwelche großen Pläne, in die man mich einweihen wollte – von all dem kamen nur noch Fetzen bei mir an.

Da waren die Schnapsgläser auf der Theke, die ich einfach nicht zählen konnte, weil ihre Zahl sich immer änderte. Da waren die Trinksprüche, die mir jetzt unerklärlich sind: »Auf den alten Bismarck«, »Scheiß auf die Holländer!«, und sogar »Make Love, not War!« Das Letztere, glaube ich, war sogar von mir.

Da war eine dieser Damen – oder hat es überhaupt die

ganze Zeit nur eine Dame gegeben? –, die rechts neben mir, die immer jünger aussah. Ihr Leopardenschal war faszinierend. Sie kam mir sowieso die ganze Zeit bekannt vor, und so bemühte ich mich, sie genauer anzusehen. Irgendwann konnte ich ihre Falten nicht mehr erkennen. Das Lederne ihrer Haut schien zart und sanft. Ihre strengen Lippen voll. Jemand lehnte sich gegen mich und konnte nicht aufhören zu lachen.

Danach weiß ich nichts mehr.

9.

DAS KOPFWEH war noch nicht ganz da, aber in meinem halbwachem Zustand wusste ich, dass es lauerte, bis ich die Augen aufmachte. Fast höflich.

Ich wusste, dass die Sonne schien und dass Carla in der Küche Kaffee brühte. Ich wusste es, weil WDR 2 im Radio spielte und Carla bei Stevie Wonder mitsummte. Wenn ich es schaffen würde, mehrere Aspirin – meinetwegen auch eine tödliche Überdosis – einzuschmeißen, bevor ich so wach war, dass der Kopfschmerz richtig zuschlug, könnte ich seinen Triumph mindestens abmildern.

Mit fest zugekniffenen Augen stieg ich aus dem Bett. Die Hände ausgestreckt, stolperte ich in Richtung Bad. Tür auf, Tür zu. Aspirin im Spiegelschrank über dem Waschbecken. Kein Waschbecken. Irgendwie konnten meine Hände auch den Spiegelschrank nicht finden. Es hingen zu viele Frauenkleider davor. Außerdem war das auch nicht Carlas Stimme, die ich aus der Küche hörte, und es war auch nicht WDR 2. Ich schlug die Augen auf. Ich stand im Dunkeln.

Mit einem lauten Peng meldeten sich meine Kopfschmerzen an, und höflich waren sie auch nicht mehr. Im Gegenteil. Sie wollten mich umbringen.

Irgendwie schaffte ich es, die Tür hinter mir wieder aufzumachen, damit Licht reinkam. Ich stand in einem

Wandschrank, Kleider vor meiner Nase. Ich war nackt. Ich schlafe nicht nackt. Das wusste ich sogar in meinem jetzigen Zustand. Die Schmerzen hämmerten in meinem Schädel herum, als wollten sie mir irgendetwas sehr Wichtiges mitteilen. Ich stapfte ins Zimmer zurück und schaute mich um. Ich war weder zu Hause in Krefeld noch in des Bürgermeisters Gästezimmer. Das Zimmer, in dem ich aufgewacht war, war das Schlafzimmer einer Frau. Überall lagen teure Negligés und Dessous herum. Jedenfalls hoffte ich, dass sie einer Frau gehörten. Ich lauschte dem leisen Summen aus der Küche. Ich erkannte die Stimme nicht, aber ich ahnte es. Hell, glockenklar und unbeirrbar. Meine Kleidung war nirgends zu sehen.

Ich hüllte mich in eine Federdecke und folgte dem Gesang auf Zehenspitzen durch den Flur Richtung Wohnzimmer, wo ich hoffentlich meine Klamotten vorfinden würde. Ich sah Licht am Ende des Tunnels, ich meine, des Flures: die Wohnungstür! Nur: Auf dem Weg zum Wohnzimmer musste ich an der Küche vorbei. Und da machte ich einen Fehler. Ich warf einen Blick hinein – und sah sie.

Ich erstarrte. Egal was gestern Nacht passiert ist, dachte ich, es kann nicht schön gewesen sein. Auf der immer wieder aktualisierten Liste der Dinge, für die ich mich im Leben schäme, setze ich diese Nacht ganz weit oben an – noch vor der Episode mit Leos großer Schwester, dem Eimer rosaroter Farbe und dem Eichhörnchen, das wir unter Drogen gesetzt hatten.

Jede Faser meines Körpers schrie: Raus hier! Du findest einen Weg, das alles zu vergessen. Je weniger du weißt, desto leichter wird es für dich sein! Doch bevor ich mich aus meiner Erstarrung kämpfen konnte, drehte sie sich um.

Habe ich schon erwähnt, dass sie nackt war?

Das Schlimmste war nicht, dass sie aussah wie meine Tante Daisy. Das Schlimme war ihre zähe Magerkeit, ihre nahtlose Sonnenbräune, diese kerzengerade Haltung … sie war so adrett! Ihre Gesicht war perfekt geschminkt, die kurze Dauerwelle festgesprayt, die Ohren frisch gewaschen, das Lächeln proper, ihre Brille glitzerte mich schelmisch an. Ein Gesicht bar jeder Erotik auf einem nackten Körper. Ich wusste, sie würde auch im Bett derart unverbindlich lächeln. Woher wusste ich das? Ich klapperte mit den Zähnen. Dies war ein Politikerlächeln, es war an ihren Lippen festgewachsen. Können Sie sich einen feuchten Traum mit Nancy Reagan vorstellen? Ich weiß jetzt, wie so was aussieht, und ich wünschte, ich hätte es nie erfahren.

Alles in mir schrie: Lauf um dein Leben! Doch der Gentleman in mir, dieser fatale, immer zur falschen Zeit höfliche Instinkt, der niemals einen Anflug von Verzweiflung in Gegenwart einer Frau zeigen würde, machte den Mund auf und sagte: »Guten Morgen!«

»Guten Morgen!«, erwiderte sie fröhlich und ließ kurz von den Spiegeleiern ab, die sie in aller Seelenruhe briet, während meine Welt um mich herum zusammenbrach. Ich hatte eindeutig einen Fehler gemacht. Wenn ich mich nur erinnern könnte, welchen! »Du bist ja blass!«, rief sie besorgt. »Du armer Junge. Es hat dich überwältigt.« Sie hätte auch Chinesisch reden können. Die Worte fielen so aus ihrem Mund heraus, als ob ich irgendeine Jetzt-Reden-Taste gedrückt hätte. »Du hast wohl nicht geahnt, was in dir steckt. Du hast eine Tür aufgestoßen, und nun hast du Angst vor der eigenen Courage. Du bist ein Mann. Wie fühlt sich das an? Fremd? Du hast den ersten Schritt in ein neues Leben gemacht. Das ist aber nur der Anfang. Es gibt eine Wunderwelt da draußen, Dinge, die du nie gesehen hast.« Sie wetzte euphorisch ein Obstmesser. »Mein naiver amerikanischer Junge! Ich zeige dir, wie wir in Europa leben. Tausend Jahre Kultur, du wirst eine ganze Welt entdecken. Kennst du Tantra? Damit fangen wir an. Heute Abend. Ich komme früh vom Amt.« Mit diesen Worten presste sie routiniert mehrere exotische Früchte aus, die ich noch nie gesehen hatte.

»Ein Mann?«, stammelte ich.

»Doch doch, du hast mir gezeigt, dass du ein Mann bist.« Mit Verve schäumte sie die Milch auf, bis es blubberte.

Ich brach in Tränen aus.

»Keine Sorge, Kleiner, es ist nichts passiert ...« – ich schöpfte Hoffnung – »... wofür du dich schämen müsstest. Milch? Zucker?«

»Aspirin.«

Sie löste eine Tablette in einem Glas Wasser auf, reichte es mir und stieß mir dabei freundschaftlich in die Rippen, was dazu führte, dass ich vor Schreck die Daunendecke fallen ließ, worauf sie sich die Decke schnappte und neckisch hinter ihrem Rücken versteckte. Nun stand ich splitterfasernackt vor ihr, und mehr hatte auch sie nicht am Leib. Nackt, hungrig und zunehmend verzweifelt lauschte ich ihren Worten.

»Du musst endlich lernen, deine amerikanische Prüderie loszuwerden«, mahnte sie und riss einen jungen Salatkopf in mundgerechte Fetzen. »Wusstest du, dass die meisten Probleme dieser Welt von einer falschen Sexualpolitik herrühren? Sex wird von der Gesellschaft noch heute unterdrückt, besonders bei euch Amis. Damit hast du noch zu kämpfen, mein Lieber. Es war nicht leicht … ich meine, indem du deine Sexualität unterdrückst, verkrüppelst du dich, das hat schon Freud gesagt«, meinte sie und knackte mehrere Nüsse, die sie über die Käseplatte streute. »Kennst du überhaupt Freud?«

Mit letzter Kraft ließ ich mich in einen Stuhl fallen. Ich goss das aufgelöste Aspirin in die Tasse, die vor mir stand, und Kaffee aus der Kanne hinterher, und stürzte alles zusammen in einem Zug runter. Es schmeckte revolutionär scheußlich, und das war gut so, denn ich wollte endlich ein anderes Gefühl als Verzweiflung spüren. Übelkeit stieg in mir auf. Ich musste was tun, musste ihr zeigen, dass ich ein Mann bin. Dass ich noch Kontrolle über die Situation habe. Ich packte ihren Arm und flehte sie an: »Wer sind Sie, um Gottes willen?«

Ich hatte sie zum Schweigen gebracht. Wütend kniff sie ihre Lippen zusammen.

»Du weißt meinen Namen nicht? Nach so einer wunderbaren Nacht?« Sie machte sich gekränkt los. »Und ich dachte, du wärst anders.«

So plötzlich wie sie gekommen war, war die Empörung wieder weg. »Das können wir aber später klären! Ich habe dir so ein wunderbares Frühstück gemacht. Du kennst doch Nutella? Probier die Erdbeermarmelade. Selbst gemacht.« Mit diesen Worten holte sie die Brötchen aus dem Ofen – »Selbst gebacken!« – und verbrannte sich die Finger.

Damit war der Zorn wieder da. »Ich hoffe aber doch sehr, ich habe das falsch verstanden. Wenn ich heute Abend wiederkomme, werden wir das besprechen. Da hast du einiges zu erklären! Ich bin um 17 Uhr 50 zu Hause.«

Sie verschwand ins Schlafzimmer und kehrte adrett angezogen wieder. Ist das nicht komisch? Sie machte angezogen genau den gleichen Eindruck auf mich, den sie nackt gemacht hatte. Dann kam ein Küsschen auf die Wange, die Zweitschlüssel wurden mir in die Hand gedrückt, und weg war sie.

Als ich hörte, wie die Wohnungstür zuknallte, fiel mir wieder ein, wer sie war: die Frau, die neben mir in der Gemeinderatssitzung gesessen hatte.

Ich wandte mich dem gedeckten Tisch zu. Vor mir stand das perfekte Frühstück.

10.

TAGEBUCH EINER GEISELHAFT

Ich führe diese Aufzeichnungen für all die Männer, die nach mir kommen werden. Mein Laptop wurde mir weggenommen, also muss ich auf Servietten, an den Rändern von Zeitungen, auf die Rückseiten von weggeschmissenen Briefumschlägen schreiben. Ich verstecke die Schnipsel in den Steuerordnern vom letzten Jahrhundert, hinter den zehn VHS-Kassetten namens *Die Kinder von Golzow – eine Langzeitdokumentation* in Originalverpackung, hinter dem Mango-Chutney in den tiefsten Tiefen des Kühlschranks, überall, wo meine Geiselnehmerin so schnell nicht hinschaut, damit jeder, der nach mir kommt, weiß: Du bist nicht allein.

Tag 1

Sie ist weg. Die Tür fällt ins Schloss wie Donnerhall. Ihre letzten Worte klingen noch in meinen Ohren wie eine Drohung: »Ich komme gleich nach Dienstschluss wieder!« Mit letzter Kraft zische ich ihr zu: »Bringen Sie doch Chips mit – mit Paprika-Geschmack.« Dann bin ich allein.

Ich durchsuche mein Verlies: Dreiraumwohnung, Typ Ikea-Neubau-Parkett-Trockenblumen-Klimtkussposter-Afrikasexgottheiten. Immerhin empfängt ihr Fernseher

32 Sender. Ich stoße auf die geöffneten Briefe vom Vortag. Meine Gefängniswärterin heißt Renate Pirsch, Stadtverordnetenvorsteherin (SPD). Wenn ich gestern im Rathaus nur gemerkt hätte, was die Dame mit mir vorhatte, wäre ich jetzt nicht in dieser Situation.

Meine oberste Priorität ist es, einen Plan zu fassen, wie ich aus meiner verfahrenen Lage wieder herauskomme. Ich denke fieberhaft nach. Mir fällt nichts ein. Bevor ich mich versehe, ist es Mittagszeit. Der Kühlschrank ist, wie zum Hohn, ausschließlich mit vegetarischen Spezialitäten gefüllt. Ich grabe meine Finger durchs Eis, bis sie wund sind, bevor ich eine Tiefkühlpizza finde. Sie ist uralt und von Gefrierbrand überzogen, doch ich jubele fast vor Freude und verschlinge sie mit dem letzten Schluck Chardonnay, den wir offenbar gestern Abend nach unserer Begegnung noch halb in uns hineingekippt haben. Frisch gestärkt, lasse ich mich auf dem Sofa nieder und versuchte, mein Problem von einer anderen Perspektive aus zu analysieren. Drei Stunden später erwache ich wieder und trinke verzweifelt die ganze Kanne kalten Kaffee von heute Morgen leer, da ich nirgendwo in ihrer Küche Kaffeepulver finde. Anschließend versuche ich mir aus sämtlichen Netzteilen, die ich in ihrem Haushalt finden kann, ein Ladegerät für mein Handy zu basteln und erleide mehrere elektrische Schläge, bevor ich das Projekt wieder verwerfe.

Gegen Nachmittag fange ich an unruhig zu werden. Die Gewissheit, dass meine Geiselnehmerin zurückkommen wird, verfinstert meine Stimmung. Ich überlege mir verzweifelt Ausweichmanöver, aber keines scheint mir tauglich, das Unabwendbare abzuwenden – »Entschuldige Liebling, ich habe Kopfschmerzen«, ist zu schwach, »Entschuldige Liebling, mein Glied ist abgefallen« wiederum unglaubwürdig.

Zu spät. Ich vernehme Gelächter und Gesprächsfetzen aus dem Hausflur, dann höre ich den Schlüssel in der Tür. Sie kehrt zurück mit einem chromblitzenden Folterinstrument: »Hab ich mir von der Nachbarin ausgeliehen!« Mit Kennermiene stellt Sie frische Nudeln damit her. Beim Teigkneten singt sie ›Besamé mucho‹ vor sich hin. Sie hat sich bestimmt den ganzen Tag über ausgemalt, was sie abends mit mir anstellt. »Den ganzen Tag habe ich mir ausgemalt, was ich heute Abend mit dir anstelle, Steve«, sagt sie fröhlich. »Noch etwas Parmesan?« Es gibt Papardelle mit Tintenfischtinte und gerösteten Pinienkernen.

»Wo ist das Fleisch?«, frage ich vorsichtig. Nicht nur, um sie auf ein anderes Thema zu bringen. Ich will es wirklich wissen.

Sie lacht glockenhell. »Weißt du nicht, dass Vegetarier sexuell leistungsfähiger sind?«

Meine Verzweiflung wächst. Nach dem Abendessen trägt sie Kerzen und eine Flasche Wein zur Couch. Im Hintergrund singt Santana. Ich rieche ihr Parfum. Es riecht nach Gemüse. »Ich habe übrigens was ganz Verwegenes da«, zwinkert sie. »Was glaubst du, wie viele Reißverschlüsse man an einem Kleidungsstück haben kann? Denke groß.«

»Einen?«

»Dreiundvierzig.«

Sie verschwindet ins Schlafzimmer. Als sie zurückkommt, trägt sie ein samtenes Bodysuit mit 43 Reißverschlüssen. Ich zähle ungläubig nach. Bei Reißverschluss

Nummer 39 dämmert es mir, dass sie am ganzen Körper rasiert sein muss, anders kommt man in so ein Ding nicht rein. Ich kann mich nicht mehr darauf konzentrieren, eine gute Ausrede zu finden, um dem, was vor mir steht, aus dem Weg zu gehen.

Wir stoßen an. Ich nehme einen Schluck Rotwein. Sie kuschelt sich an mich.

In dem Moment sagt mir mein Körper, was ich zu tun habe. Ich entschuldige mich und eile ins Bad. Schnell schraube ich die Flasche Rizinusöl auf, die ich am Nachmittag in der hintersten Ecke des Arzneischranks entdeckt habe, gieße den gesamten Inhalt in mich hinein und nehme flugs wieder Platz auf der Couch.

Sie kommt nicht weit, bis ich wieder ins Bad verschwinde. Durch die geschlossene Badezimmertür bietet sie mir Hilfe an, doch die Geräusche, die ich zur Antwort von mir gebe, lassen sie verstummen. Dort verweile ich den Rest des Abends. Ich lese drei *Cosmopolitan*, zwei *Psychologie heute* und vier *Titanic* von vorn bis hinten. Weiß nun, wie ich Stress im Büro vermeide, warum ich niemals Sex im Büro haben soll und welche Geräusche weibliche Chefs beim Sex im Büro machen. Um zwei Uhr morgens schleiche ich ins Bett. Unterwegs falle ich mehrmals um, da ich meine Beine nicht mehr unter mir spüre. Sie schläft schon.

Tag 2

Frau Pirsch ist schon fort, als ich aufwache, aber auf dem Stuhl neben dem Bett liegt frische Wäsche aus meinem Koffer. Die kann sie nur vom Bürgermeister haben. Mein Laptop ist nicht dabei. Mein Ehering auch nicht. Was wird hier gespielt? Was hat der Bürgermeister ihr gesagt?

Ich denke an heute Nacht, die letzten Worte, die wir wechselten, bevor das akustisch unmöglich wurde:

»Oh Gott, oh Gott«, stöhnte ich kleinlaut aus dem Bad, »was wird der Bürgermeister mit einem Betrüger wie mir nur machen?«

Durch die Tür kam ihre Antwort: »Weshalb sollte es den Fritz-Eberhard kümmern, dass du deine Frau betrügst? Sie muss nie davon erfahren. Das tut ihr doch nur weh. Sie ist sicher eine nette Person«, plapperte sie weiter. Nachdem ihr Wortschwall versiegt war, dämmerte es mir langsam: Der Bürgermeister hat noch immer niemandem mein Geheimnis verraten. Die Polizei hat auch noch nicht geklingelt. Angezeigt wurde ich offenbar nicht.

Gleich nach dem Frühstück werde ich ins Rathaus marschieren und ihn zur Rede stellen. Gleich nachdem ich dieses seltsame Buch durchgeblättert habe, das mysteriöserweise über Nacht auf dem Couchtisch erschienen ist: *Der Sex-Guide für freche Frauen.* Und da ist ja noch eins.

Nachmittag. Niemals hätte ich mir *Vera am Mittag* und das *Foto-Kamasutra* gleichzeitig anschauen sollen. Ich brauche frische Luft.

Vor dem Rathaus sitzt die Sekretärin mit ihrem Schild und einer Kanne Kaffee, vertieft in ihren Krimi. Um zum Bürgermeister zu gelangen, muss man an ihr vorbei. Gegenüber bei Bad Design wienert Christel die goldenen Armaturen. Ein klimatisierter Reisebus voller Japaner schwankt über den Blatsplatz wie ein verwirrter Wal kurz vor der Strandung. Röhrend entschwindet er schließlich durch die engen Gassen in die falsche Richtung – nicht aus der Stadt raus, sondern weiter rein. Auch Japaner verfahren sich. Die Sekretärin hat nicht einmal aufgeschaut.

Ich probiere es mit einem Frontalangriff. Plötzlich stehe ich vor ihr. Sie schaut mich an. Ich schaue sie an. Ich begrüße sie.

»Guten Tag.«

»Guten Tag.«

»Ist der Bürgermeister im Büro?«

»Ja.«

Ich bedanke mich.

Und kehre zum Bad Design zurück, um Christel durch das Fenster zu beobachten. Sie hat sich inzwischen auf das Schnitzen von bunter Seife verlegt. Ich schaue ihr eine Weile zu, und mein Zeitgefühl beginnt sich zu entschleunigen. Vielleicht schaut sie ja mal zurück, und dann kann ich reinstürzen und sie auf mein Gepäck ansprechen. Das wäre leichter, als dem Bürgermeister unter die Augen zu treten. Tut sie aber nicht.

Abends begebe ich mich freiwillig zum Esstisch von Frau Pirsch. Es gibt Sojaschnitzel mit Dinkelcouscous und Kresseschaum an Zitronenschalenspiralen. Beim Essen empfange ich von meinem Körper deutliche Signale, dass überhaupt kein Nährwert aufgenommen wird. Renate will mir langsam meine Kräfte rauben, bis ich mich nicht mehr wehren kann und ihr williger Toyboy werde.

Ich versuche, ihr Nachrichten aus dem Rathaus zu entlocken, doch sie lächelt nur fein.

»Ich mache mir Sorgen um dein *Standing* in der *Community*«, sagt sie und zwinkert. »Ein paar Leute aus der Festspieltruppe sind anscheinend noch beleidigt. Und der junge Westernacher erzählt überall rum, dass du kein richtiger Theaterkritiker bist. Soll ich mit ihnen reden?«

Vor allem soll sie mit dem Bürgermeister reden. Als ich

das sage, blickt sie mich liebevoll an und seufzt. »Ja ja, der Fritz-Eberhard. Mit dem habe ich auch gelegentlich Differenzen. Aber lass uns nicht über die Arbeit sprechen.« Sie entkorkt den Wein.

Ihre Botschaft ist klar. Ich gehe schon freiwillig zur Couch. Aber ich habe ein Ass im Ärmel. »Haben Sie vielleicht noch was Besonderes im Schrank? In das sie schnell schlüpfen könnten?«, frage ich.

Frau Pirsch verschwindet aufgeregt im Schlafzimmer, nicht ohne zu rufen: »Du interessierst dich doch für deutsches Brauchtum, oder? Warte, was ich für dich habe.«

Schnell nehme ich die Schlaftabletten, die ich in der hintersten Ecke ihres Nachttisches gefunden und schon vorher zu Pulver zermalmt habe, und schütte alles in ihr Weinglas.

Als sie wiederkommt, trägt sie ein Babydoll mit Mainzelmännchenmuster. »Eigentlich überhaupt nicht mein Stil«, sagt sie und dreht sich kokett. »Aber wenn man diesen Stoff sieht, kann man nicht widerstehen, gell?«

Dann passiert etwas, was im Kino nie passiert. Vor dem Trinken fällt ihr auf, dass der Wein eine unnatürliche Undurchsichtigkeit zeigt, und sie schnuppert daran.

»Riecht der Wein komisch? Er hat irgendwie keine Blume.«

Ich schnuppere höflich an ihrem Glas. »Ich rieche gar nichts.«

»Der sieht korkig aus. Ich mache schnell einen neuen auf.«

Sie steht schon auf. Ich sehe, ich habe keine Wahl.

»Dann trinken Sie aus meinem Glas«, sage ich großmütig.

Ihr Glas nehme ich in die Hand und leere es, bevor sie protestieren kann, in einem Zug.

Das Letzte, was ich noch weiß, ist, dass ich sage: »Sehen Sie? Ich rieche gar nichts.«

Tag 3

Auf dem Tisch liegt ein neues Buch: *Sex für Dummies*. Jetzt wird sie auch noch persönlich.

Ich passe Christel auf dem Weg in ihre Mittagspause ab und flehe sie an, mir mein Gepäck, wenigstens meinen Ehering, wiederzugeben. »Das letzte Mal lag er auf dem Nachttisch«, erkläre ich.

»Als ich das Bett abgezogen habe, lag er aber nicht mehr da«, sagt sie. Auf mein Drängen hin händigt sie mir widerwillig einen vollen Staubsaugerbeutel aus. Merklich distanziert erklärt sie mir, dass das Innere dieses Beutels der einzige Ort sei, wo der Ring ihrer Meinung nach zu finden sein könne.

»Was ist mit meinem Gepäck?«

»Da komme ich nicht ran«, bedauert sie. »Mein Mann hat das alles schon in das Auto geladen, und jetzt ist er damit unterwegs.«

Ich schlendere erst mal zur Bank am Brunnen und vertreibe mir die Zeit damit, den Inhalt des Staubsaugerbeutels in aller Öffentlichkeit akribisch zu untersuchen. Als ich von oben bis unten mit Staubflusen bedeckt bin, stellt sich heraus, dass der Ring nicht darin war. Es wäre ja auch zu schön gewesen. Dafür weiß ich jetzt, was ich zu tun habe: Dieses Fahrrad, das ich geklaut habe – dieses alte, stabile Hollandrad –, das war noch sehr tauglich. In den Reifen war Luft. Das ist sie, meine Chance. Pfeif auf das Gepäck. Mit dem Fahrrad entkomme ich, genau wie ich gekommen bin. Ich bin jung und kräftig, mit dem Rad schaffe ich es bis nach Krefeld. Wurzeln und Streuobst vom Wegesrand werden meine Nahrung sein, schlafen werde ich unter den Sternen. Nach wenigen Monaten nur werde ich von Kopf bis Fuß gestählt meine Frau in die Arme schließen. Ihr Opa hat es nach dem Krieg auch geschafft, über die Karpaten bis nach Hause, auf der Flucht. Wahrscheinlich auf der Flucht vor meinem Opa. Und das auch noch zu Fuß. Ich habe das Fahrrad. Ich muss nur aufsteigen und wegfahren.

Doch als ich um die Ecke vom Rathaus biege, wo ich das Fahrrad abgestellt hatte, ist es weg. Schaffe ich es auch zu Fuß? Das muss ich mir nochmal gut überlegen.

Irgendwas treibt mich am Gemeindehaus vorbei. Ein Fenster steht offen. Proben sie schon wieder? Ich spähe hinein. Nur an den Wänden sind noch Schmauchspuren zu sehen. Und natürlich auf dem Haufen schwarzen Gerümpels vor der Bühne.

Auf der Bühne steht ein einsamer Recke. Ein Wolfsfell bedeckt seinen nackten Oberkörper; Hosen trägt er noch, aber die Schuhe hat er durch Sandalen ersetzt. Auf dem Kopf eine blonde Perücke und ein Helm mit goldenen Flügeln. In einer Hand ein Schwert, am anderen Arm ein großer, metallbeschlagener Schild. Siegfried. Aber in dem Kostüm steckt kein Schauspieler, sondern der alte Mann, der Bruder des Bürgermeisters – Willi.

Im Siegfried-Kostüm ist Willi wie ausgewechselt; gar nicht mehr behäbig, sondern erstaunlich geschmeidig, als sei ihm neues Leben eingehaucht. Er tanzt. Er schwingt das Schwert. Er kämpft mit einem unsichtbaren Feind. Ein Drache womöglich. Der Drache greift an, drängt ihn bis an den Rand der Bühne. Siegfried sinkt in die Knie, rollt seitwärts, steht wieder auf und greift den Drachen von der Seite an. Der Schlag sitzt! Siegfried springt zurück, hebt sein Schild zum Schutz, die Flammen prasseln obenauf und lassen Willi unverletzt – bis das Feuer erstirbt. Jetzt holt Willi zum Endschlag aus, springt vor und senkt das Schwert tief in den Rachen des Drachen – er drückt ihn herab, treibt das Schwert tiefer hinein, bis der Drache sich windend zu Boden sinkt und stirbt. Dann reißt er die Arme mit Schwert und Schild triumphierend in die Höhe und bleibt einen Augenblick so stehen.

Sein Handy klingelt. Willi geht ran. Er wird erwartet. Er zieht sich Helm und Perücke ab und verlässt den Raum. Schade.

Ich flüchte um die Ecke, damit er mich beim Verlassen des Gemeindehauses nicht sieht. Die Straße führt über eine kleine Fußgängerbrücke. Die Rinnach. Ich laufe weiter, über die schmalen Bürgersteige, an den dicht gedrängten Fachwerkhäuschen vorbei, die immer schäbiger werden, je weiter sie vom Blatsplatz entfernt sind. Bald schon erreiche ich den Ortsrand. Ich komme auf die Ausfallstraße, an der die größeren Höfe liegen, manche umfasst von Mauern, manche mit weit offen stehenden Toren, manche völlig ohne Zaun. Ich passiere Regenwassertonnen, Misthaufen, Silos, Autoteile, ganze Autos, ab und zu einen krummen Obstbaum, Hühner, die leise gackernd über die Wiese nach Hause eilen. Es duftet intensiv nach Kuhmist. Sind das in der Ecke da tatsächlich Hanfgewächse? Ich weiß nicht, wie lange ich so herumgewandert bin, inzwischen zieht die Dämmerung herauf. Mit einem Knistern springen die großen orangefarbenen Leuchten am Straßenrand an. Erst nach einer Weile werden sie richtig hell. Aus einem Hof höre ich laute Stimmen und Gelächter. Fünf Kerle, so zwischen 13 und 16, werkeln mit nackten Oberkörpern im Schein der Hoflampen an einem Traktor herum. Mehrere Sixpacks stehen da auf dem Boden. Außerdem riecht es stark nach Gras. Ich schaue ein wenig zu. Sie motzen ihn auf, machen einen Monster-Traktor daraus, mit riesigem Scheinwerfer auf dem Dach, aufgemalten Flammen an der Seite der Kabine und einem roten Ledersessel drin, Heckflossen und einer Glashaube, die den glänzend polierten Motor darunter freilegt. Sie schrauben gerade eine Baggerschaufel vorne dran, die wie ein Vampirmaul angemalt ist. Und ja: Die Zähne sind spitz gefeilt.

Ach ja, die Landjugend: alle jung und gut gebaut, robust und gesund. Ein rustikales Bild. Da ist auch ein Junge dabei, vielleicht neun Jahre alt, strohblondes Haar, erfüllt mit einer einzigen Leidenschaft: so zu sein wie die Großen. Irgendwas kommt mir bekannt vor. Dann erkenne ich sie: Henner und seine Jungs.

Eine Katze schnurrt mir um die Beine.

In dem Moment bemerken sie mich.

»Ey, das ist der Typ!« Sie wenden sich mir zu. »Was suchst du hier? Noch was zum Abfackeln?«

Ich gehe diskret schmunzelnd weiter. Diese Kids. Immer zu Späßchen aufgelegt.

Hinter mir höre ich ein Brummen. Ich schaue mich um. Aus dem Hof kommt der Traktor gebogen. Fünf Kerls und ein Junge oben drauf. Ein ungewöhnlich flotter Traktor ist das.

Ich lege einen Schritt zu und biege auf einen Feldweg ein. Der Traktor rumpelt hinter mir her.

Ich renne.

Ab und zu blicke ich über die Schulter. Die Jungs johlen begeistert. Sie begießen sich mit Bier. Sie ziehen ihre Hosen runter und wedeln mit ihren nackten Ärschen.

Ich kreuze eine Landstraße. Sie ist leer und dunkel. Ich hetze einen Wiesenhang im Mondlicht hoch. Gar nicht leicht, den ganzen Obstbäumen auszuweichen. Ständig rutsche ich auf dem verfaulten Streuobst vom letzten Jahr aus. Der Traktor holt mich ein.

Ein paar Jungs springen ab und rennen neben mir her. Sie schneiden mir den Weg ab. Die sind groß, die Odenwälder Jungs. Sie sehen aus wie Nazis. Nackte, besoffene Nazis mit einem heiligen Sinn für Empörung über das Abfackeln ihres Drachen. Wenn ich die Zeit hätte nachzudenken, könnte mir das fast eine Art Hoffnung für unser aller Zukunft geben. Das sind keine Jungs, die ihr ganzes junges Leben vor einem Computerspiel verbracht haben. Hier im Odenwald ist die Jugend noch nicht verdorben.

Der Kleinste ist besonders wütend. Mehrere Male tritt er mir in die Kniekehlen, bis ich ihn wegstoße. Da gibt es für die Großen kein Halten mehr. Einer schubst mich. Er will mich in die Baggerschaufel des Traktors stoßen, aber ich weiche ihm aus. Ich schlage Haken, ich renne um mein Leben. Sie springen vom Traktor ab und rasen über einen frisch gepflügten Acker hinter mir her, eine Horde schlammbespritzter, johlender Kerls.

Kurz geht mir der Gedanke durch den Kopf, stehen zu bleiben, mich umzudrehen und zu kämpfen wie ein Mann, die Hänflinge niederzuringen mit bloßen Händen. Sollen sie nur kommen! Und ich tue es tatsächlich. Ich drehe mich um und blicke ihnen fest entgegen. Erst da bemerke ich, dass sie alle nackt sind. Sogar die Unterhosen sind weg. Mein Gott, ist der Frühling hier so heftig, oder geht es um irgendein primitives Odenwald-Ritual, das in den Touristenbroschüren mit keinem Wort erwähnt wird? Ehrlich gesagt bin ich nicht besonders scharf darauf, nähere Bekanntschaft damit zu machen, also renne ich schneller. Ein Erdklumpen trifft mich im Nacken. Dann ein fauler Apfel. Ein Stein ist auch dabei. Ich glaube, ich werde gleich gelyncht.

»Jungs …«, hechele ich beschwichtigend beim Rennen. Ein erneuter Schlammregen prasselt auf mich nieder. Ich muss Hilfe holen. Hier war doch irgendwo die Landstraße.

Von ferne höre ich ein dumpfes Brummen. Ich springe mitten auf die Straße und winke. Ein einzelnes Licht nähert sich, ein Motorrad. Es rauscht so nah an mir vorbei, dass ich von der Druckwelle das Gleichgewicht verliere und mitten auf der Fahrbahn hinplumpse.

Die Jungs kommen angesprintet, aber als sie mich erreicht haben, erstarren sie.

Das Brummen ist zurückgekehrt. Er röhrt auf und stoppt abrupt. Ich blicke auf und sehe ein Motorrad, keine gemächliche Harley, sondern eine gelbe Yamaha Sporttourer, obendrauf sitzt eine schwarze Gestalt, eine riesige Masse aus rot-schwarzem Leder und vielen Reißverschlüssen und Nieten, gekrönt von einem Helm, auf den allen Ernstes zwei Kuhhörner geschraubt sind. Ist es Batman? Ist es Wotan? Nein, es ist Meat Loaf aus der Schauspielertruppe.

»Hey Henner«, brummt er, ohne abzusteigen. »Steppi. Dennis. Basti. Max.« Seine Yamaha tuckert leise.

»Hey, Hagen«, sagen die Jungs. Sie grinsen und rempeln sich an, in ihren Augen glitzert es aufgekratzt. Kümmert es denn keinen hier, dass sie splitternackt sind?

»Was geht?«, brummt Meat Loaf.

»Sind gerade mit dem Traktor unterwegs«, sagen die Jungs.

Meat Loaf nickt wissend. »War ich früher auch … Bald braucht ihr aber was Richtiges, stimmt's? Hab von Kurt gehört, du machst schon deinen Motorradführerschein, Henner?«

Henner nickt strahlend.

»Und ihr seid nächstes Jahr dran, oder?«

Nun nicken auch die anderen Jungs. Ihre Augen glänzen jetzt auf eine andere Weise, beinahe verträumt.

«Dann solltet ihr schon mal anfangen zu sparen, damit ihr auch bald so eine schöne Kiste habt wie ich«, sagt Meat Loaf und tätschelt zufrieden seine blitzblanke Maschine. »Nu muss ich aber mal wieder los. Kommst du mit, Steve?«

»Warum nicht?«, meine ich und steige auf den Soziussitz.

Als wir schon unterwegs sind, merke ich, dass ich am ganzen Körper zittere. Es hört gar nicht mehr auf. Erst nach einer Weile wird mir klar, dass nicht ich das bin, sondern Meat Loaf. Sein massiger Körper, den ich umfasst halte, zittert vor Lachen, den ganzen Weg zurück. Doch er gibt keinen Laut von sich.

Er setzt mich vor der Wohnung von Frau Pirsch ab. Woher weiß er, dass ich da schlafe? Wissen das alle? Er zieht den Helm vom Kopf und streicht sich die langen Haare aus der Stirn. Jetzt will ich es wissen. »Was ist mit den Kuhhörnern?«

»Ich will meine Rolle richtig kennenlernen. Wie Robert De Niro das macht«, brummt er. »Also dann, bis zur nächsten Probe, Mann. Probe ist immer Montag.«

Ich lache höflich. »Ich glaube kaum, dass die Festspieltruppe mich noch sehen will. Nachdem ich alles abgebrannt habe.«

»He, wir Odenwälder sind nicht so.«

»Und was war das … da draußen eben?«

Meat Loaf winkt ab. »Das sind bloß Jungs. Wir sind doch erwachsen. Ein Mann stellt sich seinen Kritikern. Du kommst hin, bittest um Verzeihung, hilfst mit, alles wieder aufzubauen, erträgst ein bisschen Hänselei, und die Sache ist gegessen. Wir lassen uns nix gefallen hier … aber nachtragend sind wir nicht.«

Dann schlägt er mir zum Abschied seine Riesenpranke auf die Schulter und fragt mich: »Wie heiße ich?«

»Weißt du deinen Namen nicht mehr?«

»Sag mir, wie ich heiße, Mann.«

Irgendwas muss ich antworten. »Hagen?«

»Mike. Mike heiße ich. Ich sehe dich Mittwoch.«

Als Renate mir die Tür öffnet, trägt sie nur italienische Pumps und einen Bikini aus hauchdünnem Parmaschinken.

Ich mache die Augen zu und wieder auf. Es ist keine Einbildung. Sie zieht mich rein. »Selbst gemacht«, erläutert sie und wendet sich lasziv unter der Flurlampe vor mir hin und her. »Ich weiß doch, wie sehr ihr Amis auf Fleisch steht.«

Wenn man so sieht, wie viel Energie und Kreativität diese Frau in die Lösung völlig abseitiger Probleme steckt, wundert man sich nicht mehr, wie sie in der Politik Karriere macht. Zugegeben, sie riecht nicht unappetitlich. Ich folge ihr ins Wohnzimmer. Ich atme tief durch. Es wird mir wie ein Schlag auf den Hinterkopf bewusst, was für einen Kohldampf ich habe. Sie lächelt erwartungsvoll und nimmt ihre Glitzerbrille ab. Nicht jede Frau in ihrem Alter kann einen Bikini tragen. Ich merke, wie mir das Wasser im Munde zusammenläuft. Und mehr. Ich habe die letzten paar Tage mein Bestes getan, ihr zu widerstehen. Ich war tapfer und erfindungsreich. Aber auch ich habe Bedürfnisse, und mein bester Freund und Berater steht kurz davor, das Kommando ganz und gar an sich zu reißen. Mein Gott, ist das das Stockholm-Syndrom?

Frau Pirsch ist das nicht entgangen. »Ich sehe schon, du bist nicht der einzige Fleischfresser hier heute Abend«, vermerkt sie mit einem gewissen Triumph in der Stimme.

Ich habe keine andere Wahl. Ich stürze an ihr vorbei in die Küche, schraube eilig die *»Heinzelwiese-Fünf-Gewürze-Mischung-Cayenne extra scharf«* auf, die ich heute morgen in der hintersten Ecke des Küchenschrankes gefunden habe, und versenke meinen besten Freund und Berater tief hinein. Ein Schrei entringt sich meinen Lippen. Meine Knie werden weich. Ich kralle mich an die Arbeitsplatte, doch ich ziehe meine Sache durch.

Tag 4

Sonne scheint mir ins Gesicht. Ich erwache früh. Heute ist alles anders. Da ist ein neuer, fast scheuer Respekt in ihren Augen. Aber auch Trauer, da sie weiß, dass sie mich nicht brechen wird. Beim Frühstück gießt sie mir Kaffee ein. Schinken serviert sie mir auf dem Teller. Ich weiß auch nicht, warum, aber heute bin ich bereit.

Heute suche ich Elton John auf.

Einen logischen Grund habe ich nicht. Mehr eine leise

Ahnung, dass ich mein Problem nicht frontal angehen darf, sondern mehr von der Seite. Zuerst muss ich mich bei demjenigen entschuldigen, den ich beleidigt habe, bevor ich mir den Bürgermeister vorknöpfen kann. Es wird ein langer Weg.

Die Sonne steht schon tief, als ich an dem Schild »Zum Steinbruch Lederer« vorbeispaziere und in den Hasenpfad einbiege, die Anhöhe umrunde und Herrn Westernachers Hof ins Blickfeld kommt. Ein gelber Citroën Berlingo steht vor dem Haus. Es ist kein schönes Haus. Weiß verputze Wände, oranges Dach. Zwei Stockwerke, aber kein Balkon. Keine Blumenkästen vor den Fenstern. Die lange, niedrige Scheune, die hinten angeschlossen ist, sieht mit ihren groben Quadern und dunklem Schieferdach putziger aus, aber ein Teil des Charmes ist einfach Zerfall.

Ich ahne, dass etwas nicht stimmt, als ich schon von weitem die laute Musik vernehme: *Don't Let the Sun Go Down on Me.*

Ich klingele. Keine Antwort. Ich gehe um das Haus herum. Alle Zimmer sind dunkel, nur in der Küche brennt eine große Neonlampe, in der Millionen toter Fliegen liegen. In der Ecke steht eine verrostete Schrotflinte, in der Spüle kopfüber eine einsame Kaffeetasse. Darüber ein Wandkalender vom örtlichen Tante-Emma-Laden. Das dämmerige Wohnzimmer fällt dagegen aus der Reihe. Die Couch ist ein Chaos aus Kopfkissen, Laken, Decken und Unterwäsche und vermutlich Krümeln. Auf den Stühlen liegt überall eine Garderobe der Marke »Ungewaschen«. Auf dem Teppich vor der Couch tummeln sich Pizza- und Spaghettireste auf diversen Tellern und Schüsseln, eine beeindruckende Sammlung von leeren Bierflaschen und halbleeren Haribo-Tüten. Der Fernseher läuft, aber stumm.

Nur Herr Westernacher ist nicht zu sehen. Woher kommt dann die Musik? Sie spielt in einer Endlosschleife. Im Wohnzimmer sehe ich keine Stereoanlage – nur eine leere Fläche auf einer Kommode, wo vielleicht mal eine stand. Das Lied spielt nun zum fünften Mal, seitdem ich hergekommen bin, und ich kann es schon jetzt nicht mehr aushalten.

Auf einmal kommt ein kläffender kleiner Foxterrier aus der Dämmerung angefegt, blafft mich an und springt, bevor ich reagieren kann, an der Haustür hoch. Er will hinein. Ich probiere die Tür. Sie geht auf. Ich horche rein, höre nichts, gehe durch den Flur, an dem Chaos-Wohnzimmer vorbei, wo der Hund sich unverzüglich auf die Pizzareste stürzt, weiter durch das Arbeitszimmer, die Treppe hinauf, an verstreuten Kleidungsstücken und leeren Bierflaschen vorbei, immer der Musik nach. Als *Don't Let the Sun Go Down on Me* unvermittelt aufhört, halte ich den Atem an. Dann beginnt es zum sechsten Mal. Oben am Ende der Treppe steht eine Tür halb offen. Daher kommt die Musik. Ich recke meinen Hals und kann Fliesen erkennen, die in sanftes, golden flackerndes Licht getaucht sind. Ein Bad. Er ist da drin. Ich schleiche näher und sehe einzelne Kerzen funkeln. Viele Kerzen. Wahrscheinlich alle, die er im Hause hat. Unter der Musik vernehme ich ein Planschen. Ich beuge mich vorsichtig vor, ein Spiegel schiebt sich ins Blickfeld, und so erhasche ich einen Blick auf Herrn Westernacher: Nackt und bleich dümpelt sein Elton-John-Körper in der Badewanne, wie ein großes, trauriges Quietscheentchen, dem ein bisschen die Luft ausgegangen ist. Er schaut sich etwas an. Etwas,

was auf dem Boden neben der Badewanne liegt. Er flucht dabei, frustriert und zornig.

»Auch nicht scharf«, grunzt er. »Warum ist nichts mehr scharf?«

Das kenne ich. Es gibt Dinge im Leben, die können noch so scharf sein, es hilft alles nichts, wenn man nicht in der richtigen Stimmung ist. Beruhigt ziehe ich mich durch den Flur zurück.

»Ach, Scheiße«, flucht er. »Verfickte Hühnerkacke.« Ich höre, wie er sich aus dem Wasser erhebt. Er kommt raus! Schnell verstecke ich mich hinter einer Kommode. Im dem Moment rast er aus dem Bad, ein Handtuch um die Lenden gewickelt, an mir vorbei, die Treppe hinunter, vor sich hin fluchend: »Es klappt aber auch nichts hier, aber wirklich gar nichts. Kann nicht einmal irgendwas einfach funktionieren? Ist das zu viel verlangt?« Unten geht die Haustür auf und wieder zu. Von oben sehe ich durch ein Fenster, wie er das Haus umrundet Richtung Scheune. Elton John fängt wieder von vorne an.

Ich gehe ins Bad und stolpere beinahe über ein dickes Verlängerungskabel, das von der Steckdose am Waschtisch etwa auf Knöchelhöhe quer durch den Raum gespannt ist. Es führt zu einem Hocker neben der freistehenden Badewanne, auf dem sich eine Kompaktstereoanlage der ersten Generation befindet. Ich habe die Quelle der Musik gefunden. Eine Lautsprecherbox steht direkt obendrauf und bebt im Rhythmus mit, die andere etwa anderthalb Meter links davon zwischen Wanne und Tür. Beide sind mit Kerzen dekoriert, die ebenfalls leise beben. Meine Güte, der macht es sich aber romantisch, wenn er mal im *Playboy* blättern will. Ich blicke mich um.

Auf dem Badvorleger vor der Wanne liegen dann die nicht-scharfen Dinge: fünf Küchenmesser.

Die Haustür unten klappt wieder auf und zu. Ich flitze schnell zurück hinter die Kommode, als ein tropfender Herr Westernacher die Treppe hinauf ins Bad stürmt. Mit einem Abschleppseil in der Hand. Die Tür zieht er hinter sich zu.

Während ich ihn fluchend werkeln höre, denke ich fieberhaft nach. Vielleicht habe ich die Lage falsch eingeschätzt. Vielleicht aber auch nicht. »Du musst was unternehmen«, höre ich mich flüstern. Wahrscheinlich bin ich schuld, dass er sich jetzt umbringt, und wenn ich jetzt da reinstürze, vermassele ich auch noch das. »So machst du dir keine Freunde, Junge«, höre ich mich sagen. Dann höre ich nur noch Elton John. Es ist so weit. Ich höre auf nachzudenken, halte den Atem an und renne durch die Tür.

Und stürze sofort über das Verlängerungskabel.

Immerhin hört Elton John auf zu singen. Die Kompaktstereoanlage rasselt mitsamt dem Lautsprecher zu Boden und zerfällt dort in vier einzelne Komponenten. Sie reißt auch mehrere Kerzen mit. In meinem Vorwärtshechten muss ich mich an irgendetwas festklammern. Das Einzige, was in Reichweite ist, ist Herr Westernacher, der, als ich hineinstürze, mitten im Bad auf einem Stuhl stand, und jetzt, wo ich mich an ihn klammere, mitten im Bad von dem Seil an seinem Hals hin und her schwingt und etwas von sich gibt, was man nur als Todesgurgeln beschreiben kann. Es dauert aber nicht lange, denn schon mit dem ersten Schwung verliere ich den Halt an seinem nassen nackten Körper und stürze weiter und lande mit einem lauten Platschen in der vollen Badewanne.

In seinem wilden Hin-und-her-Schwingen scheint Herr Westernacher eine Mordswut auf mich zu haben, denn während er sich schmerzhaft an das Seil um seinen Hals krallt, tritt er auch noch wild um sich mit den Beinen, wobei er mich immer wieder auf den Kopf trifft, wenn er in meine Nähe pendelt. Obwohl ich ihm das Seil offenbar sehr eng um den Hals gezogen habe, versucht er heldenhaft etwas zu äußern, was ich nicht verstehe, in etwa: »G-g-gidiot! G-g-gidiot! G-g-gidiot!«

Das Seil führt von seinem Hals durch einen dicken Haken in der Decke, wo er eine Lampe abmontiert hat, und dann weiter zu den Armaturen an der Badewanne, wo es ordentlich festgeknotet ist. Ich versuche hektisch, das Seil loszumachen, aber jedes Mal, wenn ich es fast so weit habe, wippt Herr Westernacher in meine Nähe und trifft mich mit dem Fuß am Kopf, was die Sache sehr erschwert, aber endlich schaffe ich es doch.

Das ist mein zweiter Fehler. Denn als das Seil loskommt und Herr Westernacher gurgelnd und strampelnd zu Boden saust, befindet er sich genau über der Kante der Badewanne, auf der ich auch sitze, und prallt demzufolge mit einem Schrei und einem Knall direkt auf mich.

Nun ist fast alles im Hause Westernacher zwar von hoher Qualität, aber altmodisch. Und diese Badewanne ist es auch. Sie steht auf vier Beinen, hübsch verziert mit Löwentatzen, wobei zwei der Beine durch Backsteine ersetzt sind. Als Herr Westernacher auf mich knallt, reicht das, um die Wanne umzukippen. Herr Westernacher, ich und das gesamte Wasser fluten durch das Bad wie der Inhalt eines großen Aquariums.

Ich denke, ich sterbe.

Der Schock knallt durch mich hindurch wie ein Lkw

durch Porzellan. Meine Zähne zerbersten, mein Schädel auch. Die Geräusche, die Herr Westernacher und ich nun von uns geben, klingen in etwa wie »Wah! Wah! Wah!«. Der Strom, der frei durch unsere Körper fließt, macht uns zu schreienden, tanzenden und stampfenden Puppen im dunklen Bad. Wir springen beide auf die umgekippte Badewanne, schlittern wieder davon herab – »Wah! Wah! Wah!« –, und von da aus hüpfen wir wieder auf die Wanne, bis Herr Westernacher es schafft, darauf zu balancieren, indem er sich an die Wand stützt, und ich fasse das Seil, das noch mitten im Bad hängt, an beiden Enden, und kralle mich daran, um mich an der dünnen umgekippten Kante zu halten.

So hängen wir da, mit den Zehen den Wannenrand umklammernd, ich am Seil schräg über dem Boden, Herr Westernacher mit dem Rücken zu mir an die Wand gestützt. Wir können uns nicht bewegen, ohne das Gleichgewicht zu verlieren. Das Licht ist sofort ausgegangen. Der einzige Schein, der bleibt, ist der Schein von einzelnen Kerzen, die überlebt haben. Unter uns das Wasser. Es ist still, es leuchtet und zischt nicht mehr, aber wir werden einen Teufel tun, den Fuß da reinzusetzen.

Ich denke, es wäre angebracht, ein wenig Heiterkeit in die Situation zu bringen, und bemerke: »Ist das nicht ironisch? Sie wollten sich umbringen, jetzt kämpfen Sie um Ihr Leben.«

»Das ist nicht Ironie, Sie Idiot, das ist ein Paradox!«, schnauzt Herr Westernacher zurück und wackelt kurz. »Sie verstehen nichts von Kultur!« Ich kann seinen Unmut verstehen. Er hat sein Handtuch längst verloren, und wie er sich da hält, mit den Füßen an der Kante und den Händen gegen die Wand, hängt sein Arsch dermaßen in der Luft neben mir, dass, wenn das Licht nicht aus wäre, ich motiviert genug wäre, um durch das elektrisierte Wasser zu fliehen. Ich hätte nie gedacht, dass einem auch die Haare auf dem Arsch zu Berge stehen können, aber es stimmt.

Dann hören wir etwas unten im Flur. Der Hund bellt. Die Haustür geht auf und zu. Jemand ist im Haus. Wir machen keinen Mucks. Durch die Tür vernehmen wir ein Licht. Es springt hin und her, auf der Suche. Dann vernehmen wir von der Treppe Fußstapfen. Die Taschenlampe leuchtet schon im Flur.

»Peter?« Der Eindringling folgt offenbar der Spur des Wassers. Die Taschenlampe scheint ins Bad. »Peter?« Der Kopf des Bürgermeisters schiebt sich hinterher.

»Nicht!«, schreien wir beide zugleich. »Das Wasser!«, warnt Herr Westernacher. »Achtung!«

Es ist zu spät. Der Bürgermeister steht schon in der Tür, seine Schuhe im Wasser. Es passiert ihm nichts. Er mustert uns beide im Schein seiner Taschenlampe. Wir halten jetzt den Mund. Dann meint er:

»Weißt du, dass der Strom aus ist?«

»Das weiß ich«, sagt Herr Westernacher.

»Es riecht, als ob was durchgeschmort ist. Hat dieses Haus keinen anständigen Sicherungskasten?«

»Nein«, antwortet Herr Westernacher würdevoll.

»Ich bringe dir den Laptop. Herr Gunderson hat ihn dir großzügig zur Verfügung gestellt. Damit du dein Theaterstück zu Ende schreiben kannst. Ich stelle ihn auf den Küchentisch, wenn's recht ist.«

Herr Westernacher sagt nichts. Das Licht der Taschenlampe springt immer wieder zwischen mir und dem Arsch von Herrn Westernacher hin und her.

Der Bürgermeister räuspert sich. »Hör mal, ich weiß nicht, wie weit du bist – und wir haben allergrößtes Vertrauen in dich –, und ich will beileibe keinen Druck ausüben – aber du musst dich darauf gefasst machen, dass der Herr Becker demnächst ankommt.«

Herr Becker, das ist wohl der berühmte Regisseur aus Hamburg.

»Am Montag«, legt der Bürgermeister nach.

Herr Westernacher ist wie ausgewechselt. »In drei Tagen schon?«, sagt er, ohne sich umzudrehen. Es liegt Panik in seiner Stimme. Sein Arsch zittert. »Warum so früh? Hat er nichts anderes zu tun?«

»Ach was, er kann nicht früh genug anfangen«, meint der Bürgermeister. »Ich mache mir nur … Nun, wir alle machen uns Sorgen. Dass ihr beide euch möglicherweise nicht versteht.«

»Wieso denn?«, meint Herr Westernacher gereizt. »Er ist Künstler, ich bin Künstler. Es geht uns beiden um dieselbe Sache!«

»Ich meine das nur in dem Sinne«, fährt der Bürgermeister fort, »dass er möglicherweise einige Änderungen fordern wird. Es ist ja wichtig, dass ihr beide gut zusammenarbeiten könnt, nicht wahr.«

»Ich habe es schon mal gesagt, es wird keinen Konflikt geben, erstens, weil es an dem Stück künstlerisch nichts auszusetzen gibt, das wird ein Künstler wie Drafi Becker erkennen, und zweitens, die paar Kleinigkeiten, die er vorschlägt, werden sicher von hoher Qualität sein. Ich habe überhaupt keine Bedenken, im Gegenteil, ich freue mich auf die fruchtbare Begegnung zweier künstlerisch tätiger Menschen.«

Er rutscht leicht ab, fängt sich aber wieder. Der Hund

japst und dreht sich knurrend an der Türschwelle. Mir fällt plötzlich ein, dass dies in etwa die letzten Geräusche sind, die der alte Westernacher, Peters Vater, vor seinem Tod gehört haben muss. »Ruhig, Toto!« Der Bürgermeister versucht, ihn beruhigend zu tätscheln, der Hund aber hört nicht auf, sich zu drehen.

»Dann ist ja alles in Ordnung so weit. Einen schönen Abend wünsche ich noch, die Herren.«

Herr Steiner zieht sich diskret zurück. Wir hören, wie die Haustür auf- und zugeht. Ich mache mir im Geiste eine Notiz: Falls ich jemals in Loch wohnen sollte, muss ich unbedingt die Tür hinter mir abschließen.

Ich steige von der Badewanne ab. »Er hat mich nicht mal begrüßt«, sage ich.

Herr Westernacher bleibt auf der Badewanne. Ich denke mir nichts dabei, bis ich ein sanftes Blubbern höre. Er heult. Bald vernehme ich auch Worte: »Versager … Scheiße … Dichter … Blamage … Kacke, verdammte …«

»Es wird schon wieder«, versuche ich ihn zu trösten. »Ich werde morgen persönlich im Rathaus alles erklären. Ich sage alles, was Sie wollen, egal was, ich bringe es in Ordnung …«

»Verstehen Sie gar nichts, Sie blöder Ami? Es gibt kein Stück! Ich habe keins geschrieben. Ich dachte, ich könnte es, ich kann es nicht. Nicht mal eine komplette Szene habe ich.«

»Aber Sie haben mir das Stück doch vorgeführt.«

»Eine Seite war das. Das ist alles. Es ist eine Katastrophe. Meine einzige Ausrede ist, dass Sie meinen Laptop zerstört haben und dass ich den Text so schnell nicht wiederherstellen kann. Der Becker wird hier ankommen, und ich werde nichts fertig haben. Und ich dachte: Kein Problem. Die Geschichte steht in jedem Schulbuch. Und zu allem Überfluss sehe ich auch noch aus wie Elton John.«

Einen Moment lang herrscht Stille. Dann sage ich: »Ich glaube, wir sollten Du sagen.«

Der einzige Alkohol, den Peter im Haus hatte, war eine alte Flasche Fallobstschnaps, die er mit diesen Worten beschrieb: »Glaubst du, ich trinke so einen Scheiß? Deswegen ist es die einzige Flasche, die immer da ist.«

An jenem Abend aber trank er Fallobstschnaps mit mir. Wir saßen in dem Wohnzimmer seines Vaters auf dem alten Sofa. Eingemummelt in dicke Federdecken, um das Zähneklappern zu vertreiben. Neben Frühstück ist die Federdecke eine der großartigsten Erfindungen der Deutschen. In einem kühlen, alten Haus wie diesem gibt es immer genug davon. Die Schmerzen in den Muskeln, die Nässe auf der verschrumpelten Haut, die Peinlichkeit, die Anstrengung, all das verdampfte langsam und wurde von der wohligen Wärme des Alkohols ersetzt. Ich erzählte ihm die Wahrheit, wie ich zu dem *New-York-Times*-Artikel gekommen war, und über meine Probleme mit dem Bürgermeister. Er versprach, es nicht weiterzusagen. Er erzählte mir vom Schreiben. Er hatte eine andere Beziehung zu dieser hehren Kunst als ich.

»Ich bin einer der besten Besamungstechniker der ganzen Region. Kühe vertrauen mir. Lach nicht! Ich habe einen Ruf, verstehst du? Ich halte jedes Jahr ein Seminar an der Uni Hohenheim. Wenn es einen Oscar fürs Kuhbesamen gäbe, den hätte ich längst gewonnen. Aber gibt es so was? Natürlich nicht. Wir Deutschen bauen die besten Druckmaschinen der Welt, aber die Preise kriegen nur die Schriftsteller. Ich habe zwei Bibliotheken hier: Bücher über Kuhzucht und die gesammelten Werke von Thomas Mann. Die Kuhbücher stehen im Keller, die Thomas-Mann-Bücher im Wohnzimmer, da, siehst du?« Er zog eines aus dem Regal und pustete den Staub davon weg. »Ich kann darüber diskutieren, aber sie sagen mir nichts. Ich versteh die Bücher über Kuhzucht. Sie sagen mir was. Ich könnte ein Buch schreiben über die Suche nach der optimalen Kuh. Aber keiner will mit mir darüber reden. Also muss ich fiktives Zeug schreiben. Und ich kann es nicht. Wieso kann ich das nicht? Ich lebe doch im Land der Dichter und Denker, Herrgott nochmal!«

Wir hatten die halbe Flasche Fallobstschnaps intus, und die zweite Hälfte sah auch verdammt gut aus.

Er sagte, er käme mit der ganzen Gewalt in dem Stück nicht klar und dem ganzen Heldenscheiß. »Was hat das mit mir zu tun?«, erregte er sich. »Diese Schriftsteller, die sitzen in ihrem Kämmerlein herum und würden vor Schreck in die Hose machen, wenn sie einmal im Leben einem anderen in die Schnauze hauen müssten, aber sie haben kein Problem damit, ein Stück zu schreiben, in dem die ganze Zeit nur Blut fließt. Ich kann das nicht. Ich verstehe es nicht.«

Das war mein Signal. Ich sprang auf.

»Peter! Du verstehst Gewalt nicht? Ich bin hier! Ich bin Ami! Du sitzt an der Quelle! Wenn ich könnte, würde ich den ganzen Tag nichts anderes tun als vor der PlayStation sitzen und Dinge in die Luft sprengen. Gib mir ein Beispiel. Irgendeine Szene.«

Ich holte meinen Laptop aus der Küche. Peter setzte

sich davor, und ich klappte ihn auf. »Beschreib mir nochmal, wie Hagen Siegfried umbringt«, sagte ich.

»Hagen stößt ihm einen Speer in den Rücken.«

»Einen Speer? Da kommt keine Freude auf. Er muss ihm zwei Speere in den Rücken stoßen. Nein, drei oder vier. Gab es im Mittelalter automatische Speer-Stoß-Geräte? Macht nichts: Hagen kann in seiner Freizeit ein großer Erfinder sein. Er erfindet nebenbei eine automatische Speer-Stoß-Maschine und jagt Siegfried sechs, sieben Speere in den Rücken. Aber Siegfried stirbt nicht! Er steht auf und nimmt einen riesigen Stein und haut ihn Hagen auf den Kopf.«

»Aber Hagen darf nicht sterben, er kommt im Stück noch vor.«

»Keine Sorge, ich bin nicht fertig. Noch lange nicht. Schreibst du mit?«

»Klar schreibe ich.«

»Gibt's eine Klippe in der Nähe?«

»Steve! Es spielt im Odenwald. Klippen gibt's überall.«

Die Nacht war sicher die produktivste und kreativste meines Lebens. Es war wie Sex. In dieser Nacht waren wir ein Herz und eine Seele, eine dichtende Seele, eine Erzählmaschine. Siegfrieds Tod war nie geiler, der Streit zwischen Kriemhild und Brunhild war nie sexier, das Blutbad im Schloss von König Attila nie blutiger.

»Kannte Attila Schießpulver? Haben die Chinesen nicht das Schießpulver erfunden?«

»Steve, er war Hunne!«

»Hunne, Chinese, das ist nah genug.« Ich redete, er tippte. Es dauerte bis 4 Uhr morgens. Und all das schafften wir mit Hilfe einer einzigen Flasche. Was danach geschah, weiß ich nicht mehr so genau. Ich weiß nur, dass das Schreiben irgendwann nicht mehr funktionierte, weil einfach zu viele Tippfehler auftauchten, und dass wir dann mit der fast leeren Flasche Fallobstschnaps durch die Dunkelheit über die Wiesen taumelten, Arm in Arm. Er brachte mir deutsche Trinklieder bei, und dann zeigte er mir die Stelle, wo er seinen toten Vater mit dem Amulett gefunden hatte, und da, auf der Wiese im Morgengrauen, tranken wir den letzten Schluck auf den Alten.

11.

MIKE NOVAK schaute aus dem Fenster. Er machte das Licht aus, um die Sterne besser sehen zu können, dann auch die donnernde Stereoanlage. Die Stille hallte in seinen Ohren. In der Dunkelheit zog er seine rot-schwarze Leder-Kombi über, dazu die dicken Motorradstiefel. In seiner Kluft hatte er die Form und Eleganz einer Roulade auf zwei Beinen, und er wusste es. Er ließ sein Handy auf dem Küchentisch, ließ die Tür unabgeschlossen hinter sich zurück und ging zu seiner Susi. Er nannte seine elegante, starke Yamaha TDM »Susi«, weil seine letzte Freundin so hieß. Als sie ihn damals verließ, sagte sie, er würde sein Motorrad mehr lieben als sie.

Mike setzte seinen roten, wespenartigen Shoei-Helm mit den Kuhhörnern auf. Er wusste natürlich auch, wie er mit den Hörnern auf dem Kopf aussah. Das machte aber nichts. Mike the Bike war bereit, für die Kunst Opfer zu bringen.

Susi schnurrte wie eine übergroße Katze. Auf der Trommstraße hielt er sie zurück, obwohl er spürte, wie ihr Motor unter der Zurückhaltung litt. Erst, als er auf die Scharbachstraße traf, die sich wie ein Laufsteg durch die dunklen Felder zog, ließ er Susi los.

Der Odenwald raste an ihm vorbei. Mike war ein umsichtiger Motorradfahrer. Er fuhr keine Protz-Harley; er trug keine Jeanskluft mit feurigen Stickereien und abgerissenen Ärmeln, und er kannte die eisernen Gesetze des Motorradfahrens, von denen eins der wichtigsten hieß: Fahre nie nachts. Doch an dieses Gesetz konnte er sich nicht halten.

Er flog. Der Asphalt war ein einziger schwarzer Streifen unter ihm, die Felder und Abhänge ringsum verwischte Flecken, gesprenkelt mit ersten Sprossen von Futterrüben, Kartoffeln und Winterroggen, garniert mit Wolken blühender Apfelbäume, die sogar nachts leuchteten. Die Bergrücken und die schwarze Masse des Waldes lagen gestochen klar unter dem Mond. Obstgärten, Scheunen, Höfe flogen an ihm vorbei, seine Räder drehten sich mit einer Geschwindigkeit, die jetzt nicht mehr nachvollziehbar war. Er hielt sich Richtung Weschnitz, rumpelte durch den kleinen Ort auf die Siegfriedstraße, ab Krumbach wurde es schöner, die Bäume dichter, und ab dem Gumpener Kreuz ging es dann richtig los, dieser dreieckigen Kreuzung, ausgegossen mit Mondlicht, wo er halten musste, bis er wieder Gas gab und den Berg wie ein Geschoss hinaufritt, er schraubte sich hoch in einem flüssigen, sinnlichen Zickzack, hing Susi richtig in die Kurven, bis er den Asphalt fast riechen konnte, und schoss in die lange, grüne Serpentine auf der Nibelungenstraße, wo sogar sein Herz mit plötzlicher Panik sprang.

Er tauchte in den Wald ein – den finsteren, frischen Tunnel. Die Straße unter ihm war lebendig, sie schwenkte unruhig hin und her, in eine breite Kurve, die das Motorrad nur fast horizontal bewältigen konnte, dann in eine Serie von knappen, harten Kurven, die unerwartet auftauchten wie Schluckauf. Der Asphalt schnappte nach ihm, aber er entkam ihm immer wieder, immer weiter, bis jede Faser seines massigen Körpers lebte, jeder Nerv in

Alarmbereitschaft stand, seine Augen jedes Detail registrierten. Sein Körper, der die schwere, rasende Maschine lenkte, wartete auf jeden seiner Befehle und führte ihn aus, ohne zu zögern und ohne Fehler.

Niemand sah ihn, niemand verstand, was in ihm vorging. Nur er wusste, dass er in diesem Moment Herr über Leben und Tod war. Das reichte ihm.

Das Auto sah er in kurzen Abständen hinter den Baumstämmen hervorblitzen, zerhackt wie unter dem Licht einer Stroboskoplampe.

Es hing auf dem Abhang knapp unter der Straße. Das Licht im Fahrgastraum brannte. Als er vorbeifuhr, sah er das Gesicht hinter der Scheibe. Das Gesicht eines Mädchens, umrahmt von pechschwarzen, glatten Haaren, wie Schneewittchen im Glassarg. Sie schrie.

Er drosselte Susi. Der Motor ließ nach. Er glitt dahin, eine Kurve, noch eine, dann fing er an zu bremsen, fast einen halben Kilometer lang, bis er zum Stillstand kam. Dann drehte er und fuhr zurück.

Es war ein schwarzer 1978er Mercedes W123, eins dieser kastenartigen Dinger, die in den 80ern jeder Taxifahrer fuhr, sie dann in den 90ern an türkische Familienväter verkaufte, die sie wiederum so lange fuhren, bis sie in Döner- und Lebensmittelläden investierten und reich wurden, woraufhin sie sie an schicke Intellektuelle mit einer Schwäche für Oldtimer weiterverticken. Er war offenbar von der Straße abgekommen, in der Kurve bei der Ausfahrt in den alten Waldweg, und war den Abhang drei oder vier Meter heruntergerutscht, bevor die vordere Stoßstange gegen einen Baumstamm und das linke Hinterrad gegen einen Granitbrocken stieß. Das Licht der Scheinwerfer leuchtete in den Wald hinein. Beide Vordertüren standen offen. Die Frau auf dem Beifahrersitz schrie wütend den Mann hinter dem Steuer an, der mit einer Falk-Landkarte kämpfte und dabei zurückschrie.

Als Mike, den behörnten Helm im Arm, im Matsch neben ihnen auftauchte und »Hallo« sagte, erschraken sie. Dann starrten sie ihn an. Immerhin schrien sie nicht mehr. Mike stellte sich höflich vor und fragte, ob er helfen könne.

Mike hasste Leute, die bei Gefahr die Nerven verloren, ganz zu schweigen davon, dass die beiden nicht mal in Gefahr waren, jedenfalls nicht, wenn sie sich einfach ruhig verhalten würden. Vor allem aber hasste er Leute, die all dies taten, und dabei ganz in Schwarz gewandet waren. Die beiden trugen sogar exakt dieselben Rollkragenpullis. Wer ein im Wald gestrandetes Auto mitten in der Nacht einen matschigen Abhang, auf dem die Räder ständig durchdrehen, wieder hochmanövrieren will, sollte keinen schwarzen Rollkragenpulli tragen.

Darüber hinaus war der Mann Mitte 50. Sie war Mitte 20 und sehr hübsch. Das hasste Mike am meisten.

Die beiden kamen aus Hamburg und suchten ein kleines Kaff namens Loch – so drückte es der Mann mit der hohen Stirn, dem grauen Haarschopf und dem melierten Kinnbart aus. Ob Mike ihnen helfen könne?

Den Mann hasste Mike etwas mehr, als er sie hasste, also saß die junge Frau fünf Minuten später hinten auf Susi und hielt sich an ihm fest. Die Fahrt ging schnell vorbei, obwohl Mike langsamer fuhr als vorhin. Kurz vor Loch bog er beim Kfz-Jannowitz ein und sagte Bescheid, dass an der Serpentine an der B47 kurz vor Lindenfels ein schwarzer Mercedes – Typ »Chrombenz« – mit Fahrer aus Hamburg, der keine Karte lesen konnte und nicht wusste, was die weißen Streifen an der Seite der Straße bedeuten, abgeschleppt werden musste.

Dann setzte er die junge Dame am Blatsplatz vor dem Landsknecht ab, wo ein Zimmer in der ersten Etage schon seit heute Mittag auf die beiden wartete. Bevor sie das Gasthaus betrat, drehte sie sich noch einmal um und bedankte sich bei ihrem Retter mit den Worten: »Jetzt hab ich Motoröl an meinen Donna-Karan-Stiefeln! Sauerei!« Wütend stemmte sie ihr Wildleder-bestiefeltes Bein gegen sein Vorderrad. »Das wirst du mir ersetzen. Hast du eine Haftpflicht?«

Mike, den behörnten Helm unterm Arm, starrte sie nur an. »Haftpflicht? Nimm mal deine Stiefel, dreh sie um und setz dich drauf. Dann kannst du mit meiner Versicherung sprechen.«

Ihr fiel die Klappe runter. Ihr fehlten die Worte, und er konnte nicht anders – er musste lachen.

Da knallte es. Er hatte sich eine gefangen.

Das war zwar einem Retter in der Not gegenüber wenig charmant, aber man muss es der Intelligenz der Dame hoch anrechnen, dass sie sich erst dann zu solchen Aktionen hinreißen ließ, nachdem sie in Loch vom Motorrad gestiegen war.

Ihr Begleiter im Chrombenz handelte nicht so überlegt.

Als Kurt Jannowitz, gleich nachdem er sein Abendbrot beendet hatte, zu der Stelle kam, wo der Mercedes von der Straße abgekommen war, machte der Hamburger in Schwarz den Fehler, etwas zu sagen, das er später bereute: »Sagen Sie mal, sind Sie eigentlich bösartig oder einfach nur unfähig? Wissen Sie, wie lange ich hier schon warte?«

Kurt stieg einfach wieder in seinen ölverschmierten Abschleppwagen und fuhr ohne ein weiteres Wort pfeifend allein zurück nach Hause.

Und so kam es, dass der berühmte Theaterregisseur Drafi Becker nachts allein zu Fuß nach Loch ging.

12.

AM MORGEN nach dem gescheiterten Selbstmord und dem gelungenen Saufgelage hatten wir einen schrecklichen Kater und einen unnatürlichen Heißhunger auf Fleisch, Fett und Salz in konzentrierter Form, doch Peters Kühlschrank war so leer wie höhnisches Gelächter. »Jetzt würde ich sogar einen Döner nehmen«, gab ich zu.

»Bloß keinen Döner«, meinte er. »Brauchen wir auch nicht. Es ist Markttag.«

Benommen stiegen wir in seinen Berlingo und tuckerten runter ins Dorf.

Es war ein schöner Tag – die Sonne schien, und die Berge am Horizont leuchteten maigrün. Ich fühlte mich frei. »Du kannst jederzeit auf meinem Sofa schlafen«, hatte Peter heute Nacht gesagt, und genau das hatte ich vor.

Unterwegs fuhren wir an dem Haus Am Wieschesgraben 18 vorbei.

»Ist hier jemand gestorben?«, fragte ich.

Es war ein ganz und gar unscheinbares, graues Haus mit einem kleinen Vorgarten. Aber vor dem Zaun lag ein Häuflein Krimskrams: mehrere Plüsch-Teddys, ein Foto von einer Frau und einige Dinger, die nur Glücksbringer sein konnten: weiße Porzellankatzen und irgendwas in zugeschnürten Stoffbeuteln.

»Ach das«, sagte Peter. »Ich weiß auch nicht. Da lebt so

ein verrückter Typ. Man kennt ihn kaum, er geht nicht oft raus. Er sammelt Kitsch, oder er macht Kitsch oder so was, und manchmal schenkt man ihm komische Sachen, so Kitsch eben.«

»Asia-Kitsch.«

»Kann sein. Keine Ahnung. Manchmal holt er die Sachen rein, manchmal spielen Kinder damit und schleppen sie weg.«

Es war ein überraschend großer Markt für so ein kleines Dorf. Er fing an den Treppen der Kirche an, überschwemmte die Dönerbude und endete an der Tür zum Rathaus, das geschlossen war, denn es war Samstag. Und alle verkauften, soweit ich sehen konnte, nichts als Fleisch.

Rind, Schwein, Kalb, Lamm, jede erdenkliche Sorte Wild (und für die Weicheier Geflügel) hing und lag da in Form von Koteletts, Steaks, Frikadellen; als Wurst, Schinken, Gulasch und Pastete; geräuchert, gepökelt und roh; gewürzt und mariniert mit grünem Pfeffer, Bärlauch, Rotwein, Cognac, Honig. »Du sagst ihnen, was du willst, und sie machen es dir«, sagte Peter, und lieh mir einen Zehner. »Willst du es heiß, machen sie es dir heiß.« Die Einzigen, die kein Fleisch verkauften, soweit ich sehen konnte, waren ein paar Kinder, die ihre alten Puppen und Nintendo-Spiele auf ausgebreiteten Decken anboten. Ein selbst ernannter Ordnungshüter schlenderte vorüber – Stadtkämmerer Rudi Schuster – und fragte sie scherzhaft nach ihrer Genehmigung. Als die Kinder daraufhin drohten, sein Auto anzuzünden, verschwand er wieder.

»Ich habe mich entschieden«, sagte ich. »Ich will einen Döner.« Peter antwortete nicht. Ich hatte ihn verloren. Umso besser, denn der Dönerkoch Degobedan hatte ein

Verkaufsargument, das den anderen Ständen abging: seine einzige Kundin. Überhaupt hatte der Mann zum ersten Mal Kundschaft, soweit ich sehen konnte. Auf einem der drei weißen Plastikstühle saß eine junge, Tee trinkende Göttin, die dem Treiben zuschaute. Sie hatte einen Teint wie nach einem sonnigen Tag am Strand, diese Farbe, die bestimmte Frauen im Sonnenstudio zu erreichen suchen, mit dem Unterschied, dass sie bei ihr nicht wie angebacken aussah. Pechschwarze Locken flossen ihr über Schulter und Rücken und sagten der Welt trotzig: ›Ich koste zwei Stunden Arbeit jeden Morgen, Baby, mach mir das erst mal nach.‹ Ihre Jeans saßen wie angegossen, und ihre weißen Peep-Toes weckten in mir eine fast unheimliche Sehnsucht, ihr regelmäßig die Zehennägel zu polieren. Ihre Augen funkelten so dunkelgrün wie ein Waldsee. Wie ein gefährlicher, aber äußerst sexy Waldsee.

Der Dönerkoch nahm meine Bestellung mit einer gewissen Skepsis auf. Er behielt mich gut im Auge, als er sein Messer wetzte und auf den Fleischspieß einsäbelte. Auch die junge Dame musterte mich skeptisch. Als unsere Augen sich zufällig trafen, witterte ich meine Chance. Ich fragte, was »wunderschöne Augen« auf Türkisch heißt.

»Was bedeutet ›blöde Anmache‹ auf Englisch?«, erwiderte sie.

Ich lachte herzlich. »Du weißt, dass ich Ami bin?«

»Mein Vater hat es mir gesagt.« Dieser drückte mir in dem Moment einen Döner in die Hand.

»Wir Ausländer müssen zusammenhalten«, erklärte ich ihr, während ich ausgehungert das triefende Ding in mich hineinmampfte.

Das Fräulein blickte mich merkwürdig an. »Du bist Ausländer, stimmt«, sagte sie langsam, wie zu einem Kleinkind. »Ich bin in Darmstadt geboren. Wieso bist du aus Amerika hierhergekommen? Weil wir hier die bessere Sozialhilfe haben? Das sind meine Steuern, von denen du lebst.«

Ich wollte erwidern, dass mein amerikanischer Stolz es mir verbietet, jemals Sozialhilfe anzunehmen, aber ehrlich gesagt hatte ich mich schon in den letzten Tagen gefragt, ob genau das möglich wäre. Bevor ich jedoch antworten konnte, griff sie ihre Tasche und tauchte in das Markttreiben ein.

Ihr Vater blickte mich mitleidig an. »Du bist nicht der Einzige«, seufzte er. »Aische macht das mit allen Männern.«

»Sie … mag keine Männer?«, fragte ich vielleicht etwas zu plump.

Herr Degobedan zuckte die Achseln. »Keine Frau mag Männer, aber bei den meisten Frauen kommt das erst später, nachdem sie Männer kennen. Meine Tochter sagt, sie will keinen Mann, bis sie etwas tut, was nur ein Mann tut in dieser Welt. Ich sage, nimm einen, bevor es zu spät ist! Sie sagt mir, ich bin alter Mann und versteh nichts von der Welt, in der wir leben.« Er schnaubte. »Alt, pah! Sie ist alt, schon 28! Für eine unverheiratete Frau ist das wie 56. Noch ein paar Jahre, und sie könnte meine Mutter sein. Sie ist frech.«

Ich schaute ihr nach, aber sie war schon verschwunden.

Dann passierte es.

Bewegung kam in die Menge. Ich merkte es nur, weil ich Aische suchte: eine leichte, fast natürliche Umverteilung der Masse, es begann bei Fleischer Krause. Eine junge Mutter mit Buggy wurde gerade bedient. Da trat beiläufig und würdevoll eine etwas reifere Dame hinzu. Frau Krause drehte sich ohne ein Wort von der Mutter zu der Dame und bediente sie zuerst. Die junge Mutter tat, als sei nichts passiert. Dann ging die Dame weiter, ihr auf dem Fuße eine verhuschte Hausmagd, die ihre Schnäppchen zu schleppen hatte. Sie lächelte hoheitsvoll und grüßte gelegentlich nach links und rechts, doch ihre Augen waren wachsam. Die Umstehenden grüßten sie und nutzten die Begrüßung zugleich als eine Art Signal, ihr Platz zu machen. So schritt sie erhobenen Hauptes die Marktstände entlang, inspizierte hier, verwarf da, ließ sich dort was schenken, und der Weg vor ihr war immer wie durch Zauberhand frei.

Sie trug einen Chihuahua, der genau die gleiche Haarfarbe hatte wie sie – ein verdammt gut gemachtes Blond in vielen langen Fransen, was darauf schließen ließ, dass sie und der Hund den gleichen Friseur hatten. Erschreckend viele Falten zierten ihr gebräuntes, stark geschminktes Gesicht, und ihr Busen war gewaltig. Ich weiß nicht mehr, wann ich das letzte Mal eine Frau gesehen habe, die es heutzutage noch wagt, einen Pelz zu tragen. Sie trug einen. Es war ein leichtes Cape, natürlich ebenfalls blond. Insgesamt wirkte sie wie ein großes, blondes, obenrum leicht übergewichtiges Raubtier.

Sie bewegte sich genau auf Aische zu.

Aische war gerade vor dem Wald-Metzger aufgetaucht und bemerkte nicht, was hinter ihr passierte. Sie schäkerte mit dem rotgesichtigen Metzger und sagte eben: »… dann nehme ich das ganze Stück«, als sie unterbrochen wurde. »Ich nehme hundert Gramm vom Hirschschinken, wie immer«, sagte die Dame hinter ihr.

Aische drehte sich um. »Verzeihung, aber ich war vor Ihnen hier«, bemerkte sie.

Ich bilde mir ein, von dort, wo ich saß, ein Raunen vernommen zu haben. Ich schaute zu Aisches Vater herüber. Unruhig drehte er ein Teeglas zwischen den Fingern. Er sah die Frage in meinem Gesicht und wies auf ein gläsernes Gebäude hoch oben am Hang hinter der Stadt. Es sah aus wie der Bungalow eines Pornoproduzenten, stand zur Hälfte auf Stelzen und thronte über dem Ort wie ein Adlerhorst.

Der Wald-Metzger wand sich. »Aber mein Fräulein«, beschwor er Aische, »hundert Gramm, das vermissen Sie doch nicht.«

»Doch, ich schon«, sagte Aische mit fester Stimme. »Ich nehme den ganzen Hirschschinken.«

Die Dame zuckte nicht mit der Wimper. Sie langte über die Theke und griff sich den Schinken mit spitzen Fingern aus der Auslage. Sie hielt ihn hoch, musterte ihn, lächelte zufrieden – und ließ ihn unvermittelt zu Boden fallen. Ihr Chihuahua, der schon vor Freude sabberte, hüpfte ihr sofort vom Arm und schlug seine Zähne hinein. »Chichi muss das einfach haben«, erklärte sie zuckersüß in Aisches Gesicht.

Falls ich mir vorhin das Raunen nur eingebildet hatte, dieses Mal war es keine Einbildung. Denn was Aische jetzt tat, hätte ich mich nicht getraut. Sie bückte sich, schnappte sich den Schinkenknochen und zog. Auf der anderen Seite zog knurrend das Hündchen, doch es hatte keine Chance. Aische entriss ihm den Schinken, wirbelte das Fleisch ein paar Mal über ihren Kopf und warf es dann weit weg. Es flog über mehrere Marktstände, prallte am Brunnenrand ab und schlidderte über den Boden.

»Los, hol es dir«, rief Aische. Jaulend stürzte das Hündchen hinterher. Menschen sprangen zur Seite, um den trudelnden Schinken vorbeizulassen, der Hund hatte ihn fast erreicht. Da verschwanden plötzlich sowohl Schinken als auch Hund wie vom Erdboden verschluckt. Am Rande des Marktplatzes stand ein Gully offen, zwar ordentlich mit Baustellenband abgesperrt, aber Hund und Schinken scherten sich nicht um solche zarten Hinweise. Augenscheinlich hielt sich gerade kein Arbeiter in dem offenen Kanal auf, denn weder Hund noch Schinken tauchten wieder auf.

Die Dame verlor keine Zeit damit, die Fassung zu verlieren. Sie krallte sich ihre Assistentin und stürzte sofort auf den Gully zu. Das Tier jaulte in der Tiefe, Menschen umringten den Gully, unschlüssig, was zu tun sei. Im nächsten Moment war die Assistentin auch im Kanal verschwunden, nach einem ermunternden Schubs ihrer Herrin, fischte nach dem Hündchen und klettert schließlich tropfnass wieder heraus: mit Hund, aber ohne Schinken. Die Umstehenden atmeten auf und zerstreuten sich.

Die Dame aber marschierte wutentbrannt auf Aische zu.

»Was erlaubst du dir?« Ihre Stimme überschlug sich fast. »Das wird ein Nachspiel geben, darauf kannst du dich verlassen, du kleines knoblauchfressendes Biest. Wer einen Hund traumatisiert, muss mit einer Strafe rechnen. Ich werde herausfinden, wer du bist, und wenn ich einen Detektiv anstellen muss, und du wirst dich vor Gericht verantworten müssen!«

»Du brauchst keinen Detektiv. Hier, ich schreibe meine Adresse auf.« Als Aische ihr den Zettel reichte, hatte die Frau ihren Schock überwunden und war besonnen genug, Zynismus zu erkennen und ihn nicht anzunehmen.

»Und frech bist du auch noch. Bist nur Gast hier und tust, als ob alles dir gehört! Damit kommst du aber bei mir nicht durch, meine Liebe.« Wütend fuchtelte die Frau mit ihrem künstlichen Zeigefinger-Fingernagel.

»Doch, doch, ich denke schon«, entgegnete Aische erhitzt und pustete sich eine Locke aus der Stirn. »Ich studiere lange genug Recht, um das einschätzen zu können.«

Mimi Lederer nahm ihr tropfnasses Hündchen aus den Händen ihrer Assistentin in Empfang, drückte es an ihren gewaltigen Busen und schrie: »Du kannst Recht studieren, solange du willst! Ich habe hier die älteren Rechte!«

Sie drehten sich so gut wie gleichzeitig um und stapften voneinander weg.

Im Vorbeigehen zischte Aische ihrem Vater etwas zu und verschwand.

»Was sagt sie?«, fragte ich, als sie weg war.

»Ob ich nicht den Anstand hätte, Ihnen einen Tee anzubieten«, sagte Herr Degobedan.

Den Tee trank ich bereits, als Peter angerannt kam. Ich war nicht der Einzige, der von Aische beeindruckt, geplättet und ein wenig verängstigt – mit einem Wort: verzaubert – war.

»Steve!«, sagte er atemlos. Er nahm Platz neben mir und flüsterte mir zu – allerdings so laut, dass es jeder hören konnte: »Hast du diese Frau gesehen?«

Die Aufregung, mit der er sprach, machte mir Sorgen.

»Ich habe sie nicht nur gesehen«, sagte ich so kalt ich nur konnte, »ich habe sie zuerst gesehen. Ich warte hier übrigens, bis sie zurückkommt.«

»Ich warte mit.«

»Du hast mich wohl nicht ganz richtig verstanden«, klärte ich ihn behutsam auf. »Ich war Erster. Ein Gentleman drängelt sich nicht vor.«

»Ich muss sie unbedingt sprechen.«

»Du hast so was von keine Chance bei der«, sagte ich. »Eher steigt sie mit einem Känguru ins Bett als mit dir. Außerdem bin ich viel mehr ihr Typ – sie flirtet schon die ganze Zeit mit mir.«

»Steve, siehst du nicht? Das ist sie – das ist Kriemhild! Meine Kriemhild.«

»Die Blondine aus deinem Stück? Die Ur-Ur-Großmutter von Heidi Klum, die sich mit der anderen Tussi zofft, dieser Ur-Ur-Großtante von Alice Schwarzer?«

»Genau die. Das ist sie.«

»Du willst, dass sie die Kriemhild spielt? Eine Frau, die du nicht mal kennst?«

»Wer sonst? Hast du das nicht gesehen? Sie hat sich mit Mimi Lederer angelegt. Direkt vor der Kirche! Sie *ist* Kriemhild.«

»Eigentlich war das näher an der Dönerbude«, korrigierte ich ihn hilfreich. »Aber okay: Wenn sie wiederkommt, zeige ich dir, wie man eine Frau rumkriegt. Du hast keine Chance.«

Als Aische zurückkam, gab sie ihrem Vater ein Küsschen auf die Wange, er flüsterte ihr etwas zu, sie nickte und war wieder weg.

Sie war schnell, aber nicht schnell genug. Wir konnten sehen, wo sie hinging: in den Landsknecht.

Wir schafften es bis zum Fenster, bis unser Mut versagte. Wir zogen es vor, durch das Fenster zu schauen. Sie konsultierte gerade die Speisekarte. Merkwürdigerweise schien sie alles auf der Speisekarte mit einem Zettel in ihrer Hand zu vergleichen, als sei es eine Checkliste. Es dauerte eine Weile. So lange, dass es uns auffiel, dass wir immer noch vor dem Fenster hockten.

»Das ist lächerlich«, sagte ich. »Wir stehen hier draußen wie High-School-Jungs. Wir sollten uns wie erwachsener Männer verhalten. Wir machen eine Wette. Wer zuerst ihre Telefonnummer kriegt, bekommt vom anderen sämtliche Pornos aus dem Kiosk gekauft.«

Peter machte ein angewidertes Gesicht.

»Von mir aus auch sämtliche Theaterzeitschriften.«

»Dann lieber die Pornos«, sagte Peter und schlug ein.

Es war ein alter Trick: Männer haben grundsätzlich zu viel Angst vor Frauen, um sie einfach anzusprechen, aber noch mehr Angst haben sie davor, im Konkurrenzkampf mit einem anderen Mann zu unterliegen.

Ich schleifte ihn in den Landsknecht rein und direkt zu ihrem Tisch. Als sie aufschaute, schob ich Peter vor und sprach: »Der Herr hier möchte bitten, ob wir dir Gesellschaft leisten können, hat aber nicht den Mut dazu.«

Peter protestierte und lief rot an, aber Fräulein Degobedan war unbeeindruckt. »Die Strategie kenne ich«, sagte sie. »Ihr habt doch eine Wette abgeschlossen, wer mich aufreißt, oder?«

Peter drehte sich zu mir. Seine Augen glänzten. »Sie ist so geil«, sagte er.

Sie lächelte. »Ein Punkt für deinen Freund«, bemerkte sie in meine Richtung.

Irgendwas musste ich darauf erwidern. »Studierst du wirklich Jura?« fragte ich und setzte mich an den Tisch. »Was für eine Verschwendung. Du könntest eine Karriere im *Playboy* machen … Aua!« Peter, der schon saß, hatte mir heftig gegen das Schienbein getreten.

»Wenn ihr hier sitzen wollt, dann müsst ihr was bestellen«, sagte Aische. Sie zückte ihre Checkliste, schaute drauf und sagte dann zum Wirt: »Der Ami nimmt die Königsberger Klopse und der Herr Westernacher das Eisbein.«

Peter rülpste panisch. Wollte sie uns foltern? Irgendwie lief das Ganze aus dem Ruder. Also ging ich geschwind zum entscheidenden Punkt über. »Übrigens«, sagte ich bescheiden, »ich bin Journalist der *New York Times*.«

»Oh wirklich?«, sagte sie mit einem Hauch von, glaube ich, Skepsis in der Stimme. »So einen hätte ich mir anders vorgestellt … wortgewandter irgendwie.«

»Du musst wissen, ich suche immer Geschichten – zum Beispiel überlege ich mir gerade in diesem Moment eine Geschichte über Migration in Deutschland. Ein Porträt schwebt mir vor. Eine Fremde im fremden Land. Ein Schicksal mit viel Gefühl, viel Herz, eine junge Frau, die darum kämpft, in ihrer neuen Heimat akzeptiert zu werden und …«

»… und sich dabei mit ihren traditionellen Werten auseinandersetzen muss?«, ergänzte sie meinen Satz.

»Mit einem großzügigen Porträt-Foto versteht sich«, fügte ich hinzu. »Von einem Profi-Fotografen, der eigens aus New York eingeflogen wird.« Frauen stehen total auf so was.

»Genau, Profi-Fotografen gibt es hier auch überhaupt keine«, sagte sie. »Und wie stellst du dir das Bild vor, so bei ihr zu Hause, umgeben von ihren vielen Geschwistern? Und im Hintergrund so ein Bild von einem Wasserfall, der leuchtet und sich bewegt?«

»Du hast es erfasst.«

Ich dachte schon, ich hätte sie, aber aus irgendeinem unerfindlichen Grund drehte sie sich zu Peter.

»Und du hast gute Kontakte zum Fernsehen und suchst eine Hauptdarstellerin für eine deutsch-türkische Reality Show?«

»Ach was«, meinte Peter bescheiden. »Ich bin Besamungstechniker.«

Aische machte den Mund auf und wollte offenbar so etwas sagen wie »Ein Punkt gegen dich«.

»Nein, wirklich. Für Kühe und Pferde.«

Da musste sie lachen. Ich wurde schon ein wenig neidisch. Mit der Anmache konnte er jede Frau aufheitern.

»Im Moment arbeite ich für das Festspiel der Stadt.«

»Davon habe ich schon gehört«, sagte sie.

»Ich schreibe das Stück, und genau deswegen fand ich deine Auseinandersetzung auf dem Marktplatz inspirierend. Die Geschichte handelt von einer starken Frau, weißt du.«

Ich schaute Peter an. Er blickte bescheiden zum Tisch. Ich schaute Aische an. Sie hing an seinen Lippen. Diese Ratte. Dieses Schwein. Irgendwie hat er geschafft, das Richtige zu sagen. Und nun spielte er seine Trumpfkarte aus:

»Ich brauche noch jemanden für die weibliche Hauptrolle.«

»Ich? Auf der Bühne?« Sie spielte mit einer Locke. »Ich habe keine Erfahrung.«

»Du kannst das bestimmt, ich hab's gesehen. Sind doch alles Amateurschauspieler bei uns.«

»Und … dafür muss ich bestimmt eng mit dir zusammenarbeiten, oder?«

»Hast du eine bessere Idee?« Er lächelte sein schiefes Lächeln.

Sie hatte keine.

»Ich hab ein Studio bei mir zu Hause, und da können wir alles perfektionieren, bevor du vor den anderen auftrittst. Ich schätze, dadurch inspirierst du mich auch beim Schreiben.«

Inspirieren. Ein Studio bei mir zu Hause. Perfekt für die Rolle. Mein Gott, das war wohl der durchsichtigste Trick, den es gibt. Auf eine so plumpe Anmache fällt doch keine Frau mehr rein.

»Wann können wir anfangen?«, fragte Aische. »Ich hoffe, du hast einen guten Wein im Haus.«

Dann waren sie verschwunden.

13.

ICH WAR NICHT DER EINZIGE, der die Ankunft in Loch zur Vorbereitung des großen Festspiels auf abenteuerliche Art und Weise anregend fand.

Am Samstagnachmittag nach einem Inkognito-Spaziergang über den Markt und durch die Stadt warf sich Drafi Becker aufs Bett in seinem Zimmer über dem Landsknecht, die Hände hinter dem Kopf verschränkt, während Nadine Bembel zum Fenster ging, es aufriss, sich auf die Fensterbank stützte und auf den Blatsplatz hinunterschaute. Ein leichter Wind fuhr ins Zimmer. Er wehte die Gardinen immer wieder heraus aus dem Fenster und wieder herein.

»Da wären wir also wieder«, sagte sie und trommelte mit den Fingernägeln.

»Kannst du bitte genauso stehen bleiben?«, fragte Drafi vom Bett aus. »Du bietest einen inspirierenden Anblick.«

Nadine wackelte kurz mit dem Hintern.

»Ich habe übrigens vorhin Viagra genommen«, verkündete Drafi. »Zum Kaffee.«

»Drafi, du bist echt eine wandelnde Apotheke«, antwortete Nadine abwesend und schlug ihren Rock hoch.

»Es ist so wunderbar, dass du immer Lust hast«, sagte Drafi dankbar, während er sich näherte. »Meine Frau zum Beispiel …«

»Was soll ich denn tun, wenn es doch stimmt? Soll ich mich verstellen?«

»Verstell dich bloß nicht, Schatz. Bleib genauso wie du bist«, sagte Drafi, ließ die Hose fallen und werkelte fachmännisch so lange an ihr rum, bis er ohne viel Ach und Krach von hinten in sie eindringen konnte.

Nadine stützte sich mit den Ellenbogen aufs Fensterbrett und betrachtete versonnen das Treiben auf dem Dorfplatz unter ihr. Die beiden logierten im ersten Stock, und von dort aus konnten sie beobachten, wie die Metzger ihre Stände abbauten.

»Oh schau, sie haben uns gesehen. Sie winken.«

»Wink zurück, mein Schatz. Winke und lächle«, sagte Drafi, und sie winkten und lächelten beide, ohne ihr Tun zu unterbrechen. Motorisch waren sie alle beide recht begabt. Herr Becker konnte dabei sogar noch so schöne Sachen sagen wie: »Dieser Arsch ist mein Gottesbeweis.«

»Was ist, wenn sie sehen, was wir hier machen?«, seufzte Nadine.

»Hey, wir können machen, was wir wollen«, meinte Drafi, beugte sich vor und schaute kurz aus dem Fenster. »Schau mal, da geht der Bürgermeister … Früher haben die Leute auch bei Hinrichtungen gevögelt«, fuhr er fort und knetete entrückt ihre Pobacken, »… an den Fenstern … auf den Tribünen … überall auf dem Marktplatz … und auch ein Menge Fleisch verkauft …«

»Drafi, vielleicht werden wir auch auf diesem Marktplatz hingerichtet.«

»… die Kunst lag darin, genau im Moment des Todes … zum Orgasmus zu kommen … das war wichtig … damit besiegst du den Tod … das war Ur-Theater …«

»Das nächste Mal tun wir's auf dem Marktplatz. Wir werden diese Stadt rocken«, sagte Nadine atemlos.

»Wir werden diese Stadt rocken, wie wir Memmingen gerockt haben«, keuchte Drafi.

»Drafi, wir haben Memmingen nicht gerockt!«

»Doch, haben wir!«, keuchte Drafi.

»Haben wir nicht! Ich weiß nicht, warum du das immer noch sagst, das war doch alles eine einzige ...«

»Nadine, halt die Klappe!«, schrie Drafi außer sich.

Nadine schnappte nach Luft, zog eines ihrer langen Beine mit einem Ruck an und trat zu. Ihre Ferse traf Drafis Knie und beförderte ihn rückwärts stolpernd bis an die Bettkante. Taumelnd, die Hose noch um die Knöchel, fiel er in die Kissen, und Nadine, die sich umgedreht hatte, lachte. Schon wieder gut gelaunt, kam sie zum Bett und wollte sich auf ihn setzen, aber da war nichts mehr, worauf sie sitzen konnte.

»He, Drafi, was ist los?«

»Was los ist?«, geiferte Drafi. »Ich sorge hier für romantische Stimmung und du trittst zu wie ein Maulesel. Du hast echt keinen Respekt vor Gefühlen.«

»Hast du nicht Viagra genommen? Ist da die Stimmung nicht ganz egal?«

»Ich muss doch bitten. Liebemachen ist für mich mehr als ein seelenloser, bio-mechanischer Prozess.«

»He du da, kille kille!«

Drafi drehte sich beleidigt weg. »Ich bin doch nicht dein Sexobjekt«, sagte er, setzte demonstrativ seine Brille auf die Nase und griff nach seinen Papieren.

14.

WAS FÜR EINE FRAU SAGT JA, wenn ein wildfremder Mann sie bittet, in sein Auto zu steigen?, war die Frage, die Peter beschäftigte, als er vom Landsknecht nach Hause fuhr mit Aische Degobedan auf dem Beifahrersitz.

Es war eine wahrhaft ungewohnte Situation für einen Mann wie Peter. Wäre ich dabei gewesen, hätte ich ihm die Frage beantworten können:

Sie wollte ihn! Es war pure, alles beherrschende Lust. Aus irgendeinem Grund übte er auf diese eine spezifische Frau eine unwiderstehliche animalische Anziehung aus. So was kommt vor. Ich habe es nie persönlich erlebt, aber Peter gönnte ich es.

Allerdings saß ich nicht bei ihm im Auto, sondern im Herrenklo des Landsknechts und revidierte meine Meinung über ländliche Küche. Also war Peter auf sich allein gestellt. Gott mit ihm.

Mit einer Kombination aus Verwirrung, Lust und ungezügelter Angst fuhr Peter aus der Stadt raus, durch die Felder den Berg hoch bis zu dem alten, einsamen Haus seines Vaters. Er sagte kein Wort zu ihr. Er wartete seine Chance ab. Und sie kam: gleich, nachdem er sie hereinließ, das Licht angemacht und Toto begrüßt hatte. ›Jetzt! Jetzt!‹, sagte eine leise Stimme tief in ihm. Da ging er mutig und ohne zurückzuschauen ran und küsste sie.

Und in dem Moment erfuhr er, dass es einen weiteren möglichen Grund geben könnte, warum eine Frau mit einem wildfremden Mann ins Auto steigt. Nämlich, dass sie eine so umwerfende Rechte hatte, dass sie vor ihm keine Angst zu haben brauchte. Und eben diese Rechte traf Peter wie ein Presslufthammer auf seiner linken Schläfe mit einer solchen Wucht, dass ihm schwarz vor Augen wurde und er wie ein Sack Kartoffeln zu Boden sank, wobei sein letzter Gedanke so etwas war wie: Das erklärt einiges.

Er kam zu sich auf dem Sofa im eigenen Wohnzimmer.

Sie saß in einem Ohrensessel neben ihm. Sie merkte nicht, dass er sie beobachtete.

Sie bot ein Bild wie gemalt. Feuer brannte im Kamin. Peter wusste nicht mal sicher, wo sein Vater das ganze Zeug zum Feuermachen verstaut hatte. Sie hatte Peters Notizen zum *Nibelungenlied* gefunden und las. Beim Lesen hielt sie ihren Blick ein wenig gesenkt, und die glänzenden Locken fielen ihr ins Gesicht. Peter wusste, dass er verknallt war. Nicht nur scharf, und auch nicht geschlagen mit einem platonischen Verlangen nach einer Muse: nein, richtig verknallt. Er wollte jeden Tag so aufwachen. Es sollte ewig so bleiben.

Also machte er seinen Mund auf, um all das zum Ausdruck zu bringen. Aber die ersten Worte, die er krächzte, waren: »Du bist noch da? Du findest mich wohl unwiderstehlich.«

Aische lachte. »Witzig bist du auch noch!«

Peter schaute sie lange an. Er hatte keine Ahnung, woran er mit ihr war. Das sprach für sie. Es ist eine der höchsten unter den weiblichen Künsten, den Männern ein anständiges Wechselbad der Gefühle zu bereiten. Sie machte auch gleich den ganzen Abend damit weiter. Durchaus möglich, dass sie nicht so sehr auf Peter aus war wie auf Peters Stück.

»Was ist Kriemhild für dich, zum Beispiel?«, fragte sie. »Als Autor, meine ich. Was ist das für eine Figur? Wie willst du sie schreiben?«

Er setzte sich wieder hin und nahm das Aspirin, das sie hingelegt hatte, mit einem Schluck von dem Rotwein, den sie irgendwo aufgetrieben hatte. Er hatte nicht mal gewusst, dass sein Vater einen bescheidenen Weinkeller angelegt hatte. Möglicherweise hing sein Unwissen damit zusammen, dass der Weinkeller in der Besenkammer eingebaut war, zu der Peter keine intensive Beziehung pflegte.

»Ja, wie soll ich dir das Nibelungenlied erklären? Das ist so eine Liebesgeschichte …«

»Zur Schule gegangen bin ich auch. Und das Nibelungenlied ist keine Liebesgeschichte. Das ist harte Politik. Das ist der Untergang einer Nation. Hast du es nicht gelesen? Wenn ich die Kriemhild spiele, dann eine politische Kriemhild.«

Das stachelte Peter auf. Seit Monaten tat er nichts anderes als das Nibelungenlied von hinten nach vorn zu lesen. Und da kam irgendeine dahergelaufene Ausländerin, die ihm zeigen wollte, wie man es richtig macht.

»Immer Politik!« Peter schlug die Hand vor die Stirn. »Das ist typisch deutsch! Wir Deutschen haben so viel Angst vor unseren Gefühlen, dass wir aus allem Politik machen müssen. Von dir hätte ich das nicht erwartet. Ihr Türken seid ursprünglicher, emotionaler. Du bist deutscher als die Deutschen!«

»Was erwartest du? Dass ich eine anatolische Tracht anziehe und für dich tanze und dir dann einen Tee serviere?« Sie lachte.

»Natürlich ist das eine Liebesgeschichte«, beharrte er. »Eine tragische Liebesgeschichte. Deswegen ist Kriemhild so wichtig. Sie ist zart und zerbrechlich. Sie fühlt sich verletzlich. Die gierigen Blicke der Männer schmerzen sie.«

»Wenn ich das schon höre!«, spottete Aische. »Die armen deutschen Emanzen! Ein Mann schaut sie an, und schon haben sie blaue Flecken. Das sind die zerbrechlichsten Emanzen, die es auf der Welt gibt. Die Vorstellung, dass ein Mann mal einen Porno anschaut, bereitet ihnen schon Albträume.«

»Kriemhild wehrt sich gegen die Liebe«, sagte Peter, »weil sie einen Albtraum hat. Der Traum sagt ihr, dass der Mann, der sich in sie verliebt, sterben muss.«

»Das ist nicht das Gleiche.«

»Nein, aber es zeigt, dass es von Liebe handelt. Von den Gefahren der Liebe.«

»So ein Blödsinn. ›Die Gefahren der Liebe‹! Sie zwingt eine ganze Nation in die Knie!«

Aische hatte scheinbar wirklich in der Schule aufgepasst.

»Hör mal, Frau Professor – ich bin der Autor hier.«

»Dann tschüs.« Aische stand auf und nahm ihre Tasche. »Dann interessiert mich das nicht.«

»Du kannst mir nicht diktieren, was ich schreibe«, rief Peter ihr in den Flur hinterher. »Ich will eine Kriemhild, keine Co-Autorin.«

»Für einen Autor, der noch nie was geschrieben hat, bist du ziemlich eingebildet«, rief Aische aus dem Flur zurück.

Jetzt ging er ihr nach. »Warum interessierst du dich überhaupt dafür?«

»Willst du es wirklich wissen?« Aische blieb stehen. »Als ich gehört hab, dass es hier ein Nibelungenlied-Festspiel gibt, und das kurz nach dem 11. September und nachdem die Amis in Afghanistan einmarschiert sind – weißt du, das hat mich beeindruckt. Da wollte ich es wissen. Ob das was Ehrgeiziges wird oder so ein Provinzstuss. Dann lerne ich dich kennen, und ich denke – he, der hat Köpfchen. Vielleicht wird was draus. Vielleicht kann ich sogar mitmachen, an etwas Wichtigem teilhaben, verstehst du? Aber eine Liebesgeschichte! Billig. Langweilig. Kann jeder. Hadi tschüs.«

Sie ging zur Tür.

»Warte mal.«

Peter öffnete galant die Tür, in der Annahme, sie würde nicht durchgehen.

Sie ging durch.

Ihm blieb nichts anderes übrig, als sie am Arm festzuhalten. »Ich mache dir ein Angebot«, sagte er. »Ich schreibe einige Kriemhild-Szenen, nur für dich, und du studierst sie ein. Als ob du die Kriemhild-Rolle hast. Und dann entscheidest du dich. Wenn es Stuss ist, dann lass es. Wenn du aber glaubst, es ist richtig so – dann schauen wir weiter.«

Sie überlegte. Er sah an ihren Augen, dass sie in sich ging.

»Ich meine ernst, was ich da gesagt habe«, sagte sie.

»Ich auch.«

»Dann steck sie mir in den Briefkasten.«

15.

ALS ICH NACH EINEM ausgiebigen Fußmarsch das Gemeindehaus betrat, spürte ich es sofort.

Es waren nicht nur meine Füße, die ich spürte. Es war nicht nur eine leichte Verstimmung meinem neuen Gastgeber gegenüber, die ich spürte. Peter hätte ruhig auf mich warten können. Nur weil ich ein bisschen verschlafen hatte, war er vorgefahren, und ich musste seinen Kleiderschrank nach einem frischen Hemd durchwühlen und ihm ins Dorf hinterherlaufen. Nein, als ich das Gemeindehaus zur ersten Probe nach dem Eintreffen des großen Regisseurs aus Hamburg betrat, spürte ich vor allem das Gefühl von Aufbruch.

Der Saal war aufgeräumt und frisch geschrubbt. Disziplin lag in der Luft. Die Festspieltruppe redete nicht durcheinander. Die gesamte Mannschaft, die Schauspieler, die Pyromanen aus der Requisite, sogar der Hausmeister standen im Kreis um einen Mann herum. Er trug einen grauen Rollkragenpulli von genau derselben Farbe wie sein Silberhaar und hatte ihre ungeteilte Aufmerksamkeit. Der Mann war Drafi Becker, Regisseur.

Er war bereits voll in Fahrt:

»… mit anderen Worten, wir wollen erschaffen«, verkündete er, und seine gut ausgebildete Stimme erfüllte den Raum. »Ja, wir alle sind jetzt Mütter bei der Geburt. Wir zeugen ein Stück, und all die Lust, all der Schweiß, all die Ekstase, die eine Frau bei der Zeugung neuen Lebens empfindet, wollen wir auch empfinden. Ich würde sogar sagen, was wir tun, ist mehr als das, was eine Mutter tut, denn jede Mutter kann Leben erschaffen, aber nur ein Künstler kann Kunst gebären.«

»Können Mütter auch mit Künstlern Kunst erzeugen?«, fragte Miranda.

Drafi zwinkerte ihr zu. »Wir erschaffen Kunst als Team. Leute!« Er hob die Hände. »Ich weiß, an diese Idee müsst ihr euch erst einmal gewöhnen. Bis jetzt hat euch keiner was zugetraut. Vielleicht haltet ihr euch sogar inzwischen selbst für Kleingeister, aber hier und heute nicht, meine Freunde. Hier und heute seid ihr Künstler.«

Ein Lächeln flog über die Gesichter in der Halle. Ihre Haltung straffte sich.

»Wir machen jetzt eine Übung. Zur Auflockerung. Schaut mich an«, forderte Drafi und warf sein Haar zurück. »Stellt euch vor, ich würde nackt vor euch stehen … Nicht als Regisseur, nicht als Chef, nur als der Drafi. Ich will, dass ihr mich so seht, auch wenn es Anstrengung kostet. Jetzt sprecht mit mir.« Er wandte sich zu einem der Schauspieler und breitete erwartungsvoll die Arme aus. »Siggi. Sprich mit mir, als ob du mit einem ganz normalen Menschen sprichst. Na?«

»Du, Drafi«, sprach Siggi. »Wenn ich dich so nackt sehe – könntest mal abnehmen.«

»Nicht schlecht für den Anfang«, schmunzelte Drafi.

»Hast du dir deinen Bart färben lassen?«, fragte Carmen und kicherte.

»Gut, Carmen! Weiter so!«

»Wieso färbst du nicht gleich die Haare in den Ohren mit?«, rief der Priester-Darsteller.

»Super!«, entgegnete Drafi.

»Mich würde interessieren, ob deine Freundin ein Tattoo auf dem Arsch hat«, brummte Mike. »Sie sieht so aus.«

»Hast du schon gemerkt, dass deine Augenbrauen in der Mitte zusammenwachsen?«, rief der Schauspieler, der Attila darstellen sollte.

»Also, ihr habt's verstanden, Kompliment. Nun ...«

»Das passiert oft bei alten Männern!«, ergänzte Carmen übermütig.

»Alles klar«, lachte Drafi nochmal. »Nun wollen wir ...«

»He Drafi«, sagte der Mann, der Volker den Minnesänger mimte, verschmitzt, »deine Freundin erzählte mir gestern im Bett, dass du ein Prostataproblem hast. Mein Beileid, Alter.«

»Danke, es reicht! Stopp jetzt!«

Drafi war rot angelaufen. »Das war super, Leute ... nun wollen wir unsere Energie aber mal dem Stück widmen. Wir haben hier eine echte Chance, die Nibelungen zu zeigen, wie man sie noch nie gesehen hat. Wisst ihr, weitab von den Institutionen, da ist echte Kunst möglich, weil da keiner was von Kunst versteht. Das Gleiche gilt für die Arbeit mit Amateuren – so unbeleckt, so formbar ...« Er rieb sich die Hände. »Deshalb will ich als Erstes eure Ideen hören. Ich will wissen, was euer Innerstes denkt. Was fällt euch ein zu Siegfried, zu seinem Tod, zu der Deutschigkeit des Stoffes. Was seht ihr? Ist es Geldgier? Großkapitalismus? Den Kriegswahn Amerikas? Schnell! Ohne zu überlegen! Spontan!«

Und dann kitzelte Drafi die innere Künstlerin aus Carmen heraus. Er streckte ihr die Hand entgegen, öffnete die Finger wie einen Fächer vor ihrem Gesicht und machte dann eine blitzschnelle Greifbewegung, als würde er ihr die Seele aus den Augen ziehen. Dann schloss er sachte seine Hand, als würde er einen kleinen, flaumigen Vogel darin halten: Carmens Seele nämlich. »Carmen! Was geht in deinem Kopf vor? Welche gesellschaftlichen Strukturen, welche menschlichen Strukturen, welche strukturellen Strukturalitäten siehst du, wenn du an Siegfried denkst?«

»Also, ich sehe seine Haare«, sagte sie fest. »Sie sind blond, naturblond, und sie wehen im Wind, und sie sind so geschmeidig, dass man sie kaum kämmen muss. Aber ich würde sie kämmen. Und föhnen.«

Drafi war beeindruckt. »Du bist direkt auf das Wesentliche eingegangen. Wie eine Figur aussieht, wie wir sie wahrnehmen, das ist Theater pur. Siegfried, ein Held mit langen blonden Haaren.« Dann hielt er inne. Alle starrten ihn an, als ob sie seine Gedankengänge erraten wollten. »Es sei denn«, sagte er, zögerlich zuerst, dann schneller: »Es sei denn, wir untersuchen deine Idee noch weiter, wir dringen tiefer ein, denn in jeder Idee steckt auch das Gegenteil einer Idee, und wenn wir einen Siegfried mit langen blonden Haaren auf die Bühne stellen, wird jeder nur das sehen, was da ist, aber wenn wir einen Siegfried auf die Bühne stellen, der eine Glatze hat! Dann wird jeder die Glatze sehen und gleichzeitig die schöne blonde Mähne, die fehlt. Das ist Theater! Du! Wie siehst du den Stoff? Geht es um Großkapitalismus? Um Kriegstreiberei? Siehst du Bush im Weißen Haus, wie er Nadeln in die Landkarte Afghanistans steckt?«

Seine Greifhand ging diesmal zu Space Ace/Giselher.

»Ich sehe es als Lehre«, sprach Space Ace/Giselher.

»Siegfried ist das innere Ich. Und Kriemhild ist sein Gegenpart, seine Erfüllung. Hagen ist die Gesellschaft. Die Gesellschaft will das innere Ich umbringen, und das tut sie auch.«

Drafi verengte seine Augen zu Schlitzen: »Und wie sieht das innere Ich aus?«

»Lässig sieht es aus. Mit langen schwarzen Haaren und stechend blauen Augen. Und es trägt eine Jeansjacke mit einem Drachen hintendrauf, so mit Stickereien.«

»Du bist auf dem richtigen Weg, aber du musst weitergehen«, forderte Drafi. »Trägt das innere Ich wirklich eine Jeansjacke, oder ist es … nackt!«

Ein Raunen ging durch den Kreis.

Jetzt waren die Locher auf den Geschmack gekommen. Sie drängelten sich vor zu Herrn Beckers Seelen-Greifhand.

»Für mich ist Siegfried ein Rockstar«, brummte Mike. »Der coolste von allen, Mann. Er kann siebzehn Instrumente spielen, und er wird vom Schlagzeuger umgebracht.«

»Diese Dopingskandale gehören endlich angeprangert«, mischte sich der Darsteller ein, der den Burgunden-Ritter Rüdiger spielte. »Ich hab läuten hören, dieser Lance Armstrong hat seinen Krebs nur vorgetäuscht, um legal zu dopen. Wir sollten Siegfried zum Leistungssportler machen.«

»Ihr habt keine Ahnung, was gerade los ist in der Bäckerszene«, klagte Demon/Gunter. »Es werden kaum noch Teiglinge in Deutschland geknetet – die werden alle in Taiwan gemacht und eingeschifft.«

»Wusstet ihr, dass der Schornsteinfeger jederzeit in eure Wohnung darf?«, sagte Starchild/Gernot und nickte.

»Ohne sich anzumelden. Das ist ein altes Nazigesetz, und die Schornsteinfeger tun alles, damit es nicht abgeschafft wird.«

Ich hörte noch »Ich sehe den Retter von Mittelerde!« und »Siegfried ist Captain Kirk und Spock bringt ihn um!« sowie »Also, mir stinkt der Euro«, und ich bin sicher, die Vorschläge wären ewig so weitergegangen, aber Drafi hatte schon genug.

»Leute! Also ihr seid toll. Ich liebe eure Ideen. Siegfried ist ein Bäcker mit einem Hauch von Rockstar, nackt, glatzköpfig und mit einer unstillbaren Leidenschaft für Doping. Vielleicht trägt er einen Cowboyhut? Ja, das ist unser Siegfried. Und Hagen ist der Großkapitalismus und ebenso die Kriegstreiberei. Ja, ich glaube, wir haben es geschafft. Ich glaube, wir haben uns verstanden.«

Das Nächste was passierte – ich ahnte es – war eine Gruppenumarmung. Was ich aber nicht ahnte: Sie holten mich dazu. Es war Mike, der nach mir rief. Ich stellte mich zwischen ihn und Siggi und umarmte wie ein Weltmeister.

Erst dann fiel mir auf: Peter stand nicht im Kreis. Ich fand ihn in der Küchenecke, eine Tasse kalten Tees in der Hand, seine Augen seltsam glasig.

»Das da«, sagte ich, und wies mit dem Kopf Richtung Drafi Becker, »das ist der Unterschied zwischen Amateurtheater und Profitheater, nicht wahr?«

Peter nickte. Er murmelte etwas wie »Gn.« Ich glaube, es war ein »Gn.« Es hätte aber auch »Gnf« sein können.

»Gerade dachte ich – zum ersten Mal – hoppla! Vielleicht klappt's ja doch.«

»Hmf«, erwiderte er. Ich bin sicher, dass es ein »Hmf« war.

»Der Typ weiß, wie's läuft. Alles wird gut.«

»Gmf.«

»Übrigens, diese Türkin, Aische, hat mich angerufen«, sagte ich beiläufig. »Wir haben es im Dönerstand getrieben. Es war der Wahnsinn. Wusstest du, dass sie so biegsam ist, dass sie ihren Arsch mit der Zunge berühren kann?«

»Wie? Was?«, sagte Peter, plötzlich wach. »Aische?«

»Sag mal, wie war es denn mit ihr? Ist was draus geworden? Ich hätte dich schon gestern gefragt, aber du hast ja getippt wie ein Wilder.«

»Oh Gott, du kannst es dir nicht vorstellen.«

Ich konnte es mir sehr gut vorstellen. Man sah sofort, dass Peter verliebt war.

»Du wirst dich wundern. Aische ist überhaupt nicht diese typische Türkin, wie man sie kennt«, sagte er, obwohl sie ganz offenbar die erste Türkin war, die er je kennengelernt hatte. »Das ist eine ganz moderne Frau. Sie studiert Jura. Sie hat nicht mal einen älteren Bruder.«

»Was hat sie denn Modernes getan, als du dich vor ihr auf den Boden geschmissen und um eine Nacht mit ihr gebettelt hast?«

Peter wurde rot, aber er antwortete auf die Frage.

»Sie war erstaunlich gelassen. Man könnte meinen, so was sei ihr schon öfter passiert. Sie meinte, ihr Vater erwarte sie noch. Macht nichts. Wir werden uns noch oft sehen. Wir werden intensiv an der Rolle zusammen arbeiten.«

»Du hast ihr wirklich die Rolle gegeben? Ich dachte, das sei so ein Anmachspruch.«

»Mein Entschluss steht fest. Sie ist die Kriemhild. Ich gebe es noch heute bekannt, aber ich will es erst Drafi unter vier Augen sagen. Ich will seine Autorität nicht untergraben.«

Etwas stimmte hier nicht. »Peter«, meinte ich, »vielleicht solltest du besser aufpassen, was der Herr Becker gerade unter deiner Nase tut.«

Ich hatte nämlich die ganze Zeit nur mit einem Ohr zugehört. Mit dem anderen Ohr hörte ich, wie der Regisseur aus Hamburg gerade seine dramaturgische Assistentin vorstellte, eine junge Dame namens Nadine Bembel, die aber auch eine talentierte Schauspielerin sei, die …

»… schon die Ophelia in Memmingen gespielt hat, und es ist mir gelungen, sie als besondere Attraktion unseres Festspiels für die Rolle der Kriemhild zu gewinnen.«

»Wieso«, sagte Peter. »Was sagt er?«

»Er hat gerade die Rolle der Nadine gegeben.«

»Ach, die Nadine. Ja, das ist seine dramaturgische Assistentin.«

»Peter, er hat gerade die Rolle der Kriemhild an seine dramaturgische Assistentin gegeben.«

»Wie? Was? Casting wird abgesprochen. Ich habe Vetorecht.«

»Ich wiederhole, Peter: Das Wort ›Kriemhild‹ ist gefallen«, sagte ich.

Drafi Becker wies auf eine junge, hübsche, sehr schlanke Dame, etwa 25 Jahre jünger als er, die abseits auf einer Fensterbank saß und mit verächtlichem Desinteresse intensiv an einer Zigarette zog. »Nadine, vielleicht kannst du uns in zwei Sätzen sagen, wie du die Kriemhild spielen willst.«

»Die deutsche Identität zeigt das Krankheitsbild einer bipolaren Störung«, sagte sie, während sie die fast zu Ende gerauchte Zigarette ausmachte und gleich begann, eine neue zu rollen. »Kriemhild muss gespielt werden wie eine Liebende auf dem Kreuz von Golgatha im Zeitalter des Informationsterrorismus, und Brunhild muss rüberkommen wie Oliver Kahn mit sexuellem Stau. Hat mal jemand Feuer hier oder seid ihr alle Ökofuzzis? Ich glaub, ich spiel die Rolle mit blauen Haaren.«

Peter wurde blass. Als er das nächste Mal sprach, war es fast nur ein Quieken: »Das geht doch nicht. Ich muss was tun.«

Und er tat was. Er drängelte sich in den Kreis um den Regisseur, an Mike und Siggi vorbei: »Entschuldigen Sie? Hallo. Einen Moment bitte.«

»Ah, der Autor!«, sagte Herr Becker erfreut. Dann wandte er sich der Truppe zu: »Meine Freunde, der allerwichtigste Mann im Theater: der Autor!«

»Herr Becker«, sagte Peter, »Casting-Entscheidungen und größere Änderungen werden mit dem Autor abgesprochen. Das ist mit dem Bürgermeister abgemacht. Bei einer so wichtigen Rolle wie die der Kriemhild … also, ich habe da eine ganz bestimmte Frau im Kopf. Eine kontroverse, eine neue Kriemhild. Das Stück, wie ich es schreibe, steht und fällt mit dieser Kriemhild.«

Er war gut, der Peter. Auch Drafi Becker war beeindruckt. Er warf seine Haare zurück und wandte sich erneut den Schauspielern zu: »Das ist Theater, meine Freunde! Die erste Meinungsverschiedenheit! Und was passiert bei einer Auseinandersetzung zwischen Autor und Regisseur? Was glaubst du, Siggi?«

Siggi versuchte es mit: »Der Regisseur setzt sich durch?«

»Aber wo denkst du hin? Der Autor setzt sich durch.

Das ist Theater. Der Text ist alles. Der Regisseur ist nur Diener des Textes. Also ziehe ich Nadine Bembel zurück – das war voreilig von mir. Die Kriemhild-Entscheidung wird zu einem späteren Zeitpunkt fallen.«

Nadine Bembel zeigte keine Regung.

Peter sah aus, als sei er gerade dem Tod von der Schippe gesprungen. »Danke«, sagte er aus vollem Herzen.

»Nichts zu danken«, erwiderte Becker. »Ich meine das ernst, was ich über den Autor sage.«

Peter lief rot an.

»Apropos Stück – Herr Westenmacher – wo ist der Text? Wann kriegen wir es zu lesen?«

»Das Buch …«, stotterte Peter, »das sollten wir unter vier Augen besprechen.«

»Wollen Sie uns verraten, wie viele Seiten es hat?«

»Tja, es hat auf jeden Fall einen gewissen Umfang …«, sagte Peter zögerlich.

Ich dachte: Peter, sag es nicht.

»Es ist anspruchsvoller als ich anfangs dachte, das auf jeden Fall.« Er lachte nervös. »Wissen Sie, Sie gehen an einen solchen Stoff heran und Sie glauben, es geht um einen Drachen …«

Becker lachte herzlich. »Wenn es nur so einfach wäre!«

»Und dann stellt sich heraus, dass es viel komplizierter ist«, meinte Peter.

»Viel komplizierter!«

Ich dachte: Peter, jetzt halt den Mund. Hör einfach auf zu reden. Das kann doch nicht so schwer sein.

»Auf jeden Fall habe ich schon einige Seiten fertig, die ich Ihnen zeigen kann.«

Drafi lächelte noch. »Ich bin sicher, sie werden mir gefallen. Wie viele denn?«

»Elf. Fast zwölf.«

Drafis Stimme war noch freundlich, aber er lächelte nicht mehr. »Elf geniale Seiten. Sie leiden ein ganz klein wenig unter Schreibhemmung, nicht wahr? Der Druck. Der Umfang. Die Bedeutung des Stoffes. Siegfried. Hitler. Stalingrad.«

Peter lachte. »Es ist nicht leicht, das stimmt.«

»Ich mache mir Sorgen um Sie. Sagen Sie, waren Sie schon mal in dieser Lage? Schreibgehemmt?«

»Niemals! Normalerweise ist das überhaupt nicht so.«

»Wie viele Stücke haben Sie denn schon geschrieben?«

Nun bemerkte auch Peter, dass er gerade ins Rudern geriet. »Keins«, murmelte er.

Herr Becker lächelte überhaupt nicht mehr. »Jetzt bin ich mehr als ein wenig baff. Wissen Sie, im professionellen Theaterbetrieb wird ein Autor normalerweise nicht mal in Betracht gezogen, bis er zehn oder zwanzig Stücke in der Schublade hat, die nie produziert wurden. Übung. Lernen. Die harte Schule des Schreibens. Ihnen wurde großes Vertrauen entgegengebracht.«

Die Truppe machte kein einziges Geräusch. »Das ist schon richtig«, gab Peter zu.

»Vielleicht zu großes Vertrauen. Manchmal täuscht uns das Gefühl. Manchmal sind wir so sicher, ein Autor kann was, und dann stellt sich heraus, dass man seine Fähigkeiten überschätzt hat.«

»Ich bringe das schon fertig, es ist nur eine Frage der Zeit. Und vielleicht zusammen, Sie und ich …«

»Wo haben Sie denn studiert?«

»In Hohenheim. Bei Stuttgart.«

Becker dachte angestrengt nach. »Gibt es dort überhaupt einen Studiengang Theaterwissenschaft?«

Peters Stimme war kaum zu hören. »Es war nicht Theater.«

Becker lächelte freundlich. »Sondern?«

»Agrarwissenschaft.«

»Glauben Sie wirklich, Herr Wettersacher, dass eine Bauernausbildung eine angemessene Grundlage ist, einen der wichtigsten Stoffe der deutschen Geschichte zu adaptieren? Glauben Sie, Wagner hat sich an diesen Stoff frisch von der Bauern-Uni herangetraut? Wieso haben Sie das nicht früher gesagt? Unfassbar! Sie tragen Verantwortung gegenüber Ihren Schauspielern, Sie müssen einen Text liefern, der sie auf der Bühne nicht dumm dastehen lässt!«

Die Truppe wechselte bestürzte Blicke. Sie waren Zeugen eines Blutbads und konnten nichts tun.

»Sagen Sie uns doch, Herr Wetzendacher: Wie sehen Sie das Zusammenspiel von Vasallentreue als gesellschaftliche Wertigkeit mit den sozialen Verschiebungen der jüngsten Geschichte, und wie gedenken Sie, dies im Stück auszudrücken?«

»Tja, da habe ich auch schon darüber nachgedacht«, meinte Peter kleinlaut.

»Wie stehen Sie zu der Symbolik des Fiedelspiels von Volker kurz vor dem Ausbruch der Gewalt?«

»Das ist eben noch die Frage«, winselte mein Freund, der Kuhbesamer.

Becker wandte sich der umstehenden Truppe zu: »Meine Freunde, wir haben eine Krise. Der Autor ist nicht in der Lage, ein Stück zu liefern, und wir haben in dreieinhalb Monaten Premiere. Mir bleibt keine andere Wahl, als Herrn Wettermacher als Autor abzusetzen. Das sind wir dem Publikum schuldig.«

Wie Moses im Roten Meer schritt er durch die Menge, die sich vor ihm öffnete, zu einem Stuhl neben der Bühne, auf dessen Lehne seine creme-weiße Jacke hing. Diese nahm er jetzt und schlang sie sich mit einem einzigen lockeren Knoten um die Schultern. Der Wandel war erstaunlich. Es war, als hätte Superman sein Cape angelegt oder ein König seine Krone. Er strahlte auf unerklärliche Weise Autorität aus, und die Gruppe um ihn herum wich unwillkürlich einen Schritt zurück.

Dann holte er einen Stapel fotokopierter und gebundener Papiere aus einem Karton und verteilte sie an die Schauspieler. »Wir werden meinen Text nehmen, den ich vorsorglich geschrieben habe.«

Er hatte schon fünf oder sechs Stück verteilt, da hielt er inne und wandte sich an Peter.

»Herr Wespenbacker«, donnerte er streng. »Sie können gehen. Ich wünsche Ihnen alles Gute auf Ihrem weiteren Lebensweg, aber im Theater haben Sie nichts zu suchen. Bitte kommen Sie nicht mehr zur Probe – sonst muss ich Ihnen Hausverbot erteilen, und das will ich nicht.«

Peter, der plötzlich nicht mehr im Kreis stand, blieb nichts anderes übrig, als seine Jacke zu holen und zu gehen. Nadine Bembel schaute ihm mit halb geschlossenen Augen nach.

16.

MEIN ERSTER GEDANKE, als ich Peter die Halle verlassen sah, war: Armer Kerl, ich sollte ihm folgen.

Mein zweiter Gedanke, der mich von dem ersten ablenkte, war: Sex.

Das kam auch für mich völlig überraschend. Ich war bereits auf dem Weg zur Tür, als sich ein schlanker, nackter Arm von hinten durch meine Armbeuge schlängelte, zart bei mir einhakte und eine weibliche Stimme sagte: »Kommst du auch mit?« Es war sicher die verführerischste Stimme, die ich je gehört habe.

Ich muss ein Geheimnis über uns Männer verraten. Tief in unserem Herzen wünschen wir, dass wir Frauen wären. Anstatt dass immer wir in der Kneipe verzweifelt unseren ganzen Mut zusammenkratzen müssen, um Frauen anzusprechen, in dem sicheren Wissen, dass die Chance bei etwa 99,9 Prozent liegt, dass wir abblitzen werden, und bei etwa 99,8 Prozent, dass das auch noch auf hochnotpeinliche Art und Weise geschieht, soll es – einmal nur! – umgekehrt sein.

Und wissen Sie, was wir dann tun würden? Rache üben! Rache an all den Göttinnen, die sich so unerreichbar gaben, dass wir nie gewagt hätten sie anzusprechen; und wenn wir endlich doch einen guten Spruch auf Lager hatten, war die Frau so umwerfend sexy, dass wir außer einem Stammeln nichts über die Lippen brachten.

Einmal nur! In Loch war mein Einmal endlich gekommen.

Drafi Beckers handverlesene dramaturgische Assistentin und der Star von Memmingen war eine Gazelle. Langgliedrig, geschmeidig, elegant. Sie trug einen glatten, tiefschwarzen Pagenkopf um ihr blasses Gesicht – ich korrigiere: ihr bedrohlich blasses Gesicht, das aussah, als ob sie so wenig wie möglich tagsüber aus dem Haus ginge und Urlaub nur im Eis machte, damit ihr Teint immer den größtmöglichen Kontrast zu ihrem schwarzen Haar behielt. Aber das Schönste am Eiskontinent Nadine Bembel waren diese charmant unerwarteten Kurven weiter südlich an ihrem gertenschlanken Körper, sanft geschwungen wie eine Bucht an der Riviera, die einzig dem Zweck dienten, wildfremde Männer darüber sinnieren zu lassen, ob so ein Hintern in der Natur überhaupt vorkommt oder ob es sich um das Meisterwerk eines ästhetisch-fanatischen Schönheitschirurgen handelt.

Dass eine solche Frau sich bei mir einhaken und zart hauchen könnte: »Also, mein lieber Herr Gunderson, ich bin ja von der Arbeit eines Theaterkritikers fasziniert. Erzählen Sie mal von sich!«, ist so wahrscheinlich wie ein zufällig vorbeiradelndes Äffchen, das mir mit Kusshand zwei Karten für das WM-Endspiel zuwirft. Blitzschnell durchfuhren mich all die bissigen Bemerkungen, die ich jetzt erwidern könnte. Nur eine davon würde sie dermaßen demütigen, dass sie sich nie wieder mit sicherer Hand ihre falschen Wimpern ankleben könnte. Und ich würde davonschlendern, als sei nichts dabei.

Da drehte ich mich zu ihr und sagte: »Interessieren Sie sich wirklich dafür? Wow!«

Auf dem kurzen Weg zum Landsknecht, wo die ganze

Festspieltruppe »feiern, einander kennenlernen und gemeinsam in die Zukunft blicken« wollte, wie Herr Becker es ausgedrückt hatte, fand eine erstaunliche Entwicklung mit mir statt. Unter Nadines erwartungsvollen blauen Augen verwandelte ich mich ohne Probleme in einen waschechten *New-York-Times*-Angeber, den mondänen, von Glamour verwöhnten und von Diven gelangweilten Starjournalisten, für den man sich schrecklich anstrengen muss, wenn man ihn beeindrucken will. Ich liebte dieses Gefühl und hatte fest vor, es bis zur Neige auszukosten.

Es dauerte, bis wir die nötige Anzahl von Tischen zusammengeschoben hatten und endlich saßen. Ich stand dreimal wieder auf, bis ich es schaffte, neben Nadine zu sitzen, weil Herr Becker mir immer von der anderen Seite des Tisches zurief, ich solle da oder dort sitzen. Nadine entschied sich ebenso oft um wie ich, und Herr Becker sprang auch immer wieder von Stuhl zu Stuhl, was zur Folge hatte, dass die ganzen Schauspieler in geheimnisvollen, rastlosen Strömungen unter den Augen des genervten Wirtes mehrere Male rund um den Tisch getrieben wurden. Es war mir auch ein wenig unheimlich, bis sich Herr Becker, nachdem er ein paar Worte an die Gruppe gerichtet hatte und man mit dem Bestellen beschäftigt war, zu mir drehte und bemerkte: »Es gibt einfach so viel zu sagen – was ist das Wichtigste für Sie?«

Ich überlegte noch, da ging Nadine dazwischen: »Sie müssen wissen, ich bin nicht wie andere Schauspielerinnen, die Kritiker für verhinderte Künstler oder verklemmte Arschlöcher halten, überhaupt nicht«, sagte sie und zündete sich kunstvoll eine Zigarette an. »Ich will von Ihnen lernen.«

Herr Becker beugte sich näher zu mir und meinte: «Nennen Sie mich Drafi!«

Nadine ließ mich nicht antworten. »Also, Steve, erzähl mir von New York. Ich darf doch du sagen, oder?«

»Aber sicher ...«

»New York!«, seufzte sie, »ich liebe diese Stadt!«

»Ein größerer Kontrast zu Loch ist ja kaum denkbar«, schmunzelte Drafi mich an.

»Herr Becker, ich kann nicht sehr viel länger für die Brunhild-Rolle einspringen«, mischte sich Carmen von schräg gegenüber ein. »Ich muss mich ab jetzt voll auf die Kostüme konzentrieren.« Drafi grunzte, er hörte nur mit halbem Ohr hin.

»Sag mal, Steve«, fuhr Nadine fort und leckte sich die Lippen, »welche Kriterien hast du denn so bei der Auswahl deiner Sujets? Zum Beispiel bei einem Porträt einer jungen, dynamischen Künstlerin. Hast du da bestimmte Vorgaben oder lässt du dich von deinem Gespür leiten?«

Sie blickte mich mit großen Augen an. Das war meine Chance, ihr zu zeigen, wo der Hammer hängt. »Vor allem geht es um Sympathie. Ich suche eine, die sehr persönlich ist ... intim ... die keine Grenzen kennt, keine Hemmungen, keine Hüllen mehr hat, verstehst du?«

Nadine hielt den Atem an: »Wer hätte gedacht, dass du so ein Menschenkenner bist. Du hast mich Wort für Wort beschrieben!« Sie schlug die Hände vor das Gesicht. »Ich fühle mich nackt.«

Unvermittelt schob sich Drafis gefürchteter grauer Schädel in mein Blickfeld. Hatte er nicht eben noch mit Siggi gesprochen? »Aber Nadine, Liebes, hat der Mann je das Wort ›Schauspielerin‹ erwähnt?« Er warf sein Haar nach hinten und wandte sich an mich, wobei ihm das Haar sofort wieder zurück in die Stirn fiel. »Schauspieler sind ohne Regisseur verloren, musst du wissen. Nichts machen sie selbst, immer muss man sie führen.« Nadine schnaubte. Drafi lächelte. »Ich will es mal so ausdrücken, dass auch Nadine es versteht. Sag mal, Liebes, was magst du lieber im Bett – Schauspielern oder Regie führen?«

»Ist ja wohl sonnenklar, wer bei uns im Bett die Regie führt«, meinte Nadine.

»Will ich auch hoffen«, sagte Drafi voller Zuversicht. Erst dann fuhr der Schatten eines Zweifels über sein Gesicht.

»Außer natürlich«, fuhr Nadine fort, »der Schauspielerführer hat nicht den Mut zu führen. Ich weiß noch genau, wie ein Schauspielerführer, den ich kenne, mal wollte, dass ich eine lesbische Liebesszene spiele, aber er wusste nicht, wie das geht, also bin ich zu einer Freundin gegangen, und sie hat es mir beigebracht. Heute kann ich eine Lesbe sehr überzeugend rüberbringen.« Sie zwinkerte mir zu. »Schade, dass der Schauspielerführer nicht den Mut hatte mitzumachen, dann wüsste er selber, wie es ist, und ich müsste es ihm nicht Nacht für Nacht beschreiben.«

Drafi wollte gerade antworten, da lehnte sich Henner von den Requisiten-Jungs zu ihm rüber. »Herr Becker, wegen dem Blutbad nochmal. Miranda sagt, Kunstblut ist schweineteuer. Ich kenn da einen Metzger, soll ich mal anklopfen ...?« Drafi knurrte unwirsch, während mir Nadine von der anderen Seite ins Ohr schnurrte: »Du weißt ja nicht, was Kunst ist, bis du dich mal der Erfahrung ausgesetzt hast, als Fetisch in einem Kreis von Männern zu posieren. Das ist die endgültige Beherrschung des Publikums.«

Allerdings flüsterte sie laut genug, dass Drafi mithören konnte. Er seufzte. »Das liebe ich so an unserer Nadine – sie hat nicht diesen verkopften Zugang zur Kunst. Sie stellt sich nicht vor, eine Orange zu sein, sie isst einfach die Orange. Sie hat mal in einer Peepshow recherchiert«, erklärte er.

»Für die Rolle der Lulu«, seufzte Nadine. »Mit blonder Perücke. Magst du Blond, Steve?«

»Man muss dazusagen, dass sie die Rolle nicht bekam«, ergänzte Drafi.

»Sie fanden mich zu schön. Manchmal wünschte ich, ich hätte eine Narbe oder so was.«

»Narbe? So was machst du?«, stammelte ich. »Abgefahren.« Mike, der gegenüber saß, runzelte die Stirn. Sein Blick sagte alles.

»Oh, sie ist ein kleiner Rohdiamant, unsere Nadine«, versicherte mir Drafi. »Sie hat bloß Angst davor, geschliffen zu werden. Aua!« Unter dem Tisch hatte Nadine ihn getreten. »Ich habe keine Angst, mich dem Publikum auszuliefern«, schmollte sie. Drafi rieb sich das Schienbein. »Ich weiß. Du nennst das Sex mit dem Publikum. Der Regisseur aber steckt in jeder Figur.« Er beugte sich näher zu mir und blickte mir genau in die Augen. Ich konnte sein Aftershave riechen. »Als Regisseur ficke ich das Publikum von zehn, zwanzig verschiedenen Perspektiven aus zugleich. Normale Menschen können sich nicht mal vorstellen, wie das ist.« Sein Blick bekam etwas Glasiges, das konnte aber auch am Wein liegen. »Hast du eigentlich Bühnenerfahrung, Steve? Ich spüre da eine … Neigung bei dir.«

Ich schwitzte.

»Aber lieber Drafi«, rettete mich Nadine, »du willst dich jetzt wohl nicht einschmeicheln. Der Steve sucht doch jemanden für sein Porträt, der keine Grenzen kennt.« Nadine lachte herzhaft bei dem Gedanken, Drafi kenne keine Grenzen. »Wann hast du dich denn das letzte Mal nackt und bloß dem Neuen hingegeben, mein Schatz?«

»Na, gerade neulich, als du wolltest, dass ich dich im Garten ...«

Ich räusperte mich hektisch. »Und wo sind deine Grenzen so, Nadine?«

»Tierversuche«, sagte sie ohne Zögern. »Ich würde nie was anderes als Naturkosmetik tragen.«

Der Wirt fragte mich zum dritten Mal, ob ich nicht was essen wolle. Ich winkte ab.

Siggi hatte etwas loszuwerden. »Werden wir uns auf der Bühne küssen?«, fragte er, an Nadine gerichtet. »Ich weiß nicht, ob ich das kann. Ich krieg dann immer einen Ständer.« Er lachte halb dreckig, halb verlegen und murmelte dann in sein Bierglas. Nadine ließ einen Rauchring aus ihren wohlgeformten Lippen steigen.

»Stimmt, Nadine«, gab Drafi unerwartet von der Seite zu, »ich verstehe was von Grenzen.« Dann lehnte er sich vor, und er blickte mir so tief in die Augen, wie ich es mir von Männern normalerweise nicht wünsche. »Aber Tabus kenne ich keine.«

Nadine nahm mein Kinn in ihre zarten Finger und drehte mein Gesicht zu sich hin. »Ich kriege nie genug Erfahrung, Steve. Sowohl geistig als auch körperlich. Für die Kunst tue ich alles, verstehst du?«

»Wie alt bist du eigentlich, Steve?«, fragte Herr Becker.

»Nun ja«, stammelte ich, »ich liege so etwa zwischen euch beiden …«

Drafi lachte und ließ seinen wohlklingenden Bariton ertönen: »Das lässt sich arrangieren, was meinst du, Nadine? Mir schwebt da so ein Doppelporträt vor.«

»Warum nicht?« Nadine lachte glockenhell und warf mir einen aufmunternden Blick zu. »Ein intimes Interview zu dritt? Ein bisschen Abwechslung tut immer gut. Hast du Lust, Steve?«

Mir wurde heiß und kalt. »Entschuldigt mich«, sagte ich, stand auf und ging, Serviette lässig vor mir her tragend, aufs Klo. Vor dem Spiegel setzte ich eine möglichst wichtige Miene auf und übte folgende Sätze ein: »Herr Becker, von mir aus müssen Sie überhaupt nicht dabei sein! Frau Bembel ist schon völlig ausreichend! Es ist nichts Persönliches: Bärtige Männer kommen bei den New Yorkern im Moment gar nicht gut an, das verstehen Sie doch.«

Ich ging an den Tisch zurück, blieb stehen, schaute Drafi Becker streng an und sagte: »Ich suche Bühnenerfahrung mit Ihrer dramaturgischen Assistentin!«

»Wurstplatte?«, ertönte es da direkt in meinem Nacken. »Jägerschnitzel? Kochkäs spezial? Grüne Soße? Pommes rot-weiß?«

Das Essen war da. Gott sei Dank. Plötzlich brach ein Stimmengewirr los, und all die weiteren schönen Sätze, die ich vor dem Spiegel eingeübt hatte, begannen mir zu entfallen. Ein großer Moment war gekommen und gegangen. Ich setzte mich, verwirrt und ausgelaugt. Mein Gott, als Theaterkritiker hat man es aber auch nicht leicht.

»Dein Name klingt irgendwie hessisch, Nadine«,

meinte Mike und schnitt seinen Hawaii-Toast an. »Bist du von hier?«

»Ich? Du weißt genau, ich bin eine waschechte Hamburger Deern.«

»Hast du erwähnt. Öfters.«

»Leute, ihr wisst gar nicht, wie froh ich bin, einmal von der Großstadt weg zu sein«, gestand Nadine mit einem Augenaufschlag in die Runde. »Das Hinterland ist ja geradezu dafür geschaffen, der Kunst alternative Strukturalitäten zu bieten. Auch geistiger Mief kann in den Händen eines Genies Früchte tragen. Jeder urbane Kulturschaffende sollte mal ein Dorfjahr einlegen, finde ich. Demut ist meine Devise.«

»Denkst wohl, wir sind alle Deppen hier?«, grunzte Mike aufgebracht und fuchtelte mit seiner Gabel herum. »Schnepfe!«

»Weh mir, ich habe Hagen erzürnt«, Nadine hob die Hände in gespieltem Entsetzen. »Wer rettet mich?«

Siggi stand auf und haute Mike spielerisch eine in den Bauch. Der zuckte nicht mit der Wimper. »Sehr gut«, sagte Drafi lachend. Siggi kam um den Tisch herum und ließ sich mit krachenden Kniescheiben neben Nadines Stuhl nieder. »Bekomme ich jetzt meinen Kuss?«, grinste er.

»Junge, das tut mir leid, ich küsse keine Raucher«, bedauerte Nadine und blies noch einen Rauchring in die Luft. »Schmeckt doch wie'n Aschebescher.«

Da brach die ganze Truppe in Gelächter aus, sogar ich. Siggi guckte verdutzt und wusste nichts zu sagen. Nur einer lachte nicht, und das war Mike. Ich hörte ihn bloß murmeln: »Mädchen, das heißt ›Aschenbecher‹.«

17.

PETER WESTERNACHERS ERNIEDRIGUNG war noch nicht perfekt. Zwar war er von beruflicher Seite gedemütigt worden, aber noch nicht von staatlicher Seite. Er marschierte schnurstracks zum Bürgermeister und verlangte, dass dieser ein Machtwort spreche und ihn als Festspielautor wieder einsetze.

»Ich will ehrlich sein«, sagte Fritz-Eberhard Steiner, nachdem Peter seine mitleiderregende Rede über Verrat, Moral und Dreckskerle aus der Großstadt beendet hatte. »Dein Vater war ein Freund, Peter, und dich kenne ich seit deiner Geburt. Wir zwei haben diese ganze Festspielsache aus dem Nichts entwickelt, über ein paar Gläsern Bier, du und ich. Aber irgendwann wird's ernst. Da kann man noch so oft anstoßen, irgendwann muss man ein fertiges Stück vorweisen. Drafi hat eins, du nicht. So leid es mir tut, in dieser Sache muss ich Drafi beistehen.«

Peter war sprachlos. Er stotterte: »Aber damals im Landsknecht, wissen Sie nicht mehr – ›Auf Loch am Rhein … Nieder mit Worms!‹ – das ist jetzt alles weg?«

»Jetzt lenk nicht ab, Peter. Ich kenne meine Pappenheimer. Du willst Dichter sein? Dann vollende dein Stück! Weißt du was? Ich will fair sein. Bring es mir. Bis Ende der Woche. Ich vergleiche es mit Drafis Stück und wähle das Bessere aus. Vielleicht ist ein bisschen Druck genau das, was du jetzt brauchst.«

»Sie können mir das Festspiel nicht entreißen«, krächzte Peter. »Das Amulett gehört mir. Ohne das Amulett haben Sie gar nichts. Keinen Nibelungenschatz, kein ›Loch am Rhein‹ und keinen Grund, in diesem Kaff irgendein Festspiel aufzuziehen.«

»Das werden wir ja sehen«, sagte der Bürgermeister kühl. »Nimm es doch mit.«

Kochend vor Wut stapfte Peter zur Vitrine, in der das Amulett aufbewahrt wurde. Sie war leer.

»Wo ist es?«

Der Bürgermeister zuckte die Achseln. »Woher soll ich das wissen? Es gehört doch dir.«

»Ich verlange sofort mein Amulett zurück!«, zeterte Peter.

»Nächste Woche ist es bestimmt wieder da«, schätzte Fritz-Eberhard Steiner. »Wenn du mir deinen Text bringst.«

»Das haben Sie die ganze Zeit gewusst! Das war doch mit dem Becker ausgemacht, hinter meinem Rücken! Deswegen kam der schon mit einem eigenen Stück hier an. Das lass ich nicht auf mir sitzen.«

Aber das war erst die Erniedrigung von staatlicher Seite. Und was ist ein Staat anderes als ein imaginäres Gebilde, das nur aufgrund einer Übereinstimmung innerhalb einer Gruppe von Menschen existiert? Peter fehlte noch die Demütigung durch eine höhere Instanz.

Und siehe da, als er orientierungslos auf dem Blatsplatz herumstand, lief Pfarrer Nägele an ihm vorbei, einen Kleidersack und eine dicke Aktentasche von der Art eines Busfahrers in den Händen. Er war auf dem Heimweg und bereits spät dran, er wohnte in Hammelbach und kam nur einmal die Woche nach Loch. Doch das hinderte ihn nicht daran, Peter mit den freundlichen Worten »Und wie geht es Ihnen heute?« zu grüßen.

»Pfarrer Nägele? Kann ich Sie mal sprechen?«

»Aber natürlich.« Pfarrer Nägele musste sein Gepäck abstellen und die Zigarette aus dem Mund nehmen, um sich deutlich auszudrücken. »Ich bin nächsten Dienstag wieder in der Stadt, zwischen drei und drei Uhr dreißig. Sollen wir gleich drei sagen?«

»Können wir nicht jetzt reden?«

»Ich habe die Kirche schon geschlossen.«

Peter sah ein, dass die Situation ungewöhnliche Maßnahmen verlangte. Also redete er einfach drauflos und hörte nicht auf, selbst als der Pfarrer ihn zu unterbrechen suchte. »Es ist mein Stück! Sie nehmen es mir weg! Was soll ich nur tun?«

Pfarrer Nägele nutzte seine heruntergebrannte Zigarette, um die nächste anzuzünden. »Peter, wir sind nur Menschen. Uns fehlt oft der Überblick. Manchmal tut es gut, Abstand zum eigenen Leben zu gewinnen und die Perspektive Gottes anzunehmen. Will Gott überhaupt, dass Sie dieses Stück schreiben?«

»Sie meinen, Gott will nicht, dass ich mich selbst verwirkliche?«

»Das ist ein menschliches Ziel.« Der Pfarrer schmunzelte und nahm einen tiefen Zug. »Gott will, dass wir Demut üben, dass wir anerkennen, wie klein wir sind und wie groß er ist … Vielleicht will Gott aus Gründen, die wir nicht verstehen, dass dieser Becker das Stück schreibt. Vielleicht hält Gott Herrn Becker ja für den besseren Autor. Was meinen Sie?«

»Aber …«

»Horchen Sie in sich hinein, Peter. Und fragen Sie sich:

Findet Gott die Nibelungensage überhaupt gut? Es ist ein kompliziertes Stück, und keiner versteht es. Vielleicht zieht Gott eher was Heiteres vor?«

»So habe ich das noch nie gesehen …«

Pfarrer Nägele eilte davon und ließ Peter allein auf dem Blatsplatz stehen. Er stand noch da, als das Rattern von des Pfarrers Auto durch die Gassen hinter dem Platz Richtung Hammelbach verschwand. Ab und zu ging jemand mit einer Plastiktüte an Peter vorbei, sprach ihn aber nicht an.

Mittag war schon vorüber, Peter hörte die fröhlichen Stimmen aus dem Landsknecht. Er sah die Wolken ziehen am Himmel hoch über sich. Er dachte: Ich könnte es tun. Einfach aufgeben. Alles abgeben. Loslassen. Ein seltsamer Friede kam über ihn. Er spürte wie seine Nackenmuskeln sich entspannten. Vielleicht hatte der Pfarrer recht. Vielleicht war es besser so.

Doch eine Demütigung durch Konkurrenz, Staat und Kirche ist noch nicht komplett, bis man auch noch in seiner Männlichkeit angezweifelt wird.

Peter wollte gerade zu seinem Citroën gehen, um nach Hause zu fahren, als er plötzlich eine sanfte Stimme vernahm: »Hallo. Ist die Probe schon vorbei?«

Hinter ihm stand Aische.

»Entschuldige, dass ich so spät komme, aber …«

Es kam wie eine Erleuchtung. Plötzlich schien alles, was Pfarrer Nägele gesagt hatte, klar. Es war nicht das Stück, das Gott für ihn bestimmt hatte. Es war Aische. Er erzählte ihr alles. Von Drafi, vom Bürgermeister. Und davon, dass sie nicht mehr Kriemhild spielen würde.

»Auf einmal habe ich ein total friedliches Gefühl. Als

ob es so hat kommen sollen. Und weißt du, warum? Weil das Stück ganz unwichtig ist – im Gegensatz zu etwas anderem, was in mein Leben getreten ist.«

Aische starrte ihn ungläubig an.

Wenn er sich getraut hätte, hätte er jetzt ihre Hand genommen. Seine Stimme wurde zärtlich. »Siehst du nicht? Die Kriemhild-Rolle – das war nur ein Weg, uns zu finden. Das brauchen wir nicht mehr. Ich will mich nicht mit dem Stück beschäftigen. Ich will mich mit dir beschäftigen. Du bist ein ganz neuer Kontinent, den ich erkunden will – mit Gefühlen und Hoffnungen, die mir fremd sind. Was interessiert mich ein historisches Drama, wenn das, was ich im Hier und Jetzt gefunden habe, viel reizvoller ist?«

Da zuckte Aisches Hand und versetzte ihm eine solche Ohrfeige, dass er Sterne sah.

»Wach auf!«, brüllte sie ihn an. »Der Typ pisst dir ins Revier. Er scheißt dir dein Bett voll. Das ist *dein* Stück, verdammt nochmal.«

»Aber Aische …«

»Und jetzt lässt du dich von diesem Arsch aus dem eigenen Haus werfen? Hast du keinen Stolz? Bist du kein Mann? Ich hätte dem Typen eins in die Fresse gegeben.«

»Ja, du … Vielleicht habe ich mich schlecht ausgedrückt …«

»Und du willst mich kennenlernen? Was glaubst du, was ich bin, ein Trostpreis?« Ihre Hände glitten über ihre Taille. »Du willst das hier haben? Dann hol mir meine Rolle zurück. Deine Hände werden diese Titten nie berühren, bis deine Faust diesem Mistkerl die Nase poliert hat.«

Und schon klackerten ihre High Heels über das Kopfsteinpflaster davon.

Erst jetzt war Peter Westernachers Demütigung perfekt.

18.

»STEVIE, VERGISS NICHT: Immer wenn du denkst, es geht nicht mehr, kommt von irgendwo ein Lichtlein her.«

Das hat meine Oma mal zu mir gesagt. Ich erinnere mich gut daran, denn es war exakt 24 Stunden, bevor sie mit diesem italienischen Schuhverkäufer durchbrannte. Und es stimmt. In Loch hatte ich keinen Grund mehr, mit irgendeinem Lichtlein zu rechnen, aber es kam.

Ich erwachte im Morgengrauen, aber nicht vom Zwitschern der ersten Vögel, nicht vom Sonnenaufgang, sondern weil mich jemand grob an der Schulter rüttelte. Über mir stand Peter, mit dunklen Augenringen, eine riesige Axt über der Schulter. Ich schrie auf und sprang hektisch vom Sofa. Er rollte die Augen und drückte mir einen Zettel in die Hand. Dann schlurfte er davon. Wenig später hörte ich ihn draußen verbissen Holz hacken. Ich las den Zettel, und mir fiel das Herz in die Hose. Der Tag der Abrechnung war gekommen.

Bürgermeister braucht dich.
Morgen früh 7 Uhr.
Er holt dich ab.

Wenig später vernahm ich eine trötende Hupe von der Straße und begab mich mit weichen Knien hinaus. Vor dem Schuppen lag ein riesiger Holzhaufen. Hatte Peter die ganze Nacht Holz gehackt? Jedenfalls hatte er anscheinend nicht vor aufzuhören. Er hob nur stumm die Axt zum Abschied und wandte sich dem nächsten Klotz zu. Er ignorierte dabei den Bürgermeister, der bei laufendem Motor und mit verkniffenem Gesicht in seinem silbernen Audi wartete.

Die ganze Woche über hatte ich mir überlegt, was ich sagen sollte, wenn ich dem Bürgermeister zum ersten Mal seit der Panne mit dem Buch wieder von Angesicht zu Angesicht gegenüberstehe. Bettele ich um Gnade? Versuche ich, alles zu erklären? Alles zu verleugnen?

Was rauskam, als ich auf den Beifahrersitz plumpste, war ein gekrächztes: »Guten Morgen!«

»Guten Morgen?«, blaffte er. »Wenn Sie das behaupten, sollte ich es besser nochmal nachprüfen, oder, Herr Gunderson? Das ist doch Ihr Name? Bei Ihnen kann man ja nie sicher sein. Jetzt weiß ich nicht mehr, ist es ein guter Morgen oder ein schlechter? Soll ich es vielleicht in der *New York Times* nachlesen?«

Das tat weh. Er duzte mich nicht mehr. Ich wollte schon eine schlagfertige Antwort geben, aber Fritz-Eberhard Steiner hatte das Ende der Schotterpiste erreicht und brauste los, dass es mich in den Sitz drückte. Mit scharfen Manövern überholte er mehrere Traktoren auf einen Schlag. »Vielleicht ist einfach alles Lug und Trug, was ihr Amis uns erzählt. Das würde einiges erklären. Wahrscheinlich ist der 11. September nie passiert, auch die Mondlandung nicht, vermutlich gibt es nicht mal Amerika, nur Hollywoodfilme darüber, oder?«

Dann gab er Gas, atmete scharf ein und fragte mit gequälter Stimme: »Wieso?«

»Hmm«, grunzte ich. Ich war noch nicht ganz wach.

Aufwachen hieß, der Realität ins Auge schauen. Ich registrierte einen Thermosbecher mit Kaffee in meinem Getränkehalter und überlegte fieberhaft, ob der für mich war.

»Wieso haben Sie es getan?«

»Ich brauchte das Geld.«

»Der Artikel über Krefeld in der *New York Times* – der war auch nicht von Ihnen, oder?«

»Doch. Aber die Zeitung dachte, er sei von diesem anderen Gunderson. Das ist einer dieser Reporter, die ständig in der Welt rumreisen und von überall irgendeinen Quatsch berichten, egal, ob sie was davon verstehen oder nicht, und die Zeitung druckt es ab und zahlt ihm auch noch die Reise.« Ich griff nach dem Kaffee und pulte an dem Deckel herum.

»Haben Sie überhaupt einen Artikel über Loch vorgeschlagen?«

»Die sind nicht gerade gut auf mich zu sprechen dort.«

»Ich rufe ihn an. Den echten Steve Gunderson. Ich lade ihn persönlich ein. Ich erkläre ihm, worum es geht. Sie werden schon sehen, was passiert.«

»Herr Steiner – die *New York Times* in Loch? Das ist völlig unrealistisch. Wer liest so was? In Amerika niemand. Das ist zu popelig.«

Da explodierte er. Ich dachte schon, er verschluckt sein Kaugummi.

»Was bildest du dir ein? ›Popelig‹? Diese Arroganz!« Er war zu erregt, um mich weiterhin zu siezen. Er schlug mit der flachen Hand fest aufs Lenkrad. Der Wagen schlingerte kurz, dann hatte er ihn wieder im Griff. Ich goss mir den Kaffee aufs T-Shirt. »Du hast einen Riesenfehler gemacht, Junge. Unsere Story hier ist eine große Story, eine Riesenstory. Bilde dir nicht ein, du kannst mit uns umspringen wie du willst!«

Der Weg nach Worms führte über den Rhein. Genauer, über eine ziemlich coole Brücke, die von einem überdimensionalen Turm beherrscht wurde. Er bestand aus mächtigen Sandsteinquadern und verwitterten Feldsteinen, mit vielen kleinen spitzen Schieferdächern und bunten Simsen und Fensterchen und einer goldenen Uhr, unter der zwei Löwen ein Wappen präsentierten. Ein mittelalterlicher Turm, nein, ein richtiger Disneyland-Turm, und die Straße führte direkt durch ihn hindurch, wie durch ein aufgesperrtes Drachenmaul, es gab kein Entrinnen. Wäre der Tag nicht so sonnig und fröhlich gewesen, hätte es fast bedrohlich gewirkt. Als wir hindurchfuhren, dachte ich, so muss es sich anfühlen, in eine bedeutende Stadt zu kommen, aber als wir auf der anderen Seite wieder rauskamen und ich sah, wie unmajestätisch und uninspiriert der Rest von Worms sich vor uns präsentierte, war ich doch etwas enttäuscht.

»Das wart ihr«, presste der Bürgermeister hervor. Man hörte förmlich, wie seine Laune sank.

»Wie bitte?«

»Die Amis. Die Bomben. Die Altstadt – alles weg. Futsch. Deshalb ist Worms so hässlich. Zum Glück ist Loch zu klein für Bomben. Steve, ich geb dir noch eine Chance. Wenn du heute erfolgreich bist, werde ich dich nicht anzeigen.«

»Erfolgreich? Wobei?« Ich wusste immer noch nicht, wohin wir fuhren.

»Wir treffen uns gleich mit einigen wichtigen Leuten im Wormser Rathaus. Ich werde eine kleine Rede halten und sie um Unterstützung für unser Vorhaben bitten. Du wirst mir dabei helfen.«

»Wie das denn?«

»Du wirst auch eine kleine Rede halten. Genauer gesagt, du wirst die Show deines Lebens abziehen. Spiel ein letztes Mal den Reporter von Welt. Sag ihnen, wie großartig wir sind. Was für eine sensationelle Story sich da in Loch abspielt. Mach ihnen Lust dabei zu sein. Wenn du das schaffst, Junge, dann lass ich die Anzeige fallen. Das ist der Deal. Nicht wahr.«

»Verstehe ich nicht«, sagte ich. »Liegt Worms nicht in Rheinland-Pfalz? Ich denke, Loch gehört zu Hessen.«

»Aber wir brauchen Worms! Was nützt ein Festspiel, wenn keiner davon weiß? Worms ist der Platzhirsch hier. Sie sind im Kreis der Nibelungenstädte, da will ich auch rein. Ich will in ihren Presseverteiler, ich will in ihren Ticket-Vertrieb, ich will ihr Wohlwollen. Du bist echt genau wie Willi, Steve! Heute Nacht noch hat er mich angerufen. ›Geh nicht nach Worms!‹, hat er gesagt. Weißt du, was euer Problem ist?«

Ich sagte, ich wüsste es nicht. Ich konnte aber bei der dritten Umrundung des Brunnens erkennen, dass der Typ mit dem Schwert obendrauf Siegfried darstellen sollte.

»Klein denkt ihr«, sagte Fritz-Eberhard Steiner erregt. »Weil ihr nichts anderes kennt. Und falls ihr einmal plötzlich groß seid, fühlt sich das falsch an. Ungewohnt. Wie ein Penner, der im Lotto gewinnt. Er kauft sich einen Armani-Anzug. Er geht zum teuersten Restaurant. Wo er sonst immer vor dem Fenster steht und reinlinst, bis man ihn wegjagt. Jetzt steht er davor, in der Tasche nur Hunderter. Geht er rein? Nein. Er hat Angst, sie schmeißen ihn raus. Auch wenn er nun Millionär ist, glaubt er, er sei noch ein Penner. Das ist Willi. Das bist du. Große Chancen liegen vor euch, und ihr denkt klein.«

Endlich bremste er auf einem riesigen Parkplatz vor einem lang gestreckten, dreistöckigen Gebäude: dem Rathaus. Oben auf dem Türmchen prangte eine imposante, goldgeschmückte Uhr. Nein, da waren sogar zwei Uhren auf dem Turm. Eine alte und eine neue. Interessanterweise zeigten sie zwei verschiedene Uhrzeiten an. Ich zeigte hinauf.

»Sind wir nun zu spät oder zu früh?«

Der Bürgermeister packte mich an der Schulter: »Du verstehst nicht, wie wichtig das ist, Junge. Sie sind alle da heute. Alle. Der Oberbürgermeister. Der Tourismuschef. Der besonders. Wenn du sie nicht überzeugst, wenn du heute nicht so richtig die Werbetrommel für uns rührst, dann können wir das Festspiel und sämtliche weiteren Pläne vergessen. Versemmel es nicht!« Dann fiel ihm der große Kaffeefleck auf meinem T-Shirt auf und er schüttelte ergrimmt den Kopf. Er öffnete den Kofferraum, und ich musste mir aus meinem Gepäck, das tatsächlich darin lag, das einzige saubere Hemd (kariert) und meine einzige Krawatte (gestreift) heraussuchen und auf der Stelle überziehen. Sakko drüber, und wir waren so weit.

Wir gingen rein.

Sie waren tatsächlich alle da. Der Oberbürgermeister, der Kulturdezernent, der Bereichsleiter für wirtschaftliche Entwicklung, der Tourismuschef, sogar ein Redakteur der *Wormser Zeitung*. Sie begrüßten uns förmlich lächelnd, und dann ließen wir uns mit viel Gescharre um einen großen Holztisch nieder, in einem Konferenzsaal im zweiten Stock, in dem sämtliche Neonlichter brannten. Die gitterartige, hochglanzpolierte Deckenbeleuchtung erinnerte an eine Zahnarztpraxis.

Alle warteten. Bürgermeister Steiner räusperte sich neben mir. »Äh … Sie wissen alle, wer ich bin?«

»Aber natürlich.« Es war der Tourismuschef, der sprach, ein blendend aussehender, charismatischer Mann mit silbergrauen Schläfen und blauen Augen namens Dietmar Erler. Er sah aus, als sei er soeben aus einem Mantel-und-Degen-Film entsprungen. Jovial setzte er hinzu: »Wer kennt den Fritz-Eberhard Steiner nicht?«

Der Bürgermeister erhob sich und begann.

Er war gut. Schwungvoll berichtete er von dem so gut wie gehobenen Nibelungenschatz, ließ Sätze einfließen wie »Die Geschichte muss neu geschrieben werden, nicht wahr«, streifte Troja, sprach von Millionen Besuchern im Jahr, wurde großzügig: »Der ganze Odenwald wird davon profitieren«; er umriss den Ausbau diverser Straßen, beschrieb das geplante Nibelungenmuseum und das Juwel der Krone, das Festspiel, in Einzelheiten, die ich noch nie gehört hatte; dann erzählte er von der Unterstützung durch verschiedenste Behörden, er nannte Geldsummen, die alle doppelt so hoch waren wie die Summen, die er in der Pressekonferenz in Loch genannt hatte; und bevor er sich wieder setzte, bat er die Wormser herzlich um Unterstützung und fügte an: »Und wenn die Damen und Herren wissen wollen, wie viel Interesse wir weltweit schon erregt haben, dann hören Sie sich mal an, was der Mr Gunderson zu sagen hat.«

Was er konnte, konnte ich auch. Beflügelt von der Begeisterung dieses Mannes, gestikulierte und raunte ich,

ich stach mit dem Zeigefinger in der Luft herum, ich äußerte Sätze wie »Nie da gewesen« und »Die Welt wird Deutschland in neuem Licht sehen« und »Ich musste kämpfen, um den Auftrag zu kriegen, so viele Kollegen in New York waren heiß darauf. Wissen Sie«, sagte ich und blickte versonnen in die Ferne, »dies ist genau die Art von Story, die Menschen in Begeisterung versetzt. Sie müssen aufpassen, dass Loch nicht bald berühmter wird als Worms … nein, andersrum: Loch wird Worms noch berühmter machen, als es schon ist, denn, Wanderer, willst du nach Loch, musst du über Worms. Endlich werden auch die Amerikaner begreifen, dass Worms mehr bedeutet als bloß ›Würmer‹. Danke schön.«

Ich setzte mich wieder, von mir selbst erstaunt.

Es herrschte Stille. Sie fanden keine Worte. Sie tauschten verwirrte Blicke aus. Ich schaute meinen Bürgermeister an. Er war stolz. Er sah, dass wir etwas angestoßen hatten.

Der elegante Tourismuschef erhob sich lächelnd. Fritz-Eberhard Steiner stand automatisch ebenfalls auf. Wieso?, dachte ich verwirrt, steht er hier vor Gericht? Erst jetzt, als er neben Herrn Erler stand, fiel mir auf, dass der Bürgermeister eigentlich kein großer Mensch war. Er wirkte sogar fast gedrungen. Und er schwitzte.

»Mein lieber Fritz-Eberhard, mein lieber Herr Gunderson, ich bin mehr als beeindruckt. Ich wünschte, alle Bürgermeister wären so engagiert. Es wird auch wirklich Zeit, dass die Stadt Loch, die ich sehr schätze, die Aufmerksamkeit der Allgemeinheit gewinnt, und ich bin begeistert zu hören, dass Sie den Nibelungenschatz gefunden haben, das ist wahrlich eine geschichtsträchtige Neuigkeit; ich bin sicher, dass die Stadt Loch in der Geschichte irgendwann einen ähnlichen Ruf wie Troja oder Worms haben wird. Nun ist es leider so, dass die Nibelungenstadt Worms erst kürzlich beschlossen hat, selbst ein Nibelungenfestspiel aufzuführen und ebenfalls ein Nibelungenmuseum zu gründen. Der Bau beginnt in Kürze. Was das Festspiel betrifft: Details werden Sie, denke ich, spätestens übernächste Woche in allen Zeitungen lesen. Ich kann schon jetzt verkünden: Es wird einige Überraschungen geben. Was das für Worms bedeutet, können Sie sich vorstellen. Die Investitionen. Die Hoffnungen, die daran geknüpft sind. Sie werden also sicher verstehen, dass wir Ihr Vorhaben leider, leider nicht unterstützen können.«

Das Gesicht des Tourismuschefs verdunkelte sich.

»Darüber hinaus müssen wir Sie kollegial bitten, Ihre Planungen in sämtlichen Bereichen sofort einzustellen sowie mit dem möglichen Schatz nicht an die Öffentlichkeit zu gehen. Sollten Sie dieser Bitte nicht nachkommen – und Sie wissen, dass wir über weitreichende Beziehungen in der Region verfügen –, werden wir nicht nur dafür sorgen, dass all Ihre Bemühungen – pardon – für'n Arsch sind. Sie und Ihr Städtchen, mein lieber Kollege, werden dann bei den zuständigen Behörden, Ministerien und der gesamten Presse künftig nur noch als Lachnummer gelten, ach ja, und die Straßen, die heute noch nach Loch führen, werden morgen allesamt in Baustellen verwandelt.«

Dann war der Tourismuschef wieder er selbst.

»Aber wir wollen nicht so negativ sein! Damit Sie nicht glauben, wir haben etwas gegen Sie persönlich, möchte ich Ihnen, lieber Fritz-Eberhard, und Ihrer geschätzten Frau diese zwei Karten für die Premiere unseres Festspiels überreichen.« Er zauberte sie gleich aus der Jackentasche. »Sehen Sie? Erste Reihe. Wenn Sie uns jetzt entschuldigen, wir haben gleich eine Sitzung mit unseren Leuten vom Klärwerk. Ich hoffe, Sie haben Verständnis.«

Der Bürgermeister und ich blieben im leeren Konferenzsaal sitzen.

Nach einer Weile stupste ich ihn vorsichtig an. »Herr Steiner, wir müssen gehen.« Er folgte mir aus dem Saal, die Treppen runter und zum Auto. Er sagte kein Wort, aber seine Augen waren groß und rund, als ob er das Ende aller Tage gesehen hätte.

Wir stiegen ein und saßen noch eine Weile wortlos im Wagen. Der Motor tuckerte, doch er fuhr nicht los. Dann sagte er: »Steig aus, Steve. Es ist vorbei. Geh nach Hause.«

Was sollte ich tun? Ich tat wie geheißen. Er drückte einen Knopf, der Kofferraum öffnete sich, und ich hievte mein Gepäck heraus. Der Bürgermeister bewegte sich nicht. Ich ging zu seinem Fenster und streckte ihm die Hand entgegen. »Dann auf Wiedersehen«, sagte ich. Ich war nicht sicher, ob er mich gehört hatte. Er wandte sich mir zu. »Ich habe einen Fehler gemacht, Steve«, sagte er.

Dann fuhr er langsam und zaghaft davon.

Erst nachdem er eine Weile fort war, schaute ich mich um. Ich suchte nach dem Schild, wo »Bahnhof« draufstand. Ich sah kein solches Schild. Das machte nichts, weil ich sowieso kein Geld für einen Fahrschein hatte.

Aber ich sah den Lichtstrahl. Er kam genau auf mich zu, und er war, glauben Sie es oder nicht, untermalt von einem zarten, feenhaften Klimpern. Es war der Tourismuschef, der sich näherte. Das Klimpern waren seine Autoschlüssel, mit denen er spielte.

»Herr Erler! Könnten Sie mir sagen, wie ich zum Bahnhof komme?«, fragte ich.

»Ich habe eine bessere Idee«, antwortete er.

19.

AN JENEM TAG, an dem die Träume des Bürgermeisters im Wormser Rathaus in den Staub getreten worden waren, fuhr er sehr langsam, man könnte fast sagen versonnen, nach Hause zurück. Aber dort kam er nicht an.

Als man Tage später die Ereignisse rekonstruierte, stellte man fest, dass der Bürgermeister einige Kilometer vor Loch an Siggis Bikerkneipe am Schorschebuckel geparkt und mehrere Stunden in dem Lokal verbracht hatte. Das Waldschlösschen lag lieblich auf einer Lichtung unweit der Kfz-Werkstatt Jannowitz und sah aus wie ein kleines, sehr schlecht gebautes Schwarzwaldhäuschen mit einer ausrangierten Harley Sportster oben auf dem Giebel zur Zierde.

Siggis Kneipe war leer an diesem Tag. Es war nicht immer leer, es war sogar oft ziemlich voll im Waldschlösschen, denn hier wurde traditionell vor jeder Tour eingekehrt. Und nach jeder Tour. Aber eben nicht dazwischen. Später, als er durch Frau Christel Steiner dazu befragt wurde, gab Siggi zu Protokoll, dass er es schon etwas merkwürdig fand, dass der Fritz-Eberhard Fallobstschnaps bestellte, denn sobald er das Glas in der Hand hielt, fing er an, darüber zu schimpfen: »Fallobstschnaps! Das ist das Problem mit diesem Kaff. Nicht mal einen ordentlichen Schnaps kriegen wir hin. Das ist, als ob du deinen Sohn Pumuckl nennst und dich dann dreißig Jahre später wunderst, warum er es zu nichts bringt. Nur unsere Stadt kommt auf so eine Idee. Scheißfallobstschnaps.«

Er trank ihn trotzdem.

Erst als es spät wurde und der Bürgermeister immer noch nicht aufhörte, den verhassten Schnaps herunterzukippen – sogar ein Jägerschnitzel hatte er abgelehnt –, zündete Siggi sich die 19. Kippe an und sagte mit seiner Reibeisenstimme: »Mein Großvater hat immer gesagt, 24 Stunden darfst du dich selbst bemitleiden. Dann wird zurückgeschossen.«

»Wer war dein Großvater? Irgend so'n Nazi?«

Das empfand Siggi als Beleidung, konnte sich allerdings nicht richtig beleidigt geben, denn sein Opa war tatsächlich überzeugter Nazi gewesen, und das, obwohl ihn die Wehrmacht mehrmals wegen starker Kurzsichtigkeit abgelehnt hatte, das letzte Mal Ende 1944. Also schwieg er jetzt und kippte nach. Der Bürgermeister verlangte ein größeres Glas.

»Schluss mit dem Schnaps, Herr Bürgermeister. Sie gehen jetzt besser heim.« Siggi nahm die Flasche fort.

»Ich gehe nirgendwohin. Ich nehme ... ich nehme ... was anderes.«

»Von mir kriegen Sie nichts mehr.«

»Hast du irgendwas aus Worms da? Liebfrauenmilch?«

»Vergessen Sie's.«

»Zeig mir die Flasche. Ich will nur die Flasche sehen.«

Misstrauisch stellte Siggi die offene Flasche auf den Tresen.

»Hast du nur eine? Keine mehr?«

»Ich habe noch zwei.«

»Zeig her. Ich will sie sehen. Ich zeig dir was. Einen Trick.«

Siggi zögerte, dann stellte er zwei verschlossene Flaschen dazu.

Bevor er reagieren konnte, griff der Fritz-Eberhard die ersten beiden Flaschen und schmetterte sie mit dem Schrei: »Nieder mit Worms und allem, was aus Worms stammt« gegen die Wand. Er wollte mit der dritten das Gleiche tun, doch Siggi hielt sie fest, und beide zogen verzweifelt dran, bis der Bürgermeister abrutschte und nach hinten vom Barhocker kippte.

»Jetzt reicht's. Alla, heimwärts geht's!«, rief Siggi und packte den Bürgermeister am Kragen und warf ihn raus. Dann verriegelte er schnell die Tür. Darin hatte er Übung.

»Siggi, du Nazi! Lass mich wieder rein!«, brüllte der Bürgermeister und bummerte gegen die Tür. Das ging einige Minuten so, dann hörte er auf und stolperte über den Parkplatz zum Hof der Kfz-Werkstatt Jannowitz gegenüber. Er positionierte sich vor dem großen Blechtor, das wegen Mittagspause geschlossen war, klaubte einen Stein von der Einfahrt und donnerte ihn über das Tor. Sofort schlugen Kurts Hunde an – drei Bullterrier namens Alfons, Hasso und MacGyver, die einen Höllenlärm machten und das Tor von der andere Seite mit solcher Wucht ansprangen, dass das Blech rüttelte. Der Bürgermeister ignorierte sie. Der Stein erreichte das Haus selbst nicht, aber seine fünf Nachfolger prasselten auf genug herumliegenden Karosserien, Auspuffwannen und sonstiges Blech, dass ein Fenster aufflog und Kurt Jannowitz, sein Schwager, ihn vom ersten Stock aus zur Ordnung rief.

»Ordnung, ha!«, wütete der Bürgermeister. »Ihr seid die Typen, die alles kaputt machen. Ihr wisst immer alles besser, aber tun könnt ihr nichts. Was tun! Das habt ihr verlernt. Nur kaputt machen könnt ihr. Komm nur runter, du, dann verpass ich dir eine. Ich verpass dir eine für Loch, dann verpass ich dir eine für Worms, dann verpass ich dir eine, weil ich deine Fresse schon immer gehasst habe.«

Dann hörte er eine Stimme hinter sich. »Herr Steiner. Hallo!« Er drehte sich schwankend um.

Da stand der Wirt des Waldschlösschens. Siggi holte Schwung und schüttete ihm einen Eimer eiskaltes Wasser ins Gesicht. »Kleiner Service des Hauses. Geh nach Hause. Oder willst du, dass die Polizei kommt?«

Fünf Minuten Klarheit reichten dem Bürgermeister scheinbar aus, um irgendwie seinen Audi zur Wohnung seines Bruders in der Straße Zur Kerlesmühle zu steuern. Er stellte sich ins Parkverbot und schaffte es bis zu Willis Wohnung in der dritten Etage.

»Ich muss dir was sagen«, sagte der Bürgermeister.

»Komm, werd erst mal nüchtern. Ich brüh dir einen Kaffee.« Willi wuselte entsetzt in die Küche.

»Kein Kaffee. Ich habe noch 18 Stunden Selbstmitleid, und die gönne ich mir.«

»Was faselst du da? Was willst du mir sagen, wenn du kaum reden kannst? Ich mach dir einen Kaffee.«

»Gar nichts will ich dir sagen.«

»Setz dich. Was ist los, Hardy?«

»Ich muss dir was sagen.«

»Dann sag es doch.«

»Ich kann es nicht. Ich will es nicht.« Dann wurde er plötzlich ausfallend. »Fallobstschnaps! Warum fällt mir das jetzt erst auf!« Er donnerte die Faust auf den Tisch.

»Hier, nimm den Kaffee.«

»Geh mir weg mit dem Zeug.«

Das ging eine halbe Stunde so weiter. Dann erhob sich der Bürgermeister und torkelte trotz Willis Protest unverrichteter Dinge wieder zur Tür heraus.

Was danach passierte, weiß keiner so genau. Wer aber in einem Zeitungsarchiv stöbert, entdeckt einige bislang ungeklärte Ereignisse, die in jener Nacht passiert sind.

Am Blatsplatz war – das stellte man am nächsten Tag fest – ein Pflanzenkübel 2,5 Meter verschoben worden, als ob ein Unbekannter ihn mit einem Auto immer wieder gerammt hätte. In Lindenfels fand man im Brunnen am Marktplatz fünfzehn Klappstühle von dem naheliegenden Café und ein Fahrrad. In Grasellenbach wurden die Glastüren der Nibelungenhalle mit den Worten »Es ist nur eine Geschichte ihr Idioten!« bepinselt. Das Schild in der Nibelungenstraße, das den Weg nach Worms wies, war umgefahren worden.

Aber die eigentliche Sensation betraf das Hagendenkmal in Worms am Rheinufer. Jemand hatte augenscheinlich versucht, die Statue umzustürzen. Um Hagens Hals hing noch ein Abschleppseil, geformt wie eine Schlinge, und man fand Reifenspuren, was um so erschütternder war, da Autos an diesem Teil der Promenade verboten waren. Die Empörung war groß, und man fürchtete noch eine Woche um Hagens Standfestigkeit. Das Landesamt für Denkmalpflege wurde eingeschaltet, und die Statue wurde weiträumig abgesperrt, bis die Statiker sie wieder freigeben konnten.

Am Tag darauf war der Bürgermeister immer noch nicht aufzufinden.

20.

SEIT ICH EIN KIND WAR, wollte ich schreiben. Egal was, eigentlich. Am liebsten aber Bestseller-Romane die mich A) reich und berühmt machen und B) von respektablen Feuilletonisten mit hoch intellektuellen Kritiken geadelt werden. Dieser Traum wandelte sich, je älter und weiser ich wurde. Heute würde es schon reichen, für irgendeine wertlose Dorfzeitung Bildunterschriften zu schreiben, solange ich mit dem zynischen Redakteur per Du sein darf.

Mit diesem Traum gab es allerdings ein Problem, mit dem ich anfangs nicht gerechnet hatte: Schreiben nimmt Zeit in Anspruch.

Mit zehn sagte ich mir noch: Den Roman hab ich ja schon komplett im Kopf, ich brauche ihn nur aufzuschreiben. Ein paar Flaschen Cola, ein Wochenende und zack!, schon habe ich meinen Roman. Ich setzte mich auch wirklich dran, Freitagnachmittag, nach der Schule. Meine Eltern, nach einem langen und ernsthaften Vortrag meinerseits, machten mit und erließen mir das Wochenende über meine diversen Pflichten im Haushalt. Ich verließ meinen Schreibtisch nur noch zum Mittagessen, ansonsten lebte ich von Kaugummi. Ich war ein sehr ernsthafter junger Mann. Bis Sonntagabend hatte ich zehn Bleistifte aufgebraucht, zehn Hefte gefüllt und wieder verworfen.

Vor mir lagen zwei fertige Sätze.

Montagmorgen ging ich zu meinem Mathelehrer und bat ihn um Hilfe bei einer Hochrechnung: Ein guter Roman hat, sagen wir, 4500 Sätze. 4500 Sätze mal zwei Sätze jedes Wochenende gleich 9000 Wochenenden.

»Das ist richtig gerechnet«, bestätigte mein Lehrer. »Das hast du gut gemacht. Hat dein Roman ein brisantes Thema?«

»Oh ja«, sagte ich.

»Dann wünsche ich dir, dass es immer noch aktuell ist, wenn du 183 Jahre alt bist.«

Seitdem habe ich alles darangesetzt, das Zeitproblem zu lösen.

Ich senkte meine hohen Ansprüche an Syntax und Semantik, verwarf das Dogma, dass ein anständiger Roman eine gewisse Länge aufweisen muss, stieg vom Bleistift auf Word 2000 um. Doch es half alles nichts.

Es gibt nur eine Lösung, will man Schriftsteller werden: Man muss den ganzen Tag lang nichts als schreiben. Und das bedeutet, dass dir jemand derweil die Miete zahlen muss. Das ist das Dilemma des jungen Autors. Nun hatte ich die Lösung gefunden. Und die Lösung hieß: Worms.

Der Tourismuschef nahm einen meiner Koffer, als sei das ganz selbstverständlich, und führte mich in den Keller des Rathauses, wo es eine Kantine gab. Ich durfte aussuchen. Er empfahl den Rheinischen Sauerbraten und bestellte uns gleich eine Flasche Wormser Liebfrauenmilch dazu. »Unsere Gäste aus dem Ausland lieben den!«

»Ist das Wein oder Traubensaft?«, fragte ich nach meinem ersten Schluck erstaunt.

Er lachte. »Köstlich! Sie sprechen offen aus, was die meisten hier sich nicht zu sagen trauen.« Während er schnell aus meinem Wein eine Schorle machte, breitete er leichterhand die Lösung für sämtliche Probleme vor mir aus:

»Hätten Sie Lust, ein Buch zu schreiben?«

Seit einiger Zeit schon stand der Tourismuschef in Verhandlungen mit einem namhaften Verlag der Region. Es ging darum, ein Buch über die Wormser Festspiele und ihre Entstehung herauszubringen. Im Hinblick auf den internationalen Tourismus war man sehr daran interessiert, dieses gleichzeitig auf Deutsch und Englisch zu veröffentlichen. Und weil die Stadt Worms einen Großteil der Finanzierung übernahm, durfte sie auch den Autor bestimmen. »Mit ›die Stadt Worms‹«, zwinkerte er, »meine ich natürlich mich.« Er fragte mich nach den Bedingungen, unter denen ich mir so etwas vorstellen könne.

»Nun«, überlegte ich, »Hotel und Verpflegung müssten bezahlt werden …«

»Sie können jeden Tag hier in der Kantine essen. Auf unsere Kosten natürlich. Und das Hotel übernehmen wir.«

»… und meine Miete zu Hause … wer weiß, wie lange ich hier an dem Buch sitze …«

»Wir machen gleich heute einen Dauerauftrag fertig.«

»… dann wäre da die Frage, was ich nur abends mache, so weit weg von zu Hause …«

»Ich denke da an eine Aufwandsentschädigung, sozusagen als Kompensation, dass Sie nicht bei Ihrer Familie sein können …«

»… dazu käme noch das Honorar …«

Der Tourismuschef nannte eine Summe.

»Was halten Sie davon?«, fragte er.

Ich antwortete nicht gleich. Obwohl es eine großzügige Summe war. Ich wollte ihn zappeln lassen. Ich schaffte es etwa zwei Sekunden. Dann schlug ich ein.

»Und das Beste«, sagte er stolz: »zwei Karten für die Premiere. Erste Reihe.« Er drückte sie mir gleich in die Hand. »Wie schmeckt Ihnen der Sauerbraten?«

»Kann ich noch ein paar Klöße haben?«

Ich schrieb wie ein Wilder.

Das Hotel Rheinblick lag direkt an der Rheinpromenade. Mein Zimmer war ein wenig muffig, mit einem beigen Teppich, einem abstrakten Gemälde aus einer koreanischen Malfabrik an der Wand und einem kleinen Fernseher ohne Kabelanschluss. Herr Erler ließ mir am gleichen Tag noch einen Computer installieren und sofort, nachdem die Tür hinter ihm zufiel, setzte ich mich an den engen Schreibtisch und sagte mir: Hier, in diesem Zimmer, werde ich Autor.

Mein Fenster ging zum Fluss heraus, ich konnte die Nibelungenbrücke sehen. Irgendwo hinter dieser Brücke lag Loch. Ich wusste, wie ich anfangen musste. Ich schrieb von früh bis spät. In der ersten Woche verließ ich mein Hotelzimmer tagsüber nur, um zur Kantine zu gehen.

Ab und zu, wenn ich dort auf Herrn Erler traf, erzählte ich ihm, wie ich die Sache anging: »Ich fange mit einem persönlichen Vorwort an«, sagte ich, »und beschreibe meine Erlebnisse in Loch – wie ich als Amerikaner zum ersten Mal von den Nibelungen erfahre und mehr wissen will. Doch der Mythos ist zu groß für das kleine Städtchen. Loch scheitert an dem Versuch, ein Festspiel daraus zu machen. Dann höre ich von den Wormser Festspielen, und hier werde ich Zeuge, wie es richtig gemacht wird.

Jeder Held braucht einen Antihelden. Loch wird mein Antiworms.«

Ganz langsam breitete sich ein Grinsen auf Herrn Erlers Gesicht aus. »Wissen Sie was? Das gefällt mir. Ich frage mich gerade, ob ich Ihr Vorwort nicht sogar als eigenständigen Artikel in den regionalen Zeitungen unterbringen kann. Aber es muss kritisch sein. Sie müssen das Scheitern Lochs deutlich zeigen, damit den Lesern klar wird, wie schwierig es eigentlich ist, so ein Festspiel überhaupt auf die Beine zu bringen.« Er ließ seinen Schlüsselbund um den Finger kreisen. »Ihr Amis habt doch da diesen Begriff: *over the top*. Das bedeutet so was wie ›übertrieben‹, nicht wahr?«

Ich liebe diesen Begriff. Er stammt aus dem Ersten Weltkrieg, wo man im Schützengraben hockte, aus dem man zum Angriff hinausspringen musste, was dem Selbstmord gleichkam, aber man machte es trotzdem, weil es einem irgendwann scheißegal war. »Nicht nur das«, stellte ich klar. »Es bedeutet todesmutig, hemmungslos, jenseits aller Bedenken. Es ist das große Über-Über«, sagte ich.

»So muss ein richtiger Amerikaner schreiben!«, meinte er begeistert. »Machen Sie das genauso mit Loch. Bloß umgekehrt. Machen Sie aus Loch das große Unten-Drunter.«

»Das kann ich«, sagte ich. Selbst ich bemerkte die ungezügelte Lust in meiner Stimme.

»Ich glaube, in Ihnen haben wir den Richtigen gefunden, Herr Gunderson«, schmunzelte er.

Und ich hatte in Herrn Erler den Richtigen gefunden.

Er war der Erste, der mir die Geschichte der Nibelungen anständig erklären konnte. Erstaunlicherweise handelt die Story in Wahrheit gar nicht von Siegfrieds Heldentaten, sondern von den beiden königlichen Zicken Kriemhild und Brunhild und wie sie die Männer fertigmachen.

Als Herr Erler mir von ihrem Streit erzählte, der vor den Pforten einer Kirche begann, sagte er: »Kommen Sie mit – ich zeige Ihnen was.«

Er führte mich zum Dom, einer riesigen, stachligen mittelalterlichen Kathedrale aus rotem Sandstein mit vielen runden Türmen und geheimnisvollen Wasserspeiern, die aussahen, als hätte Walt Disney sie in einer Gewitternacht entworfen und von einer Horde Trolle bauen lassen. Ungewaschener Trolle. Der Sandstein war dunkelrot, fleckig und verwittert. Wir standen vor einer der Türen. »Hier ist es passiert«, sagte er. »Das ist das Nordportal. Genau vor dieser Tür haben sich die Königinnen zuerst gestritten.«

»Moment mal«, sagte ich, »ich denke, das ist nur eine Geschichte, wie *Krieg der Sterne*. Wenn es den Dom wirklich gibt, haben dann auch die Nibelungen wirklich existiert? Sie können nicht sagen, *Krieg der Sterne* wäre nur eine Geschichte, und mir gleichzeitig einen Rundgang auf dem Todesstern anbieten.« Jetzt verstand ich, warum die Locher in dieser Beziehung so verwirrt waren.

»Nein, nein.« Herr Erler klimperte wild mit seinen Schlüsseln. »Das heißt … jein. Es gab keine Nibelungen, das ist nur eine Sage, sie hat aber Vorbilder in der Realität gehabt. Es stimmt schon, dass der Stamm der Burgunden damals in Worms herrschte – Kriemhild und ihre Brüder, die drei Könige, waren ja Burgunden – und sie wurden auch wirklich von den Hunnen massakriert, wie es im *Nibelungenlied* erzählt wird.«

»Und Siegfried? Gab es den? Hagen? Kriemhild?«

»Das sind vermutlich alles erfundene Figuren.«

»Und der Schatz?«

»Ach, den sucht man seit Jahrhunderten. Der wäre längst aufgetaucht, wenn er existieren würde«, seufzte Herr Erler mit einer gewissen Sehnsucht in der Stimme.

Doch irgendetwas an dem, was er sagte, war merkwürdig.

»Aber wenn jahrhundertelang nach dem Schatz gesucht wurde«, wandte ich ein, »dann glauben doch wohl einige Leute, dass es ihn wirklich gibt.«

»Es gibt da eine Theorie«, gab Herr Erler etwas widerwillig zu. »Es kann durchaus sein, dass es den Burgunden damals gelungen ist, ihren Schatz in Sicherheit zu bringen, bevor die Hunnen angriffen. In irgendeinem Versteck, von dem sie dachten, sie würden es nach der Schlacht wiederfinden. Aber das war im vierten Jahrhundert nach Christus.«

Er stockte. Seine Gedanken waren woanders. »›*Ze Loche in den Rin*‹. Wenn das Leben ein Hollywoodfilm wäre, wäre dieser Satz der Schlüssel zum Schatzort, aber in Wahrheit hat er keinerlei Bedeutung. Er stammt aus der Feder eines mittelalterlichen Schriftstellers etwa 800 Jahre nach dem Fall des Burgundenreiches. Woher sollte er wissen, wo der Schatz liegt? Den Satz hat er einfach erfunden. Von der Legende war er doch ebenso fasziniert wie wir.«

Ich schrieb und schrieb und schrieb.

Abends, wenn ich nicht mehr konnte, machte ich lange Spaziergänge. Mehrere Male versuchte ich, ins Stadtzentrum zu gelangen, bis ich endlich begriff, dass diese Stadt kein Zentrum hatte. Es war mit billigen Nachkriegsbauten vollgestellt, die verlegen und deplatziert im Weg herumstanden und die Sichtachsen versperrten, die hier früher einmal gewesen sein mussten. Ich fragte mich, was Bürgermeister Fritz-Eberhard aus den Wormser Straßen machen würde, hätte er hier das Sagen? Würde es ihm gelingen, ganz Worms abzureißen und alles mit Fachwerkhäusern zu ersetzen? Ich fragte mich, wie es ihm jetzt wohl ging.

Ich klappte den Kragen meines Trenchcoats hoch und streifte durch fremde Straßen wie ein einsamer Wolf weit weg von zu Hause. Eigentlich trug ich ein Tchibo-Sakko, aber egal. Ich stellte mir vor, ich sei Humphrey Bogart und Worms sei Casablanca. Nennt mich Rick. Und die Kneipe, wo ich einkehrte, hieß nicht »Guglhupf«, sondern »Rick's Café La Vermine«. Es war eine dieser Kneipen, die irgendwann ein junges, unkonventionelles Publikum gehabt hatte, und nun hatte sie ein altes, unkonventionelles Publikum, lauter langhaarige Pädagogen und Familienväter, die zwischen Postern von Mink DeVille und Eric Burden mit einem seligen Lächeln an rustikalen Holztischen vor zahllosen Biergläsern hockten.

Renate, dachte ich, die sollte hier mal vorbeischauen, um einen Partner für ihre sexuell-politischen Exerzitien zu finden. Falls ich sie jetzt anriefe – würde sie kommen? Würde sie mit mir hier reingehen, an der Bar sitzen und mit mir gemeinsam einen dieser Typen aussuchen?

Was machte wohl Peter jetzt, wo das Festspiel abgeblasen und er von der Verantwortung erlöst war? Dachte er gelegentlich noch daran, sich umzubringen? Hier in Worms gab es eine Menge Möglichkeiten. Ich hatte Lust, ihn anzurufen: ›Hier gibt es eine Brücke, eine Nibelungenbrücke, kennst du die? Du könntest dich da prima runterstürzen. Von einer Nibelungenbrücke, verstehst du?‹ Wenn er mit mir in Worms wäre, könnten wir gemeinsam darüber lachen.

Eines Abends sah ich Mike. Eine kleine, hoffnungsvolle Kuschelpunkband spielte. Ich saß an der Bar und trank ein Radler. Im Wormser Exil trinkt Bogart Radler. Mike ging an mir vorbei und verschwand in der Menge.

Ich drängelte mich durch die Leute Richtung Bühne. Ich wusste, dass er manchmal als Roadie arbeitete. Da hinten stand er, der massige, langhaarige Mike in seiner ärmellosen Lederweste, mit ein paar anderen Bikern.

»Hey, Mike!«, rief ich ihm zu in dem Lärm. Er drehte sich um. Es war nicht Mike.

»Mike ist nicht hier«, brummte er verächtlich. »Er hört doch keinen Punk.«

Ich ging zurück ins Hotel und schrieb.

Eines Abends sprach mich der dicke Biker noch einmal an. Er kam zu mir an die Bar und sagte: »Mike will dir was ausrichten. Man kann der Ratte nichts vorwerfen, wenn sie das sinkende Schiff verlässt.«

»Wie? Was meint er damit?« Doch der falsche Mike war schon wieder weg.

Eines Abends weit nach Mitternacht klingelte das Telefon. Schnell, bevor ich den Anrufer erkennen konnte, nuschelte eine von reichlichem Alkoholgenuss entstellte Stimme mir entgegen: »Dei nedee dasch midder kremeld inner bekini wasoso s-s-scheizzzz, ey«, dann legte der Anrufer schnell wieder auf. Erst Stunden später konnte ich den Satz entschlüsseln. Er sollte wohl heißen: »Deine Idee mit der Kriemhild im Bikini war sowieso Scheiße, ey.«

Mir konnte das alles egal sein. Ich war froh, von Loch

weg zu sein. Hier hatte ich zumindest niemandem was vormachen müssen. Herr Erler wusste lediglich, dass ich Freiberufler bin, der mindestens einen Artikel veröffentlicht hatte – und insofern »Freiberufler« nur ein anderes Wort für »Arbeitsloser« ist, stimmte das ja auch. Und diese Wormser, das waren Profis. Schon am ersten Abend hatte ich meine Tagesspesen in der Tasche, und das Honorar würde bald auf dem Konto eintrudeln. Das wusste ich, weil ich einen Vertrag hatte. Einen Vertrag für ein richtiges Buch unterschreiben zu dürfen war einer der Höhepunkte meines Lebens. Ich hatte die Nase voll von den Lochern und ihrem ach-so-gemütlichen Dilettantismus. Alles muss beim Bier beschlossen werden. »Wir sind doch Freunde, wir ziehen das durch.« Scheiß auf den Quatsch. Gib mir lieber einen Vertrag und einen anständigen Anwalt.

Das sagte ich auch Carla.

Sie war froh zu hören, dass ich endlich Buchautor war, auch wenn das Buch nur in Touristen-Informationszentren vollstauben würde.

Ich erzählte ihr von dem Vorwort: von den Lochern, die so dilettantisch waren, von ihrem Vorhaben, das von vornherein verloren war, von den großen Sprüchen des Bürgermeisters. Doch irgendwie verstand sie alles falsch. In einer plötzlich kalten Stimme pflaumte sie mich an: »Hör mal, du hast mich nicht einmal gefragt, wie es mir hier geht. Interessiert dich das gar nicht?«

»Echt? Mir kam es vor, als ob ich das gefragt hätte.«

»Wenn du mich gefragt hättest, hätte ich dir erzählt, dass es hier unglaublich viel Spaß macht. Dass ich tolle Mitschüler habe und wir uns gut verstehen. So gut, dass du eifersüchtig wärest, würde ich dir alles sagen. Aber du hast nicht gefragt. Stattdessen erzählst du nur von Loch, als ob es deine Geliebte wäre.«

»Komm, das stimmt nicht, meine Nächte sind ganz schön einsam.«

»Hast du vergessen, wozu du in Worms bist? Steve, wir brauchen das Geld. Du hast versprochen, dass du mir den Rücken freihältst, damit ich meine Ausbildung machen kann. Jetzt habe ich das Gefühl, dass du nach Loch zurückwillst, und ich frage mich, wie lang du es in Worms wohl aushältst.«

Es lief mir kalt über den Rücken. Manche Frauen greifen sonstwas aus der Luft und schmeißen es dir an den Kopf. »Habe ich gesagt, dass ich hier wegwill?«

»Ich kenne dich. Du redest nicht über Worms, wie du über Loch redest. Hast du mit dem Touristen-Typen mal ein Bier getrunken?«

»Nicht direkt ein Bier, das geht anders zu hier, professioneller …«

»Steve! In Deutschland arbeitet man nicht, man trinkt Bier zusammen. Du musst den Leuten zeigen, dass du gern bei ihnen bist.«

Ich weiß nicht, wieso es für meine Frau immer so leicht ist, mich in die Defensive zu treiben, wo ich mir nichts, aber auch gar nichts habe zuschulden kommen lassen, aber irgendwie kam ich da trotzdem nicht mehr raus. »Ich mag Worms. Ich bin gern hier. Ich bin Worms treu«, versicherte ich.

»Irgendwas stimmt nicht, Steve«, sagte sie. »Eine Frau merkt das.« Sie legte auf.

Die ganze Zeit schon hatte mich eine Ahnung verfolgt, dass etwas in meinem Gepäck fehlte, aber ich wusste einfach nicht, was. Als ich mir Carlas wilde Anschuldigungen anhören musste, fiel es mir wieder ein: Mein Ehering. Schon zwei Wochen saß er jetzt nicht mehr an meinem Finger. Am nächsten Morgen rief ich den Bürgermeister an, und Christel versprach genervt, sich nochmal danach umzuschauen, meldete sich aber nicht zurück. Hätte ich mir denken können.

Ich schrieb.

Eine Woche verging, dann noch eine. Dann rief ich den Herrn Erler in seinem Büro an. Er solle nach Dienstschluss vorbeikommen.

Ich begrüßte ihn mit einem Glas guten Scotch Whisky und dem Vorwort.

»Fertig«, sagte ich und überreichte es ihm.

Endlich war ich Autor.

»Ein Dorf voller Narren«, las er anerkennend.

»Die armen Locher. Ein wenig leid tun sie mir schon.«

Herr Erler lachte. »Da brauchen Sie sich keine Sorgen zu machen. Die Locher sind hart im Nehmen. Hauptsache, *over the top*!«

»*Over the top!*«, stimmte ich ihm zu, und wir stießen an.

An der Tür wandte er sich nochmal um. Da war was Schelmisches in seinem Blick.

»Übrigens, ich habe Neuigkeiten: Der olle Fritz-Eberhard gibt nicht auf.«

»Wie, was?«, sagte ich. »Mit dem Festspiel?«

»Er hatte vor zwei Tagen ein Treffen mit dem Chef für Infrastrukturförderung bei der Helaba in Frankfurt.«

Er sah wohl den Ausdruck der Verwirrung auf meinem Gesicht.

»Die Helaba ist die Hessische Landesbank. Sie fördert wichtige wirtschaftliche Vorhaben für das Land Hessen.

Die Abteilung Infrastrukturförderung hatte vor einigen Wochen so halb zugesagt, die notwendigen Fonds für eine Anbindung an die B460 bereitzustellen, um der künftigen Touristenströme Herr zu werden, die nach Loch kommen würden. Fritz-Eberhard wollte die Zusage jetzt schwarz auf weiß haben.«

Ich war platt. Und nicht nur deswegen, weil ich verstanden hatte, was eine Landesbank tut. »Er ist noch dabei?«

Der Tourismuschef lächelte nur genüsslich.

»Und? Hat er die Zusage?«, wollte ich wissen.

»Ach, leider wurde der Antrag abschlägig beschieden. Hat wohl mit dem Investitionsetat zu tun, wenn ich das richtig verstehe. Allerdings stimmt es auch, dass ein wichtiges Vorstandmitglied der Landesbank ein alter Schulfreund von mir ist. Ab und zu treffen wir uns mit unseren Frauen in Erno's Bistro in Frankfurt und reden so über dies und das. Wie letzte Woche.« Er zwinkerte mir zu. Und sagte im Gehen: »Ein zäher Hund ist das, der Fritz-Eberhard.«

21.

DREI TAGE blieb der Bürgermeister nach seiner Demütigung im Wormser Rathaus verschwunden.

Am Morgen des vierten Tages legte Christel Steiner ihren teuersten Lippenstift auf und machte sich auf den Weg. Als sie den Blatsplatz betrat, quälte sich gerade der Bus mit den japanischen Touristen einmal um den Brunnen herum und die Straße Am Wieschesgraben hoch. Zehn Minuten hielt er vor dem Haus, wo die alte Lore mit ihrem Sohn wohnte, der nicht ganz dicht war. Die Touristen kletterten heraus, machten Fotos von dem unscheinbaren Gebäude und unterhielten sich mit leiser Stimme, bis die alte Lore rausstürmte und sie fortjagte, huschten wieder in den Bus und fuhren davon. Wahrscheinlich nach Heidelberg.

Christel ließ den Bus passieren, ging dann die lange Oskar-Lederer-Straße hinauf, an der Abzweigung zum Steinbruch vorbei, durch den Wald und weiter den Berg hinauf, immer weiter. An einem Felsvorsprung machte die Straße eine Kurve, und von dort aus konnte Christel durch die Bäume sowohl die Stadt unter sich sehen als auch den modernen, von einem Frank-Lloyd-Wright-Schüler auf Stelzen gebauten Bungalow über sich. Sie ging langsamer, denn es wurde schon ziemlich warm.

Fünfzehn Minuten später stand sie in der großen, weit geschwungenen Einfahrt hinter dem Bungalow. In der offenen Garage standen zwei weinrote Mercedes und ein goldener Jaguar. Vor der Tür, mitten in der Einfahrt, befand sich ein flacher, eleganter Goldfischbrunnen aus Sandstein, und mitten im Brunnen steckte das linke Vorderrad des silbernen Audi, der ihrem Mann gehörte. Es war übersät mit Beulen, die die Farben der Opfer des Bürgermeisters zeigten: Blau, Rot, Gelb. Die vordere Stoßstange war so mitgenommen, dass die Kühlerhaube vermutlich Schaden davongetragen hatte.

Christel klingelte und blickte auf ihre Armbanduhr. Vier Minuten gingen vorüber. Sie klingelte erneut, und die Tür ging auf. Da stand Mimi Lederer im Morgenmantel, einen Caipi in der Hand. Mimi und Christel sagten nichts zueinander, wie es schon seit etwa 25 Jahren bei ihnen Brauch war. Endlich drehte sich Mimi weg und schrie ins Haus: »Fritz-Eberhard! Du musst nach Hause.«

Auf dem Rückweg wechselte Christel mit ihrem Mann kein einziges Wort. Sie steuerte den lädierten Audi, der zwar noch fuhr, aber nur mit einem mitleiderregenden Rattern, in den Hof neben dem Rathaus. Dort machte sie den Motor aus, lehnte sich zurück und sagte, ohne ihren Mann dabei anzusehen, »Du kannst jetzt anfangen zu betteln.«

Fast eine ganze Minute ohne Antwort verging, bis sie wahrnahm, dass Fritz-Eberhard schlief.

Sie stieg aus, ohne ihn zu wecken.

Sie ging ins Haus, packte zwei Koffer, lud sie in ihr eigenes Auto – einen schwarzen Toyota Corolla – und fuhr aus dem Hof. Dann kehrte sie kurz zurück und löste die Handbremse des Audis, in dem der Bürgermeister noch schlief. Der Hof hinter dem Rathaus war ganz leicht abschüssig. Während Christel davonfuhr, rollte des Bürgermeisters Audi ganz langsam rückwärts und kam erst zum Stehen, als er sanft gegen einen Blumenkübel (Maiglöckchen) auf dem Blatsplatz gestoßen war. Dort schlief der Bürgermeister, nur in einen femininen Morgenmantel gehüllt, bis zur Mittagszeit.

Dann wurde er durch heftiges Klopfen geweckt. Neben dem Auto standen Mike, Siggi, Carmen, Miranda und die drei Könige. Mike hielt eine VHS-Kassette in der Hand. Drafi Becker und Nadine Bembel schauten der Szene mit einem breiten Grinsen von ihrem Fenster über dem Landsknecht zu. Als der stark verkaterte Bürgermeister sich zusammengereimt hatte, was er im Auto mitten auf dem Blatsplatz machte, fuhr er den Wagen wortlos in den Hof. Mit einigen gemurmelten Entschuldigungen führte er seine Gäste ins Wohnzimmer, wo sie warteten, bis Carmen ihm einen starken Kaffee gebrüht hatte. Dann schob Mike die Kassette in den Videorekorder.

Darauf zu sehen war ein Bericht der SWR-Sendung *Rheinland-Pfalz aktuell* über eine Pressekonferenz in Worms, bei der ein ehrgeiziges und hoch dotiertes Nibelungenfestspiel angekündigt wurde. Das landesweit beachtete Event würde am 17. August stattfinden; berühmte Stars waren verpflichtet: Maria Schrader würde die Kriemhild und Mario Adorf den Hagen geben; das Ganze würde unter der Leitung des großen TV-Regisseurs Dieter Wedel stattfinden, übertragen im ZDF und moderiert von Thomas Gottschalk.

»Seit wann wussten Sie das?«, fragte Mike.

Der Bürgermeister hatte keine Kraft mehr. Er schwieg. Die anderen starrten ihn an. Schließlich sagte er: »Spul mal zurück.« Mike ließ die Kassette noch einmal von vorn anlaufen. Als die Kamera kurz von den lächelnden Gesichtern Maria Schraders, Mario Adorfs und Dieter Wedels zu den anwesenden Journalisten schwenkte, rief der Bürgermeister: »Halt!«

Mike drückte auf ›Pause‹. Auf dem Bildschirm, deutlich zu sehen, Notizblock in der Hand, war ich.

In der ersten Woche, nachdem in Loch bekannt wurde, dass ich aus beruflichen Gründen nach Worms gezogen war, brachte Renate im Gemeinderat sieben Anträge ein, einschließlich der Einrichtung einer *Beratungsstelle für Opfer sexueller Belästigung*, kurz *B.O.S.B.*, der Erhöhung des Etats der *B.O.S.B.* und der Auflösung der *B.O.S.B.* Sie forderte eine schonungslose Aufklärungskampagne über die Gefahren von Scientology und amerikanischer Computerspiele, nannte die streikende Sekretärin eine billige Salonsozialistin, den Stadtkämmerer einen schlechten Salsa-Tänzer und gab eine Fusion der örtlichen SPD mit der PDS bekannt, obwohl es in Loch gar keinen Vertreter der PDS gab. »Noch nicht«, drohte sie, »noch nicht.«

Eines Abends kurz vor Mitternacht an einem Freitag klingelte das Telefon bei Renate Pirsch.

»Hier spricht Carla Gunderson. Ist dort das Hotel Rheinblick?«

»Hier ist kein Hotel, Carla«, sagte Renate Pirsch trocken, die schon ahnte, was passiert war.

»Oh, Entschuldigung. Frau Steiner hat mir diese Nummer gegeben. Ich suche meinen Mann Steve Gunderson. Sein Handy ist wieder aus.«

Auf diesen Moment hatte Frau Pirsch gewartet.

»Hier ist er nicht, Carla. Aber vielleicht wäre er ja bei Ihnen, wenn Sie mal lernen würden, Carla, ihn sexuell zu befriedigen.«

»Wie bitte?«

»Wissen Sie überhaupt, was der ›gespaltene Bambus‹ ist? Oder das ›Neun-Stunden-Ritual‹? Besitzen Sie einen elektrischen Prostatastimulator? Ist Ihnen eigentlich klar, was das ist?«

Carla besaß einen solchen nicht, das weiß ich ziemlich genau, und sie war mehr als empört.

»Wer sind Sie? Woher kennen Sie meinen Mann?«

»Ein guter Prostatastimulator ist klein und handlich, hat eine hochglanzpolierte Oberfläche, und einen Motor ähnlich wie ein Rasierapparat«, erläuterte Frau Pirsch. »Er stimuliert den äußeren und inneren Schließmuskel …«

»Hören Sie mal!«

»Er erzeugt ein pulsierendes bis stoßendes Gefühl, je nach Frequenz. Bevor Sie ihn verwenden, vergessen Sie nicht, ihn großzügig mit Gleitmittel einzuschmieren …«

»Ich muss doch bitten!«

Frau Pirsch schaffte es gerade noch, den Satz »Besonders der Burst-Modus ist reizvoll!« zu brüllen, bevor Carla mit den Worten »Ich weiß nicht, wer Sie sind, aber Finger weg von der Prostata meines Mannes!« den Hörer auf die Gabel knallte.

Eine Weile starrte Frau Pirsch ins Leere, dann murmelte sie: »Wenn ich nicht bald Urlaub bekomme, bringe ich jemanden um.«

An diesem Wochenende stand Kurt Jannowitz bei Sonnenaufgang auf, zog im stillen Haus seine Gummistiefel und seinen Overall an, ging in seine Werkstatt und fischte aus der Ecke einen länglichen Pappkarton, den er kürzlich geschickt bekommen hatte. Darin lag ein Hartinger Apex 900 – ein nicht ganz billiger Metalldetektor. Den Karton, eine Thermoskanne starken Kaffees, ein paar belegte Brötchen in Alufolie sowie seinen Lieblingsbullterrier MacGyver packte er in seinen 1995er hellblauen Mitsubishi Kleinbus und fuhr den Hasenpfad bergauf zur Rinnach, genau dahin, wo der alte Westernacher kurz vor seinem Tod damals das Amulett gefunden hatte.

Den Hund ließ er im stickigen Minivan zurück, mochte der auch kratzen und winseln. Mit dem Metalldetektor stapfte er zum Wasser und fing an. Langsam und systematisch watete er im Bach hin und her, den Detektor über die Wasseroberfläche schwenkend. Er tastete jeden Zentimeter des Flusslaufs ab, von Ufer zu Ufer, und bezog auch Teile des Ufers ein. Er ging logisch an die Sache ran. Das Amulett hatte offenbar Hunderte von Jahren irgendwo im Bach oder am Ufer begraben gelegen, bis es irgendwann vom Wasser freigespült und stromabwärts geschwemmt wurde. Wenn es einen Schatz gab, lag er irgendwo flussaufwärts.

Er machte nur langsame Fortschritte. In drei Wochen drang er nur einige Hundert Meter in den Wald oberhalb seines Ausgangspunktes vor.

Am dritten Wochenende stieß er auf einen anderen Schatzsucher: einen Mann in ebensolchen Gummistiefeln, der einen Jupiter Supersonde 1455 Metalldetektor vor sich her schwenkte. Kurt wusste nicht, dass es sich um einen professionellen Schatzsucher aus Landshut in Bayern handelte, das war ihm auch völlig egal. Er war auf einen solchen Umstand nämlich vorbereitet.

»He! Sie da!«, rief er. »Das hier ist Privatbesitz.«

Der unidentifizierte Schatzsucher, der dicke Kopfhörer trug, nahm Kurt erst jetzt wahr. Er musterte ihn kurz und war nicht beeindruckt. »Ab dem Waldrand nicht mehr«, rief er zurück. »Ab hier gehört das Land der Gemeinde. Das ist alles Naturpark hier.«

»Und ich sage, diese ganze Strecke gehört mir! Hauen Sie ab hier!«

Der andere Schatzsucher lachte. »Komm doch her und jag mich weg, wenn du kannst. Ich kenne Typen wie dich. Mit dir werde ich schon fertig.«

Ohne ein weiteres Wort verließ Kurt den Bach, marschierte zum Auto zurück, nahm seinen Lieblingspitbull an die Leine, kehrte zurück und ließ ihn los. »MacGyver! Fass!«

Der fremde Schatzsucher wurde nie wieder in Loch gesichtet.

Im Wohnzimmer des Bürgermeisters herrschte allgemeine Ratlosigkeit, nachdem das Video von der Wormser Pressekonferenz abgespielt war.

»Die haben echte Stars in Worms«, beschwerte sich Mike. »Es war nie die Rede davon, dass wir mit Stars konkurrieren müssen.«

»Sie haben versprochen, dass die ganze Welt auf uns blickt«, murmelte Siggi.

»Kein Mensch wird uns jetzt mehr beachten«, meinte Carmen gekränkt.

»Schon wieder«, ergänzte einer der Könige.

Alle schauten den Bürgermeister an.

»Was jetzt?«

Über Politiker kann man sagen, was man will. Korrupt sind sie, klar, lügen tun sie auch, und zu trauen ist ihnen allemal nicht; gierig nach Macht sind sie, Versprechen halten sie keine, und wenn sie erst mal gewählt sind, weiß der Teufel, was sie dann anstellen, und sie sind es auch, die der Demokratie diesen schlechten Ruf verleihen. Stimmt alles.

Aber auch wenn es nicht so scheint: Menschen sind sie doch, wie du und ich. Auch der Bürgermeister. Doch, doch, war er. Er schaute diese Leute an, seine Wähler, sein Volk, seine Untertanen. Siggi, der ihm erst vor ein paar Tagen Wasser ins Gesicht schütten musste und ihn heute wieder respektvoll siezte. Mike, bei dem der Bürgermeister sich schon immer gefragt hatte: Warum bleibt er bloß in Loch? Hier ist doch nichts zu holen für einen wie ihn. Die drei Könige. Er straffte seine Schultern, hob sein Kinn und fasste einen folgenschweren Entschluss:

»Wir machen weiter, Leute.«

»Aber gegen die haben wir doch keine Chance.«

»Ja, seht ihr das nicht? Wer Hollywoodstars braucht, der hat doch sonst nichts zu bieten. Die Mistkerle wollen ihre Premiere am 17. August? Dann machen wir eben unsere Premiere am 16. Die sollen wissen, dass wir keine Angst vor ihnen haben.«

»Yeah!«, rief Carmen. »Wir lassen uns nicht einschüchtern.« Sie strahlte, und Siggi, der die Luft angehalten hatte, ließ sie mit einem langen Pfiff wieder entweichen.

»Meinen Sie, der Becker macht da mit?«, fragte Mike skeptisch.

»Wieso denn nicht? Glaubst du, euer Regisseur hat Angst vor dem bisschen Konkurrenz? Der Mann kommt aus Hamburg.« Mike wurde rot.

»Wir werden das Kind schon schaukeln, nicht wahr«, meinte der Bürgermeister und ließ sich von jedem Truppenmitglied zum Abschied begeistert die Hand schütteln.

Dann duschte und rasierte er sich endlich, warf sich in Schale und ging in sein Büro.

Dort sprach er nicht mit den Stadtverordneten. Er beantwortete keine Fragen. Er setzte sich an seinen Schreibtisch und telefonierte. Am nächsten Tag erschien er nicht zur Arbeit. Stattdessen hüpfte er frühmorgens in sein klapperndes Auto und war weg. Das tat er auch an den folgenden Tagen. Er hatte zu viel zu tun. Es gab ja auch niemanden mehr, der ihn hätte aufhalten können. Christel war zu ihrem Bruder Kurt gezogen.

Bei einem gepflegten Bier im Wiesbadener Traditionsrestaurant Grüner Baum besprach er die Umbenennung des Stadtnamens in »Loch am Rhein« mit dem zuständigen Abteilungsleiter aus dem hessischen Innenministerium. Herr Dr. Breithaupt war lange ruhig, dann lächelte er gequält und gestand dem lieben Fritz-Eberhard, der Antrag auf Umbenennung sei just am Vortag abgelehnt worden. Der schriftliche Bescheid müsse demnächst per Post eintrudeln. Erst dann dachte der Bürgermeister daran, einen gemeinsamen Freund aus Moosbrunn namens Heinrich zu erwähnen, aber das brachte nichts weiter, als dass der Herr Dr. Breithaupt fünfzehn Minuten lang so tat, als ob er vergebens versuche, sich an den Namen zu erinnern. Der Bürgermeister übernahm die Rechnung.

Bei Speis und Trank in einem einschlägigen Etablissement in Wiesbaden versprach der zuständige Referent der Abteilung Kultur und Kunst im hessischen Ministerium für Wissenschaft und Kunst erneut, alles in seiner Macht Stehende zu tun, um die Finanzierung des Festspiels und des Museums voranzubringen. Der Bürgermeister übernahm die Rechnung. Zwei Tage später jedoch wartete in des Bürgermeisters E-Mail-Inbox schon der abschlägige Bescheid.

In Frankfurt traf der Bürgermeister im Büro des Chefs für Infrastrukturförderung bei der LTH-Bank ein, eine Abteilung der Helaba, um beim Kaffee die geplante Anbindung an die B460 mitsamt Tankstelle und Trimm-dich-Pfad zu besprechen. Der Abteilungsleiter hatte leider einen dringenden Termin auswärts, ließ aber durch seine Sekretärin ausrichten, der Antrag müsse zu dieser Zeit aus Etatgründen leider abgelehnt werden. Den Porzellanteller mit Locher Motiven und viel Obst, Nüssen und zwei Teesorten, umhüllt von Zellophanpapier, die der Bürgermeister für die Frau des Abteilungsleiters mitgebracht hatte, überließ er der Sekretärin.

Der Leiter des Arbeitskreises Siegfried- und Nibelungenstraßen in Lindenfels empfing den Bürgermeister schon an der Tür und sagte ihm gleich, dass es dieses Jahr nicht möglich sein werde, einen Teil des Etats für Regionalwerbung für ein neues Festspiel abzuzweigen. Das hätte schon vor zwei Jahren auf den Tisch gebracht werden müssen. »Und übrigens«, sagte der langjährige Touristikmanager, »wissen Sie zufällig etwas über die Stühle, die vor einigen Tagen in unseren Brunnen geworfen wurden?«

22.

NACH SORGFÄLTIGER und schonungsloser Analyse bin ich zu der Überzeugung gelangt, dass der Punkt, an dem meine Ehe in die Krise geriet, das Telefongespräch war, das Carla mit dem Satz eröffnete: »Fühlst du dich sexuell unausgelastet?«, und ich erwiderte: »Ist das ein Angebot für Telefonsex, Liebling?«, worauf sie schnappte: »Willst du mir vielleicht erzählen, wer Renate Pirsch ist?«, was ich beantwortete mit »Hast du mit ihr gesprochen? Geht's ihr gut?«, worauf sie wissen wollte: »Ist da was gelaufen mit der?«, und ich beteuerte: »Nicht dass ich wüsste.«

Obwohl dies der Wahrheit entsprach, war ihre Reaktion bemerkenswert kalt.

»Steve, ich habe die Nase voll von deinen Sperenzchen. Weißt du eigentlich, was morgen für ein Tag ist? Ich hab dir immer wieder gesagt, wie wichtig das für mich ist, und du …«

»Natürlich«, unterbrach ich, »wie könnte ich das vergessen?«

»Was ist morgen?«

»Unser Hochzeitstag.«

»Wir haben im Oktober geheiratet. Es ist Juni.«

Spätestens an diesem Punkt hatte sie die moralisch überlegene Position eingenommen.

»Weißt du was? Ruf deine Renate an. Noch besser, geh zu ihr. Ich bin sicher, sie braucht dich.«

»Carla, du verstehst das nicht. Diese Locher … Ich glaube, die brauchen mich wirklich. Ich habe nämlich …«

Ob sie hundertprozentig verstanden hat, was ich damit meinte, kann ich nicht sagen, denn sie war plötzlich weg, und als ich wieder anrief, ging niemand ran. Was ich versucht hatte, zu erklären, war: Ich hatte den Schlüssel zum Erfolg gefunden. Nicht für mich, nein, für meine Locher und ihr Festspiel.

Es geschah, als Herr Erler mal wieder vorbeischaute. Er hatte mein Manuskript dabei, mein Vorwort über Loch, auf das ich ziemlich stolz war. Doch Herrn Erlers Gesichtsausdruck war irgendwie merkwürdig gequält.

»Steve …«, sagte er. Er suchte die richtigen Worte. »Steve, ich dachte, Sie wollten *over the top* gehen. Ich hatte das so verstanden, dass Sie Loch so richtig … na ja, nicht unbedingt *lächerlich* … na ja, nicht gerade *durch den Dreck* … aber irgendwie … irgendwie doch. Ich dachte, Sie wollten Loch eigentlich durch den Dreck ziehen. Auf charmante Art und Weise vielleicht, aber *Dreck* kann man schon sagen.«

»Na ja, *Dreck …*«, beschwichtigte ich. »Durch den *Kakao* vielleicht?«

»Steve, das hier ist ein Loblied auf Loch.«

»Was?«

»Eine Hymne. Sie lassen nichts aus. Dieser Steiner, das ist ein Held, ein moderner Prometheus.« Herr Erler las vor: »›Der Bürgermeister trat hinaus in die helle Sonne. Es lag etwas Majestätisches in der Art, wie er die klare Luft einatmete und mit fester Stimme sagte: ›Das Ding ziehen wir durch. Egal, was kommt.‹‹«

»Habe ich das geschrieben?«

»Mein Gott, Steve, an einer anderen Stelle vergleichen Sie ihn mit Moses.«

»Das war mir gar nicht so bewusst«, sagte ich etwas verschämt.

»Oder hier«, las der Tourismuschef: »›Diese kleine, mutige Stadt steht Pate für jeden Menschen, der einmal im Leben etwas Großartiges vollbringen will. Loch, das ist New York vor der Erfindung der Wall Street, das ist Rom vor der Erfindung der Pizza …‹ Was soll das?«

»Ich, äh …«

»Und Worms! ›Stadt der Würmer‹, Steve? ›Hässlich, überheblich und verzweifelt‹?«

»Tja, also das kann ich erklären. Ich wollte eine Dynamik reinbringen, verstehen Sie? Zuerst sieht es so aus, als ob Worms der Übeltäter ist. Dann erst entpuppt sich die Stadt als etwas Tolles. Das ist der Überraschungseffekt.«

Herr Erler sah das nicht so. Das merkte ich schon daran, wie er mich anschaute, so zwischen Mitleid mit einem bedauernswerten Loser und dem unwiderstehlichen Drang, mich auf der Stelle zu erwürgen.

»Ich … äh … könnte, wenn Sie wollen, nochmal drübergehen«, bot ich etwas kleinlaut an.

»Vielleicht sollten Sie das«, empfahl Herr Erler. Er wollte schon gehen, und ich wäre froh gewesen, wenn er das getan hätte, doch da fiel ihm noch etwas ein. »Und, Steve – das mit dem Schatz. Das sollten Sie nicht so herauskehren. Die Bedeutung nicht so übertreiben.«

»Finden Sie es übertrieben? Aber alles in Loch dreht sich um den Schatz …«

»Ja, schon … Aber hier schreiben Sie, dass er tatsächlich existieren könnte.«

»Na ja, das glauben sie dort doch auch.«

»Sie sollten aber nicht schreiben, dass der Glaube berechtigt sein könnte. Es ist eine Wahnvorstellung, Steve. Sie müssen das deutlich machen. Auch wenn Sie und ich uns gern mal spielerisch vorstellen, dass es den Schatz wirklich gibt ... dem Leser müssen Sie klipp und klar sagen, dass dem nicht so ist. Damit da keine Unklarheiten entstehen. Das ist Ihre moralische Verantwortung als Autor.«

Ich versprach ihm alles. Nicht nur, weil er mein Auftraggeber war. Ich musste in Ruhe nachdenken. Denn mit seinen letzten Worten machte er mir klar, was ich die ganze Zeit hätte sehen müssen.

Herr Erler hatte eine Schwachstelle.

Jetzt hatte ich ein Problem. Genau genommen zwei Probleme. Und damit auch noch das Problem, dass ich mich zwischen den beiden Problemen entscheiden musste. Insgesamt waren das also eigentlich drei Probleme.

Ich machte einen Spaziergang runter zur Rheinpromenade. Es war schon dunkel. Die Laternen am Ufer, auf der Nibelungenbrücke und die Scheinwerfer der Autos, die darüberhuschten, spiegelten sich im Fluss. Die Schiffe tuckerten vorbei wie träge, blinkende Gespenster. An der Promenade steht ein Denkmal, das einen Wikinger mit grimmiger Miene zeigt, der lauter schöne Sachen auf seinem Schild trägt. Jetzt wusste ich, dass das Hagen war, der Siegfried ermordet hatte und gerade den Nibelungenschatz im Rhein versenkt. Er entsorgt ihn, bevor Kriemhild ihn dazu verwenden kann, Killer anzuheuern und aus Rache auf Hagen zu hetzen. Ich hatte in den letzten Wochen einiges dazugelernt. Mike hatte recht gehabt: Hagen war kein Bösewicht, er tat nur, was getan werden musste. Ich lehnte mich an das

Geländer neben Hagen, starrte in den Rhein und fragte mich, was ich tun musste. Über mir summten die Mücken um die Lampen.

Sollte ich dem Bürgermeister Steiner das Geheimnis verraten, wie er sich gegen Worms wehren konnte? Das würde den Leuten, die ich in Loch kennengelernt hatte, eine Menge bedeuten. Für Peter hing alles daran. Und der Bürgermeister – bei ihm fragte ich mich ernsthaft, was er ohne das Festspiel anstellen würde.

Andererseits: Sollte Herr Erler jemals herausfinden, dass ich den Lochern geholfen hatte, würde ich mein Honorar nie zu sehen bekommen. Darüber wäre Carla sehr enttäuscht, und aus Erfahrung wusste ich, wozu meine Carla alles imstande ist, wenn man sie zu sehr ärgert.

Ich ging in mein Hotelzimmer zurück und rief sie nochmal an.

»Ja, hallo? Hallo?«

Sie kicherte. Meine Carla kichert nicht.

»Carla?«

»Schatz! Lange nicht gehört! Ups!« Sie war betrunken. Und sie war nicht allein. »He, lass das!«, sagte sie, aber nicht zu mir. »Das ist meins!«

»Lass was? Carla? Wer ist das?«

»Wo steckst du, Steve? Steckst du in Loch?« Im Hintergrund hörte ich großes Gegröle. »Nicht *so'n* Loch!«, schrie sie und kicherte unkontrolliert.

»Carla?«

Dann hörte sie auf zu kichern und wurde aus irgendeinem Grund, den ich nicht sehen konnte, schlagartig ernst. Ich bekam nichts mit außer einem eigenartigen Geräusch. Es hörte sich an, als würde Carla jemanden schlagen. Mit der Faust und mit voller Wucht. Zufällig wusste ich, was passiert, wenn Carla zuschlägt, und ein wenig tat mir derjenige leid, der es abgekriegt hatte. Trotzdem. Noch mehr Sorgen machte ich mir darum, wer das war bei ihr im Zimmer.

»Carla?«

»Moment, Steve. Ja, danke, für mich auch eins. Steve? Kannst du mich hören?«

Seltsame Laute ertönten, und Carla brach wieder in Gelächter aus. »Ich dachte schon, die Leitung ist gestört, aber das ist nur mein Kollege hier, der gestört ist!« Sie kicherte wieder. »Hör dir das mal an!«

Das Pfeifen, Knirschen und Gurgeln war plötzlich direkt in meinem Ohr. Dann hörte es abrupt auf. Eine Männerstimme sagte: »Carla ist beschäftigt.« Ich konnte noch ihr Lachen hören, dann legte er auf.

Ich rief nochmal an. Diesmal ging nur die Mailbox dran. Einige Minuten lang wiederholte ich innerlich den Satz: Stewards sind doch alle schwul. Stewards sind doch alle schwul. Stewards sind doch alle schwul.

Der nette Mensch an der Hotelrezeption bestätigte mir: Nein, es ist nicht zu spät, die letzte Zugverbindung nach Frankfurt zu erreichen, wenn ich mich beeilte.

Ich beeilte mich.

Erst im Zug merkte ich, wie schrecklich ich sie vermisste. Carla hatte immer eine Lösung für alles. Über meine Sorgen lacht sie sonst so amüsiert, dass sie nur noch halb so schlimm sind. Sie lacht auch über meine Erfolge, aber das war mir jetzt egal. Ich sehnte mich nach ihrer Stimme. Und leerte dabei meine letzte Büchse Bier, die ich am Kiosk im Wormser Hauptbahnhof gekauft hatte. Am Flughafen fand ich erst nach einer guten Stunde heraus, dass Flughafen Frankfurt nicht gleich Flughafen

Frankfurt-Hahn ist, und strandete irgendwann am Frankfurter Hauptbahnhof, wo ich erfuhr, dass der letzte Shuttle nach Hahn gerade abgefahren war, und mir einen Platz auf einer Bank in der Wartehalle aussuchte, wo ich schlafen konnte. Was tue ich nicht alles, sagte ich mir, für die Liebe.

Im Morgengrauen sieht der Flughafen Frankfurt-Hahn aus wie eine größere Bushaltestelle in der Pampa. Die freundliche Dame am Infoschalter meinte, ich sei ein echter Romantiker, und sie könne sich gern nach meiner Frau erkundigen. Ich hielt ja auch ein Dutzend roter Rosen in der Hand.

Ich wartete. Bis ich plötzlich etwas sah, das mich mehr als verdutzte: Peter Westernacher.

Er trug eine Sonnenbrille und einen unförmigen Rucksack und stand in einer Schlange vor einem Gate. Ich näherte mich und betrachtete ihn von rechts. Dann ging ich um die Schlange herum und betrachtete ihn von links. Er war es wirklich.

»Was machst du denn hier?«, fragte ich in sein Ohr.

Als sein Schock sich gelegt hatte, riss er die Sonnenbrille ab, musterte mich von oben bis unten und sagte kalt: »Sind die Rosen für mich? Wenn du glaubst, ich lasse mich so billig abspeisen, vergiss es.«

Ich wartete. Er war zu wütend, um lange zu schweigen.

»Ich hau ab. Nach Marrakesch. In die Wüste. Ich muss mich finden. Hätte ich schon längst machen müssen. Auch wenn ich mich nicht finde, bin ich wenigstens irgendwo, wo keine Idioten um mich rum sind, und wo ich die Frau, die ich liebe und nicht kriege, nicht jeden Tag sehen muss, und wo irgendein blöder Ami mich überredet, irgendeinen Blödsinn zu machen, an den er selbst nicht glaubt.«

Im Hintergrund sah ich, wie die Auskunftsdame mir zuwinkte. »Warte hier«, sagte ich gehetzt.

Die Dame hatte Carla gefunden, sagte sie. Sie schmunzelte verschwörerisch. »Sie steht schon vor dem Gate. Es ist ihr erster richtiger Flug. Das ist so romantisch, dass Sie extra deswegen kommen. Sie geht gleich an Bord.«

Das Gate war nicht weit. Ich konnte es von hier aus sehen. Ich würde es schaffen. Ein letzter Blick zurück. Peter war aufgerückt. Noch zwei Minuten, und er würde durch die Security gehen. »Steig nicht ein, Peter«, rief ich. »Bitte. Ich weiß, wie wir das Festspiel retten können.«

Mit diesen Worten drehte ich ab in Richtung Carla. Drei Schritte, mehr war nicht nötig, und ich konnte bereits die Ansammlung von Stewardessen ausmachen, die sich vor dem Gate tummelten. So viele sympathische blaue Uniformen auf einmal, das mussten sie einfach sein. Kurz bevor ich außer Hörweite war, hörte ich Peter hinter mir rufen: »So leicht bin ich nicht rumzukriegen, blöder Ami!«, und ich schlitterte zurück. »Vertrau mir einfach«, japste ich und wedelte mit dem Strauß. »Ich erklär dir alles später.«

»Lass mich endlich mit deinen Rosen in Ruhe, Steve.«

Der Typ hinter uns, der schon seit einer Weile vernehmlich stöhnte, sagte: »He, ich nehme sie, wenn der sie nicht will.«

»Peter, bitte. Wir können das Festspiel retten. Wir fahren nach Loch und reden mit dem Bürgermeister.« Die Leute schauten mich komisch an, aber es war mir egal.

»Zurückgehen? Wieso denn?« Peter machte noch einen Schritt nach vorn. Der Schwarm blauer Uniformen geriet in Bewegung. »Weißt du was, Peter? Scheiß drauf. Ich will ja nur helfen, aber du willst nicht. Ich hab Besseres zu tun. Ist mir auch egal. Tschüs.«

Carla war wichtiger. Ich sprintete in ihre Richtung. Die Rosen flatterten in meiner Faust. Ich glaubte noch einen letzten Flecken Blau wahrzunehmen. In Bewegung. Vielleicht schaffte ich es noch. Dann hörte ich hinter meinem Rücken Peters Stimme.

»Klar ist es dir egal. Wusste ich's doch.«

Ich gab auf. Ich kehrte zurück und begann, alles langsam und deutlich zu erklären. Jede Frage zu beantworten. Er hörte zu. Er ließ nach und nach die Passagiere hinter sich vor, bis keine mehr da waren. »Sie müssen sich jetzt beeilen«, meinte der Security-Mann. »Wir schließen gleich das Gate.«

Peter traf eine Entscheidung.

»Ich komme mit«, sagte er. Nicht zum Security-Mann. Zu mir.

Dann erst rannte ich los, Richtung Carla, obwohl ich wusste, dass es zu spät war.

War es auch.

Die Rosen schenkte ich Peter. Die Leute schauten mich schon wieder komisch an, aber es war mir egal.

23.

ES WAR GAR NICHT SO SCHLIMM, nach Loch zurückzukehren. Immerhin war ich ohne ein Abschiedswort zur Konkurrenz nach Worms gewechselt. Aber die guten alten Locher – das ist kein nachtragendes Volk. Entweder das, oder sie hatten Besseres zu tun.

Wir hatten Peters Citroën aus der Dauerparkanlage in Frankfurt-Hahn geholt und, in Loch angekommen, direkt am Blatsplatz geparkt. Der Erste, dem ich begegnete, war Drafi.

»Hallo, Starjournalist«, begrüßte er mich und schüttelte mir mit seinem gewinnenden Grinsen die Hand. Peter ignorierte er völlig. »Du bist ja ein knallharter Profi. Aber auch ich würde jederzeit das größere Stück Kuchen wählen. Das ist einfach saftiger. Vergiss nicht, man sieht sich immer zweimal im Leben.« Zum Abschied flüsterte er mir noch ins Ohr: »Heute Nacht habe ich übrigens von dir geträumt.« Dann schlenderte er pfeifend weiter, ein paar Schritte hinter ihm trödelte Nadine, die sich mit Mike zankte und mich nicht bemerkte.

Ich arbeitete mich weiter vor bis zur streikenden Sekretärin, die sich aufbäumte, als sie mich sah, um ein Wörtchen loszuwerden:

»Er wird Sie nicht empfangen, Herr Gunderson«, meinte sie freundlich. »Sie werden hier nicht mehr als Freund der Stadt betrachtet.«

Im halbdunklen Korridor im ersten Stock erstarrte Renate Pirsch zur Salzsäule, als sie mich wahrnahm, obwohl ich bis dahin gebückt ging und meine Hände vor dem Gesicht hertrug. Nur ihre Zunge war nicht erstarrt. Diese benutzte sie, um ein Zischgeräusch, wie man es normalerweise von Giftschlangen kennt, von sich zu geben, als ich mich an ihr vorbeischob.

Wir hatten Glück. Das wussten wir, weil wir schon vom anderen Ende des Korridors seine heisere Stimme hörten, die er auf volle Lautstärke hochgedreht hatte: »Das soll ein Beamter sein? Ich scheiß auf den Antrag! Sagen Sie das Ihrem Chef: Fritz-Eberhard Steiner kann man nicht ewig an der Nase herumführen! Der kann zur Hölle fahren und seine Anträge mit ihm. Und Sie auch!«

Durch die offene Tür sahen wir, wie er beinahe gleichzeitig den Hörer auf die Gabel knallte und einen Stapel Papiere durch die Luft wirbelte. Während die Papiere auf ihn herunterregneten, blickte er sich um. Er sah uns. Er war nicht rasiert, und sein Hemd war durchgeschwitzt. Seine Augen waren rot. Es dauerte einen Augenblick, bis er überhaupt begriff, wer da vor seiner Tür stand. Dann marschierte er mit großen Schritten auf uns zu, und im nächsten Augenblick hatte er uns die schwere Holztür vor der Nase zugeknallt.

Ich klopfte.

»Geh nach Worms zurück!«, hörte ich laut und deutlich durch die massive Tür.

Ich klopfte lauter, keine Reaktion.

Es blieb mir nichts anderes übrig. Ich ging runter auf alle viere, lehnte meinen Kopf ganz unten gegen die Türe und sprach durch den Spalt:

»Ich weiß es jetzt«, sagte ich. »Ich weiß, wie Sie gegen Worms ankommen können.«

Rums! Von der anderen Seite trat er mit solcher Wucht gegen das Holz, dass mein Kopf erbebte. Ich zuckte zurück.

»Aua! Die Wormser haben Angst vor Ihnen.«

Knall! Er trat wieder gegen die Tür.

»Das ist kein Witz.« Nun herrschte Stille.

»Die haben Angst vor dem Schatz, Herr Bürgermeister! Sie glauben, er könnte wirklich hier sein, hier in Loch. Das müssen Sie ausnutzen!«

Peng! Der Bürgermeister trat erneut gegen die Tür, heftiger als zuvor.

»Sie geben es nicht zu, aber es stimmt. Sie geben eine Menge Geld für ihr Festspiel aus und denken die ganze Zeit: Was ist, wenn der Steiner den Schatz wirklich findet? Dann ist es egal, wie viele Maria Schraders und Thomas Gottschalks in Worms auf der Bühne rumhüpfen. Die ganze Welt wird nur Augen für Loch haben. Und sie können nichts dagegen tun.«

Da wurden die Tritte so zahlreich und so heftig, dass ich dachte, die Tür fliegt mir gleich um die Ohren. Das alte Holz knirschte.

»Es nützt nichts, Steve«, sagte Peter endlich und zog mich einen Schritt zurück. »Gehen wir. Der Schatz ist eh nur eine Legende.«

»Aber das ist doch egal. Worms hat trotzdem Angst davor!«, rief ich.

Um uns herum standen mittlerweile mehrere Mitarbeiter des Rathauses und starrten uns unverhohlen an. Peter wandte sich zum Gehen, und wir traten unter den Augen der Belegschaft den Rückzug an.

Die Tritte des Bürgermeisters hörten erst auf, als wir schon die Treppe erreicht hatten. Wir waren bereits die ersten Stufen heruntergegangen, als hinter uns eine Tür aufging. Ich hielt an. Wir hörten die Stimme des Bürgermeisters durch den Korridor hallen:

»Was war das nochmal? Mit dem Schatz?«

24.

PETER LIESS MICH auf dem Blatsplatz stehen und marschierte in den Landsknecht. »Du bleibst hier«, hatte er gesagt, als wir aus dem Rathaus gekommen waren.

»Aber ich habe Hunger«, wandte ich ein. Es war schon später Nachmittag, und wir hatten noch nichts gegessen.

»Drafi ist da drin«, sagte er. »Ich muss da alleine durch. Warte hier auf mich. Und wenn ich nicht wieder rauskomme, ruf einen Krankenwagen.«

Ich glaube, das meinte er ernst. Ich schlug ihm aufmunternd auf die Schulter. Er marschierte in den Landsknecht und ich zum Döner Degobedan.

Die Kneipe war voller Schauspieler, und es ging ihnen gut. Die Probe war gerade vorüber, und die Truppe war ausgelassen und guten Mutes. Solche Gäste ließen sogar eine olle Spelunke wie den Landsknecht irgendwie gemütlich aussehen.

Die Witze und Geschichten verstummten, als der Truppe langsam bewusst wurde, dass Peter durch die Tür getreten war. Drafi Becker drehte sich als Letzter zu ihm um.

Peter stand direkt hinter ihm. Seine Beine zitterten wie ein automatischer Massagestuhl. Seine Stimme zitterte auch. Trotzdem presste er genau die Worte hervor, die wir gemeinsam auf dem Rückweg vom Flughafen Frankfurt-Hahn eingeübt hatten: »Herr Becker, Sie haben mir mein

Stück weggenommen und mich gedemütigt, und ich fordere Sie hiermit zum Zweikampf heraus.«

Drafi war erstaunt. Es dauerte eine Weile, bis er antwortete. Ich vermute stark, er ging im Kopf gerade mehrere mögliche Antworten durch, vermutlich einschließlich »Sind wir hier im Wilden Westen?« oder auch »Das ist jetzt aber Wochen her, mein Lieber«, die er alle wieder verwarf. Dann stand er einfach auf und sagte: »Mit den bloßen Fäusten, oder wie?«

Peters Zittern wurde stärker. Was heißt »stärker«? Er war dabei, sich in die Hosen zu machen. »Nein«, erwiderte er. »Darts.«

Drafi war noch erstaunter, konnte aber nichts weiter tun, als zum Tresen zu gehen und vom Wirt Dartpfeile zu verlangen. Drei davon gab er Peter. Umringt von der verwirrt tuschelnden Truppe, stellten sie sich zweieinhalb Meter vor der Dartscheibe auf und zielten.

Peter traf dreimal ins Bull's Eye. Drafi Becker traf nicht einmal.

»Und nun?«, sagte Drafi.

»Ich habe Sie im Darts geschlagen«, meinte Peter. Und drehte sich um und verließ erhobenen Hauptes das Lokal. Drafi schaute ihm eine Weile nach, hob dann die Augenbrauen und sagte: »Loch! Ein Erlebnis für sich! Nun, wo waren wir?«

Peter und ich trafen uns an der leider geschlossenen Dönerbude.

»Schau mich an«, sagte er. »Schau meine Hände an!« Seine Hände zitterten. Sein Gesicht war rot angelaufen. Er redete wie ein aufgeregter Junge. Man konnte das Adrenalin förmlich riechen. »Ich habe gewonnen. Du musst das verstehen – ich hatte seit der Schule keine solche Auseinandersetzung mehr. Ach was, auch in der Schule hatte ich nie Streit. Das ist das erste Mal, dass ich so was tue. Und ich habe gewonnen!«

Das meiste davon wusste ich bereits, weil er genau das etwa dreimal auf dem Weg vom Flughafen bis hierher erzählt hatte.

Er hatte richtig Angst davor gehabt, einen Streit anzuzetteln. Nur im Auto hatte er es nicht als »Angst« bezeichnet.

»Angst habe ich nicht«, versicherte er mir. »Angst ist das falsche Wort. Nein, ich denke nur, es ist falsch, so rabiat zu reagieren. Ich verabscheue Gewalt in jeder Form. Gewalt kann nur zu Gewalt führen.«

»Allerdings hat Aische gesagt, du wirst niemals ihre Titten berühren, wenn du Drafi nicht eine auf die Nase gibst«, gab ich ihm zu bedenken. Ich fuhr. Er war zu aufgeregt.

»Ja, aber gerade das macht mich stutzig. Wenn eine Frau einen Mann zu Gewalt herausfordert – das ist ein Zeichen, glaube ich. Dass ich die Finger von ihr lassen soll.«

»Apropos Finger«, sagte ich. »Das war keine Rhetorik.«

»Ich denke, das hat sie nur symbolisch gemeint.«

Wahrscheinlich lag er mit seiner Einschätzung gar nicht so falsch. Aber ich wollte nicht, dass er aufgab. Ich wollte, dass er nach Loch zurückkehrte. »Symbolisch wofür? Das war ein Angebot.«

Und jetzt stand er vor mir auf dem Blatsplatz, er hatte Drafi soeben herausgefordert und geschlagen, zwar nur im Darts, aber immerhin, und er strahlte vor einer Genugtuung und Selbstachtung, wie er sie im Leben noch nie verspürt hatte, bis ihm langsam dämmerte:

»Irgendwie ist es schiefgegangen, oder?«

»Du hast ihn geschlagen«, meinte ich. »Immerhin.«

Er schüttelte den Kopf. »Nee, nee. Irgendwas ist schiefgegangen.«

Also marschierte er wieder in die Kneipe rein, und auf Drafis Frage – »Fäuste diesmal?« – antwortete er mit einem Gestotter und Gestammel, das schon peinlich war. Endlich brachte er es raus: »Das ist mir zu primitiv. Billard.«

Diesmal dauerte es etwas länger, aber endlich passierte das Schlimmste, was passieren konnte: Peter gewann.

»Du hast gewonnen«, sagte Drafi. Er pustete sein Queue ab und zuckte die Achseln. »Ich habe verloren.«

»Merken Sie sich das«, sagte Peter.

Als er dieses Mal rauskam, war er eher nachdenklich als aufgeregt. Er sagte nichts. Nach einer Weile ging er wieder los. Diesmal aber in die andere Richtung. Am Tresen des Schnapphahn bestellte er einen Schnaps, trank ihn, bestellte noch einen und trank auch den, in schneller Folge. »Das gibt's manchmal«, meinte der Wirt, und ich musste ihm zustimmen.

Peter bestellte noch einen, und ich sagte, bevor er ihn trinken konnte: »Wenn du es tun willst, solltest du es jetzt tun. Du kannst besser zielen.«

»Das sehe ich ein«, sagte er vernünftigerweise. Er zahlte, ließ den Schnaps an der Bar stehen und schritt abermals über den Blatsplatz zum Landsknecht.

Zum dritten Mal stand Drafi Becker auf und fragte: »Mit den Fäusten?«

»Ja«, sagte Peter und schlug zu.

Seine Faust sowie beinahe sein ganzer Unterarm landeten in einem Teller halb gegessener Pommes rot-weiß.

Peter selbst folgte seiner Faust quer über den Tisch. Herr Becker war ausgewichen, womit weder Peter noch sein Gleichgewicht gerechnet hatten. Scheinbar waren diese Theatertypen flink auf den Beinen. Sie waren auch gar nicht schlecht mit den Fäusten. Bevor Peter sich erheben konnte, schlug Drafi nämlich zweimal zu, und Peters Ohren, alle beide, klangen nach glockengeschmückten Flugzeugen, die gerade neben ihm landeten.

»Jetzt habe ich gewonnen«, meinte Herr Becker trocken und warf seine Haare zurück, während Peter über den Gang bis zum Nebentisch kroch. Peter stützte sich auf den Tisch, hebelte sich hoch und warf sich wieder auf Herrn Becker.

Diesmal landete er ganz und gar auf dem Tisch, denn Drafi war nicht nur ausgewichen, sondern hatte Peter auch noch in seinem Vorwärtsflug nachgeholfen. Fünf Hefeweizengläser und drei Pilsgläser flogen davon in einem bescheidenen Tsunami aus Bier und Schaum. Im Hintergrund fluchte der Wirt. Diesmal musste Herr Becker sich über Peter beugen, um ihm gleichzeitig zwei weitere Ohrfeigen zu verpassen.

Als Peter sich aufrichtete, taten ihm nicht nur die Ohren, sondern auch seine Hüfte weh, wo sie auf den Tisch geknallt war, und er war von oben bis unten voller Bier, Jägersoße und Sauerkraut.

»Jetzt habe ich wieder gewonnen«, bemerkte Drafi Becker trocken.

Peter schlug abermals zu.

Diesmal blieb er zwar auf den Füßen, dafür traf ihn Herrn Beckers Faust direkt auf der Stirn. Alles um Peter herum wurde zuerst blitzartig hell, wie gleißendes Silber, dann ganz Schwarz, und er fiel nach hinten und knallte mit dem Kopf auf den Boden.

»Nun habe ich dreimal gewonnen«, gab Herr Becker bekannt.

Diesmal war es sichtbar schwieriger für Peter, sich zu erheben. Also saß er da noch eine Weile. Er fand Blut in seinem Auge. Er saß auf dem Boden und wischte es weg. Das Wispern um ihn herum wurde lauter. Als er sicher war, dass das Blut nur von der aufgeplatzten Augenbraue über seinem rechten Auge stammte, murmelte er: »Eigentlich verabscheue ich Gewalt.«

»Das freut mich«, sagte Becker. »Ich verabscheue Gewalt ebenfalls.«

»Das ist mir im Leben noch nicht passiert«, erklärte Peter. Noch immer saß er auf dem Boden, umgeben von Blattsalat. »Ich bin ein friedliebender Mensch. Nicht mal eine Kuh habe ich misshandelt. Und keine Kuh hat mich getreten. Aber kaum wechsele ich in die Kulturbranche …«

Peter stand mühsam auf. Er machte keine Anstalten mehr. Sein Hemd war zerrissen, seine Haare verklebt. Er stand nur erschöpft da. Herr Becker hob ein Salatblatt auf und legte es auf Peters rechte Schulter. Dann legte er ein weiteres Blatt auf Peters linke Schulter.

Als er nach einem dritten Salatblatt griff, schlug Peter zu.

Er ballte seine Faust, warf seine Schulter vor und schmetterte sie mit voller Wucht genau auf Drafi Beckers Gesicht. Durch das Fenster hörte ich den Knall, als Peters Faust genau auf Beckers Nase traf.

Drafi schrie wie am Spieß. Er fiel auf die Knie und barg seine Nase in den Händen. »Verdammt verdammt

verdammt!« Nadine eilte ihm zu Hilfe. »Meine Nase! Dieser Arsch! Meine Nase!«

Peter hielt sich an einem Tisch fest, um sein Gleichgewicht wiederzugewinnen und zu begreifen, was er getan hatte. Drafi und Nadine knieten zusammen auf dem Boden neben ihm. Peter stand noch eine Weile da. Dann drehte er sich zum Tisch, nahm ein Bier, das da noch stand, trank einen Schluck und schwankte aus der Kneipe. Drinnen brach aufgeregtes Stimmengewirr aus.

»Du hast gewonnen!«, sagte ich, als ich ihn in der kühlen Luft des frühen Abends empfing.

»Ich habe gewonnen!« Peter lachte ungläubig.

Ich riss seine Hand hoch wie beim Sieger eines Boxkampfes, und wir gingen einmal im Kreis um den Blatsplatz herum.

Er war völlig lädiert, zerschrammt und bekleckert. Die Haare hingen voller Sauerkraut und Mayo, aber er strahlte bis über beide Ohren. »Ich habe gewonnen. Ach du Scheiße, ich glaube, mir wird schlecht.«

»Du bist ein Held«, sagte ich, mit einer Aufrichtigkeit, die nur durch blanken Neid zustande kommt. Ich wollte den alten Kuhbesamer umarmen. Er hatte etwas getan, was ich und viele andere Menschen auf Erden unzählige Male im Leben nicht getan haben, und in diesem Moment war er für uns alle ein Held.

Ein Held, der sich hinter der Dönerbude erst mal übergeben musste. Dann setzte er sich auf die Bank. »Ich hab noch nie gewonnen«, vertraute er mir an.

»Und jetzt nimmst du dir, wofür du gekämpft hast. Du bist wie John Wayne. Du kriegst das Mädchen.«

»Aische!«, sagte er. Er drückte meine Hand.

»Oh ja, mein Freund«, sagte ich, »Aische!« Es war fast,

als ob er für uns beide das Mädchen erobert hätte. »Jetzt gehört sie dir.«

Wir genossen den Augenblick. Lang genug, um wieder klar zu denken. »Meinst du, das geht so einfach?«, fragte er mit einer plötzlichen Anwandlung von Zweifel.

»Das war der Deal«, sagte ich.

»Aber Frauen … sie sehen mündliche Verträge anders als wir Männer«, murmelte er mit besorgter Miene.

»Hör zu«, seufzte ich. »Eins solltest du noch wissen, mein Freund.«

»Was denn?« Er ahnte Böses.

»Irgendwann wirst du es sowieso erfahren. Jetzt geht's erst richtig los«, sagte ich und zupfte ihm liebevoll Sauerkraut aus den Haaren. »Du musst weiterkämpfen, bis du die Leitung wieder in der Hand hast.«

»Ich bin schon jetzt erledigt. Du hast gesagt, ich muss ihm nur einmal auf die Nase hauen.«

»Es gibt Gründe, warum Menschen wie du und ich keinen großen Wert auf das Gewinnen legen. Wer gewinnt, muss weiterkämpfen. Es hört nie auf.«

Ich schaute ihn an. In seinen Augen flackerte die nackte Panik. Dann kotzte er ein zweites Mal hinter die Dönerbude.

25.

NACHDEM PETER UND ICH dem Bürgermeister gut eine Stunde zugeredet hatten, dass der Schatz seine Trumpfkarte war, und dann verschwanden, damit Peter sich im Landsknecht mit Herrn Becker anlegen konnte, saß Fritz-Eberhard Steiner noch lange allein in seinem Büro und dachte nach. Er war noch da, nachdem seine ganzen Mitarbeiter nach Hause gegangen waren. Ab und zu murmelte er etwas vor sich hin, wie: »Strategisch denken, Fritz-Eberhard. Strategisch denken.«

Er legte drei Blatt Papier vor sich hin und schrieb oben drauf: »Gefunden«, »Nicht gefunden« und »Nicht gesucht«. Es wurde spät in dieser Nacht, bis er die Notizen zu seiner Zufriedenheit vollendet hatte. Er schaute kurz noch einmal drüber – er wollte alle Punkte sicher im Gedächtnis behalten –, dann nahm er ein Feuerzeug, setzte jedes Blatt in Brand und ließ die Asche in den Papierkorb segeln.

Am nächsten Morgen hatte er einen Termin im Landesamt für Denkmalpflege in Darmstadt.

Er erschien eine Stunde zu früh. Die Sekretärin in ihrem schicken Büro im Glockenturm des weitläufigen Residenzschlosses, wo das Landesamt seinen Sitz hatte, informierte ihn, dass ihr Chef, der Herr Dr. Pinsel, gerade zu einem Gespräch im Café Bormuth sei.

Der Bürgermeister kannte den Herrn Dr. Pinsel nicht

persönlich, aber er kannte das Café Bormuth, und als er sich dorthin begab, sah er ihn sofort: Es war der Herr, der an einem der Tische auf der Terrasse im herzlichen Gespräch mit dem Wormser Tourismuschef Erler saß.

Der Bürgermeister näherte sich dem Tisch vorsichtig und fand einen Platz in der Nähe, von wo aus er dem Gespräch lauschen konnte, ohne wahrgenommen zu werden. In Fetzen glaubte er Folgendes zu vernehmen:

»Es ist so, lieber Dietmar: es kommt darauf an, ob das Fundobjekt als ›Altertum‹ einzustufen ist. Handelt es sich um ein Altertum, ist das Landesamt zuständig.«

»Und wenn es sich um den Nibelungenschatz handeln sollte?«

»Der Nibelungenschatz wäre natürlich von nationalem Interesse. Da muss das Landesamt sofort eingreifen. So eine Ausgrabung darf auf keinen Fall Amateuren überlassen werden. Aber der Nibelungenschatz. Mein lieber Dietmar, wie realistisch ist das?«

»Zugegeben, nicht sehr«, sagte Herr Erler, dann lehnte er sich vertraulich vor. »Hör mal, Erwin. Ich mache mir Sorgen, dass das Landesamt übereilt reagiert und sofort mit der Grabung beginnt. Das wäre nicht unbedingt vorteilhaft für die Region. Wir haben demnächst unser Nibelungenfestspiel. Das ist ein handfester, struktureller Vorteil für die Region, während dieser Schatz … kein Mensch weiß, was da wirklich liegt, aber die Presse würde sich trotzdem draufstürzen und die Aufmerksamkeit von Worms ablenken. Sind dir wirklich die Hände gebunden?«

Herr Dr. Pinsel lachte. »Mein lieber Dietmar! Einem Beamten sind die Hände nie gebunden. Ich sagte, wir würden sofort ›eingreifen‹, nicht, wir würden sofort ›graben‹. Hast du eine Ahnung, wie viele Ausgrabungen bei uns anliegen? Und wie wenig Kräfte und Mittel uns zur Verfügung stehen? Es könnte Jahre, vielleicht Jahrzehnte dauern, bis es tatsächlich zu einer Ausgrabung kommt.«

»Da bin ich ja erleichtert«, seufzte Herr Erler. »Einen Moment lang hast du mir Angst gemacht.«

»Ach was, dir Angst machen. Der Fehler, den dein Bürgermeister gemacht hat, war, überhaupt einen Antrag zu stellen. Diese Bürgermeister! Sie wollen immer sofort und überall Anträge stellen. Er hätte einfach graben sollen. Jeder mit einer Schaufel darf graben. Aber sobald er ›Nibelungenschatz‹ sagt, muss sich der Staat einschalten. Jetzt ist es zu spät. Wir haben seinen Antrag, und er braucht jetzt sehr, sehr viel Geduld.«

»Erwin, du verdienst noch immer den Titel ›größter Stecher vom Heinrich-Heine-Gymnasium‹!«

»Das waren Zeiten, nicht wahr?«

Das reichte dem Bürgermeister. Er entfernte sich auf Zehenspitzen, rannte dann zum Residenzschloss zurück und erschien außer Puste vor der Sekretärin im Landesamt für Denkmalpflege.

»Er ist noch nicht zurück«, bedauerte sie.

»Macht nichts«, hechelte er. »Das ist mir ganz recht. Mir ist nämlich ein Formfehler unterlaufen. Ich muss meinen Antrag noch einmal anschauen.«

Eine Viertelstunde später, als Herr Dr. Pinsel in sein Büro zurückkehrte, um den Locher Bürgermeister rechtzeitig zu seinem Termin zu empfangen, saß Fritz-Eberhard Steiner längst wieder in seinem ratternden Audi auf der A643. Seinen Antrag zur Ausgrabung des Nibelungenschatzes hatte er nicht mehr bei sich. Dieser lag noch in Darmstadt, in einem öffentlichen Papierkorb auf der

Straße vor dem Residenzschloss, zerrissen in mehrere Fetzen.

Unterwegs machte Herr Steiner einen Abstecher nach Worms.

Ich saß gerade daran, mein Locher Vorwort zum dritten Mal zu überarbeiten, als der Bürgermeister aufgewühlt und zerzaust an meiner Zimmertür klopfte. Ich arbeitete zwar nun für die Stadt Worms und bekam auch regelmäßig mein Taschengeld, aber die Arbeit ging zäh voran und hatte einiges an Glamour verloren. Ich war froh, den Bürgermeister zu sehen. Er sagte nur: »Steve, komm mit. Du sollst Zeuge sein.«

Das Locher Rathaus war still und dunkel, als er uns in sein Büro ließ. Er machte eine Flasche Fallobstschnaps auf, holte aus einem verschlossenen Aktenschrank einen Stapel Leitz-Ordner und haute sie auf den runden Konferenztisch. Er begann zahlreiche Papiere herauszunehmen: Kaufverträge, Mietverträge, Bestellungen, Angebotsbestätigungen. Sie waren schon ausgefüllt. Sie warteten nur auf seine Unterschrift. Eins nach dem anderen legte er sie hin.

»Tontechnik. Licht. Steve, diese Leute bringen Geräte mit, von denen hast du nie gehört. Das ist eine Wissenschaft für sich.« Er unterschrieb den Auftrag, faltete ihn, stopfte ihn in den Umschlag und kaute sein Kaugummi weiter. »Das Festspiel findet im alten Steinbruch vom Lederer statt. Wir müssen die Bühne bauen, mit Dach, falls es regnet, und die Zuschauertribüne.« Er unterzeichnete. »Der Steinbruch muss geräumt werden, das Areal für Bühne und Zuschauertribüne muss erweitert werden, das bedeutet sprengen. Auch die Zufahrt und die Parkplätze müssen erweitert werden.« Er schüttelte seinen Stift.

»Mein Gott, Publicity. Wusstest du, dass Publicity was anderes ist als Werbung?« Er unterschrieb. »Ticketing Services. Sachen gibt's bei so einem Festspiel, die kannst du dir nicht vorstellen, bis du dich damit beschäftigen musst. Sanitäter. Feuerwehr. Kosten trägt die Stadt. Nicht wahr.« Er unterzeichnete.

»Und Dixi-Klos«, sagte er. »Es gibt da ganz klare Auflagen. Sechs Klos auf 500 Gäste. Was glaubst du, Steve? Wie viele Gäste kommen zur Premiere? Die Zuschauertribüne hat Platz für 700, wir können das aber auf 1400 erweitern. Fünfundvierzig Euro pro Klo. Was sagst du?«

Ich hatte keine Ahnung. »Siebenhundert hört sich gar nicht schlecht an.«

»Für einen Ort wie unseren ist 200 schon viel. Aber wir sind jetzt ein Nibelungenort, Steve. Wollen wir klein denken, oder wollen wir groß denken?«

Es war ansteckend. Ich wagte es: »Zweitausend«, sagte ich.

»Ich mag deine Einstellung. zweitausend Gäste, macht vierundzwanzig Klos.« Er unterschrieb. »Das war's, Steve.« Er knallte die Leitz-Ordner zu und stapelte die Briefe auf einen Haufen. Es hatte eine Stunde gedauert.

Er wickelte sein Kaugummi in ein Tempo-Taschentuch und öffnete den Fallobstschnaps.

»Auf das Festspiel!«, sagte er und atmete tief durch. »Auf den ersten Schritt in die Zukunft. Auf Loch am Rhein.«

Wir prosteten uns zu. Seine Augen glänzten wieder. Da war ein Licht drin, wie man es sonst nur in den Augen von Menschen findet, die sich Mut angetrunken haben und jetzt – jetzt oder nie! – im Suff endlich tun, was sie immer tun wollten, wozu sie aber nie den Mut hatten – sich einem Selbstmordkommando anschließen, Britney Spears heiraten oder sich die Worte »Ich scheiß auf alles!« auf die Stirn tätowieren lassen. Es war das Licht in den Augen eines Menschen, der nur dann wirklich lebt, wenn er weiß, es gibt kein Zurück mehr.

»Was denkst du, Steve – was ist besser? Marketingmäßig? Wir brauchen einen knackigen Spruch, der die Touristen anzieht. Was ist besser: ›Immer Locher bleiben!‹ oder ›Wär doch gelocht‹? Na, was meinst du?«

Eine Schatzsuche ist das Aufregendste, was es gibt.

Schon am nächsten Samstag, nachdem der Bürgermeister und ich auf den Anfang von etwas Wunderbarem angestoßen hatten, holte mich Willi im Morgengrauen in Worms ab. Sein frisch geschrubbtes Gesicht leuchtete. Da war was Wildes in seinem Blick. Er war infiziert mit dem Virus.

In seinem alten schmutzig-grünen Volvo, einem Auto, das beinahe ausschließlich aus Ecken bestand, gab es frischen, heißen Kaffee. Die Sonne ging gerade auf, und die Straßen, die sich durch den Odenwald schlängelten, waren leer. Als wir durch Hammelbach fuhren, kurbelte er das Fenster runter und schrie hinaus: »Der Hort der Nibelungen liegt unter eurer Nase, und ihr schlaft den ganzen Tag!«

Es war ansteckend. Ich kurbelte mein Fenster runter und brüllte: »Und wenn ihr glaubt, wir geben euch was ab, seid ihr schiefgewickelt!«

In Loch stieg der Bürgermeister zu. Er grinste von Ohr zu Ohr, und sein Gesicht war rot vor Aufregung.

Wir fuhren den Hasenpfad hoch zu Peters Grundstück, parkten am Fuße des Abhangs unweit des Waldes und trampelten durch das Feld bis zu der Stelle, wo damals der alte Westernacher in der Rinnach gestorben war. Sie war inzwischen mit Absperrband markiert, und Peter hatte ein Schild aufgestellt: »Betreten verboten!«

An dieser Stelle war die Rinnach nur zwei bis drei Meter breit, an der Unfallstelle sogar etwas schmaler, weil sie dort durch eine Reihe enger Klippen floss. Hier war zudem eine Erle umgekippt, die direkt am Ufer gewachsen war, und lag nun quer über den Fluss und zwischen den Steinen.

Am Ufer bauten wir ein Lager mit belegten Brötchen, Kaffee und Saft. Willi teilte Gummistiefel und Metalldetektoren aus – drei Stück. Der Bürgermeister bekam den Dirt Dominator 5000, und Willi nahm sich den Fast Finder 500 XL. Mir blieb das Schnupperhündchen 001 übrig. Willi schaltete seinen Ghettoblaster mit dem Soundtrack aus irgendeiner Wagner-Oper ein, und wir stiegen wie ein Mann ins Wasser.

Nichts schärft die Sinne so wie die Jagd nach einem Schatz. Jede Regung des Waldes, jedes Rascheln, jeden Vogelflug bekommst du mit. Der blaue Himmel ist am blauesten in diesen Minuten, der dunkle Wald am dunkelsten und das Wasser am nassesten.

Der Plan war einfach: Meter für Meter würden wir den Grund abtasten, immer flussaufwärts. Das Wasser reichte uns stellenweise bis über die Knie. Das Flussbett schlängelte sich aus dem Wald und über die Felder wie ein Riss aus weiß gebranntem und grün bemoostem Geröll. In der Mitte floss das Wasser kühl und fröhlich dahin und sprudelte zwischen den Steinen am Ufer.

Wir hielten unsere Metalldetektoren über unsere

Köpfe, bis sich die Enden berührten, und sprachen gemeinsam: »Auf Loch am Rhein!«

Dann schalteten wir unsere Geräte ein.

Ich hörte nicht, wie die anderen beiden kreischten. Ich hörte nicht mal, wie ich kreischte. Der elektrische Schock, der mich durchfuhr, machte mich taub und blind. Ich bekam kaum mit, dass ich umkippte und ins Wasser fiel. Mein Metalldetektor rauchte und flammte, bis er unter Wasser verschwand. Mir wurde bewusst, dass ich mit den Armen ruderte und mit den Beinen strampelte, als das Wasser über meine Brust rauschte, und nicht nur ich: die anderen auch.

Wir ließen die Geräte zurück und krochen ans Ufer. Wir warfen uns hin und keuchten, bis der Bürgermeister spuckte und fluchte. »Willi! Wo hast du diese Metalldetektoren her?«

»Du hast doch gesagt, der Stadt stehen keine unbegrenzten Mittel zur Verfügung. Ich musste die Billigsten nehmen.«

»Und es ist dir nicht aufgefallen, dass da nirgends ›wasserdicht‹ stand?«

Am nächsten Samstag mussten wir das Auto mit mehreren riesigen Kisten teilen. Am Fluss packten wir dann die drei Gold Emperor Future TG15 aus. Das waren keine Metalldetektoren mehr, das waren richtige Bodenradare, die aus mehreren Elementen bestanden, die mit dicken Kabeln verbunden waren: ein Kopfhörer, die Sonde am Ende eines Teleskoprohrs zum Hin- und Herschwenken im Wasser, und ein Laptop-ähnliches Gerät mit Farbbildschirm, das mittels einer Tragebinde vor dem Bauch hing.

Diesmal ging es gut. Vollgepackt mit Technik stiegen wir ins Wasser. Keiner sprach, während wir im Bach hin und her kreisten, außer wenn einer von uns sagte: »Ich hab was gehört – war das was?« oder »Eine Welle – mein Bildschirm zeigt eine Welle im Boden an.« Wir schwenkten weiter, bis uns der Arm wehtat. Es war Zeit für die erste Kaffeepause.

Wir saßen am Ufer, in der Stille. Wagner hatte längst ausgesungen. Wir betrachteten das Flussbett und schauten neugierig in den Wald. Wir wussten: Irgendwo da drin wird es sein. »Wir haben ein gutes Stück fertig«, sagte Willi. »Ich schätze, fünf Meter. Nur noch fünfzehn Kilometer bis zur Quelle.«

Wir lehnten uns zurück und schauten in die Wolken. Willi war inspiriert: »Im Grunde ist das Schatzsuchen ein Symbol für das Ur-Leben. Seit der Steinzeit schon. Die Erde hat uns alles gegeben, was wir brauchen, unsere Aufgabe ist nur das Suchen. Suchen ist eine Art Danksagung an die Natur. Eine Art Gebet. Heute bilden wir uns ein, dass wir alles besser produzieren können als die Natur. Dabei ist alles schon da. Immer haben wir geglaubt, wir müssten irgendwas erfinden, wir Locher, irgendwas Neues, Spektakuläres, und erst dann würde man auf uns aufmerksam. Aber die ganze Zeit war es hier, vor unserer Haustür: der Schatz. Wir müssen nur suchen.«

Nach einer Weile meinte der Bürgermeister: »Die Stelle da, mit dem grünen Stein, der aussieht wie ein Straußenei. Wer hat alles dahinter abgetastet?«

Ich zuckte mit den Schultern.

»Ich habe zuerst die Stellen gemacht, wo ich ein gutes Gefühl hatte«, erklärte Willi.

Wortlos stand der Bürgermeister auf und packte die

Bodenradargeräte zusammen. Wir fuhren wieder nach Hause.

Am nächsten Tag brachten wir Schnur und Zeltheringe mit.

Wir teilten Bach und Ufer in saubere Quadrate auf und fingen wieder von vorne an. Wir suchten jedes einzelne verdammte Quadrat systematisch ab. Bis Mittag hatten wir etwa die Hälfte von dem erreicht, was wir in der Woche davor geschafft hatten. Und danach wurde es erst richtig heiß.

Wir lernten schnell, dass das Schönste an der Schatzsucherei die Abende danach sind.

Wir suchten immer samstags und sonntags. In der Nacht zum Sonntag schlief ich auf dem Sofa bei Willi, aber davor versammelten wir uns beim Bürgermeister, der sturmfreie Bude hatte, weil Christel immer noch nicht zu ihm zurückgekehrt war. Es war die perfekte Wohnung fürs abendliche Rumlungern: ein Haufen Geschirr in der Küche, Berge von Altpapier, achtlos verteilte Klamotten. Keine Spur von weiblicher Sauberkeit, die die Stimmung zerstören könnte. Als Erstes schickten mich die beiden Brüder immer Essen aus dem Landsknecht holen. Willi brachte oft seinen badensischen Wein mit – und Streuselkuchen. Wir hausten, wie Jungs so hausen. Wir hausten bis spät am Sonntagabend, wenn einer der beiden mich müde und langsam nach Worms zurückkutschierte. Wir waren die drei Musketiere ohne D'Artagnan. Die Beatles ohne Ringo. Wir waren die drei Könige ohne Kiss-Make-up. Wir standen am Rande der Vergangenheit und blickten in die Zukunft. Wir waren die Schatzsucher von Loch.

Es war komisch. Während andere Jungs, wenn sie

rumhängen, sich ganz dem psychologischen Balsam des sinnlosen Gequatsches hingeben, verirrten wir uns nie sehr weit weg von unserer Aufgabe. Es konnte sein, dass wir im einen Moment über den Gesichtsausdruck Gerhard Schröders beim Sex spekulierten, im nächsten Moment landeten wir schon wieder bei den Nibelungen.

»Du hast dich gewundert, warum uns Deutschen die Nibelungen so wichtig sind«, sagte Willi. »Ich habe da eine Theorie.«

Bisher hatte ich noch keine überzeugende Antwort darauf bekommen. Die Geschichte der Nibelungen endet völlig verfahren in einem Blutbad. Und das ist die Sage, die die deutsche Seele verkörpert? Stand wirklich keine andere zur Auswahl?

»Schon wahr«, räumte Willi ein. »Wir wissen, wie paradox das klingt. Aber wir lieben die Konsequenz daran. Siegfried und Hagen waren Feinde, aber sie handelten beide mit Konsequenz. Sie kniffen nie. Sie änderten nie ihre Meinung. Ihr Amerikaner, ihr seid so pragmatisch – ihr seht, dass das Ideale irgendwann nicht mehr zum Ziel führt, und ändert einfach den Kurs. Vielleicht ist das auch manchmal gut so, aber wir Deutschen, in unserem Herzen verachten wir das. Wer den Weg ganz zu Ende geht, egal was passiert, der hat was Reines für uns, etwas Glänzendes. Er scheint uns echt und wahr zu sein. Ein unerreichbares Ziel, vielleicht. Aber deswegen lieben wir ihn.«

»Sprichst du gerade über Siegfried oder über Hitler?«, fragte ich.

»Tja, Steve«, mischte sich der Bürgermeister ein, »du siehst unser Dilemma. Nicht wahr.«

Peter Westernacher ging es unerwartet gut, und das schon lange, bevor es mit unserer Schatzsuche so richtig losging. Sein Schlag in Drafi Beckers Gesicht hatte mehr Auswirkungen, als er sich erträumt hatte.

Während Peter und ich nach dem denkwürdigen Ereignis an dem Abend auf dem Blatsplatz jubelten und kotzten, stolperte Drafi – sein Fluchen konnte man nicht klar verstehen, weil er seine rasch anschwellende Nase mit der Hand verdeckte – wütend hoch in sein Gästezimmer im ersten Stock über dem Landsknecht, Nadine besorgt hinterher.

Im Zimmer angekommen, bot sie ihm diverse Tabletten und Pülverchen an, angefangen mit Aspirin.

»Spinnst du? Dann krieg ich doch noch mehr Nasenbluten«, wehrte Drafi ab und blieb vor dem Flurspiegel stehen. Er betastete vorsichtig sein Gesicht. »Ich glaub, die ist gebrochen«, murmelte er mit nicht wenig Verwunderung in der Stimme. Dann, wütend: »Dieser kleine Arsch! Hat der es tatsächlich gewagt, mich zu schlagen!«

»Drafi, du musst ins Krankenhaus.«

»Kein mieser kleiner Autor schickt mich ins Krankenhaus.«

»Du bist und bleibst ein Macho«, meinte Nadine resigniert und holte eine Flasche Wodka aus dem kleinen Zimmerkühlschrank.

Drafi wühlte wütend in den Schubladen. »Ich muss nachdenken. Kannst du mal aufhören, dir die Lippen nachzuziehen, und mir den Taschenspiegel reichen?«

»Drafi! Du hast ’ne gebrochene Nase – damit soll man nicht koksen.«

»Was verstehst du denn schon davon?« Drafi holte den Taschenspiegel selbst, legte die Line aus und hackte das

Koks klein. Er hielt sich stoisch das eine Nasenloch zu und zog die Hälfte der Line ein. Dann wechselte er das Nasenloch und jagte sich die zweite Hälfte rein. Dann stand er auf. Er schwankte leicht. Als hätte er mit einem inneren Erdbeben zu kämpfen.

Dann musste er niesen. Aber richtig.

Etwas flog durch die Luft und landete auf dem Teppich.

Nadine hopste interessiert vom Bett. Beide blickten herunter zu dem Ding, das da auf dem Boden lag. Drafi konnte sich gerade nicht nach unten beugen, aber Nadine ging auf die Knie und inspizierte das rote und weiße Ding aus nächster Nähe.

»Was ist das?«, hörte sie Drafi von oben fragen. Allerdings hörte sich der Satz etwa so an: *Wasch-isch-dasch*?

Es dauerte eine Weile, bis sie antwortete.

»Ich glaube«, sagte sie und runzelte die Stirn. »Ich glaube …«

»Jawasch?«, herrschte Drafi sie an.

»Das ist deine Nasenscheidewand.«

Dann hörte sie nur noch einen Rumms. Drafi war umgefallen. Er war käseweiß, und aus seiner Nase schoss Blut.

»Drafi!« Nadine kniete sich neben ihn und schüttelte ihn, bis er wieder zu sich kam.

»Du musst ins Krankenhaus! Ich rufe den Notarzt.«

»Spinnst du? Ich bin voll mit Koks!« Er schüttelte wild den Kopf, bereute es aber sofort, denn es löste eine neuerliche Flut an Nasenbluten aus, von den hämmernden Schmerzen ganz zu schweigen. *Schpinnsu? Isch-bün-folmgoogsch.* Drafis Nase hatte jeden Halt verloren. Beim Ein- und Ausatmen blies sie sich auf wie eine Kröte.

»Irgendwie klingt deine Stimme anders.« Nadine war irritiert. »Machst du das mit Absicht?«

»Mit Absicht?«, brüllte er. »Was glaubst du? Ich habe nur noch ein Nasenloch!« *Misch-aschisch? Wasch-glausch-u? Isch-hasche-nurnogg-ei-Naschenlogg!*

Nadine flog regelrecht die Treppen runter in den Speisesaal vom Landsknecht. Er war fast wieder leer. Nur noch ein paar Gäste. Ihre Augen sprangen von Gast zu Gast: Carmen. Nicht stark genug. Siggi. Besoffen. Die drei Könige. Würden sich verfahren. Da war nur noch einer, der für ihre Bedürfnisse geeignet war. Ihre Augen blieben an einem breiten Kreuz hängen: Mike.

Mike, der sonst meist recht stoisch wirkte, lag über dem Flipper, als wolle er ihn begatten, so kurz war er gerade vor einer Super-Dreifach-Bonusrunde, als er spürte, wie ihm ein Fingerchen auf den Rücken tippte. Schlagartig verlor er die Kugel. Hektisches Drücken machte es nur schlimmer. Die Kugel schoss zu hoch, und gerade, als er sie wieder auf der richtigen Höhe hatte, lehnte sich jemand ungeduldig gegen den Flipper und sagte: »Mike!«

Es war Nadine.

Die Kugel glitt vorbei ins Nichts, Mike drehte sich um und knurrte: »Was?«

»Mike, du bist der Einzige, der mir helfen kann. Dein Regisseur dreht durch, und ich kann ihn allein nicht bändigen.« Mike schien auf der Stelle größer und stärker zu werden. Er richtete sich zu voller Größe auf, zog den Bauch ein, lehnte sich lässig gegen den Flipper und verschränkte die Arme derart vor der Brust, dass die Bizepse nach oben gedrückt wurden. Er ließ sie so lange betteln, bis sein Ego vollgepumpt war wie ein Ballon kurz vor dem Knall, bevor er gnädig nachgab.

Als Drafi Mike zur Tür hineinkommen sah, war sein weißes Handtuch, das er sich an die Nase presste, schon wieder rot, trotzdem schrie er mit geschlossenem Mund etwas völlig Unverständliches, was aber vermutlich »Kein Krankenhaus!« heißen sollte.

»Ein Notarzt dauert zu lange«, sagte Nadine. »Wir fahren dich.«

Drafi schimpfte weiter mit geschlossenem Mund. Seine Lippen waren zugepresst, weil Nadine ihn gezwungen hatte, das Ding, das auf dem Teppich lag, in den Mund zu nehmen. »Der Arzt muss dir das Teil wieder reinbasteln«, hatte sie erklärt. »So bleibt es frisch. Oder soll ich es wegwerfen?« Da hatte Drafi klein beigegeben und konnte jetzt überhaupt nichts mehr sagen. Und das Atmen fiel auch nicht so leicht. Seine Nase pochte im Rhythmus seines Herzschlags, und man konnte sie wie Gummi hin- und herbiegen.

»Jetzt mal ganz ruhig, Herr Becker«, versuchte Mike, ihn zu beruhigen. »Sonst müssen wir dich knebeln.« Drafi wurde nicht ruhig. Im Gegenteil.

»Hast du was zum Fesseln?«, fragte Mike Nadine, aber sie war schon dabei, Nylonstrümpfe aus einer Schublade zu ziehen.

Mit vereinten Kräften banden Nadine und Mike Drafi die Hände hinter dem Rücken zusammen, wobei der Regisseur es nicht nur schaffte, das ganze Bett vollzubluten, sondern Nadine auch einige erstaunliche fantasievolle Namen zu verpassen, die sie auch noch verstand, obwohl er dabei den Mund nicht mal aufmachte.

»Jetzt halt emol de Ball flach!«, brüllte Nadine ihn

schließlich an und versetzte ihm gleich noch eine Ohrfeige. Drafi verschluckte sich vor Schreck, und das Gegenteil der erwünschten Wirkung trat ein: Jetzt war er wirklich wütend, und darüber hinaus konnte er sich auch wieder verständigen:

»Wegen dir hab ich meine Nase verschluckt!«, brüllte er.

Er biss Mike in die Hand, als der ihm den Mund zuhielt, und trat beiden gegen die Schienbeine, während sie ihn zwischen sich die Treppe hinunterhievten und an der Küche vorbei zur Hintertür hinausschleiften. Während Mike Drafi festhielt, holte Nadine Drafis frisch repariertes Auto, das immer noch ratterte, und gemeinsam stopften sie Drafi rein. Er hatte aufgehört zu kämpfen.

»Wohin jetzt?«, witzelte Mike. »Zum Krankenhaus oder lieber gleich zur Rehaklinik?« Er hatte wohl den Taschenspiegel mit Koksspuren in Drafis Zimmer gesehen. Nadine würdigte ihn keiner Antwort, schmiss ihm aber die Schlüssel zu und stieg in den Beifahrersitz.

»Keine Sorge, Herr Becker«, meinte Mike fröhlich, als er losfuhr. »Die Ärzte sind gar nicht schlecht in Erbach. Die machen ständig Nasen-OPs mit Aqua-Laser und so. Da kommen regelmäßig sogar die Tussen aus Hamburg hin, sagt man.« Dabei schaute er Nadine nicht mal an.

Aische war nicht im Landsknecht gewesen, als Peter Herrn Becker eine verpasste. Sie gehörte nicht mehr zur Festspieltruppe. Die Rolle der Brunhild war zwar noch frei, aber sie war nicht bereit gewesen, sich mit einem Trostpreis abzufinden. Allerdings hörte sie von den Ereignissen im Landsknecht.

Als Peter am Abend darauf nach Hause kam, erschrak

er. In der Einfahrt stand ein kleiner roter Smart und im Türrahmen, unter dem Außenlicht, stand Aische. Sie trug eine atemberaubend enge Jeans und eine locker geschnürte Seidentunika, posierte mit einer Hand auf der Hüfte und drehte in der anderen Hand eine langstielige Rose. Sie erwartete ihn.

Peter schritt zögerlich auf sie zu und blieb direkt vor ihr stehen. Eine Weile sagte er nichts. Dann lächelte er sie an: »Ist das für mich?«

Aische lehnte sich vor und küsste ihn kurz, aber sinnlich auf die Lippen. »Du bist mein Held«, hauchte sie ihm ins Ohr. Dann überreichte sie ihm die Rose.

Das war das erste Mal, das eine Frau so etwas zu ihm gesagt hatte. Und weil er tief innen ein echter Mann war, wusste er auch, wie er in dem Moment noch einen draufsetzen konnte.

»Und das andere?«, fragte er hoffnungsvoll. »Das mit den Händen, die ihm die Nase polierten? Kriege ich das auch?«

Aische lächelte. Sie mochte einen Mann, der sein Ziel nicht aus den Augen ließ. »Das wird noch ausgehandelt«, versprach sie.

Als Peter dann erfuhr, dass Drafi Becker mindestens eine, möglicherweise zwei, bei Komplikationen drei Wochen im Krankenhaus würde bleiben müssen, wurde ihm schlagartig klar, dass dies die Gelegenheit war, vor der er sich seit längerer Zeit gefürchtet hatte: in der Abwesenheit des Regisseurs nämlich die Festspieltruppe wieder an sich zu reißen.

Sein erster Impuls war, entweder wegzurennen oder sich umzubringen. Doch in letzter Zeit hatte er gelernt, immer weniger auf seine Instinkte zu hören. Denn jetzt hatte er etwas zu verlieren.

Am Tag nach Aisches Besuch rief er mich in Worms an. Panik lag in seiner Stimme. Er hätte da eine Frage. Er wolle mich nicht bei der Arbeit stören, aber es sei dringend. Ich war gespannt.

»Ihr Amis seid doch so filmbesessen. Du kennst dich mit Hollywoodkitsch aus, oder?«

»Jeder Amerikaner kennt sich mit Hollywoodkitsch aus. War das die Frage?«

»Und du kennst John Wayne?«

»Jeder Amerikaner …«

Er unterbrach mich. »Kannst du mir beibringen, wie John Wayne zu sein?«

Das war eine interessante Frage, und es konnte nur eins bedeuten: Peter war durchgedreht.

»Peter, du schreibst keinen Western … oder?«

»Nächste Woche kommt der Becker vielleicht schon aus dem Krankenhaus zurück«, sagte er. »Wenn ich es in der Zeit schaffe, die Truppe auf meine Seite zu ziehen, kann ich durchsetzen, dass wir meinen Text nehmen und Aische die Kriemhild spielt, wenn der Becker wieder auftaucht.«

»Und du hast gestern einen John-Wayne-Film gesehen und dir gesagt, wenn du nur so wärest wie er, würdest du es schaffen. Richtig?«

»Er war einfach wundervoll«, seufzte Peter. »Ich hol dich ab.«

Peter hatte sich schon verändert. Sein Testosteronspiegel war eindeutig gestiegen. Als ich in seinen Wagen stieg, knurrte er zur Begrüßung. In seinem Mundwinkel steckte ein Zahnstocher. Außerdem trug er nagelneue Cowboystiefel. Als wir bei seinem Hof ankamen, sprang uns Toto entgegen. Peter knurrte. Der Hund verschwand beleidigt. Im Wohnzimmer ging er mit O-Beinen im Kreis herum und wippte mit den Schultern hin und her wie ein zum Leben erweckter Hampelmann. »Und?«, brüllte er mit zusammengekniffenen Augen, »wie bin ich?« Es war schon ein anderer Peter. Allerdings erinnerte er weniger an John Wayne als an einen John-Wayne-Frankenstein.

Die Deutschen haben John Wayne nie verstanden. Für sie ist er eine Karikatur, für uns jedoch ist der Duke ein kosmisches Symbol. Wie ein Zen-Mönch, der zum millionsten Mal den gleichen sinnlosen Laut wiederholt und plötzlich das Universum begreift, steht John Wayne dafür, dass ein Mann, der richtig gehen, stehen und reden kann, auch dem Chaos des Universums trotzen wird.

All das versuchte ich Peter zu erklären. Er schloss messerscharf: »Ich bin geliefert.« Tränen stiegen ihm in die Augen, und wütend über sich selbst schlug er heftig mit der Faust auf den Tisch. Darauf schossen ihm erst recht Tränen in die Augen.

»Das hätte John Wayne jetzt zum Beispiel nicht gemacht«, sagte ich. »Nimm als Erstes den verdammten Zahnstocher aus dem Mund. Zieh die Cowboystiefel aus. Wir fangen von vorn an.«

Wir probten Stehen: aufrecht und lässig zugleich. Beine auseinander, Füße fest auf dem Boden. Der Kopf nur ganz leicht zur Seite geneigt, damit es immer wirkt, als ob der Typ dich und alle Welt in Frage stellt. Wir probten Gehen: langsam. Keiner hetzt den Duke. Wir probten Sprechen: klar und nicht zu laut. Das Ohr des normalen Menschen wendet sich zum Duke, der Duke kommt nicht zu dir. Jeder Satz mit klarer Aussage und kein Wort zu viel. Zu viele Worte bedeuten, man weiß nicht, was man sagen will.

Ich brachte ihm die Rede aus *Alamo* bei: »Jetzt erzähle ich euch was, und ich will, dass ihr gut zuhört. Vielleicht glaubt ihr, ich rede über mich selbst, tue ich aber nicht. Ich rede über euch. Ich rede über alle Menschen dieser Stadt. Als ich nach dem Tod meines Vaters nach Loch zurückkehrte, suchte ich etwas. Ich wusste nicht, was. Man könnte meinen, wenn man mein Leben zusammenfasst, habe ich die Hälfte mit dem Arm im Arsch einer Kuh verbracht. Ich dachte, auch das ist besser als das Leben in Loch. Aber das Leben war leer, ich wusste es nur nicht. Jetzt ist das anders. Jetzt bewirke ich was. Das ist es, was wir tun. Es geht nicht um den Applaus. Wir tun was für unsere Stadt. Wenn ihr das wollt, dann macht ihr mit mir weiter. Der Rest findet sich.«

»Jetzt erzähle ich euch was, und ich will, dass ihr gut zuhört«, sagte Peter.

»Zu schwach«, unterbrach ich. »Du hast ›gut‹ verschluckt. Nochmal. Brust raus, Beine auseinander.«

»Vielleicht glaubt ihr, ich rede über mich selbst. Tue ich aber nicht.«

»Ein Duke steht nicht so«, sagte ich.

Peter baute sich wieder auf und sprach: »Ich rede über euch. Ich rede über alle Menschen dieser Stadt.«

Wir übten den ganzen Tag bis spätnachts, dann standen wir frühmorgens auf und wiederholten den halben Vormittag lang alle Details. Dann stiegen wir in Peters Citroën und fuhren zur Probe.

26.

ICH HIELT MICH IM FLUR des Gemeindehauses dezent im Hintergrund, während Peter im Saal vor die versammelte Festspieltruppe trat, und beobachtete alles durch die Glastür.

Und staunte.

Peter stand lässig, aber aufrecht in ihrer Mitte. Er sprach in klaren, kurzen Sätzen. Er blickte seinen Leuten in die Augen. Er wiederholte sich nicht, er räusperte sich nicht. Er war ein Kunstwerk von einem Mann, er war fabelhaft, und es war wunderschön anzusehen. Keiner stellte ihn in Frage. Niemand unterbrach ihn.

Die drei Könige lauschten mit verdutzter Miene. Attila und die Hunnen, heute in Jogginganzügen, konzentrierten sich auf jedes Wort. Mike hatte die Arme über der Brust gekreuzt und ein geheimnisvolles Lächeln auf den Lippen. Und Aische war da. Sie saß auf einem der Stühle am Rande. Sie war zum ersten Mal dabei. Sie hatte ein Glänzen in den Augen, als sie Peter zusah. Dieses fröhliche Glänzen, das erscheint, wenn eine Frau sich besonders dafür interessiert, was ein Mann gerade zu sagen hat.

»Was ist jetzt mit den Kostümen?«, wollte Carmen wissen. »Drafi meinte, er will sie selbst entwerfen.« Der genaue Kommentar Drafis zu ihren Entwürfen hatte gelautet: »Hör mal Mädchen, es ist 2002, das 21. Jahrhundert hat bereits begonnen, du bist in den Achtzigern stecken geblieben. War das das letzte Mal, wo du Sex gehabt hast?« Jetzt stellte Peter klar, dass Carmen für die Kostüme zuständig blieb und ihm Dienstag ihre letzten Entwürfe präsentieren sollte.

Miranda hatte ein ähnliches Problem. Drafi hatte einen Blick in Mirandas Malstübchen geworfen und darauf bestanden, das Bühnenbild selbst zu entwerfen. Peter entschied, dass dies Mirandas Aufgabe bliebe. Absegnung ihrer Entwürfe: Mittwoch.

»Was ist mit dem Drachen?«, fragte Henner. »Drafi meinte, der verstößt gegen das erste Gesetz des Theaters.«

»Und was ist das?«

»Du sollst das Publikum nicht in Brand setzen.«

»Das Locher Publikum ist hart im Nehmen«, sagte Peter. »Bau uns einen neuen, einen Drachen, wie die Welt noch keinen gesehen hat.« Henner strahlte.

Dann verteilte Peter auch noch Titel.

»Schorsch«, sagte er zum Hausmeister, »du bist Vizeorganisationschef Zuständigkeitsbereich Belegte Brötchen.« Aus Henner machte er »Chef der Requisite«, bis Henner protestierte: »Ich wäre aber lieber Special-Effects-Chef.«

»Dann bist du das auch«, meinte Peter.

»Und ich?«, meldete sich Steppi.

»Was wärst du gern?«

»Zweiter Chef Zuständigkeitsbereich Blut.«

»Ich finde, wir brauchen sehr viel Blut«, nickte Peter, und schon hatte er einen Zweiten Chef Zuständigkeitsbereich Blut.

Es war, als hätte er im Hinterzimmer Geldscheine gedruckt, die er in die Menge warf. Mein Gott, irgendwo tief in ihm steckte, die ganze Zeit unter einer dicken, wohligen Schicht der Unsicherheit verborgen, ein echter Chef, der instinktiv wusste, wie er seinen Claim absteckt.

»Ich finde«, brummte Mike, »der Hagen ist nicht ganz richtig.«

»Ach?«, meinte Peter.

Mike räusperte sich. »Ja, also, im ganzen Stück ist Hagen eigentlich die Respektsperson. Die drei Könige sind doch arme Würstchen. Hagen sollte irgendwas haben, was ihn hervorhebt. Besonders macht.«

»Aha?«

»Zum Beispiel sollte er auf einem Pferd sitzen. Oder eben ...«

»Ja?«

»... auf einem Motorrad.«

Peter schaute sich den riesigen Biker von Kopf bis Fuß an. Er überlegte. Ein kleines, schiefes Lächeln spielte um seine Mundwinkel. »Du kriegst dein Motorrad.«

Damit war das Tor offen.

»Ich glaube, der echte Attila hatte viele Frauen«, brachte der Hunnenkönig Attila ein. »Wir könnten seinen Harem zeigen. Immer, wenn man Attila sieht, soll er von den geilsten Frauen umgeben sein, oder?«

Attila bekam seinen Harem.

»Unsere beide Figuren kommen nicht zur Geltung«, jammerte Wärbel. »Wir wollen andere Namen«, verlangte Swämmel.

›Wärbel‹ und ›Swämmel‹ wurden in ›Otto‹ und ›Heini‹ umbenannt.

»Wie bitte?«, protestierte Blödel, Attilas älterer Bruder, der von den beiden nicht nur in Sachen Bekanntheit, sondern auch in Sachen Namen den Kürzeren gezogen hatte. »Wir dürfen neue Namen aussuchen? Ich will ›Bernd‹.«

Sogar der Zwerg Alberich – begeistert gespielt von dem grimmigen neunjährigen Max, der auch den neu gebauten Drachen lenken sollte – brachte eine gute Idee ein: »Wieso gibt's keine Elfen?«

»Leute! Leute!« Allmählich versuchte Peter, die Schauspieler zur Ruhe zu bringen. »All das kann auch später besprochen werden. Jetzt möchte ich erst mal eine wichtige Neuigkeit bekannt geben.«

Er hatte ihre Aufmerksamkeit. Aber noch sprach er nicht. Stattdessen tat er etwas Erstaunliches, etwas, das selbst John Wayne ihm nicht hätte beibringen können: Er nahm von einem Stuhl einen cremefarbenen Schal, den er offenbar mitgebracht hatte – und warf ihn sich mit einer einzigen schwungvollen Geste um den Hals. Alle sahen es, alle verstanden: Er ist der Chef. Ich war von Ehrfurcht ergriffen.

Der Chef verkündete, dass man ab jetzt nicht mehr nur montags, sondern jeden Abend und das ganze Wochenende proben würde.

Dann schritt er auf Aische zu.

In diesem Moment ertönte eine Stimme im Flur hinter mir. »Na? Doch ein bisschen langweilig in Worms, oder?«

Ich vergaß, was hinter der Glastür passierte, und drehte mich hastig um. Eine Frau kam auf mich zu. Jene Frau, die ich seit drei Wochen nur zu den Zeiten gesehen habe, wenn ich meine Carla ganz besonders arg vermisste, und das auch nur, wenn meine Augen geschlossen waren. »Nadine, woher weißt du von Worms?«

»Der Bürgermeister hat uns aufgeklärt – dass du ein besseres Angebot bekommen hast. Ein paar sind sauer, dass du dich von denen hast abwerben lassen. Ich nicht. Ich weiß, dass man schauen muss, wo das Geld herkommt.« Sie grinste mich breit an. War das nun ein Kompliment oder eine Beleidigung gewesen?

»Gehen wir rein? Ich bin spät dran, weil ich bei Drafi im Krankenhaus war.«

»Äh …« Selbst wenn mein Hirn von ihrer erotischen Ausstrahlung arg benommen war, war mir eines klar: Sie durfte um keinen Preis in den Saal, solange ihre Rolle gerade an Aische vergeben wurde.

»Ich muss den anderen was von Drafi ausrichten.« Sie zog ein paar dicht beschriebene Blätter aus ihrer Handtasche. »Er hat eine Durchhalterede verfasst. Und wer darf sie vorlesen?« Sie rollte charmant die Augen und wandte sich zum Saal.

»Ich bin speziell wegen dir aus Worms gekommen«, sagte ich spontan und zog sie unauffällig von der Glastür weg.

»Ach was?«

»Ja, es gibt doch noch Platz für ein Porträt über dich in unserer Nibelungen-Sonderbeilage.«

Sie wäre skeptisch gewesen, wenn sie sich nicht so sehr gefreut hätte. »Geht das? Ich denke, du schreibst exklusiv über die Wormser. Das muss für die *New York Times* viel interessanter sein.«

»Und das Porträt einer Schauspielerin im gleichen Stück in einer anderen Stadt macht es noch interessanter. Als Kontrast. Ein guter Journalist zeigt ja immer beide Seiten.«

Sie lächelte. Ich glaube sogar, sie zwinkerte. »Bist du wirklich nur wegen dem Kontrast wiedergekommen?«

»Ich muss zugeben«, sagte ich so charmant wie möglich

mit einem wüstenartig trockenen Mund, »der Gedanke an ein intimes Interview mit dir …«

»Ich hätte Zeit. Sogar noch heute Abend. Drafi bleibt noch ein Weilchen im Krankenhaus, musst du wissen.«

»Ach?«

»Das heißt, kein Doppelporträt.«

»Das bedeutet nur, ein größeres Foto von dir«, meinte ich galant.

»Ich hab die Autoschlüssel. Ich könnte gleich heute Abend zu dir nach Worms fahren.«

»Und ich weiß, wo wir Sekt besorgen können«, erwähnte ich. Ich sah inzwischen nichts mehr außer ihren stahlblauen Augen, die, wenn ich nicht irrte, gerade dabei waren, große Bereiche meines Hirns per Fernbedienung auszuschalten. Klick. Klick. Klick.

»Sekt macht alles viel lockerer«, stimmte sie zu.

»Wir besprechen alles, was dir am Herzen liegt.«

»Oh, mir liegt sehr viel am Herzen. Das könnte ein langer Abend werden. Am besten nehme ich meine Zahnbürste mit. Warte auf mich, ich komme gleich wieder.«

Ich sah ihr nach. Mir wurde schon schwindelig. Dieser Gang. Dieser Arsch. Ich inspizierte ihn genau, als sie an mir vorbei in den Gemeindesaal marschierte. Irgendwas klingelte. Warum ging sie jetzt in den Saal? Sollte sie dem nicht fernbleiben? Ach ja, ihre Zahnbürste – wahrscheinlich hat sie eine Zweitzahnbürste in der Garderobe. Dann muss sie gar nicht zu ihrem Zimmer in den Landsknecht zurück.

Deshalb.

Oh, nein.

»Warte!«, schrie ich ihr hinterher und sprang ihr nach. Doch sie hatte längst kapiert, was da drinnen los war.

»Ist das ein Putsch oder was?«, empörte sie sich, als sie auf die Traube Schauspieler zuschritt, die sich um Aische und Peter gebildet hatte. »Was glaubst du, was du hier machst?« Ein Künstler nach dem nächsten floh aus ihrer Bahn. »Du feiger kleiner Arsch!«, spuckte sie Peter förmlich ins Gesicht. »Du nutzt einen kranken Mann schamlos aus, du ekelst mich an.«

Dann sah sie Aische.

»Und wer bist du? Die Putzfrau?«

Aische erklärte, dass sie die Kriemhild-Rolle übernehmen würde. »Das war mir schon klar, dass dir dieser feige Arsch was anbietet, was ihm gar nicht gehört. Was weißt du schon über Kriemhild?«

Peter versuchte stotternd so was einzuschieben wie »Tut mir leid, wenn dir die Rolle unwissentlich versprochen wurde, Nadine, sie war längst vergeben. Du bekommst die Brunhild. Das ist für einen Profi wie dich doch kein Problem.« Was rauskam, war: »... Leid ... unwissentlich ... vergeben ... Problem.«

Nadine zeigte anklagend auf Peter und machte den Schauspielern klar, mit wem sie es zu tun hatten: »Das ist ein Gauner, er geht auf einen Künstler los, dann klaut er ihm seine Arbeit, und der will die Regie übernehmen?« Sie wandte sich zu Peter. »Für das, was du Drafi angetan hast, gibt's eine Anzeige, die Premiere verbringst du im Knast, mein Lieber.«

Peter war blass. Er schwitzte. Ich dachte, er würde gleich umkippen.

Dann machte er einen Fehler.

Als Nadine kurz nach Luft schnappte, ergriff er die Gelegenheit und schob ein: »Der Drafi hat aber angefangen.«

John Wayne hätte das nicht gesagt.

Von dem Moment an ging es bergab. Noch ein paar schmerzhaft lange Minuten, dann schritt jemand ein – jemand musste einschreiten –, und zwar Mike.

Er packte zuerst Nadine, dann Peter am Kragen und schob sie ungeachtet ihrer Proteste durch die Glastür in den Flur. »Ihr wartet hier«, befahl er. Als die beiden versuchten, wieder in den Saal zu gelangen, schob er sie durch den ganzen Flur bis auf die Straße und sagte: »Wir diskutieren das und holen euch wieder rein.«

Er knallte die Tür zu und schloss ab.

Dann ging die Tür wieder auf, und Aische flog auch raus.

Nadine, Peter, Aische und ich standen auf der Straße und wussten nicht, in welche Richtung wir gucken sollten. Eine leichte Brise wehte, aber wir schwitzten alle. In der einen Richtung konnten wir den Blatsplatz sehen, in der anderen die Straße, in der Willi wohnte, dahinter die bewaldeten Berge. Nadine stapfte hin und her und knurrte vor sich hin: »Verdammte Scheiße … wusste ich's doch … verfickte Pampa … Drafi, du Hirnamputierter … alles Idioten hier …« Ab und zu drehte sie sich uns zu und brüllte: »Ich akzeptiere das nicht. Egal was passiert, ich akzeptiere das nicht. Ich bin Kriemhild. Schluss. Aus.« Immer wenn Peter etwas erwidern wollte, giftete sie ihn an, und er zog sich wieder zurück.

Im Gemeindesaal war inzwischen eine Diskussion ausgebrochen, die im Grunde schon die ganze Zeit über in einzelnen privaten Gesprächen und losen Kommentaren lief: Drafi oder Peter? Und jetzt auch noch: Aische oder Nadine?

Peter war einer von ihnen. Er hatte was aus sich gemacht. In zehn, zwanzig Jahren würde man ihn auf der Straße mit Professor begrüßen, auch wenn er bloß Dozent für Besamungstechnik war. Auch sein Vater war im Ort beliebt gewesen, und das zählte viel. Und nicht zu vergessen: Das Amulett gehörte ihm. Im Grunde hatte der Schatz Peter ausgesucht. Dem konnte man kaum widersprechen. Dass Drafi ihn rausgeschmissen hatte, damit fühlte man sich schon unwohl.

Zwar kannte kein Mensch dieses Fräulein Degobedan, der er die Kriemhild-Rolle geben wollte. Die Hälfte der Truppe fand die Idee gut, weil sie Türkin war. Die andere Hälfte fand die Idee schlecht, weil sie Türkin war. Andererseits würde Peter schon seine Gründe haben – rein künstlerische, versteht sich. Ganz zu schweigen davon, dass eine Türkin in dieser Traditionsrolle durchaus für Aufsehen sorgen könnte, was im Konkurrenzkampf mit Worms gar nicht schlecht wäre.

Andererseits war Peter in Sachen Theater Anfänger. Man könnte fast behaupten, wollte man böse sein, dass der Mann keinen blassen Schimmer hatte, was er tat.

Und Drafi? Nun, Drafi war ein Profi. Schon wie er sprach. Wie er sich gab. Die Dinge, die er wusste. Im Grunde tat er Loch einen Gefallen. Andererseits hatte auch er sich einiges erlaubt. Im Café Hell hatte er sich lautstark beschwert, dass Frau Sinner keinen *Coffee To go* anbot. Frau Sinner hatte aber leider nur Kaffee aus Äthiopien da. Schon bei seinem ersten Besuch war sie den Tränen nah. Sein Bummel mit Nadine durch Bad Design war schon legendär. »Dieses japanische Klo – putzt dir das automatisch den Hintern ab?«, meinte Nadine fasziniert. »Produziert man so viel Scheiße hier, dass man das braucht? Das ist Realsatire! Drafi, wir sollten das Festspiel absagen und das Publikum einfach hier durchführen!« Drafi fotografierte sie sogar auf dem Klo mit einem Apfel in der Hand. Na gut, sie wussten wohl nicht, dass rund drei Viertel aller Locher ihre Bäder aus Bad Design bezogen. Ganz zu schweigen davon, dass jeder, der über den Blatsplatz spazierte und Drafi und Nadine im Fenster über dem Landsknecht sah und ihnen lächelnd zuwinkte, ganz genau wusste, was sie in dem Moment da oben trieben. Außer bei dem einen Mal vielleicht, wo Drafi vorne und Nadine hinten stand. Das hatte viele Locher schon etwas irritiert.

Als wir hörten, wie die Tür zum Gemeindehaus über eine Stunde später aufging, rannten wir hin, als hätten wir Angst, sie könne wieder zufallen, wenn wir sie nicht rechtzeitig erreichten. Vor der offenen Tür stand Mike. Hinter ihm im Flur drängte sich die gesamte Bande und schubste sich gegenseitig, um einen Blick nach draußen zu werfen.

»Peter übernimmt die Regie«, verkündete Mike. »Wenn er es sagt, dann spielt Aische auch die Kriemhild. Nadine spielt Brunhild.« Doch die Truppe hatte sich abgesichert: »Das gilt aber nur, bis Drafi aus dem Krankenhaus kommt. Wenn er bald rauskommt, übernimmt er wieder. Wenn er länger drinbleibt … dann müssen wir weitersehen.«

Nadine war rot angelaufen. Ich hatte noch nie so viel Farbe in ihrem Gesicht gesehen.

Als auch ihr endlich klar wurde, dass sie kein Wort rausbringen konnte, drehte sie sich um und stapfte davon, zu Drafis Mercedes, der um die Ecke geparkt war. Nach drei Fehlstarts ballerte sie dermaßen an uns vorbei, dass wir zur Seite springen mussten. Ihr Gesicht hinter dem Fensterglas war ein Bild des Zorns.

Sie knatterte über den Blatsplatz, kam aber nur bis zum Landsknecht. Dort gab ihr Wagen endgültig den Geist auf. Wir konnten noch die Tritte hören, die sie der Karosserie verpasste, und die Flüche, die sie ins Handy brüllte und die eindeutig Herrn Jannowitz galten. Man hätte fast Mitleid mit ihr haben können.

27.

DER ABEND WAR SOMMERLICH LAU, als Aisches kleiner roter Smart den Hasenpfad hochratterte und vor Peters Tür parkte, und sie hörte die Grillen in den Feldern zirpen, sobald sie den Motor abstellte.

Auf der Terrasse hinter dem Haus, mit Blick auf den Wald, hatte Peter alles vorbereitet: Kaffee, Frau Sinners Streuselkuchen und für später belegte Brötchenhälften vom Wildmetzger und einen leckeren Dessertwein. Ganz zu schweigen von den flackernden Kerzen in nagelneuen Windlichtern. Im Wohnzimmer spielte Vivaldi. Ein Fenster stand offen. Die Lautstärke war genau richtig. Peter trug sein bestes Leinenhemd, die Ärmel hatte er aufgekrempelt. Das passte: Aische erschien in einem roten, ärmellosen Leinenkleid; um die Schultern hatte sie lässig einen bestickten Schal geworfen. Sie zeigte sich von ihrer unbeholfenen Seite. Sie stöckelte über den Schotterweg, stolperte über die Terrassenstufe und kippte beinahe die Kaffeekanne um, als sie sich begrüßten. Männer mögen das, sagt man, wenn eine Frau sich wie ein kleines verliebtes Mädchen aufführt, das sich zum ersten Mal mit einem Jungen trifft.

»So«, gab Peter bekannt, als er den Kaffee ausgeschenkt hatte.

»So«, erwiderte Aische.

»Tja«, legte Peter nach.

Bis hierhin sah es schon mal nicht schlecht aus. Genau aus diesem Grund hatte ich Peter ja heute Morgen besucht und ihm bei den Vorbereitungen bei der ersten »Probe« mit seiner neuen Hauptdarstellerin zur Seite gestanden. Nachdem ich mich dann verabschiedet hatte, schlich ich mich allerdings um das Haus, ließ mich durch die Hintertür wieder ein und versteckte mich im Gästezimmer. Jetzt beobachtete ich sein erstes Date vom Fenster im ersten Stock aus. Da saß ich gut: Selbst eine Cola und eine Tüte Kartoffelchips konnte ich mit hineinschmuggeln. Popcorn war in Loch nirgends aufzutreiben. Der Anfang ist gut, Junge, sagte ich zu mir selbst. Jetzt mach nicht den Fehler und frag nach dem Stück.

»Und … hast du die neue Szene gelesen?«, fragte Peter.

Na toll.

»Ja, doch. Hat mir gefallen.«

»Kannst du's schon auswendig?«

»Ich glaube … fast. Mal sehen. Sollen wir anfangen?«

Der Kuchen war zwar nur zur Hälfte gegessen, trotzdem stellte Aische sich mitten auf der Terrasse in Positur. Sie räusperte sich. »Ich weiß nicht, ob ich das kann!«, brach es aus ihr heraus. Sie kicherte.

Peter kicherte nicht mit.

Sie räusperte sich. Sie kicherte erneut. Sie trug ihren Text vor:

»*Warum, oh warum* … Moment mal.« Sie stellte sich anders hin. Sie hob den Kopf. »*Warum, oh warum* …«, trug sie vor, dann hörte sie wieder auf. »Das ist schwerer, als ich dachte«, kommentierte sie und lachte. Sie stellte sich anders hin. »*Warum, oh warum … warum soll ich lieben?*«

Hinter dem Fenster im ersten Stock dachte ich mir: Sie braucht jetzt Trost. Und Ermunterung. Sag ihr, dass sie großartig ist. Dass sie alles richtig macht. Wirklich! Dann mach Pause und bring das Thema auf Sex.

»Stopp!«, sagte Peter.

Aische hielt inne.

»Das geht nicht.« Peter schüttelte den Kopf. »Du nimmst das nicht ernst. Das hier ist kein Spiel. So wird das nichts. All das – weg damit.«

Peter! Was machst du?

Aische war blass geworden. Peter stand auf, nahm die Kaffeetassen und entleerte sie mit Schwung in den Garten, kippte den Kuchen in den kleinen Abfalleimer neben der Tür. »Komm rein«, sagte er.

Ich eilte auf den Flur und sah über den Treppenabsatz, wie die beiden von draußen in das Wohnzimmer traten. Da unten herrschte romantisches Zwielicht, doch Peter schaltete sämtliche Lampen an. Aische stellte er in die Mitte. Die Schreibtischlampe verdrehte er dermaßen, dass sie ihr grell wie ein Spot ins Gesicht schien. Es war ungemütlich. Und in dem hellen Licht war es noch ungemütlicher als sonst. Überall Papiere und Stapel von Büchern und halbvolle Kaffeetassen.

»Jetzt konzentrier dich«, schimpfte er. »Du musst nicht nur den Text korrekt aufsagen, du musst ihn mit Hingabe sprechen. Glaub mir, Nadine kann das. Wenn du die Rolle willst, musst du sie so gut spielen wie sie. In einer Woche ist Drafi wieder da. Alles liegt an dir. Du musst ihm zeigen, dass mein Text der richtige ist und dass du die Richtige für die Rolle bist. Hast du verstanden?«

Aische nickte.

Peter, Peter, du hast es vermasselt!

Er hatte so lange und so hart auf diesen Moment hingearbeitet. Tag und Nacht schrieb er an der Kriemhild-Rolle, wie ein Besessener, beflügelt von dem Gedanken an seine neue Muse. Dann planten wir das heutige Date minutiös voraus, alles, jedes Detail. Vor allem setzten wir klare Prioritäten: »Das Stück ist scheißegal«, bläute ich ihm ein. »Konzentriere dich auf Aische.«

»Auf Aische, klar. Aber das Stück … meinst du nicht, dass kann man auch retten?«

»Ihr Deutschen!«, schimpfte ich. »Ihr wollt immer alles – Geld *und* Moral, Kunst *und* das Mädchen. Ihr versteht nicht, was es heißt, Prioritäten zu setzen. Du kriegst nur das eine oder das andere – und das Stück kriegst du eh nicht.«

»Ich will Aische«, hatte Peter gesagt.

»Endlich eine klare Ansage.« Ich war erleichtert. »Du hast eine Woche, um Aische zu verführen. Danach ist alles aus.«

Und kaum drehte man ihm den Rücken zu, schon hatte er alles vergessen. Im Wohnzimmer war er gerade dabei, alles zu verderben.

»Nochmal von vorn«, befahl er. »Ich will hier Schweiß sehen.«

»Warum, oh warum«, versuchte seine Kriemhild noch einmal. Diesmal steckten mehr Kraft und ein Hauch von Trotz in ihrer Stimme. *»… warum soll ich lieben? Weil meine Mutter es verlangt? Weil mein Vater es verlangt? Weil Päpste, Könige und Dichter es verlangen?«*

»Nein«, unterbrach sie Peter. »Es ist keine Aussage, es ist eine Frage. Du fragst dich das wirklich. Du bist ein junges Mädchen, und du weißt ganz genau: Die Erfahrungen mit Liebe, die dir demnächst bevorstehen, werden zu den entscheidenden Momenten deines Lebens gehören. Es ist kein Spaß, nicht im Mittelalter, es ist verbindlich, es führt zu Heirat, und das war's dann, das bestimmt dein ganzes restliches Leben. Genau das stellst du in Frage, und keiner kann dir eine Antwort darauf geben. Nochmal.«

»Liebe ist ein Leichtes«, fuhr Kriemhild fort. *»Liebe kommt so natürlich wie Hunger auf Honig und süße Träume, wenn man schläft. Es ist keine Errungenschaft, mit der ich mich schmücken kann. Die Liebe beleidigt mich.«*

Jetzt trat Peter hinzu. Er las Siggis Rolle, Siegfried:

»Aber siehst du nicht, dass auch ich liebe?«

Er blickte dabei allerdings gar nicht aufs Blatt. Er blickte ihr in die Augen. Sie senkte den Blick auf ihren Text.

»Wie soll mir das verborgen bleiben? Aber auch wenn du nicht lieben würdest, wärst du ein Held, Siegfried. Wenn man dir ein Denkmal setzt und deinen Namen darauf eingraviert, wird von der Liebe nichts darauf zu lesen sein. Alle lieben, aber nur Helden bleiben in Erinnerung. Und ich darf nichts anderes als lieben.«

Aische war einen Moment lang still. Sie griff sich an die Stirn. Sie dachte nach. Peter wartete.

»Du hast exakt meine Worte aufgeschrieben, Peter. Genau so. Alles, was mein Vater mir jemals sagt, hat nur mit Männern und Heirat zu tun. Er hat panische Angst, dass ich keinen Mann finde, weil ich schon 28 bin. Aber er hat keine panische Angst, dass ich mein Jura-Studium nicht abschließe, oder dass ich es im Leben zu nichts bringen könnte. Hast du das gewusst, als du das geschrieben hast?«

Natürlich hat er es gewusst. Ich hab's ihm gesagt. Ich

berichte ihm immer alles, was Herr Degobedan mir beim gelegentlichen Döner so erzählt.

Aische wartete auf Antwort. Peter schaute ihr in die Augen. Sie waren einen Moment lang ineinander verloren.

Sag es!, dachte ich von meinem Logenplatz oben auf der Treppe. Sag ihr, dass du ihre Seele kennst, in- und auswendig kennst du sie! Tu es!

Peter sagte nur: »Ich freue mich, dass du die Rolle verstehst. Jetzt aber weiter. Wir müssen heute einiges an Text hinter uns bringen.« Er machte wieder auf Siegfried:

»Ist nicht auch die Liebe eine Heldentat? So heldenhaft wie Kampf?«

»Was ist das für eine Heldentat, bei der die Frau erst kämpft, wenn sie weiß, dass sie schon verloren ist?«, fragte Kriemhild. *»Ein Kampf macht dich groß, macht dich stolz, macht dich stark. Aber die Liebe? Die Liebe bringt mich zum Stottern, wenn du in meiner Nähe bist. Sie bringt mich zum Weinen, wenn du fort bist. Sie beflügelt mich nicht, sie macht mich klein.«* Aische biss sich auf die Lippe. *»Nein, lass mich nicht lieben. Lass mich zu den Füßen von Poeten Eloquenz lernen, von den Philosophen Weisheit und von Heiligen die Hingabe des Geistes. Lass mich mit Königen beraten und an der Seite von Rittern Armeen führen, lass Männer vor mir in Angst zurückweichen, lass die Geschichte mit Staunen auf mich blicken, aber beleidige mich nicht mit Liebe.«*

Irgendwann musste Kriemhild aufs Klo. Ich ergriff die Gelegenheit, rannte ein paar Stufen herunter und raunte: »Psst! He, Siegfried!«

Peter war nicht erfreut, mich hier zu sehen. Das merkte ich daran, dass er seine Kaffeetasse nach mir warf. Dann stieß er die Tür auf und pfiff nach Toto, um ihn auf mich zu hetzen.

»Ich sehe, was du tust!«, sagte ich hastig. Der Mann hatte tatsächlich vor, Aische nur mit Worten zu verführen. Seine Dialoge zwischen Siegfried und Kriemhild waren ein einziger Liebesbrief an sie. Je besser sie die Texte lernte, desto mehr sollte sie sich in den Autor verlieben. Ohne zu ahnen, dass der Dichter die ganze Zeit nur für sie schrieb.

Es war völlig idiotisch.

»Du bist ja durchgeknallt!«, zischte ich. »Versuch jetzt nicht, die Liebe neu zu erfinden. Greif schon zu. Ich hab gesehen, wie sie dich anschaut. Küss sie einfach. Jetzt gleich, wenn sie wiederkommt.«

Er wusste, dass ich recht hatte. Er musste es doch gesehen haben: diesen verwunderten Blick in ihren Augen, als sie wiederkam. Er muss doch gewusst haben, dass sie geküsst werden wollte.

Also machte Peter genau das Gegenteil. Er schmiss sie raus.

»Du hast es immer noch nicht drauf«, sagte er. »Geh nach Hause und übe. Ich muss schreiben. Bis Morgen habe ich neue Szenen für dich.«

Der Bann war jetzt gebrochen. Und Aische hatte Zeit, selbst zu denken. »Du hast mich immer noch nicht überzeugt, dass eine Liebesgeschichte besser ist als ein politischer Ansatz«, bemerkte sie.

Peter blickte sie ernst an.

»Mach dir Kriemhild zu eigen«, empfahl er. »Dann wirst du sehen, dass im Mittelalter Liebe und Politik ein und dasselbe waren. Du kommst nicht zur Probe. Du bleibst zu Hause und übst. Lerne deine Rolle. Verinnerliche sie. Du musst Kriemhilds Sprache lernen. Denk über ihre Worte nach.«

Als der kleine rote Smart der Berg herunterrumpelte, kehrte Peter ins Wohnzimmer zurück.

»Steve, ich habe eine Aufgabe für dich«, sagte er. »Frag den alten Degobedan noch einmal aus. Was Aische mag, was sie nicht mag, irgendwas. Ich brauche mehr Szenen.«

Er gab mir Geld für einen Döner. Dann verzog er sich wieder an den Schreibtisch und war nicht mehr ansprechbar. Ich bemerkte, dass neben seinem Computer Drafis Text lag, in den er immer wieder mal bei der Arbeit hineinschaute, wohl, um sich für die restlichen Rollen inspirieren zu lassen.

»Hast du das Frettchen mitgebracht?«, nölte Drafi Becker, als er Nadine zur Tür reinkommen sah. »Du hast es versprochen. Das Essen hier ist zum Gotterbarmen.«

Herr Becker lag in einem Zweibettzimmer im Erbacher Krankenhaus. Es war das zweite Mal, dass sie ihn besuchte, aber der erste Besuch, nachdem sie ihre Hauptrolle an eine schauspielerisch völlig unbegabte Putzfrau verloren hatte. Der Typ im Nebenbett war hinter einem Vorhang verborgen und röchelte die ganze Zeit vor sich hin.

»Deine neue Nase sieht von Tag zu Tag besser aus«, lenkte sie ab und rollte sich eine Zigarette zu Ende. Drafi trug eine knollenartige Konstruktion im Gesicht, die entfernt an einen Cyborg erinnerte und aus der strohhalmartige, dick mit Watte umwickelte Röhren ragten. Seine Augen waren seltsam unruhig. Von einem Frettchen war, soweit Nadine wusste, nie die Rede gewesen. Sie hielt es für besser, nicht darauf einzugehen.

»Sie mussten mir den Magen auspumpen, um die Nasenscheidewand rauszukriegen. Das war wieder mal eine großartige Idee von dir.« Sein Seufzer klang wie ein Dudelsack.

Auch das war Nadine neu. »Mir hat man gesagt, sie hätten dir ein Stück vom Ohr hineingebaut.« Schließlich war sein linkes Ohr mit dicken Bandagen zugeklebt.

Der Oberarzt hatte Nadine bereits erklärt, was passiert war. Es waren nicht nur Teile der Nasenscheidewand gewesen, die sie auf dem Teppich hatte liegen sehen, sondern auch Knochen. »Ihr Freund hat eine Mittelgesichtsfraktur«, hatte der Arzt konstatiert. »Das Jochbein ist leicht touchiert. Das Nasenbein gebrochen. Der Knorpel zerstört. Die Nase hat keinen Halt mehr. Dass der Knochen durch den Schlag zu Bruch gegangen ist, kann nur bedeuten, dass er schon eine Weile chronisch entzündet war und morsch. Das kommt manchmal bei Koksnasen vor. Er muss früh angefangen haben, hab ich recht?«

»Ich weiß nicht, wovon Sie reden«, hatte Nadine vorsichtigerweise geantwortet.

Die Ärzte mussten nun Drafi die Nase, und das halbe Gesicht rekonstruieren.

»In zwei Wochen habe ich eine neue Nase und dann komme ich wieder«, näselte Drafi zuversichtlich.

Nadine fing an zu weinen. Man konnte es als ein demonstratives Weinen bezeichnen.

»Keine Sorge«, sagte Drafi, sichtlich berührt, und tat einen pfeifenden Atemzug. »Ich werde genauso aussehen wie immer. Noch besser vielleicht. Ich bestelle die AA-Nase.« Er fummelte an den Röhren, die in seiner Nase steckten. »Sag mal, ist die eine Röhre länger als die andere?« Er runzelte die Stirn.

Nadine schob seine Hand weg. »Du kapierst aber auch gar nichts! Du musst was tun, Drafi!«

»Die Ärzte kriegen das schon hin, Liebling.«

»Sie wollen mir die Rolle wegnehmen!«

»Welche Rolle?«

»Kriemhild! Die Hauptrolle. Meine Rolle!«

Nadine malte ihm das Problem mit Peter und der gesamten Festspieltruppe in schillernden Farben aus. Sie versäumte nicht zu erwähnen, dass Peter ein Amateur und Versager sei, Mike ein Nazi, Siggi ein notgeiler Blödian und Aische eine unausstehliche Person, die von den Nibelungen keinen Schimmer hatte, kaum Deutsch konnte und obendrein wie ein Kamel mit Schnurrbart aussah, und dass diese Ansammlung von Idioten, Chaoten und Nichtskönnern sich gemeinsam verschworen hatten, Drafis Meisterwerk zu einer peinlichen Lachnummer zu degradieren.

»Gar nichts werden die tun. Das sind Dorftrottel, Nadine. Wenn ich wiederkomme, mach ich reinen Tisch, versprochen.«

»Dieser Peter, dem traue ich nicht über den Weg.«

»Alleine kriegt dieser Amateur doch nix gebacken.« Drafi kicherte. »Außerdem sieht er aus wie Elton John. Ist mir gerade eingefallen.«

»Drafi, du …«

»Ich lauf dem nicht hinterher. Ich warte gemütlich hier, bis er vor mir winselnd auf dem Boden rumkriecht und mich anfleht, das Projekt zu retten.« Er bekam einen verträumten Ausdruck im Gesicht und begann, leise vor sich hin zu summen. Es war *Sorry Seems to be the Hardest Word*.

Zurzeit war allerdings die Einzige, die vor seinem Bett

winselte, Nadine. »Aber der wirft alles um, was du geschrieben hast. Bis du wieder da bist, gibt es gar keine Zeit mehr, irgendwas rückgängig zu machen.«

»Hast du das gesehen?« Drafi nahm eine billige »Gute Besserung«-Karte vom Nachttisch und wedelte aufgeregt mit ihr herum. Sie zeigte einen Clown mit roter Nase. »Mit so was wollte der sich entschuldigen, kannst du dir das vorstellen? Der hält mich wohl für einen Clown! Mit roter Nase! So kommt mir der nicht davon!«

Nadine schaute die Karte an und musste lachen. Sie wischte sich die Tränen ab und versuchte eine etwas subtilere Methode. Ihre Hand krabbelte unter seine Bettdecke.

»Drafi – komm schon – du musst ein Machtwort sprechen. Du musst den Bürgermeister anrufen. Sofort.«

»Du glaubst, du hast Probleme?«, nölte Drafi, aufgeregt und auf seltsame Weise paralysiert zugleich. »Ich liege im Krankenhaus, nicht du. Es ist immer das Gleiche mit dir, wirklich. Ich mache alles für deine Karriere, und bei jeder Kleinigkeit kommst du angerannt. Ich bring dich in das Festspiel rein, du kriegst auch noch die weibliche Hauptrolle, aber immer noch ist irgendwas. Außerdem hättest du mir echt ein Frettchen mitbringen können. He, was machst du da mit deiner Hand?«

»Was glaubst du, was ich mache?«

Drafi musste nachdenken. «Ich spüre gar nichts.«

Jetzt musste Nadine nachdenken. »Nichts? Wirklich nichts?«

»Gar nichts. Wird an den Drogen liegen.«

Nadine nahm ihre Hand wieder zu sich.

»Ich bin vollgepumpt mit irgendwelchem Scheiß«, sagte Drafi verschnupft. »Geht sicher weg, wenn die Drogen abgesetzt sind.« Er war ein wenig blass. »Falls dich das tröstet, ich werde ihn auf Schmerzensgeld verklagen. Aber saftig!«

»Du verklagst Peter?«, sagte Nadine voller Hoffnung. Bis jetzt war Drafi abgeneigt, was eine Anzeige gegen Peter anging – möglicherweise, weil das Wort »Kokain« irgendwann auftauchen könnte. »Wann? Oh Drafi, mach es sofort.«

»Ja den auch. Aber den Arzt zuerst.«

»Drafi, wen verklagst du?«

»Den Arzt, der mir die Nase macht.«

»Aber der ist doch noch gar nicht fertig.«

»Ich will eine AA-Nase, und er weigert sich.«

»Hast du nicht schon einen anderen Prozess am Hals?«

»Die Scheidung? Das eine hat doch mit dem anderen nix zu tun. Würdest du aussagen, dass wir seit der Sache mit der Nase keinen Sex mehr haben können? Du weißt schon, seelische Impotenz.« Er pfiff aufgeregt durch die Nase.

»Ich überlege mir das«, sagte Nadine kalt und erhob sich zum Gehen. Mike, der sie hergefahren hatte, wartete sicher schon in der Lobby. »Jetzt hab ich echt andere Sorgen. Wenn du nichts unternehmen willst, muss ich's selber machen.«

»Kriege ich keinen Abschiedskuss?«

Sie schaute ihn mit einer Mischung aus Mitleid und Gnadenlosigkeit an. »Versuch du mal, jemanden zu küssen, der direkt über den Lippen eine riesige rote Kröte sitzen hat, aus der hinten zwei dicke Tampons mit Röhren rausgucken. Wenn du das schaffst, kannst du mir sagen, wie es war.«

»Bleib nicht zu lange in diesem Land«, warnte mich Herr Degobedan.

Es hatte lange gedauert, bis ich ihn zum Reden brachte: drei Döner, vier Pepsis und mehrere saure Pommes. Endlich redete er, aber nicht über Aische. »Du vergisst, wer du bist. Du vergisst deine Heimat. Deine Kinder wissen nicht, was Heimat ist. Sie verstehen nicht, wie man richtig lebt.«

Ich konnte ihm nur zustimmen. Seit ich hier bin, erkenne ich die Originalstimmen unserer Hollywoodstars nicht mehr. Ich bin sogar krankenversichert. Irgendwann ist es dann so weit, dass ich Popcorn süß statt salzig esse.

»Schau meine Tochter an«, sagte er. »Meine Aische mag keine türkischen Männer.«

»Wieso das denn?«

»Sie sagt, sie sind alle Angeber. Falsche Angeber. Wie die Amerikaner.«

»Na, also bitte …«

»Nichts für ungut, aber ihr seid alle falsche Angeber. Türken und Amis sind gleich. Immer die Besten, immer die Stärksten. Sie sagt, sie strengen sich nur an beim Angeben, und dann – nichts mehr. Danach haben sie keine Kraft mehr, was Richtiges zu tun. Ich sage, Mädchen, bist du mit nichts zufrieden? Sie sagt, ein richtiger Mann sagt nicht, ich bin so toll, ein richtiger Mann kämpft darum, mehr aus dem zu machen, was er hat. Sie will mehr aus sich machen, er soll das auch. Ich weiß nicht, wie das aussehen soll.«

Das reichte schon.

Ich eilte zu Peter und erzählte ihm von unserem Gespräch. Er wartete schon auf Aische.

Diesmal versprach ich ihm hoch und heilig, ihnen

nicht nachzuspionieren. Er war wegen letztem Mal immer noch sauer. Er fand das überhaupt nicht witzig. Ich nahm mein Versprechen auch sehr ernst – so ernst, dass ich diesmal fast wieder in der Stadt war, bevor ich die Straße verließ und mich weitläufig durch das stachelige Gestrüpp hinter seinem Haus zurück bis zu seinem Fenster durchschlug. Dort machte ich es mir bequem, bis Peters sonore Stimme hinter mir erklang:

»Du kannst wieder aufstehen, Freundchen. Ich hab den Termin mit Aische um eine Stunde verschoben, damit ich dich nach Worms zurückfahren kann.«

Das war schade, denn ich hatte mich wirklich auf die Show gefreut. Auch in meinem Hotelzimmer in Worms musste ich immer wieder an die beiden denken.

Irgendwann hielt ich es nicht mehr aus. Ich rief Carla an.

Wir hatten zwar telefoniert, seitdem ich sie in Frankfurt-Hahn knapp verpasst hatte, aber die Gespräche waren immer sehr kurz gewesen. Einerseits sparte das Handykosten, andererseits waren die Gespräche nicht nur kurz, sondern auch noch kalt, vorwurfsvoll und laut. Außerdem hielt sie die Geschichte, wie ich sie am Flughafen gesucht hatte, für frei erfunden.

»Ja?«

Als sie sich meldete, wurde mir ganz warm ums Herz.

»Hallo, Cutie Pie, immer noch so kühl?«

»Steve …«

»Es ist so schön, deine Stimme zu hören.«

»Steve – was ist passiert?«

Zuerst dachte ich an Nadine. Da war gar nichts passiert. Das wollte ich auch gerade sagen, aber in letzter Sekunde hielt ich mich zurück.

»Ich musste meine Mutter anpumpen, Steve. Ich dachte, du hättest das geregelt. Ich dachte, ich könnte mich auf dich verlassen.«

Es war offenbar ein schlechter Zeitpunkt für einen Anruf.

»Meine EC-Karte ist gesperrt«, sagte sie. »Das Konto ist im Minus. Die Miete ging nicht raus. Es war so demütigend. Meiner Mutter musste ich erklären, was wir hier machen, was du machst, ich kam mir vor wie ein Idiot.«

Ich konnte nicht sagen, was passiert war. Mein Taschengeld bekam ich jede Woche, in einem Briefumschlag an der Rezeption. Das erste Honorar hätte schon längst auf dem Konto sein müssen.

»Gleich morgen früh hau ich bei den Wormsern auf den Tisch, Carla, versprochen.«

»Morgen früh?«

»Jetzt sofort. Ich hab Erlers Privatnummer. Das geht sicher schnell.«

»Steve, warum schaffen wir's nie? Wird das immer so sein? Immer im Minus, immer diese Mahnungen, ständig nichts als Mahnungen?«

»Hab Geduld, Cutie Pie. Das wird schon.« Ich versuchte, stark zu sein. Was blieb mir übrig?

»Das sagst du immer. ›Hab Geduld. Nur noch ein Jahr, dann geht's uns gut. Weißt du, wie viel ein Bestseller bringt?‹ Immer die gleiche Leier. Ich will auch mal in Urlaub fahren.«

Ich wusste nicht mehr, was ich sagen sollte. Es war eine Weile still.

»Bist du noch da?«, fragte sie endlich. Ich merkte erst jetzt, wie müde ihre Stimme klang.

»Es tut mir leid, dass ich nicht anständig für uns sorgen kann«, brachte ich heraus. »Ich weiß, du erwartest mehr von mir.«

»Nur manchmal, Steve. Nur manchmal wünschte ich … es wäre anders. Weißt du, ich wollte nur, dass du dir den Tag merkst, an dem ich meine erste Flugstunde habe. Und mich vielleicht vorher anrufst.« Ich wollte gerade etwas sagen, aber sie fuhr fort: »Das war mein erster Trainingsflug. Weißt du, dass ich als Kind eine Heidenflugangst hatte? Meine Eltern, die haben mal eine Mallorca-Reise gewonnen, als ich elf war, und wegen mir konnten sie die nicht antreten.«

»Eines Tages werden wir zurückschauen auf unsere kleinen Sorgen von heute und lachen«, versuchte ich sie aufzumuntern. »Pass auf, bei deinem nächsten Flug wirst du von der Lufthansa abgeworben. Bald hängst du mit dem Jetset rum, und ich bin abgemeldet …«

»Ich hab zehn Jahre lang meine Mutter nicht anpumpen müssen, Steve.«

Es war spät, aber der Tourismuschef war noch wach. Ich war heilfroh, dass ich ihn telefonisch erreichte, doch bevor ich einen ganzen Satz rausbringen konnte, sagte er: »Kommen Sie einfach vorbei, Steve.«

Seine Altbauwohnung war voller Ikea-Bücherregale – sie zogen sich durch Flur und Wohnzimmer bis ins Arbeitszimmer, wohin er mich führte. Die Wohnung war – bis auf das Arbeitszimmer – dunkel. Offenbar schlief seine Familie schon. Er bot mir einen guten Whisky an, und wir setzten uns in zwei Ohrensessel, die halb einander zugewandt in einer Bücherecke standen. Hinter uns leuchtete eine Tiffany-Stehlampe, ich glaube, es war ein Original. Auf dem kleinen runden Tisch zwischen uns lag mein neuestes Locher Vorwort. Herr Erler würdigte es keines Blickes.

»Wir machen das so, Steve«, gab er bekannt. Auch im Sitzen rotierte er seinen Schlüsselbund um den Zeigefinger. »Das Hotelzimmer ist bis Freitagabend bezahlt. Bleiben Sie doch die Woche, wenn Sie wollen. Sie können auch die Kantine noch solange benutzen. Wir sind Ihnen nicht böse. Wir haben einen Fehlgriff gemacht, das ist alles.«

Ich spürte, wie mein Magen zu Blei wurde.

»Sie schaffen es nicht, Ihre Aufgabe zu erfüllen. Ihr Vorwort über Loch habe ich dem Chefredakteur der *Wormser Zeitung* vorgelegt mit der Bitte, es zu überarbeiten und als kritische Auseinandersetzung mit dem Herrn Steiner und dessen Machenschaften zu veröffentlichen. Er hat das strikt abgelehnt – mit den Worten: ›Das kann man nicht mehr retten.‹ Auch der Festspielintendant ist dieser Ansicht und weigert sich, Sie zu den Proben zuzulassen. Damit sind uns die Hände gebunden – Sie können ja keine Beobachtungen über die Entstehung eines Festspiels schreiben, wenn Sie die Entstehung nicht beobachten dürfen. Das versteht sich von selbst.«

Er holte Luft und gab mir damit die Gelegenheit, etwas zu meiner Verteidigung zu sagen, aber es kam nichts als Gestammel raus.

»Wir wünschen Ihnen alles Gute für Ihren weiteren Weg. Und jetzt sollten Sie gehen, denn das sind die letzten netten Worte, die Sie von mir hören werden.«

Ich rang nach Luft.

»Es sei denn …«

Er war still. Ich ertrug es nicht.

»Es sei denn, was?«, fragte ich.

»Es sei denn, Sie haben was für mich. Etwas, das ich benutzen kann. Eine Information aus Loch.«

»Wieso aus Loch?«, meinte ich.

»Steve, der Odenwald – das ist ein Dorf.« Er seufzte. »Es wurde schon im Hotel beobachtet, dass Sie abgeholt werden. Und es gibt Gerüchte, dass Sie Ihrem Freund, dem Bürgermeister, helfen, nach dem Nibelungenschatz zu suchen. Aber ... man kann alles wiedergutmachen.«

»Sie wollen, dass ich für Sie spioniere?«

»Sie haben unser Geld genommen, Steve. Glauben Sie, wir sind ein öffentlicher Selbstbedienungsladen? Unser Geld zu nehmen und dann für die Konkurrenz zu arbeiten – das ist beeindruckend dreist. Bilden Sie sich nicht ein, dass Sie moralisch noch in der Lage sind, auf irgendwelche Prinzipien zu pochen. Im Gegenteil. Sie sind ein Dieb und haben uns beraubt. So sehen wir das im Moment. Es sei denn, Sie haben in Loch Beobachtungen gemacht, die uns – Ihrem Auftraggeber – zugutekommen. Das ist wiederum einwandfrei, moralisch gesehen. Haben Sie mir was zu sagen?«

Ich dachte fieberhaft nach. Ich starrte auf seinen Schlüsselbund, der in einem unaufhörlichen Rhythmus um seinen Zeigefinger kreiste.

»Doch ... doch, ich weiß was. Etwas, das Sie interessieren dürfte.«

»Ich warte.«

»Nein, ich habe gar nichts.«

»Steve, ich mache Ihnen ein Angebot. Unter den Umständen ist es ein sehr gutes Angebot. Wir machen ein paar Wochen weiter. Sie lassen sich weiter von Ihren Freunden in Loch abholen. Halten Ihre Augen offen. Sobald Sie eine Information haben, die mir nützlich ist, überweise ich das Honorar, wie ursprünglich vereinbart. Was halten Sie davon?«

»Das ganze Honorar?«

»Solange die Information für uns wirklich hilfreich ist.«

»Und bis dahin bleibe ich im Hotel?«

»Gut, dass Sie das ansprechen. Das ist in der Tat schwierig. Das Hotel, das Taschengeld, die Kantine – warum sollten wir Ihnen das weiter zahlen? Aber ich hätte da eine Lösung. Es fallen immer wieder kleine Aufgaben an. Zum Beispiel die Festspiel-Website, die sich gerade im Entstehen befindet. Da könnten wir Hilfe brauchen. Für die englischsprachige Version.«

»Na ja, ich habe zwar keine Erfahrung mit dem Texten von Websites, aber …«

»Geschrieben werden sie von einem Profi, Steve. Sie müssen nur ins Englische übersetzt werden.«

Und ich hatte mich so darauf gefreut, als ich Krefeld verließ, keine dieser undankbaren kleinen Übersetzungen mehr machen zu müssen.

»Da wäre noch was. Was machen Sie denn Freitagabend?«

»Äh … eigentlich wollte ich das Vorwort ein fünftes Mal überar… –«

»Das ist ja nicht mehr notwendig. Meine Frau und ich wollen in die Oper nach Frankfurt. Wir suchen noch jemanden, der auf unseren Luka-Florian aufpasst.«

28.

DIE DENKWÜRDIGE WANDLUNG des Bürgermeisters zum Schatzsucher sprach sich herum.

Am Freitagnachmittag des dritten Wochenendes erschienen vier Jungs am Ufer. Willi meinte, sie stammten aus Zotzenbach. Sie riefen uns hilfreiche Kommentare zu wie »Was habt ihr verloren? Die Schlüssel zum Scheißhaus?« und bogen sich vor Lachen. Der Bürgermeister musste sie mit einer Schaufel davonjagen.

Zwei Stunden später waren sie wieder da. Wir sahen sie zuerst gar nicht, weil sie durch den Wald geschlichen und zehn Meter flussaufwärts ins Wasser gewatet waren. Als wir sie bemerkten, hatten sie ihre Hosen schon runter und waren dabei, ihr Geschäft zu verrichten. Es dauerte merkwürdig lange, bis wir überhaupt verstanden, was sie da taten. So lange, dass ich noch Zeit für die folgende kluge Bemerkung fand, bevor wir drei panisch aus dem Wasser flohen: »Mann, haben die aber viel Rizinusöl getrunken.«

Samstag war es dann nicht mehr aufzuhalten.

Im Laufe des Tages versammelte sich am Ufer eine kleine Gruppe von Schaulustigen. Mit Sprüchen wie »Da! Ich sehe was glitzern!« und »Du, Fritz-Eberhard, ich glaube, du hast die Stelle da hinterm Stein vergessen« feuerten sie uns an; sie tranken Bier und skandierten »Es gibt nur einen Hardy Steiner!«. Gegen Mittag erschien Renate

Pirsch und verteilte Flugblätter, auf denen zu lesen war, der Bürgermeister habe das Geld für die Metalldetektoren aus der Stadtkasse genommen. Das stimmte allerdings.

»Jetzt kommen die Geier«, sagte der Bürgermeister. »Merk dir das, Steve. Immer, wenn einer in diesem Lande versucht, was auf die Beine zu stellen, sind sie zur Stelle. Sie greifen dich an, sobald sie Schwäche wittern. Ein Deutscher mit einer neuen Idee ist wie ein sterbender Dinosaurier in der Wüste Gobi. Die Geier fressen ihn weg, und erst Millionen Jahre später bemerkt man das Skelett und sagt: He, hier war mal einer mit einer Idee!«

Montagmorgen in Worms berichtete ich die Episode pflichtbewusst dem Herrn Erler. Er lachte, wurde dann wieder ernst und sagte: »Steve, das reicht nicht.«

Dienstag fanden wir den Schatz.

Wir hatten es geschafft bis etwa fünfzehn Meter unterhalb der Waldgrenze, und Willis Gold Emperor Future schlug an mit einem schrillen Piepen.

»Willi, hast du deinen Wecker mit?«, fragte der Bürgermeister. Dann erst verstand er, was das Piepen bedeutete. Er schmiss sein Gerät im hohen Bogen aufs Ufer, verfing sich mit seinem Gummistiefel in der Kordel, die zu Quadraten aufgespannt war, und eilte in großen Schritten durchs Wasser zu Willi, der aufgeregt zappelte wie ein Angler, der einen Hai an der Leine hat: »Ich hab was! Ich hab was!«

Willi und der Bürgermeister hielten die Stellung, ich holte die Schaufel. Die paar Kids, die noch am Ufer standen, verstummten und näherten sich neugierig. Mitten im Wasser buddelten wir. Zuerst hievten wir einen Stein mit einem Brecheisen weg, dann gruben wir. Das matschige Wasser war eine einzige Dreckwolke, aber wir buddelten weiter durch den Kies, bis die Schaufel auf etwas stieß. Wir gingen in die Knie und gruben mit den bloßen Händen, bis wir es freikriegten: eine Holzkiste. Nass und verdreckt bis zum Kragen zogen wir sie mit Ach und Krach ans Ufer und stemmten sie mit dem Brecheisen auf.

Darin lag eine verrostete Blechtafel mit den darauf gesprühten Worten: *»Kauft bei Jannowitz Kfz-Reparatur und Autoteile.«*

Der Bürgermeister ließ sich nicht beeindrucken. Er trat die Kiste zu Kleinholz, und etwas später, als wir Kaffeepause machten, erklärte er mir dann, was für ein Typ das sei, sein Schwager:

»Einem Mann wie Kurt, dem macht es Angst, was wir hier tun, Steve. Er war ja auch hier. Er hat ebenfalls gesucht. Aber nicht, weil das der Stadt zugutekommt. Er hätte den Schatz für ein paar Tausend Euro verscherbelt und sich ein Haus auf Mallorca gekauft. So weit reicht sein Denken. Aber sag ihm mal, du willst was bewirken, dann beschimpft er dich als gefährlichen Spinner.«

An jenem Abend, als Willi und ich beim WM-Viertelfinale zwischen Deutschland und den USA mitfieberten (merkwürdigerweise war Willi auch für die Amis, doch dann verstand ich, dass er sich diese Großzügigkeit nur erlaubte, weil er keine Angst hatte, dass wir tatsächlich gewinnen würden), fuhr der Bürgermeister zum Haus seines Schwagers, hieb auf das Blechtor vor der Kfz-Werkstatt ein und warf wüste Beschimpfungen darüber. Er hatte keine Ahnung, dass Kurt nicht zu Hause war, sondern nur Christel, die noch immer auf ihren Gatten wütend war und jetzt bei ihrem Bruder wohnte. Der Vorfall ließ seine Chancen auf eine Versöhnung mit ihr nicht unbedingt steigen.

Dabei hatte er sich in den letzten Wochen schon Mühe gegeben. Immer teurere Blumensträuße hatte er geschickt, bis der Blumenladen in Grasellenbach sich schon überlegte, eine Filiale in Loch zu eröffnen, auch andere Geschenke sowie leider etwas ungelenke schriftliche Bitten um Vergebung, doch regelmäßig kam alles zurück, manches in bedauernswertem Zustand.

Ohne Christel verfiel des Bürgermeisters Wohnung zusehends. Es half nur vorübergehend, dass er mich mehrere Male dazu brachte, die Wohnung aufzuräumen. Als ich zum wiederholten Mal nach meinem Ehering fragte, der immer noch nicht aufgetaucht war, meinte er: »Vielleicht hat Christel den Ring gefunden und irgendwo abgelegt und dort vergessen. Schau doch mal die Küche durch. Er könnte auf der Arbeitsplatte sein. Oder unter dem Haufen Geschirr da. Am besten machst du alles sauber beim Suchen und stellst das Geschirr dann in den Schrank. So kannst du sicher sein, dass du nichts übersiehst.«

Es dauerte eine ganze Weile, bis ich die Küche durchhatte, doch auch das brachte den Ring nicht zum Vorschein.

»Es hilft nichts«, sagte der Bürgermeister, der sich offenbar ernsthaft mit dem Problem beschäftigte. »Du musst mit dem Metalldetektor durch das ganze Haus gehen.«

Während ich das tat, aßen er und Willi Tiefkühlpizza, schauten Südkorea – Italien und verpassten völlig die Freude, mit der ich 27 Pfennigstücke, ein Eisernes Kreuz am Bande (II. Klasse) und den Goldenen Schlüssel der

Stadt entdeckte, den der Bürgermeister in der Halbzeit mit den Worten kommentierte: »Was habe ich den gesucht …« Aber den Ring fand ich nicht.

Als ich wieder in Worms war, berichtete ich dem Herrn Erler auch von Kurt Jannowitz' Streich. Auch das reichte ihm nicht.

Am Abend des vierten Samstags, nach einem langen Tag ergebnislosen Suchens, lud uns der Bürgermeister in sein Büro. Er wollte uns etwas zeigen.

Wir hinterließen eine Spur von matschigen Fußabdrücken auf den Gängen und machten seine Ledersessel feucht, wo wir saßen, aber nach der schweren Arbeit im Fluss war unsere Erschöpfung so erfüllend und befriedigend, dass es uns egal war. Er entsorgte seinen Kaugummi in ein Tempo-Taschentuch und goss uns einen kleinen Fallobstschnaps ein. Dann zeigte er uns einen Brief von dem Anwalt Drafi Beckers, aus dem hervorzugehen schien, dass Herr Becker die Stadt Loch wegen schwerer Körperverletzung (aufgrund eingeschränkter Fortpflanzungsfähigkeit) und seelischer Grausamkeit anzeigte. Der Bürgermeister war nicht ganz sicher, ob das ernst gemeint war. Er wollte unsere Meinung hören.

In dem Moment klopfte ein leicht tattriger Mann diskret an die Tür: Rudi Schuster, Vorsitzender des Finanz-, Städtepartnerschaften- und Umweltausschusses.

»Was machen Sie denn hier an einem Samstag?«, fragte der Bürgermeister leutselig.

»Ich dachte, Sie sollten da etwas sehen. Ich habe es gerade entdeckt. Aber wenn Sie Besuch haben …«

»Nein nein, Steve kann alles mithören«, sagte der Bürgermeister. »Außer, Sie wollen mir sagen, wir sind pleite!« Der Stadtkämmerer lachte, der Bürgermeister lachte und wir alle lachten.

Herr Schuster legte dem Bürgermeister einige Bücher vor und blätterte darin herum. »Ab und zu überprüfe ich meine Arbeit der letzten Jahre, wenn mal nichts zu Hause zu tun ist. Und weil Freitag die nächste Rate in der Rückzahlung unseres Förderpakets von 1999 zu überweisen ist – das sind ja 50 000 Euro –, wollte ich sicher sein, dass die Bücher auch in Ordnung sind. Sind sie nicht.«

»Ist was passiert?«

»Es ist meine Schuld, fürchte ich.« Herr Schuster war eindeutig ein fröhliches Gemüt. »Eine Kleinigkeit zwar«, gab er mit einem Zwinkern zu, »aber Sie kennen uns Buchhalter – wir sind sehr leicht zu erschrecken! Dabei ist es nichts Neues, wir haben es einfach nicht gemerkt. Ich bin überrascht, dass die Helaba noch nichts gesagt hat. Ich vermute, die wollen einfach die Zinsen weiter kassieren.« Dann war es höchste Zeit, noch einen Witz einzuschieben: »Außerdem sind sie daran gewöhnt, wie der Bürgermeister Steiner mit Geld umgeht!« Herr Schuster öffnete einen Ordner. »Das hier ist 1998. Sehen Sie diese Zahl?«

»Vierundzwanzig«, sagte der Bürgermeister.

»Ja. Das ist aber falsch. Müsste eigentlich 42 heißen.«

»Das ist alles?« Der Bürgermeister klang eher verärgert als erleichtert. »Ich schätze Ihre Gewissenhaftigkeit sehr, aber wissen Sie was, wir nehmen einfach die achtzehn Euro, die fehlen, aus der Tageskasse, und fertig.«

»Haha, aber Herr Bürgermeister! Sie wollen mich sicher nicht zum Betrug auffordern! Außerdem sollten Sie einen Buchhalter nie unterschätzen. Denn diese Zahl hier führt unweigerlich zu …« Herr Schuster klappte einen zweiten Ordner auf und suchte die entsprechende Spalte, »… zu … zu … dieser Zahl.«

»1800.«

»Richtig. Und diese Zahl führt leider zu jener Zahl.« Herr Schuster schlug noch einen Ordner auf.

»Ich bin sicher, wir finden einen Weg …« Der Bürgermeister war jetzt nervös geworden. Denn der Stadtverordnete für Finanzen war längst noch nicht fertig.

»Das wiederum führt zu diesen Zahlen fürs laufende Jahr: 240 000,10 auf Konto G, 54 008,08 auf Konto C und 145 897,00 auf Konto D.«

»Sagen Sie mir einfach im Klartext, was das bedeutet.«

»Die 48 Euro waren im Jahr 1998. Wie Sie sehen, wurden diese Zahlen ausschließlich als Haben geführt. Sie sind aber in Wirklichkeit Soll. Das führte dazu, dass die Ausgaben im Jahr 2000 um etwa 900 % geringer erschienen, als sie tatsächlich waren. Es geht um insgesamt 439 905,18 Euro, die uns unbemerkt geblieben sind.«

Da wurde der Bürgermeister hellwach. »Wir haben eine halbe Million Euro, die wir noch gar nicht angebrochen haben?«

»Haha! Aber Herr Bürgermeister! Das sind natürlich 439 905,18 Euro Soll, die uns entgangen sind. Das wollte ich Ihnen nur mitteilen, bevor ich Feierabend mache. Es beruhigt mich, dass ich das überhaupt bemerkt habe. Wer weiß, wo das sonst hingeführt hätte. So, gute Nacht, Herr Bürgermeister, meine Herren, und liebe Grüße an die Gattin.«

Der Buchhalter, froh ob seiner erfüllten Pflicht, nahm seine Ordner und ging pfeifend aus der Tür und in das wohlverdiente Wochenende.

Es herrschte eine ganze Weile Stille. Schließlich sprach Willi: »Das ist uns schon mal passiert«, meinte er zögerlich. »Das kriegen wir vom Land Hessen, Hardy. Eine Ratenzahlung, ein paar Sparauflagen, und in ein paar Jahren ist wieder alles in Ordnung.«

»Ich denke gar nicht an die Schulden. Schulden kriegen wir gebacken. Die warten schon noch auf ihr Geld. Was wird aus dem Festspiel? Wenn die Helaba davon Wind kriegt, machen die hier erst mal alles dicht. Es gehen keine Zahlungen raus. Dann ist das Festspiel gestorben.«

Jetzt wurde auch Willi nervös.

Ich machte einen zaghaften Versuch: »Und wenn wir den Schatz finden? Sie könnten einen Teil davon zu Geld machen.«

Willi und der Bürgermeister schauten mich beide an, als ob ich gerade vorgeschlagen hätte, dass sie ihre Kinder in die Sklaverei verkaufen.

»Der Schatz macht uns erst zu Loch am Rhein«, erklärte der Bürgermeister. »Ohne den Schatz macht ein Festspiel keinen Sinn.«

»Sie könnten ihn beleihen«, schlug ich vor.

Das war schon eher was.

»Und die ganzen Behörden«, machte ich weiter. »Wenn der Schatz da ist, dann wollen sie sicher auch, dass das Festspiel stattfindet. Und das Museum gebaut wird. Das ist dann doch alles von nationalem Interesse, oder?«

»Wenn wir ihn finden«, seufzte der Bürgermeister.

»Was heißt ›wenn‹?«, entgegnete Willi. »Wir müssen ihn finden.« Willi stand jetzt. Er war aufgeregt. Er hatte etwas in den Augen seines Bruders gesehen, und er mochte es nicht. »Du willst jetzt nicht aufhören, oder?

Willst du der Truppe sagen, sie sollen nach Hause gehen? Das wird Kurt aber freuen. Und Renate erst recht.«

Der Bürgermeister dachte nach.

»Steve?«

»Ja?«

»Was würde ein Ami tun? In einer solchen Situation?«

»Ein Ami würde so tun, als ob nichts passiert ist.«

»Exakt.«

Irgendwas in seiner Stimme machte mir Angst.

»Was ein Ami kann, kann ich auch«, sagte er.

Er nahm das Telefon zur Hand, wählte und sprach: »Rudi? Ich bin's nochmal. Du hast jetzt mehrere Jahre keinen Urlaub mehr gemacht, hab ich recht? Das ist nicht gut. Weißt du, wer zu viel arbeitet, beginnt Fehler zu machen. Ich will, dass du sofort vier Wochen Urlaub machst. Ich schicke dir morgen eine Broschüre für einen sehr ordentlichen Ferienclub an der türkischen Riviera. Wir wollen ja, dass unsere Rathausmitarbeiter gesund und geistig ausgeglichen sind, nicht wahr. Nein, Rudi. Ja, Rudi. Ich bestehe drauf. Bis morgen dann. Gute Nacht.«

Dann verließ er das Zimmer. Ein paar Minuten später kam er wieder. In seinen Armen lagen die Ordner, aus denen der Stadtkämmerer zitiert hatte – sowie einige CD-ROMs und zwei große externe Computerfestplatten. Er schloss die Bürotür. Festplatten und CD-ROMs ließ er in seine Aktentasche verschwinden. Dann holte er ein Feuerzeug aus seinem Schreibtisch, riss die Blätter aus den Ordnern, hielt sie eins nach dem anderen über den Abfalleimer und verbrannte sie.

Er ging an den Computer, suchte offenbar ganz bestimmte Dateien auf und drückte 35-Mal auf »Delete«.

Ich wünschte, das hätte ich nicht gesehen.

29.

EINE CHANCE HATTE ICH, eine einzige. Wenn ich mir irgendwas ausdenken könnte, irgendeine wilde, aber glaubwürdige Geschichte, die ich dem Tourismuschef vorlügen könnte, dann wäre ich gerettet. Ich wusste, wenn er mich das nächste Mal mit diesem geübt strengen Blick fixiert und fragt – »Sind Sie sicher? Gibt es gar nichts aus Loch zu berichten? Sie brauchen doch das Geld, oder? Sie wollen mich doch nicht enttäuschen, Steve?« – ich wusste ganz genau, ich würde dem Druck nicht mehr standhalten, ich würde zusammenbrechen und ihm alles berichten, dessen ich in Loch Zeuge geworden war.

Wenn ich jedoch eine glaubwürdige Alternative hätte, meinetwegen auch eine frei erfundene Geschichte, die ich ihm spontan hinschleudern könnte, dann wäre ich aus dem Schneider. Also saß ich im Hotel in Worms und dachte scharf nach, schon seit Stunden. Es dämmerte schon, und mir fiel immer noch nichts ein.

Ich war gerade dabei, mir einzureden, dass vielleicht alles gar nicht so schlimm wäre – selbst wenn Herr Erler alles erfährt, was will er schon mit der Information machen? –, als es an die Tür klopfte. Er meldete sich früher als gedacht.

»Ich komme wegen des Interviews«, sagte Nadine, als sie fröhlich an mir vorbei hereinspazierte und ihren Regenschirm ausschüttelte. Ihre Haare waren nass geworden. Sie warf sie über den Kopf und schüttelte sie ebenfalls aus, dass die Tropfen nur so sprühten.

Es gibt ein wenig bekanntes, genetisch bedingtes Syndrom namens SBS, oder »situationsbedingtes Stottern«. Es ist insofern genetisch bedingt, dass sämtliche Männer darunter leiden. In dem Moment, als Nadine an mir vorbeihuschte, spürte ich das bedrohliche Aufflackern des SBS und hatte alle Hände voll zu tun, mich dagegen zu wehren.

»I-I-Interview?«

»Wir wollten doch immer einen Termin für ein intimes Interview ausmachen. Ich hatte bisher einfach zu viel um die Ohren. Aber jetzt hätte ich spontan Zeit.«

»K-k-komm doch rein«, meinte ich, obwohl sie schon drin war. Ein seltsames Kribbeln durchfuhr mich von Kopf bis Fuß.

»Ich leg erst mal ab, ja?«, sagte sie und zog ein Kleidungsstück nach dem nächsten aus: Halstuch, Weste, T-Shirt, Jeans.

»L-L-Leg doch erst mal ab«, sagte ich.

»Hast du was Trockenes zum Anziehen?«

Ohne ein Wort ging ich zum Kleiderschrank. Als ich mich umdrehte, stand sie bereits in ihrer Unterwäsche da und bedeckte ihre Brüste mit beiden Händen. »Ich bin nass bis auf die Haut!«, erklärte sie, wobei ich nicht sicher war, ob sie sich beklagte oder freute. Aber es stimmte. Das sah ich am hohen Grad der Transparenz ihrer Höschen. Ich fand Boxershorts und ein weißes T-Shirt für sie, das sie mit einem bedrohlichen Lächeln unter ihren Brüsten verknotete.

»Was für ein abtörnendes Hotelzimmer«, meinte sie

dann. »Also hier will ich kein Interview machen. Wir gehen lieber zum Whirlpool auf das Dach.«

Ich hatte gar nicht gewusst, dass das Hotel einen Whirlpool hatte.

»Da wird mir auch wieder richtig warm. Und schau mal, was ich mitgebracht habe.« Sie hielt ein kleines Zellophantütchen hoch und grinste. »Hab ich von Mike. Mike hasst mich, aber er braucht das Geld.« Sie setzte sich und drehte einen Joint und erzählte weiter vor sich hin. »Ich weiß nicht, warum er mich hasst, aber ich hasse ihn auch. Irgendwann kommt er noch auf die Idee, Taxigeld zu nehmen, wenn er mich herumfährt. Aber er ist zu doof dafür. Drafis Auto ist zum dritten Mal kaputt. Dieser Jannowitz – mein Gott, nicht mal einen anständigen Mechaniker hat dieses Kaff. Gehen wir?«

Ich holte den Schlüssel von der Rezeption und wurde informiert, dass ich momentan den Wellness-Bereich für mich allein hätte.

Das Dachgeschoss war zu einer Art Glashaus ausgebaut. Das Licht war angenehm gedämpft, in der Ecke stand eine vertrocknete Palme. Ich warf zweimal zwei Euro ein, und schon sprang die Pumpe an. In Boxershorts und T-Shirt glitt Nadine seufzend ins heiße Wasser. Der Regen lief die Scheiben herunter, über das Dach, die Seitenfenster. Er hüllte uns völlig ein. Wir saßen unter einer Regenkuppel, und draußen leuchteten die Lichter der Stadt. Komisch: Nacht, Regen, Lichter und ein paar beschlagene Glasscheiben machten sogar die Wormser Skyline romantisch. Nadine räkelte sich vergnügt, dann holte sie vom Rand den Joint und das Feuerzeug.

Wo sie schon mal abgelenkt war, riss ich mir die Kleider vom Leib und ließ mich ihr gegenüber ins warme, sprudelnde Wasser gleiten.

»Wo ist dein Notizblock?«, fragte sie und beobachtete mich durch niedergeschlagene Wimpern.

»Ach ja … Notizbock … im Zimmer … wie dumm von mir …«

Ich wollte gleich wieder aussteigen, da lachte sie. »Das war ein Witz. Ich verlasse mich auf dein trainiertes Gedächtnis. Außerdem, was du heute nicht fragst, kannst du bei anderer Gelegenheit fragen. Entspann dich erst mal.«

Sie reichte mir den Joint, und ich zog daran, hustete fürchterlich und zog erneut. Sie lachte und zog. Es schlug ein wie ein Hammer. Wie ein warmer, mit Fell bedeckter Hammer. Wir reichten das Ding eine Weile schweigend hin und her. Mit jedem Zug glitt sie tiefer ins Wasser.

»Und wie – wie – wie …«, wollte ich wissen, »… ich meine, wann … kommt Drafi zurück?«

Nadine schnaubte. »Es gab Komplikationen. Irgendwas mit einer Entzündung. Es dauert noch zwei Wochen, bis er rauskommt und diesem Arsch von Peter die Ohren lang zieht. Der ist im Moment echt asozial drauf, der Drafi. Der hat noch nicht mal Bock auf Sex. Das ist nicht normal, oder? Und ich muss alles ausbaden. Ich lerne zur Sicherheit gleich vier Rollen. Das darf nicht sein, oder?«

Ich war verwirrt.

»Peter-die-Arschbacke will, dass ich die Brunhild spiele«, Nadine verzog das Gesicht, »also lerne ich die Brunhild. Aber wenn Drafi rauskommt, krieg ich die Kriemhild-Rolle wieder. Also lerne ich auch die Kriemhild. Aber es gibt zwei Fassungen: die von Drafi und die von Peter. Also lerne ich zwei Kriemhild-Rollen und zwei Brunhild-Rollen. Ich nehm meinen Job halt ernst, im

Gegensatz zu bestimmten anderen Leuten! Ich bin der einzige Profi da. Am Ende wird wieder alles an mir hängen. Wahrscheinlich muss ich dann alle beiden Rollen spielen – Kriemhild und Brunhild gleichzeitig. Wetten?«

»Das hört sich recht chaotisch an«, meinte ich, nur um sie zu bedauern.

»Voll unprofessionell. Das kann einem in New York nicht passieren, oder?«

Kann es sein, dass Kiffen Mut verleiht? Mir fiel wieder ein, dass ich ja Theaterkritiker bin. »Och«, meinte ich, »in New York gibt es Dinge, die gibt es nicht. 1926 musste John Barrymore bei der Broadway-Premiere von *Es ist ein Junge!* gleich drei Rollen spielen, weil gerade eine Grippewelle umging – und zwar die Rolle des Arztes, die Rolle der Mutter bei der Niederkunft und die Rolle des Säuglings, der gerade zur Welt kam.«

Sie dachte eine Weile darüber nach. »Wow«, sagte sie, wie zu sich selbst, »na dann …«

Irgendwann waren wir beim zweiten Joint, und sie war so relaxt, dass ihr ohnehin zarter Körper schwerelos zu werden schien. Die Strömung trieb sie fast bis zur Oberfläche hoch, und ihre von meinem nassen T-Shirt bedeckten Brüste ragten wie kleine, sympathische Inseln aus dem Wasser. Ich grinste. »Schwerelose Brüste. Gibt's was Schöneres? Astronaut müsste man sein.«

»Findest du sie nicht zu klein?«, meinte sie, ehrlich besorgt. »Es ist doch nur eine Handvoll.« Sie korrigierte sich: »Zwei Handvoll.«

»Wenn es die richtige Handvoll ist, braucht man nicht mehr«, versicherte ich.

Nadine lächelte ehrlich erfreut und straffte sich unwillkürlich.

»Mein Körper ist mein Instrument, weißt du?«, erklärte sie. »Ich pflege ihn. Ich trainiere ihn. Ich spiele mit ihm. Ich liebe ihn. Ich mag es, wenn mein Körper viele Dinge kann.«

Sie schwebte jetzt knapp unter der brodelnden Oberfläche, und ihre Füße reichten fast an meine Brust. Ab und zu tauchte ein Fuß ab und drückte sich warm und neugierig gegen meine Oberschenkel.

»Es ist alles ein Spiel«, sagte sie irgendwann verträumt. »Weißt du, das ist es, was mich am Laufen hält, wenn wieder mal alles zusammenbricht. Mein Job, mein Leben, meine Beziehungen. Alles nur ein Spiel. Morgen kann alles ganz anders sein. Wenn ich jetzt eine chinesische Konkubine aus der Ming-Dynastie wäre, oder besser aus der Jin-Dynastie, oder noch besser aus der Quin-Dynastie, nur mal angenommen, dann würde ich dich jetzt mit meinen Füßen befriedigen. Lustig, oder?«

Ihre zierlichen Füße tauchten kurz aus dem Wasser auf, und ich sah, dass sie ihre Nägel lackiert hatte: auf dem linken Fuß mit Stars, auf dem rechten mit Stripes.

»Das wäre aber doch nicht nötig gewesen«, sagte ich geschmeichelt.

»Ich liebe Amerika«, erklärte Nadine. Sie ließ ihre Füße zwischen meine Beine sinken. Erst den einen und dann den anderen. Was sollte ich tun? Ich wusste, ich sollte jetzt versuchen, so weit wie möglich nach hinten auszuweichen, aber sie hatte verdammt lange Beine. Und die Knie konnte ich doch nicht zusammenschlagen, ich würde ihr womöglich dabei die Füße einklemmen.

Mir war klar, was meine Pflicht war: mich wehren. Also tat ich das auf die Weise, die ich am besten konnte: mit Worten. »Außerdem«, wandte ich kaum noch hörbar ein, »das mit den chinesischen Konkubinen, ich bin gar nicht so sicher, dass es alles so war, wie wir uns das vorstellen.«

Zur Antwort schob Nadine ihr Becken noch ein Stück weiter nach vorne durch das Wasser. Ich sah nicht mehr, was sie tat, weil das Waser so brodelte, trotzdem bekam ich jede zarte Bewegung mit: Sie streckte und drehte ihre Beine auf wundersame Weise, ihre entzückenden Zehen drangen meine Oberschenkel entlang wie die Nasen hungriger Mäuse und zogen und schoben abwechselnd am Stoff meiner Boxershorts herum.

»Oh«, sagte ich. »Ja, doch, wenn du dir das so vorstellst, so war es vermutlich schon.«

Sie freute sich über mein Geständnis und legte noch nach, indem sie wortlos demonstrierte, dass sie jede ihrer Zehen einzeln bewegen konnte.

Dann fühlte ich, wie es kam. Es baute sich auf, tief in mir drin. Leise zuerst, dann immer mehr, immer insistierender. Ich versuchte es zurückzudrängen, es irgendwie zu verhindern, aber es kämpfte sich weiter voran. Jeden Moment würde es …

»Zu meinem Training gehört auch, dass ich verdammt lange die Luft anhalten kann«, erwähnte sie. »Ich kann einem Mann unter Wasser sogar einen blasen.«

Es kam näher. Unaufhörlich.

»Wetten, ich schaffe das?«

Es kam. Es brach aus mir raus, ich konnte gar nichts dagegen tun: »Nadine! Ich bin ein verheirateter Mann!«

So. Es war draußen. Und alles war vorbei. Warum ich mir nur immer alles selbst verderben muss, weiß ich auch nicht, aber ich kann es einfach nicht unterdrücken, und jetzt hatte ich es wieder getan.

Meine Augen waren zu. Nun machte ich sie wieder auf, damit ich wenigstens zuschauen konnte, wie sie ihren geschmeidigen, in den hohen Künsten trainierten Körper aus dem Wasser erhob und ging.

Aber sie war noch da.

»Och Steve! Wie lang hast du schon keinen Sex mehr gehabt?«

»Gott, du hast recht!«, stöhnte ich. »Ich kann's gar nicht mehr sagen.«

»Ist das nicht fies, wie sie uns hängen lassen? Sie nennen sich unsere Partner, und dann lassen sie uns alleine …«

Aber wir waren nicht allein. Eine Tür ging auf. Ich spürte den kalten Luftzug vom Flur. Die Deckenlampen gingen an. Und eine Stimme, die sich nach uns erkundigte:

»Steve? Steve, bist du da?«

Diese Stimme gehörte nicht hierher. Sie gehörte zu einem anderen Leben. Einem ganz anderen Leben. Und vor allem bedeutete sie Gefahr. Blitzschnell erkannte ich, dass mir nur zwei Optionen blieben: weglaufen oder wie ein Hummer direkt über dem Kochtopf paralysiert sitzen bleiben. Ich entschied mich für Letzteres.

»Carla?«, krächzte ich. »Ist der Kurs denn schon vorbei? Das kommt aber unerwartet.«

Sie hatte sich schick gemacht. Sie trug ein Overnight Bag und hatte eine Schachtel Mozartkugeln in der Hand.

Irgendwas musste ich sagen. Es fiel mir nur eines ein: »Sind die für mich?« Ich liebe Mozartkugeln.

Sie antwortete nicht. Sie kam näher. Sie ging langsam um den blubbernden Whirlpool herum, blickte mich an, blickte Nadine an, schaute konzentriert ins wirbelnde Wasser.

Ich glaube, sie versuchte zu verstehen, was wir da überhaupt machten.

Dann verstand sie es.

Carla stellte sich direkt vor Nadine und musterte sie genau. Nadine, in meinem nassen T-Shirt – dem dünnsten, das ich in der Eile hatte finden können –, die Augenlider auf Halbmast, umklammerte mit ihren Füßen beharrlich meinen besten Freund und Berater, der immer noch nicht eingesehen hatte, dass seine unerwartete Unterwasserbegegnung anders ausgehen würde, als er sich das vorgestellt hatte.

Die Mozartkugeln prasselten ins Wasser vor Nadines Brust. »Weiß sie«, fragte Carla, »dass du kein echter Journalist bist?«

Dann drehte sie sich um und ging.

Als die Tür zuklappte, fiel meine Erstarrung von mir ab. »Carla!« Ich sprang aus dem Wasser und sauste ihr hinterher. »Es ist nur ein Spiel! Wir sind chinesische Konkubinen!«

Doch sie hatte schon den Aufzug genommen, und ich musste ihr die Treppen hinterhersausen, nass, halbnackt und etwas gebeugt. Als ich in diesem Zustand endlich die Lobby durchquert hatte, war sie draußen schon in ein Taxi gestiegen und verschwunden.

Geknickt fuhr ich mit dem Aufzug zurück zum Dach. Es stiegen zwei Gäste zu, aber ich blieb tapfer und tat so, als ob die Fahrt im Aufzug eben Teil der Whirlpool-Erfahrung sei, und rannte zurück zum Wellness-Bereich.

Nadine war ebenfalls nicht mehr da. Die Mozartkugeln auch nicht.

30.

DAS WAR NICHT DAS LETZTE MAL in ihrem Leben, dass Nadine die Rolle als chinesische Konkubine nicht ganz glückte.

Bei der nächsten Festspielprobe im Locher Gemeindesaal war sie pünktlich. Sie kannte ihren Text, sie war in ihrer Brunhild-Rolle voll drin. Man sah, dass sie ein echter Profi war. Peter und Aische gegenüber war sie geradezu zuvorkommend. Sie gab den anderen hilfreiche Tipps, unterhielt sie mit Anekdoten aus ihrer Schauspielkarriere und erzählte von den Freuden des Improvisierens auf der Bühne, live vor Publikum – ohne Netz – ein Lieblingsthema von ihr. Es war eine Freude, ihr zuzuschauen.

Nach der Probe bestellte sie Peter in die Garderobe. Sie hatte eine Frage zu dem neuen Brunhild-Kostüm, das Carmen auf ihren Wunsch geschneidert hatte. Als Peter den kleinen Lagerraum betrat, der mit Tischen und Spiegeln ausgestattet in eine Garderobe umgemodelt worden war, fiel ihm auf, dass die grelle Deckenlampe ausgeschaltet war, dafür brannten mehrere Kerzen. War der Rauchmelder deaktiviert? Als Peter mitten im sonst menschenleeren Zimmer stand, schloss Nadine die Tür hinter ihm und sagte: »Na? Wie gefällt dir das neue Kostüm?«

Peter drehte sich um. Nadine stand lasziv gegen die Tür gelehnt. Was sie da trug, war definitiv nicht das bisherige Kostüm. Schon das erste Outfit hatte was von

Cher gehabt – dieses unschuldige Kleidchen, das wie eine Lamettalawine aussah, die an den Schultern anfing, am Bauchnabel vorbeirutschte und knapp unter dem Po ohne weitere Erklärung wieder aufhörte. Doch dies hier war Cher, wie sie auf die *USS Missouri* geschlendert war: nichts als hochhackige Lackstiefel und schwarze Netze mit einem einzigen lang gezogenen, aber dennoch so gut wie durchsichtigen Tangaslip darunter. Das war nicht mehr Cher aus der Zeit, als sie noch jung und frisch war, das war Cher, als sie schon alt und sexy war.

»Ich mache mir Sorgen um meine Brustwarzen«, hauchte Nadine und öffnete ihr Lederjäckchen, um ihm zu beweisen, dass man wirklich alles sehen konnte. »Meinst du, ich sollte Pflaster über sie kleben, oder soll ich lieber vor jeder Szene mit Eiswürfeln drüber rubbeln?«

Peter war mehr als ein wenig verlegen. »Ich … äh … ich weiß nicht … Pflaster?«

Sie ging auf ihn zu, nahm seine Hand und führte ihn zu ihrem Schminktisch. »Schau mal hier, welche passen am besten: Herzen, Sternchen oder die hier mit den Troddeln?« Sie öffnete seine Hand und legte zwei Pflaster hinein. »Am besten probierst du es selber aus.«

Als er unschlüssig dastand, beugte sie sich zu ihm und flüsterte ihm ins Ohr: »Hat deine süße Putzfrau dich schon rangelassen? All die Mühe – und sie sträubt sich immer noch, hab ich recht?«

Das war in der Tat ein wunder Punkt für Peter.

»Wenn ich die Kriemhild spielen würde, dann wäre ich aber nicht so spröde. Im Gegenteil, ich bin ein Mensch, der seine Dankbarkeit offen zeigt, ich kann gar nicht anders. Ich möchte dann was zurückgeben, weißt du«, fuhr

Nadine fort und entledigte sich ihres Jäckchens. »Es hätte ganz entscheidende Vorteile für dich, wenn du mir die Hauptrolle wiedergibst«, hauchte sie. Sie zog ihm ein Pflaster auf, setzte es auf seinen Daumen, zog dann anmutig ihren Netzbody über eine Schulter, führte seine Hand zu ihrem zarten Busen und flüsterte: »Na komm, kleb's mir doch.«

Es ist eine interessante Frage, ob Peter dieses durchaus großzügige Angebot angenommen oder abgelehnt hätte, hätte er ihre Worte richtig verstanden. Leider hatte er ab einem bestimmten, nicht mehr zu ermittelnden Punkt – wahrscheinlich etwa dann, als ihre Brustwarzen geradezu nach dem Pflaster zu schreien begannen – nichts mehr mitbekommen. Je schneller das Blut sein Hirn verließ, desto weniger begriff er, bis irgendwann nichts zurückblieb als eine unerklärliche Hitze und das unbestimmte Gefühl, er erlebe gerade eine potenziell bedrohliche Situation, aus der er aber auf keinen Fall flüchten wollte. Sehr bald war auch das weg, und diesmal blieb gar nichts zurück, denn Peter wurde schwarz vor Augen und mit einem »Hmpf …« sank er zu Boden.

Das brachte selbst Nadine aus dem Konzept.

»Peter! Hey Mensch, Peter!«, schrie sie, während sie sich bemühte, ihn aufzufangen. Gerade noch konnte sie seinen Fall abfedern, und in ihrer Panik ließ sie seine Arme auch nicht mehr los, als er schon am Boden lag, und so wurde sie auch kurz darauf von Mike gefunden, der ihren Rufen gefolgt war.

»Was ist denn jetzt wieder?«, knurrte er und registrierte mit Verwunderung die Träne, die aus Nadines Augen kullerte. Sie schniefte, rappelte sich wütend hoch und verließ die Garderobe.

Das war Nadine noch nie passiert. Von einem Mann halbnackt einfach stehen gelassen zu werden – nie! Zumindest nicht, ohne dass es vorher zu sexuellen Aktivitäten gekommen wäre.

Es war Zeit, einen radikalen Schritt zu unternehmen.

Schon am nächsten Morgen ging sie zum Friseur.

Carmens Frisierstübchen war unterbesetzt, also musste Nadine warten, bis Carmen Mimi Lederer zu Ende geföhnt hatte. Währenddessen saß Nadine in einem Kunstlederstuhl, starrte sich reglos im Spiegel an und wippte so hektisch mit beiden Beinen, dass die Dielen leicht erbebten.

Carmen musste Mimi Lederer nur noch mit lilafarbenem Haarspray einnebeln. Im Hintergrund begann Nadine, sich einzelne Haare um den Finger zu wickeln und auszureißen. Dann war es so weit: Carmen musste nur noch fünf Minuten oder so mit Mimi Lederer schwätzen, um sich ihren Euro Trinkgeld zu verdienen, dann konnte sie die Dame zur Tür bringen. Jetzt wandte sich Carmen Nadine zu, die mittlerweile geistesabwesend die Blätter aus einer Frauenzeitschrift herausriss.

»Du bist mit deiner Frisur unzufrieden«, schloss Carmen messerscharf.

»Färb mir die Wimpern«, forderte Nadine barsch. »Knallrot. Rot wie das Blut, das aus einem Möchtegernregisseur fließt, wenn er sich die Adern aufschlitzt.«

Carmen machte einen leicht erschrockenen Eindruck. »So rot … Ich glaube nicht … aber ich schaue nach.«

»Nein, besser …«

»Ja?«

»Weiß. Platinweiß. So knallweiß, dass die Autofahrer auf der anderen Straßenseite schneeblind werden.«

»Platinweiß habe ich da.«

»Mach sie schwarz.«

»Wie jetzt?«

»Schwarz wie Klavierlack. So schwarz, dass das Licht verschluckt wird, dass sich jeder fragt, was das für eine Farbe ist, nein, ob Farben überhaupt noch existieren und mit welchem Recht. Kriegt man eigentlich einen Cappuccino, wenn man in Loch zum Friseur geht?«

Carmen lächelte. »Aber immer!«

Ein paar Minuten später saß Nadine zurückgelehnt auf dem Sessel, ein heißes Tuch im Nacken und die Augen zugepackt mit mehreren Wattepads und zwei faustdicken Klumpen schwarzer Paste. Carmen hatte bewusst üppig dosiert.

»Zehn Minuten noch«, flüsterte Carmen beruhigend. »Dann haben wir's.« Sie hatte extra Klassikradio eingestellt. Das machte sie sonst nie. Es schien zu wirken. Bald hörten Nadines Beine auf zu wippen.

Das Türglöckchen bimmelte, und eine neue Kundin trat ein. Nadine hörte, wie sich die beiden begrüßten. Die Stimme der Kundin kam ihr bekannt vor. Carmen drehte das Radio lauter, und Nadine bekam nur noch Gelächter und Fetzen des Gesprächs mit:

»Kostüm … super Arbeit …«

Nadine spürte, wie Stress und Frust der letzten Tage sich legten und dem angenehmen Gefühl wichen, in guten Händen zu sein. Sie musste sich keine Gedanken machen. Nicht jetzt.

»Gurke … Gesichtsmaske … Germanenfrauen … wie ein Sternenhimmel … Diadem vielleicht? Kriemhild … schönste Frau …«

Nadine erkannte diese Stimme.

»Aische!«

Mit einem Ruck fuhr sie hoch und riss vor Entsetzen die Augen auf. Allerdings führte das dazu, dass sofort die ganze Farbe hineinlief. Es brannte wie Feuer. Ein weiterer Schrei brach von ihren Lippen. »Ich bin blind!«

Wild und ziellos umhertastend sprang sie vom Stuhl und stolperte direkt in Carmen hinein, die auf Nadine zugestürzt war, um ihr die Augen auszuwischen, worauf ihre Köpfe aneinanderknallten, sodass sie schreiend zur Seite taumelten – Carmen in Nadines Stuhl und Nadine in Aisches Schoß.

»Was ist jetzt los?«, schrie Aische alarmiert und versuchte, sich die Gurkenscheiben von den Augen zu reißen, aber Nadine kam ihr zuvor. Mit einem Kriegsschrei griff Nadine trotz brennender Augen in Aisches Gesicht, und das auch noch zielsicher genug, um die dicke Paste zu verschmieren und Aische in die Augen zu reiben. Jetzt schrie Aische ebenfalls, dass sie blind sei, und stieß mit brennenden Augen Nadine von ihrem Schoß.

Nadine stolperte zur Theke und rieb sich die Augen, doch das machte es nur schlimmer, was sie aber nicht davon abhielt, nach einem Föhn zu greifen und sich damit brüllend auf Aische zu stürzen: »Die Kriemhild gehört mir! Geh du mal lieber heim und kämm deinen Damenbart.« Da sie aber kaum etwas sah, stürzte sie sich aus Versehen auf Carmen, und die entwand ihr den Föhn mit routiniertem Griff.

In dem Moment hätte der Kampf eigentlich vorbei sein können, denn beide Frauen entschieden sich für die vernünftige Priorität, nämlich Wasser zu finden und ihre Augen auszuspülen, doch leider waren beide gleichzeitig am selben Waschbecken angelangt.

»Wie willst du denn die Kriemhild spielen?«, höhnte Aische, während beide Frauen versuchten, sich gegenseitig die Hände vom Wasserhahn wegzuschlagen. »Das ist eine Frau, keine durchgeknallte Dampfwalze!«

»Geh zurück in deinen Harem«, keifte Nadine.

Einen kurzen Moment waren sie still, während sie sich gegenseitig Wasser ins Gesicht spritzten. Doch als sie einander wieder sehen konnten – wenn auch nur in groben Schemen und unter argen Schmerzen –, da brannte etwas in Nadine durch, sie griff nach einer Schere, stürzte sich mit Gebrüll auf ihre Gegnerin und schnitt ihr einen dicken Strang aus den Locken, während diese gerade verzweifelt versuchte, den gleißenden Schmerz in ihren Augen mit einem feuchten Tuch zu lindern. Eine Sekunde lang waren beide still – Aische, weil sie bleich vor Schreck war, und Nadine, weil selbst sie erkennen musste, dass sie eine unsichtbare Grenze überschritten hatte.

»Niemand schneidet mir die Haare ab!«, brüllte Aische.

Jetzt brach in Carmens Frisierstübchen endgültig die Hölle los.

Die beiden wütenden Germanengöttinnen zogen sich gegenseitig an den Haaren, rissen Waschbecken und Dekopflanzen um, fielen ineinander verkeilt in einen Spiegel, der splitternd zu Bruch ging, sprühten sich Schaumfestiger ins Gesicht, und das mit einer solchen Wucht und inneren Überzeugung, dass Carmen, die anfangs noch dazwischenging, davonlief, um Hilfe zu holen.

Von dem Lärm angelockt kamen immer mehr der Cafégäste von nebenan und schauten zu. Es gab ermunternde Zurufe, aber auch mehrere Versuche, sie auseinander zu bringen: Frau Sinner versuchte es, kriegte aber Rasierschaum ins Gesicht. Dann versuchte es Willi, aber von einer solchen Entfernung aus, dass es zweifelhaft war, ob sie ihn überhaupt gehört hatten. Kriemhild und Brunhild kämpften weiter, als gäbe es kein Morgen.

Erst Peter – den Willi aus dem Gemeindesaal holte – hatte Erfolg. Er griff Aische um die Taille, drehte sie weg, umfasste ihre Hände und ließ nicht los, egal wie sehr Aische sich wand und ihn beschimpfte. Von Nadine ganz zu schweigen.

Am gleichen Abend stapfte Nadine, die nicht mehr zur Probe erschienen war, sondern Drafi besucht hatte, in den Landsknecht, wütend wie immer, wenn sie vom Krankenhaus kam, ignorierte die Schauspieler, die dort am Stammtisch versammelt waren, und marschierte schnurstracks nach oben in ihr Zimmer.

Im Krankenhaus hatte sie Neuigkeiten erfahren, und sie waren nicht gut.

Nadine fand es immer beunruhigend, wenn ein Arzt »gut gelaufen« und »Komplikation« im gleichen Satz verwendete. Die Schleimhaut regeneriere sich nicht mehr, meinte der Arzt; es müsse mindestens eine Nachoperation folgen, bevor Drafi entlassen werden könne. »Er ist nicht besonders kooperativ«, seufzte der Arzt. »Seinen Anwalt habe ich gestern kennengelernt.« Drafi roch nichts mehr, und alles schmeckte ihm gleich. Er wollte nicht nur die Stadt Loch und Peter verklagen, sondern auch die Ärzte sowie Mike, der ihn gegen seinen Willen zum Krankenhaus gefahren hatte. »Sie müssen jetzt viel Geduld haben«, hatte der Arzt empfohlen, »und wenn ich Ihnen einen Tipp geben darf, schrauben Sie Ihren Drogenkonsum auch mal ein bisschen runter. Ihre Augen explodieren gleich.«

Nach diesem höchst unbefriedigenden Krankenhausbesuch, der sie auch noch ein Vermögen an Taxigeld gekostet hatte, kratzte Nadine in ihrem Zimmer die letzten Krümel Koks aus Drafis Hosen-, Brief- und sonstigen Taschen zusammen, hackte das Zeug mitsamt aller Wollfusseln, Tabak- und Pfefferminzkrümel, die daran klebten, klein und zog sich das Ganze rein. Dann stapfte sie wieder runter, an den Schauspielern vorbei zum Tresen, erklomm einen schwankenden Barhocker und bestellte in rascher Folge Weinschorle, Bier, Korn und schließlich, als Peter und ich die Gaststätte betraten, Tequila Futschi.

Von ihrem Platz aus war es ein Leichtes für sie, von oben herab mit ihren Kollegen zu reden. Nur etwa fünf Minuten brauchte sie, jeden Einzelnen am Stammtisch zu beleidigen, wobei man anmerken muss, dass Aische nicht anwesend war. »Loch ist ein Loch«, schimpfte sie. »Ihr versteht nicht mal, worum es in diesem Stück überhaupt geht. Und du am allerwenigsten, du blöder Bauernschädel!« Sie warf ein Tequila-Futschi-Glas nach Peter. Zum Glück war es schon leer.

»Nadine!«, herrschte Peter sie an, »das ist keine professionelle Art …«

»Du und professionell«, kreischte sie. »Du hast mir meine Rolle weggenommen und einer blutigen Anfängerin gegeben. Du weißt nicht mal, wie eine Probe läuft. Jeder macht, was er will. Und dein Text – du schreibst doch nur Kriemhild und Siegfried. Der Rest ist von Drafi. Glaubst du, es gehört nicht mehr zur Regie, als die Hauptdarstellerin flachzulegen? Das ist nur die halbe Miete, Freundchen. Ihr Möchtegern-Klein-Kaff-Künstler!«

Wir starrten sie nur an, unser blankes Entsetzen gemischt mit einer gewissen Bewunderung, dass sie es geschafft hatte, den uns neuen Begriff »Möchtegern-Klein-Kaff-Künstler« in ihrem Zustand verständlich auszusprechen.

Mike trat zu ihr an die Bar und meinte: »Du solltest nach Hause gehen.«

Nadine war einer dieser Menschen, die ihre Kräfte am besten konzentrieren können, wenn sie einen starken Gegner haben. Während im Hintergrund ablehnende Rufe ertönten – Nadine war an diesem Abend ziemlich unterhaltsam –, wurde sie bedrohlich still. Ihre Augen verengten sich zu Schlitzen und ihre Stimme war eisig kalt. »Weißt du eigentlich, wie's die Sumoringer machen, Mike?«

Mike hatte keine Antwort parat.

»Sumoringer sind ja nicht nur ein bisschen fett«, sagte Nadine und piekste Mike, der vor ihr stand, in seinen gewaltigen Bauch. Sie griff nach dem Seidenschal, der um ihre Schultern lag. »Sie sind geradezu unglaublich fett. Deshalb können sie sich nicht auf ihre Mädels drauflegen. Kennst du das Problem, Mike?«

Mikes Kiefer begannen zu mahlen.

»Und wenn sich die Mädels obendrauf setzen, dann rutschen sie bei der kleinsten Bewegung runter«, fuhr Nadine ungerührt fort. »Kannst dir vorstellen, gell, Mike? Also müssen sie fixiert werden. So.«

Sie ließ den Schal ihren Rücken runter bis über ihren Po rutschen – sie hob ihn kurz an, damit er richtig drunter saß – und streckte Mike die beiden Enden entgegen.

»Das kennst du sicher, Mike. Zieh.«

Ich muss etwas über Mike sagen. Mike war ein guter Kerl. Seit ihrer ersten Begegnung, als er sie auf der Landstraße auflas, hatte Nadine keine Gelegenheit ausgelassen, an ihm herumzusticheln. Dabei fuhr er sie sogar öfters zum Krankenhaus, wenn Drafis Auto wieder mal den Geist aufgab, ohne je ein Wort darüber zu verlieren. Aber etwas hatte er doch – einen leicht herablassenden Blick, und zwar immer, wenn sie in seiner Nähe war. Das war es wohl, was sie reizte.

Mike zog. Er zog so aggressiv an dem Schal, der jetzt wie eine Schlinge um Nadines Po lag, dass sie direkt vom Barhocker auf ihn drauf rutschte. Sie schlang ihre Beine um seine Hüften und wedelte affektiert mit den Händen, während Mike, der inzwischen rot angelaufen war und wünschte, das hätte er nicht getan, immer noch den Schal mit beiden Fäusten festhielt.

Allerdings hatte sich Nadine bei der Reißfestigkeit von Seide verschätzt. Bevor Mike sie runterlassen konnte, riss die Schlinge hinter ihr durch, und sie plumpste verdutzt auf den Boden. »Mike, der Sumoringer!«, prustete sie los. »Er kann es wirklich!« Es schüttelte sie vor Lachen.

»Bloß gut, dass du hintenrum so gut gepolstert bist, was?«, sagte Mike trocken.

Nadine war wie ausgewechselt. Es wurde still im Landsknecht.

»Hab ich richtig gehört?«, kreischte sie fassungslos. »Gut gepolstert? Und das aus deinem Mund?« Unvermittelt drehte sie sich um und erklomm den Stammtisch, wo sie nicht ungelenk zu tanzen begann. Sie hatte Power, Rhythmus und war ziemlich geschmeidig, aber sie zertrat jedes einzelne Glas auf dem Tisch. Der Wirt grinste und drehte die Musik auf: »Sex Bomb! Sex Bomb!« Mit jedem »Bomb« peitschte ihre Hüfte zur Seite. Der halbe Gastraum stand inzwischen um sie herum und klatschte im

Takt mit. Nadine tanzte um eine imaginäre Stange, rutschte auf einem Bierdeckel aus, fing sich wieder und schrie: »Gut gepolstert! Wollt ihr meine Polster sehen, Leute?«

Doch, doch. Man wollte einstimmig ihre Polster sehen.

Sie versuchte, ihre Bluse aufzuknöpfen, gab entnervt auf, zog sie über den Kopf und warf sie ins Publikum.

In dem Moment verlor sie plötzlich den Boden unter den Füßen. Jemand hatte von hinten ihre Beine gepackt. Sie kippte rückwärts um, drehte sich, strampelte hektisch und begriff erst, als ihr das Blut ins Gesicht schoss, dass Mike sie über die Schulter geworfen hatte, ihre Fesseln mit eisernem Griff umklammert waren und sie kopfüber an seinem Rücken herabhing.

»Du blöder Arsch!«, schrie sie und trommelte auf seinen Rücken ein. »Spießer! Fettklops! Lass mich los.«

Ungerührt schleppte er sie quer durch den Gastraum, zur Tür hinaus, über den Blatsplatz bis zum Brunnen, und warf sie dort hinein.

Wir konnten das vom Fenster des Landsknechts aus gut beobachten. Mehrere Male versuchte Nadine aus dem Brunnen zu klettern; mehrere Male warf Mike sie wieder hinein.

»Hast du jetzt genug?«, schallte es über den Platz. Platsch! »Hast du jetzt genug?«

»Nein«, antwortete Nadine.

Plötzlich war auch Mike im Brunnen. Wie Nadine das angestellt hatte, weiß ich nicht. Ich glaube, sie hatte ihn an den Haaren gezogen. Jedenfalls gab es ein Gerangel, Geschrei und Untergetauche, bis Nadine irgendwann endlich ruhig war.

Als sei nichts gewesen, kehrte Mike dann klatschnass wieder zurück und bestellte ein frisches Bier. Die Schauspieler standen noch an der Tür und am Fenster, bis irgendwann Nadine schlurfend, murrend und tropfend hineinkam und die Treppe nach oben stieg.

Auch dann setzte sich keiner.

»Ist es vorbei?«, fragte Peter schließlich.

»Kann ich nicht sagen, Mann«, brummte Mike und zündete sich eine Zigarette an. Es war das erste Mal, dass ich ihn rauchen sah. »Allerdings ...«

»Ja?«

»Da war schon ein bisschen was dran. An dem, was sie gesagt hat, meine ich. Was deinen Regiestil betrifft. Wenn du ehrlich bist. Oder, Peter?«

Nadine war mehr als überrascht, dass Mike am nächsten Tag anbot, sie beim nächsten Mal wieder zum Krankenhaus zu fahren.

Außer einem verlegenen »Danke« wechselten sie zwar kein Wort miteinander, aber Nadine kam in einem Stück in Erbach an, und Mike wartete auf sie mit der Rückfahrt. Auch da sprachen sie nicht miteinander. Zumindest sprach Mike nicht. Nadine sprach schon. Sie schrie sogar:

»He! Wo fährst du denn hin?«, schrie sie, so laut sie konnte in den Wind. »Ey! Nach Loch will ich! Was machst du wieder für einen Scheiß?« Falls Mike sie durch den Helm überhaupt hörte, reagierte er nicht. Sie tippte ihn auf die Schulter, sie puffte und knuffte ihn, ohne Erfolg.

Mike hätte in der Höhe von Weschnitz Richtung Hammelbach abbiegen müssen, tat er aber nicht. Er fuhr weiter nach Osten, durch Brombach hindurch und dann rechts nach Krummbach, die Reichelsheimerstraße entlang. Als er am Gumpener Kreuz in die Nibelungenstraße bog, wurden ihre Schläge fester, bis sie die ersten Häuser von Lindenfels sah, dann hörte sie damit auf.

Durch die kurvige Hauptstraße von Lindenfels fuhr er langsam, im Touristenmodus. Die Stadt am steilen Felsenhang mit ihrer alten Burg hatte etwas Mediterranes, Nadine genoss die Aussicht aber nicht. Im Gegenteil, sie saß starr wie eine Leiche und ließ die kleine Fremdenführung nur widerwillig über sich ergehen.

Als sie den Ort einmal durchquert hatten – einmal durch Lindenfels dauert kaum eine Minute –, fuhr Mike ein Stück aus der Stadt heraus bis zu einem Aussichtspunkt neben der Straße. Der Abhang fiel steil ab hier, und man konnte über das ganze Tal sehen. Die Berge in der Ferne waren mit einem dichten Waldteppich aus zahlreichen Grüntönen überzogen. Man wollte fliegen, fallen und hineintauchen.

»Komm mit«, sagte Mike, und hielt direkt am Abhang. Ohne auf sie zu warten, stieg er ein paar Schritte herab – nicht weit, nur bis zu einer kleinen Wiese, von wo man ins Tal herunterblicken konnte, von der Straße aus aber nicht mehr gesehen wurde. Nach einer Weile kam Nadine nach. Aber nicht direkt gut gelaunt. Die Sonne schien, und der Lärm der Autos, die ab und zu vorbeifuhren, wurde von Wald und Gestrüpp verschluckt. Es wehte ein leichter Wind, und über dem Tal kreiste ein Bussard.

»Ist das schön warm heute«, bemerkte Nadine nach einer Weile schon weniger mürrisch und streckte sich. »Ich könnte mich nackt in die Sonne legen.«

»Hab nix dagegen«, brummte Mike. Er fummelte

einen Joint aus seiner Lederjacke, zündete ihn an, zog und reichte ihn ihr. Nadine, die inzwischen ihr T-Shirt über den Kopf gezogen hatte, streckte die Finger nach dem Joint aus. Eine leichte Gänsehaut erschien auf ihren nackten Brüsten. Das war der Wind.

»Wie hast du's gemerkt?«, wollte sie wissen.

»›*Aschebescher*‹«, grinste er.

»Tja, das ist 'n Problem«, sagte sie anerkennend. »Ganz krieg ich das nicht weg.«

»Wie schwer war es, dein Hessisch abzulegen?«

»Volkshochschule, Hochdeutschkurs«, erklärte sie. »Sobald ich aus Lindenfels raus war. Danach hat's endlich mit dem Vorsprechen bei der Schauspielschule geklappt.«

»So schlimm finde ich Lindenfels nicht«, meinte Mike.

»Doch. Ist schlimm. Du bist hier nicht aufgewachsen.«

Mike deutete zu der Straße zurück, die sie gerade entlanggefahren waren. »Haus Nummer 16. Da bin ich groß geworden.«

Nadines Augen weiteten sich.

»Mein Gott! Du bist der Michi.«

»Ich bin der Michi.«

»Oh Gott.«

Nadine zögerte eine Sekunde, nervös, dann streifte sie ihr T-Shirt wieder über. Sie sprachen eine Weile nicht mehr. Mike setzte seine Sonnenbrille auf.

»Du wolltest nie raus?«, wunderte sie sich.

Mike zuckte mit den Achseln. »Nicht so richtig. Nicht wie du. Ich komme auch zu Klassentreffen zurück und so was.«

»Das kann ich nicht. Ich wollte nie zurück. Nur weg.

In der vierten Klasse warst du plötzlich verschwunden. Ich hab mir vorgestellt, du wärst in Berlin. Oder Darmstadt.«

»Meine Mutter hat sich scheiden lassen«, sagte Mike. »Wir sind nach Erbach gezogen.«

Nadine nickte gedankenversunken.

»Was ist eigentlich in Memmingen passiert?«, wollte Mike wissen.

»Memmingen war eine einzige Katastrophe«, gab sie zu und nahm einen tiefen Zug. »Er hat sich mit allen überworfen. Keiner wollte mehr mit ihm arbeiten.«

»Er?«

»Drafi. Da hab ich ihn kennengelernt. Ich wollte nach Hamburg. Er kam aus Hamburg. Er sagte, er wäre ein großer Regisseur. In Hamburg macht er aber nichts als soziale Theaterprojekte mit Arbeitslosen. Nein, warte … mit nicht zu vermittelnden Langzeitarbeitslosen unter achtzehn«, korrigierte sie sich. »Das hat er mir verschwiegen. Und in Memmingen hat er irgendwann angefangen, alle zu verklagen. Das Theater. Die Stadt. Ich weiß nicht mehr, wie viele Prozesse er inzwischen laufen hat …« Sie grinste. »Eigentlich ist er ein guter Regisseur. Er kann nur einfach nicht mit Menschen umgehen.« Sie blickten sich an und brachen beide in Gelächter aus.

»Der kommt nicht wieder, oder?«, fragte Mike nach einer Weile. Nadine lag faul im Gras.

»Nein«, sagte Nadine. »Das hier – Loch – das war meine große Chance. Seine auch. Endlich eine Hauptrolle. Endlich eine richtige Regiearbeit. Und was ist? Schon wieder eine Katastrophe. Ich bin am Arsch.«

»Wir sind alle am Arsch«, stellte Mike klar.

»Du hast es erfasst. Dieser Peter merkt es nicht, oder?«

»Peter ist schon in Ordnung«, sagte Mike, während sich langsam eine steile Sorgenfalte auf seiner Stirn bildete, »aber ein Profi ist er weiß Gott nicht. Sind wir alle nicht.«

»Alles Amateure«, bestätigte Nadine, erstaunlicherweise ohne jeden Groll in der Stimme. Sie zeichnete die Konturen der Wolken weit oben mit ihrem ausgestreckten Arm nach. Mike blickte in die Ferne. Irgendwo hinter diesen Bergen lag Worms. Mike wandte sich ihr zu.

»Du bist der einzige Profi, der hier noch übrig ist«, sagte er.

Nadine war still. Es dauerte eine Weile, bis die Worte und ihr Sinn in ihr Hirn gesickert waren. Sie stützte sich auf den Ellenbogen und blickte Mike erstaunt an. »Hast du mich gerade um Hilfe gebeten?«

»Ich weiß, dass du ein Profi bist. Schon in der dritten Klasse warst du das. Du hast den bösen Wolf gespielt.«

»Daran erinnere ich mich nicht.« Sie runzelte die Stirn.

»Ich aber schon. Du warst Rotkäppchen. Es gab noch ein zweites Mädchen, das die Rolle lernte, als Ersatz. Aber der böse Wolf hatte keine Zweitbesetzung. Dann wurde er krank. Ich glaube, er hatte einfach Angst. Das Stück sollte ausfallen. Da hast du gesagt: Das kann ich. Ich muss es nicht lernen, ich kann's schon. Du hast die Hauptrolle abgegeben.«

»Jetzt weiß ich's wieder ...«

»Das war eine Show, die du da abgezogen hast! Alle hatten Angst vor dir.«

»Und das Mädchen – das dann Rotkäppchen gespielt hat – das habe ich fertiggemacht, oder?«

»Oh ja. Immer, wenn du in der Schule an ihr vorbeigegangen bist, hast du ihr zugezischt: ›Rotkäppchen ist doof‹.«

Nadine lachte.

»Du hast die Rolle genommen, die sonst keiner konnte. Damit das Stück überlebt.«

»Jaja, ist klar, ich kapier schon, worauf du hinauswillst, Mike. Musst nicht weiter reden.«

Doch Mike redete weiter. »Merkst du nicht, dass die Leute Brunhild mehr lieben als Kriemhild? Kriemhild ist die Frau, die man heiratet. Brunhild ist die Frau, die man im Bett haben will. Auch, wenn man verheiratet ist. Das ist die ganze Nibelungensage.«

»Es ist aber nicht die Hauptrolle, Mike«, meinte Nadine trocken.

Mike schwieg. Er wusste, wann es genug war.

»He, Moment«, sagte Nadine. »Der Wolf. Das warst du, oder?«

Mike zuckte mit den Schultern.

»Du warst nicht krank. Du hast Angst gehabt. In die Hosen hast du dir gemacht. Stimmt's?«

Mike zuckte mit den Schultern.

»Ja, ja, der Michi.« Nadine war eine Weile still. »Du denkst immer noch an damals, hm? Deswegen willst du, dass es diesmal klappt.«

Mike zuckte mit den Schultern. »Kann sein«, sagte er.

Nadine blickte über das Tal. »Als ich weggegangen bin, hab ich mir geschworen, ich komme erst zurück, wenn ich ein Star bin, weißt du?« Sie lachte erstaunt. »Komisch.«

Mike sagte nichts. Nadine drehte sich zu ihm und sah, dass er sie anschaute.

»Was?«, sagte Nadine.

»Lass uns zum Motorrad gehen«, sagte Mike nachdenklich und erhob sich.

Sie stapften den Hang wieder hoch. Nadine lehnte sich gegen den Soziussitz und machte Anstalten, ihr Jäckchen überzuziehen, bis sie merkte, dass Mike direkt vor ihr stand und sie beobachtete. Das machte sie nervös.

»Hör zu, tu mir einen Gefallen und erzähl das nicht weiter, ja?« Jetzt hing sie auch noch mit der Hand fest. Irgendein Ärmel war völlig verdreht. »Und würdest du mir vielleicht mal in die Jacke helfen?«

Mike trat noch einen Schritt näher, je zappeliger sie wurde, desto ruhiger schien er. »Halt mal Ruh jetzt«, brummte er, schob seine Sonnenbrille aus der Stirn, dann nahm er ihr Gesicht in seine großen Hände und küsste sie.

Sie zappelte noch ein wenig, aber nur, bis sie die Hände freibekam, dann schlang sie sie um Mike herum und sagte: »Michi …«

Es wurde ein erstaunlich langer Kuss, den Mike nur unterbrach, um etwas zu fragen, was ihn schon lange interessierte: »Was muss ich tun, um dich nackt zu sehen?«

»Zieh dich zuerst aus«, kam es wie aus der Pistole geschossen.

Mike zögerte. Dieser Wunsch wurde von Frauen recht selten geäußert.

Nadine grinste. »Hast wohl Angst, deinen Fettwanst zu zeigen, was?«

»Überhaupt nicht«, erwiderte er leicht empört. »Ich bin stolz auf meinen Körper.« Doch er zögerte. So lange, dass sie wissend lächeln musste. Das machte ihn wütend, worauf er seine Kluft Stück für Stück abriss und die Teile auf die Erde neben die Maschine warf. Dann trat er mit seinen 130 Kilo vor sie hin. Nadine bekam ein Glitzern in den Augen.

»Stark«, sagte sie. »Wenn man dich besteigen will, braucht man da eine Bergsteigerprüfung?«

Mike hob die Augenbrauen, trat wortlos näher, packte sie und hob sie vom Motorrad. Sie glitt auf seine Hüften und schlang die Arme um seinen Nacken, die Beine hinter seinem Rücken gekreuzt.

»Ich habe recherchiert«, erwähnte er noch. »Es sind nicht Seidentücher, die sie benutzen. Es sind Handtücher.«

»Ich brauche kein Sicherheitsnetz«, sagte Nadine. »Du etwa?«

Mike erachtete dies keiner Antwort für würdig. Er schloss die Arme um das Mädchen, das sich um ihn geschlungen hatte, um alles, was er hatte, trug sie den Hang wieder runter und bewies es ihr.

Abends waren weder Peter noch Nadine anwesend, als die Probe begann. Carmen meinte, sie säßen zusammen im Landsknecht. Aber als Siggi sie suchen ging und sie dort an einem kleinen Ecktisch entdeckte, ins Gespräch vertieft, machte Peter ein Zeichen, Siggi solle nicht näher kommen.

Zwei Stunden darauf erschienen sie beide im Gemeindesaal, wo die Schauspieler inzwischen Monopoly spielten.

Peter baute sich vor der Gruppe auf und verkündete: »Leute, wir haben euch was mitzuteilen. Nadine hat sich einverstanden erklärt, die Brunhild-Rolle fest zu übernehmen, und wird mir sogar helfen, die Rolle auszubauen. Ich freue mich besonders, weil sie die Einzige unter uns ist mit Erfahrung und so etwas wie einem Namen. Deswegen wollen wir das auch angemessen würdigen, also habe ich beschlossen, dass nur sie – als unser Star – sämtliche Plakate, Tickets und Anzeigen ziert und unser Festspiel in der Öffentlichkeit vertritt. Aische, komm mal bitte her.«

Peter führte die beiden Frauen zusammen und sagte: »Ab sofort arbeitet ihr zusammen, verstanden?«

Nadine streckte graziös die Hand aus.

Als nichts passierte, fügte Peter hinzu: »Wenn du Kriemhild sein willst, musst du Brunhild akzeptieren.«

Hinter Aische begann die ganze Truppe zu skandieren: »Brunhild! Brunhild! Brunhild!« Aische trat einen Schritt vor und reichte Nadine die Hand. Sie schlugen beide ein.

Peter lächelte fast unmerklich.

31.

ICH WAR'S NICHT.

Ich schwöre es, ich war es nicht. Ich habe stillgehalten.

Es stimmt schon, dass der Wormser Tourismuschef sein Bestes tat, um Details über den Bürgermeister aus mir herauszubekommen, aber ich hielt seinen Attacken stand. Mir kann keiner was anlasten.

Nur vier Tage, nachdem der Locher Bürgermeister vor meinen Augen die Finanzunterlagen seiner Stadt zerstört hatte, klopfte es an meine Hotelzimmertür in Worms. Herr Erler kam herein. Es war ein zwangloses Gespräch. Das war es mit Herrn Erler immer.

»Sie haben sich seit letzter Woche nicht mehr bei mir gemeldet, Steve«, sagte er. »Ich dachte, ich schaue mal vorbei. Gucke, ob alles in Ordnung ist.«

Ich versicherte ihm, alles sei in Ordnung. Er wollte dann auch wieder gehen und mich in Ruhe lassen – ich hatte ja noch Website-Übersetzungen zu erledigen, aber im Gehen, wie nebenbei, fragte er, ob ich etwas für ihn hätte.

»Kein Druck, Steve. Es muss nicht jetzt sein. Aber … haben Sie was herausgefunden?«

Ich war vorbereitet. Ich hatte es vor dem Spiegel geübt. Denn ich wusste, wer keine Lüge parat hat, dem rutscht irgendwann die Wahrheit raus. Es gäbe ein Gerücht in der Stadt, meinte ich: Der Locher Bürgermeister sei Vegetarier geworden.

Herr Erler lachte. »Das ist sicher nur ein Gerücht«, sagte er. »Als Vegetarier überlebt er nicht lange in Loch.« Dann ließ er mich in Ruhe.

Willi holte mich wie immer in Worms ab. Es war der Donnerstagmorgen der fünften Woche unserer Schatzsuche. Weil die Zeit drängte, suchten wir jetzt auch immer wieder unter der Woche, nicht nur am Wochenende. Als am Blatsplatz der Bürgermeister einstieg und wir losfuhren, fielen mir die gestapelten Müllsäcke am Straßenrand neben den vollen Müllcontainern auf. »Ist was passiert?«, fragte ich.

»Was soll passiert sein?«, fragte der Bürgermeister. Erst jetzt bemerkte ich, wie er sich verändert hatte. Der alte Glanz, den ich in der Nacht meiner Ankunft gesehen hatte, war gewichen; an seiner Stelle sah ich Ringe unter den Augen. Rasieren tat er sich auch nicht mehr so regelmäßig und er hatte ganz eindeutig um die Hüften zugelegt. Er kaute noch Kaugummi, als er bei uns war, aber ich hatte ihn in Verdacht, heimlich ab und zu Zigaretten zu rauchen.

»Was weiß ich«, sagte ich. »Irgendwas. Hat sich vielleicht der Herr Erler bei Ihnen gemeldet?«

»Warum?«

»Ich hatte das Gefühl, irgendwas ist anders hier.«

»Was meinst du, Steve?«, sagte Willi.

Ich wies auf den Müll.

Der Bürgermeister lachte. »Mach dir keine Sorgen«, sagte er jovial. »Die Müllabfuhr kam letzte Woche nicht. War wohl ein Versehen. Wir haben uns beschwert, aber es könnte dauern, bis Antwort kommt. Kennst ja die deutsche Beamtenmentalität.«

Wir lachten gemeinsam.

Zwei Tage später gingen wir an der Sekretärin vorüber, die wieder einmal draußen vor dem Rathaus saß.

»Wieso streiken Sie denn jetzt schon wieder?«, fragte der Bürgermeister. »Zwei Gehaltserhöhungen haben Sie bereits.«

»Was bringt mir das, wenn das Geld nicht überwiesen wird?«, gab sie mit unbestreitbarer Logik zurück.

Der Bürgermeister runzelte die Stirn. »Wie meinen Sie das?«

»Soviel ich weiß, hat kein einziger Rathausmitarbeiter diesen Monat seine Bezüge bekommen«, sagte Frau Ganzke spitz und stemmte ihre Fäuste in die Hüften.

Unwillkürlich entfuhr mir ein Laut, der irgendwo zwischen dem Jaulen eines getretenen Hundes und dem Orgasmusschrei einer Maus anzusiedeln war. Alle schauten mich an.

»Was ist los, Steve?«, fragte der Bürgermeister.

»Ich war's nicht«, sagte ich.

»Also, ich war's auch nicht«, versicherte der Bürgermeister. »Sicher bloß ein Missverständnis. Ich telefoniere mal mit dem Rudi.«

Wir gingen Schatzsuchen.

Ein paar Tage später bekamen wir Besuch.

Der Bürgermeister, Willi und ich standen kniehoch im Wasser der Rinnach, als wir die Stimmen hörten. Sechzig Meter lagen schon hinter uns, und wir hatten den Waldrand fast erreicht. Die Stimmen kamen vom Hang, wo Willis Auto geparkt war.

»Herr Erler!«, stieß ich hervor.

»Steve, was hast du nur?«, fragte der Bürgermeister.

Da kamen sie. Die gesamten Stadtverordneten stapften durch den Matsch auf uns zu, angeführt von Renate Pirsch. Kaum erreichten sie das Ufer, schon fing sie an, den Bürgermeister zu beschimpften.

»Was machen Sie hier?«, schrie sie. »Sind Sie durchgedreht? Haben Sie überhaupt mitbekommen, dass wir in dieser Stadt eine Finanzkrise haben? Kümmern Sie sich gefälligst um Ihr Mandat!«

Der Bürgermeister war empört. »Ich kümmere mich mehr um das Wohl dieser Stadt als jeder andere. Wenn Ihnen Loch wirklich am Herzen läge, wären Sie jetzt hier mit uns im Fluss und würden mitsuchen.«

»Was glauben Sie, wer Sie sind? Albert Einstein? Jesus Christus? Die Menschen hier haben Sie gewählt, damit die Straßen gereinigt werden. Warum bekommen die städtischen Mitarbeiter ihre Bezüge nicht? Warum werden die Rechnungen nicht beglichen? Die Versorgungsbetriebe stellen schon ihre Leistungen ein, verdammt nochmal! Große Reden schwingen, das können Sie, aber wenn es darum geht, den Papierkram zu erledigen, dann ziehen Sie den Schwanz ein.«

Frau Pirsch schnaubte.

»Wenn Sie Ihr Mandat nicht erfüllen können, dann muss es jemand anders tun. Dafür sorge ich, darauf können Sie sich verlassen!«

An dieser Stelle machte der Bürgermeister einen Fehler. Er unterschätzte Frau Pirsch. In leicht herablassendem Ton sagte er: »Ich kenne Ihre leeren Drohungen.« Dann holte er aus seiner Gürteltasche ein mit Käse und Schinken belegtes Brötchen, das er schon halb gegessen hatte, und schmiss damit nach ihr.

Es traf sie auch.

Ich war schockiert über diese Entgleisung, und Frau Pirsch erst recht. Sie schnappte nach Luft, schaute sich um, scheinbar nach etwas zum Werfen, fand nichts, marschierte wieder weg und den Hang hinab mit den gesamten Stadtverordneten im Schlepptau.

Zwanzig Minuten später war sie wieder da. Wir hörten sie zuerst nicht kommen. Sie war schon fast am Ufer, als wir hinaufblickten. Sie hatte einen Döner in der Hand. Sie war auch kein schlechter Schütze. Sie traf den Bürgermeister genau zwischen den Augen. Dann marschierte sie ohne ein weiteres Wort wieder davon.

Sonst aber war der Bürgermeister guter Dinge. »Nichts Ernstes«, meinte er munter, als er sich Rotkohl und Lammscheibchen aus den Haaren wischte. »Weiter, Jungs. Ein Schatz wartet auf uns.«

An dieser Stelle will ich noch einmal ausdrücklich betonen: Ich war es nicht. Ich hielt dem Druck stand.

Na gut, ich gebe zu: Jenes Treffen mit Herrn Erler vier Tage nach der illegalen Vernichtung der Locher Finanzunterlagen ging nicht ganz so aus, wie ich es vorhin dargestellt habe. Nachdem ich ihm das erfundene Gerücht aufgetischt hatte, ging er nicht sofort.

»Sehen Sie, Steve«, sagte er, »das sind so Neuigkeiten, die ich nicht gebrauchen kann. Der Bürgermeister ein Vegetarier!«

Auch auf diese Situation war ich vorbereitet. Da wäre noch etwas, meinte ich. Der Herr Bürgermeister hätte alle Hände voll damit zu tun, Frau Pirsch auf Linie zu bringen, die gerade eine Koalition zwischen der örtlichen SPD und der PDS anstrebt. Herr Erler war erfreut, das zu hören. »Das hört sich an wie eine dieser Sachen, die lange dauern, große Aufregung verursachen und am Ende zu nichts führen. Genau das Richtige für den Bürgermeister. Das wird ihn sicher eine Weile beschäftigen.« Da war er endlich zufrieden, der Herr Erler, und er ging.

Trotz Frau Pirschs Anschuldigungen war der Bürgermeister in Sachen Finanzloch alles andere als untätig. Er suchte, fand und verwarf in aller Stille – selbst Willi erzählte er nichts davon, geschweige denn den Stadtverordneten – mehrere Lösungen für seine Geldprobleme. Ganz oben auf der Liste seiner Prioritäten stand die Finanzierung des Festspiels. Später hörte ich, was er alles versucht hatte. Er versuchte es mit Parkraumbewirtschaftung und ersteigerte auf eBay 200 rostfreie, wie nagelneue Parkuhren aus den Siebzigerjahren und war gerade dabei, sie aufzustellen, als er herausfand, dass sie nur mit Groschen funktionierten. Er sprach mit einem einschlägigen Kredithai, aber diesem war das Nibelungenfestspiel des Bürgermeisters zu suspekt. In einem bösen Traum stahl er sogar Geld aus dem Klingelbeutel der Kirche, und als er aufwachte, interpretierte er das als Zeichen und beauftragte einen Immobilienmakler, für die Kirche einen Langzeitmieter für montags bis samstags zu finden. Es gab sogar mehrere Gespräche mit einem Interessenten, der sich als Scientologe herausstellte, aber letztendlich war Loch einfach von allem zu weit weg. Das Einzige, was halbwegs funktionierte, war, dass er auf Bad Design eine Hypothek aufnahm und der Stadt damit ein zinsloses Darlehen verschaffte. Was allerdings die Katastrophe nur um eine Woche aufschob.

Von einer seiner möglichen Lösungen erfuhr ich nur

zufällig, weil ich gerade unter Peters Dusche stand, als der Bürgermeister ihn aufsuchte. Als ich mir im Flur ein frisches Handtuch holte, bekam ich das Ende ihres Gespräches mit:

»Mach es mir nicht schwerer, als es schon ist, Peter«, seufzte der Bürgermeister.

»Ohne sie gibt es kein Festspiel«, insistierte Peter.

»Eine Schauspielerin kann man austauschen. Besser, eine andere Schauspielerin spielt die Kriemhild, als dass es überhaupt kein Festspiel gibt. Und ohne Mimi Lederers Geld geht es nun mal nicht, so wie es aussieht. Ohne Ihre Erlaubnis können wir nicht mal im alten Steinbruch spielen. Selbst deine türkische Freundin würde das verstehen.«

Doch Peter blieb fest. »Ich tue es nicht.«

»Peter, begreifst du nicht, wie viel daran hängt? Mimi Lederer finanziert uns alles, wenn du nur diese Frau Degobedan entlässt. Das ist ein kleiner Preis. Außerdem muss ich dich nicht daran erinnern, dass auch du ersetzbar bist, Peter.«

»Das war mal, Herr Bürgermeister. Jetzt nicht mehr. Es ist zu spät. Ohne mich gibt's kein Festspiel und ohne Aische auch nicht. Das ist mein letztes Wort. Jetzt verlassen Sie bitte mein Haus, ich hab zu tun.«

Der Bürgermeister ging, aber es war nicht vorbei.

Ein paar Tage später bei der Probe ging ich im Gemeindehaus in die Küchenecke, um mir ein Glas Wasser zu holen, und fand mich plötzlich dort allein mit Aische, die sich einen Tee kochte.

Es rutschte einfach so raus.

Ich hatte natürlich angenommen, dass Peter, wie jeder normale Mann, Aische von der Begegnung mit dem Bürgermeister erzählt, ach was, damit geprahlt hätte. »Das ist ein Kerl, hm?«, sagte ich. »Er setzt ganz schön viel aufs Spiel für dich.«

Aisches Reaktion ging in etwa so: »Hä?« Und ich verstand, wie so oft in meinem Leben, dass ich schon wieder was Falsches gesagt hatte. »Was hat Peter bitte schön für mich aufs Spiel gesetzt?«

»Och, nix Besonderes. Keine Ahnung, ehrlich gesagt.«

»Geht es um eine andere Frau?«

Das war eine Fangfrage.

»Nein«, sagte ich.

»Dann weißt du, um was.«

Es blieb mir keine andere Wahl. Ich erzählte alles.

Aische wurde blass um die Nase. »Und er hat das Geld abgelehnt? Ist er verrückt?«

Sie überlegte nicht lange. Sie riss mich an der Hand mit sich und spurtete zu ihrem kleinen roten Smart.

Der runde Platz vor Mimi Lederers Bungalow hoch über der Stadt, am Ende der Serpentinenstraße, die von Loch hinaufführte, halb Einfahrt, halb Vorgarten, nur gemacht für das große Vorfahren auf Partys, lag verwaist und frisch geharkt in der Abenddämmerung. Unter Aisches Händen war der kleine rote Smart schneller, als ich für möglich gehalten hatte; er wirbelte eine Staubwolke auf, die ganze Straße entlang, und Aische bremste ihn mit Schwung in der Einfahrt und sandte einen Schauer aus mehrfarbigen Kieselsteinchen auf Mimi Lederers Türschwelle.

Da standen wir nun. Endlich atmete Aische tief ein, gebot mir, zur Unterstützung mitzukommen, und klingelte.

Mimi Lederers Hündchen winselte, als die Dame des

Hauses die Tür öffnete und Aische vor sich stehen sah. Mimi Lederer selbst sprang sofort einen Schritt zurück.

»Sie! Kommen Sie nicht näher, sonst rufe ich die Polizei.« Sie drückte das Hündchen mit eisernem Griff an ihre Brust und wollte die Tür zuknallen, aber Aische stellte ihren Fuß dazwischen und sagte, »Ich will nur mit Ihnen reden.«

»Wir haben einander nichts zu sagen.«

»Es geht um Ihr Angebot an Bürgermeister Steiner, das Festspiel zu finanzieren.«

Mimi Lederer wurde ruhiger, eine Härte kehrte in ihre Augen zurück, und sie machte die Tür wieder auf.

»Es ist also so weit. Treten Sie doch ein. Was Sie mir zu sagen haben, soll nicht zwischen Tür und Angel geschehen.«

Sie führte uns in ihr großes Wohnzimmer: weiße Teppiche, breite, niedrige helle Sofas und ein Panorama von Loch, mit seinen Lichtern und den Bergen in der Dämmerung, das hollywoodreif war. Mimi Lederer ließ sich auf einem Sofa nieder. Sie lud uns nicht ein, uns zu setzen. Im Flur stand das Hausmädchen Irina und beobachtete uns mit Adleraugen.

»Ich höre.«

»Ich wollte mich …«, begann Aische – sie suchte noch die richtigen Worte – Worte, die ihr nicht über die Lippen kommen wollten. »Ich wollte mich entschuldigen. Wegen neulich auf dem Markt.«

»Ist das alles?«

»Es tut mir schrecklich leid, wenn ich Ihnen oder Ihrem Hund Unpässlichkeiten verursacht habe.« Es war für sie nicht leicht, das zu sagen. Ich beobachtete, wie ihre Fäuste sich zusammenballten.

»Und der Hirsch-Schinken?«

»Der Schinken gehörte Ihnen, es war nicht recht von mir, danach zu greifen. Ich ersetze ihn gern.«

«Nur den Schinken?«

»Selbstverständlich in einem schönem Präsentkorb. Das gehört sich so«, sagte Aische freundlich. Ihre Fingerknöchel waren weiß angelaufen.

»Und nun wollten Sie sicher auch etwas über das Festspiel sagen«, meinte Mimi und kraulte ihr Hündchen.

»Ich trete zurück. Von der Rolle. Ich sage jedes weitere Engagement beim Festspiel ab.«

»Das ist vernünftig«, meinte Mimi Lederer. »Das wäre sowieso nichts für Sie. Das war doch die Kriemhild, die Sie spielen wollten, nicht wahr? Ein türkisches Mädchen, also ich weiß nicht, ob das passt. Das ist deutsches Kulturgut. Das sollte eher eine Deutsche spielen, nicht wahr?«

Ich konnte ein seltsames Knirschen vernehmen – es waren Aisches Zähne. »Ganz recht«, meinte sie mit einem warmen Lächeln. »Ich trete zurück.«

»Sonst noch etwas?«

»Ihr Angebot«, erinnerte sie Aische. »Ihr Angebot an den Herrn Steiner.«

»Welches Angebot?« Mimi Lederer schien ehrlich überfragt.

»Dass Sie das Festspiel finanzieren«, sagte Aische. »Als Sponsor. Das war doch so? Das wollten Sie doch machen?«

Mimi Lederer lachte dezent. »Ach ja, da war was! Aber Mädchen, das waren doch nur Flausen, eine Schnapsidee. Dieses Festspiel kann nicht gelingen. Es ist niemand dabei, dem ich auch nur irgendwas zutrauen würde. Kein

Einziger von der ganzen Bande. Ich würde aus mir und der Firma und dem Namen meines verstorbenen Mannes eine Lachnummer machen. Nein, nein, ich werde gar nichts finanzieren. Schönen Abend noch.«

Wir saßen im Dunkeln vor dem Bungalow in dem kleinen roten Smart, aber Aische startete ihn nicht.

»Diese Schlampe, dieses dreckige Miststück! Die hat wohl den Arsch offen. Ich bringe sie um!«

Ich versuchte Aische zu beschwichtigen, aber es war nicht möglich. Ich habe noch nie eine Frau so wütend gesehen – ach was, ich habe noch nie einen Mann so wütend gesehen. Aisches Gesicht war leichenblass, das sah ich selbst im Halbdunkeln, ihre Wangen waren nass, sie knirschte mit den Zähnen und zitterte am ganzen Körper.

»Ich schwör's, wenn ich sie auf der Straße sehe, drehe ich ihr den Hals um, diesem verlogenen Biest.«

Aische dachte nicht daran, die Autoschlüssel rauszuholen. Ich dachte schon, sie würde wirklich wieder reingehen und Frau Lederer angreifen.

Auf einmal ging die Haustür auf.

Im Licht aus dem Flur konnten wir Frau Lederers Silhouette sehen. Sie stand da eine Weile. Aische sagte nichts. Sie betrachtete sie wie eine Katze einen Vogel. Mimi Lederer schien unentschieden. Dann gab sie ihr Hündchen dem Hausmädchen und kam auf uns zu. Hausmädchen und Hund schauten von der Türschwelle aus zu. Frau Lederer ging direkt auf Aische zu und wartete, bis sie das Fenster runterließ.

»Das war mutig, junge Frau«, sagte Mimi Lederer. Aische antwortete nicht. »Du bist verliebt. Das sehe ich. Du bist keine Schauspielerin, du bist verliebt. In den da?«

Sie meinte mich. »Nein«, sagte ich, »nicht in mich.«

»Vermutlich in den Peter Westernacher«, fuhr Mimi Lederer fort. »Ich kannte seinen Vater. Es war mutig, was du für den jungen Westernacher getan hast. Ich sollte es dir nicht sagen, aber ich sag's trotzdem: Es gibt kein Geld zu holen hier. Die Firma ist pleite. Bankrott. Es werden viele Arbeitsplätze verloren gehen. Ich gehe davon aus, dass du diese vertrauliche Information nicht weitergibst. Der Hardy braucht das noch nicht zu wissen, er hat genug Sorgen. Aber du sollst es wissen. Wenn ich das Geld hätte, würde ich es dir geben. Für deinen Mut.«

Mimi Lederer verschwand wieder im Haus. Ihre Schritte knirschten auf dem Kies. Aische blickte ihr mit aufgerissenen Augen hinterher.

Soviel ich weiß, hat Peter von dieser Episode nie erfahren.

Alles sträubte sich in mir, in der sechsten Woche mit Willi nach Loch zu fahren. Das war übrigens genau an dem Tag, an dem Frau Pirsch eine außerordentliche Sitzung der Stadtverordneten geplant hatte. Es ging darum, die Abwahl des Bürgermeisters und damit das sichere Ende seiner politischen Karriere zu initiieren.

Dies hätte Frau Pirsch schon viel früher in die Wege geleitet, aber sie konnte die entsprechenden Finanzpapiere beziehungsweise die Dateien nicht finden – sie waren wie vom Erdboden verschluckt –, und den Stadtkämmerer Rudi Schuster konnte sie im Zwangsurlaub auch nicht erreichen. Nach einigen Tagen Frust und Ärger beschloss sie, darauf zu verzichten. Immerhin war der Müll noch nicht abgeholt, die Stadtverordneten warteten noch auf ihren Lohn und die Stadt schien insgesamt dem sicheren Ruin entgegenzusteuern, es konnte eigentlich nichts schiefgehen.

Nur mit einem hatte Frau Pirsch nicht gerechnet: Der Bürgermeister konnte wirklich verdammt gute Reden schwingen.

Er versicherte den versammelten Stadtverordneten: »Den Bürgern von Loch kann ich mit aller Überzeugung sagen: Wenn das hier vorbei ist, wird es niemandem schlechter gehen als zuvor, dafür vielen in dieser Stadt besser. Durch eine gemeinsame Anstrengung wird es uns gelingen, Loch schon bald in eine blühende Fallobstmetropole zu verwandeln, in der es sich zu leben und zu arbeiten lohnt. Und für die Menschen in dieser Stadt gilt: Keiner wird wegen des Festspiels auf etwas verzichten müssen. Nicht wahr.«

Obwohl alle Stadtverordneten mit dem festen Vorsatz zu der Sitzung gekommen waren, den Bürgermeister abzuwählen, rührte sein Versprechen etwas in ihnen an – eine längst vergessene Hoffnung, dass zur Abwechslung auch mal was im Leben gut gehen könnte – und am Ende gab es genug Enthaltungen, dass die Abstimmung als unentschieden gelten musste.

Frau Pirsch, fast wild vor Wut und Enttäuschung, zügelte sich und begann von vorn. Drei Tage lang bearbeitete sie ihre Mit-Verordneten und räumte jeden möglichen Einwand aus. Nicht nur das: Sie war diesmal umsichtig genug, den neuen Termin vor dem Bürgermeister geheim zu halten – um eine Abwahl zu initiieren, brauchte sie nur eine Zweidrittelmehrheit, also war es gar nicht notwendig, dass die Stadtverordneten vollständig anwesend waren. Diesmal konnte wirklich nichts schiefgehen, dachte sie sich, als zehn Uhr morgens die Locher Stadtverordneten nach und nach im Rathaus eintrafen, um das Abwahlverfahren erneut zu beginnen.

Nur auf eins war Frau Pirsch nicht vorbereitet. Als alle da waren, wurde der Strom abgestellt.

Es folgten mehrere Stunden verwirrter Diskussionen sowie verzweifelte Anrufe zu Anwälten, Verwaltungsstellen in Darmstadt und zum Stromanbieter, der aber nichts unternehmen konnte, bis alle ausstehenden Rechnungen beglichen waren.

Nach weiteren drei Tagen fand der dritte Anlauf statt. Gegen zehn Uhr früh jedoch, als die Stadtverordneten sich mit getragenen Mienen langsam im Rathaus einfanden, begann auf dem Blatsplatz ein seltsames Schauspiel.

In rascher Folge erschienen vor der Tür des Rathauses drei schwarze BMW-Limousinen sowie ein Transporter, alle mit Darmstädter Kennzeichen. Innerhalb von Sekunden standen sieben Männer und drei Frauen in dunklen Anzügen im Foyer des Rathauses und verlangten von einer überraschten Renate Pirsch, in das Büro des Bürgermeisters geführt zu werden.

»Sie können hier nicht so einfach reinplatzen, das ist das Rathaus«, entgegnete Frau Pirsch mehr als verstimmt.

Der Mann mit der gelben Krawatte mit Blumenmuster zeigte ihr seinen Durchsuchungsbefehl. Die Herren und Damen gehörten zum Büro der Darmstädter Staatsanwaltschaft.

»Warum wurde ich nicht informiert? Es läuft gleich eine wichtige Sitzung, das geht heute nicht«, murrte Frau Pirsch.

»Das geht Sie nichts an«, sagte der Mitarbeiter der Staatsanwaltschaft kühl. »Treten Sie jetzt beiseite.«

»Ich denk nicht dran«, entrüstete sich Frau Pirsch. Eine Zornesfalte erschien auf ihrer Stirn. »Das ist unser Bürgermeister. Wir haben ihn rauszuschmeißen, nicht Sie.«

»Meine liebe Frau, wenn Sie jetzt nicht beiseitetreten, muss ich Gewalt anwenden.« Zwei Polizeibeamte in Zivil näherten sich Frau Pirsch in bedrohlicher Weise.

In dem Moment legte sich ein Schalter in ihr um. War es, weil der Staatsanwalt blickte wie ihr Vater, als er ihr sagte, ein neues Dreirad kriegst du nicht? War es, weil sie herablassende Männer in schicken Anzügen nicht ausstehen konnte? Oder war es einfach ihre starke Aversion gegen gelbe Krawatten? Wie dem auch sei, in dem Moment ging es mit ihr durch.

»›Meine liebe Frau‹? Was glauben Sie, wen Sie vor sich haben?« In einer einzigen fließenden, instinktiven Bewegung zog sie eine Dose Pfefferspray aus ihrer Handtasche und sprühte dem leitenden Beamten die volle Ladung zielsicher in die stahlblauen Augen.

Auch an diesem Tag fand keine außerordentliche Sitzung statt.

Okay, okay, schon gut. Ich gebe es zu. Ich war es, der Herrn Erler alles erzählt hatte. Ich konnte es nicht mehr aushalten. Kein Mensch hätte das aushalten können.

Als ich ihm bei jenem Treffen in Worms von der erfundenen PDS-Krise erzählte, ging er doch nicht weg. Er seufzte. »Vegetarier, Steve? PDS-Koalition? Ich habe das Gefühl, Sie wollen mich verarschen. Kann das sein?«

Sein Blick durchbohrte mich.

»Können Sie das wirklich mit Ihrem Gewissen vereinbaren? Es sich hier in Worms gut gehen lassen, aber uns nicht sagen, was wir hören wollen?«

Trotzdem hielt ich stand. »Nein, es gibt sonst wirklich nichts«, beteuerte ich.

»Wie lange noch soll Ihre Frau das Geld verdienen und Sie bringen nichts nach Hause?«, setzte er nach.

Ich schwieg.

»Wie lange wollen Sie noch diese drögen Website-Texte übersetzen?«

Ich schwieg.

»Wie lange wollen Sie Luka-Florian noch babysitten? Das ist doch keine Aufgabe für einen erwachsenen Mann, Steve.«

Das war's.

Dieser Sohn. Er schmiss mit seinen Butterbroten nach mir. Er erzählte seinen Eltern, dass ich das gute Häagen-Dazs-Eis aus ihrem Kühlschrank aß, und nicht das Gäste-Eis. Was stimmte – aber trotzdem. Und dieser Blick, den er mir immer zuwarf, wenn ich wieder ging, kein richtiger Abschied, nur so über die Schulter, voller Verachtung. Inzwischen passte ich dreimal die Woche auf ihn auf. Wenn ich Willi, dem Bürgermeister oder Peter sagte, ich müsse heute früher nach Worms zurück, babysitten, lachten sie mich aus.

Ich erzählte dem Wormser Tourismuschef alles. Alles, was er wissen wollte. Der nicht ganz erklärliche Buchhalterfehler. Die Pleite. Die halbe Million minus. Die Forderungen der Landesbank, die Loch nicht begleichen konnte. Die weiterlaufenden Ausgaben für das Festspiel, obwohl der Bürgermeister wusste, er würde die Rechnungen hinterher nicht begleichen können.

»Das hört sich alles nach Veruntreuung an, Steve«, sagte Herr Erler mit einem gewissen Leuchten in den Augen. Seine Schlüssel klimperten wieder.

»Na ja«, erwiderte ich, »so ist es nicht gemeint.«

»Aber so kann man es sehen. Doch, doch. Wenn man lange genug darüber nachdenkt, könnte man sogar sagen: Das riecht irgendwie nach Unterschlagung. Nicht wahr, Steve?«

»Muss ich jetzt nicht mehr auf Ihren Sohn aufpassen?«, fragte ich.

Es muss als Beweis für Bürgermeister Steiners Ausdauer und Entschlossenheit gelten, dass er bis jetzt nicht resigniert hatte, und ich glaubte schon, dieser Mann, dieser Bulldozer von einem Verrückten, würde nie aufgeben.

Den Tag, an dem das Rathaus durchsucht wurde, verbrachten wir am Fluss – der Bürgermeister, Willi und ich. Wir hatten schon vor einer Woche den Waldrand erreicht und nur noch vierzehn Kilometer vor uns bis zur Quelle. Von dem, was unten im Rathaus los war, hatten wir keine Ahnung, bis wir auf einmal Stimmen hörten.

Sie kamen vom Ufer des Flusses unterhalb des Waldes, wo wir bis letzte Woche gesucht hatten. Wir erstarrten.

»Herr Steiner?«, rief eine männliche Stimme in den Wald. »Sind Sie da?«

Wir lugten durch die Bäume. Zwei Männer in Anzügen kamen die Wiese hoch: »Herr Steiner! Wir kommen von der Staatsanwaltschaft!«

»Schnell!«, zischte der Bürgermeister. Er sprang ans Ufer und versteckte sich hinter einem Hollerbusch.

»Wir haben Ihr Auto gesehen, Herr Steiner«, rief einer der beiden Männer.

Der Bürgermeister deutete uns mit wilden Gesten an, uns ebenfalls zu verstecken. Wir gesellten uns eilig zu ihm ins Gebüsch. Es piekste.

Wie sollte es mit diesem Mann nur weitergehen? Er war gerade dabei, alles zu verlieren, was ihm etwas bedeutete: Christel, die immer noch bei ihrem Bruder wohnte, seine politische Karriere und nun vielleicht auch seine Freiheit. Und all das wegen dieser alten Heldensage. Andere Menschen nehmen sich Helden zum Vorbild, die am Ende gewinnen. Nicht die Deutschen, oh nein, sie müssen unbedingt die Nibelungen verehren, die anfangs wie Helden rüberkommen und dann zum Schluss sämtlich untergehen. Ich fragte mich, ob der Bürgermeister das *Nibelungenlied* auch zu Ende gelesen hatte.

»Herr Bürgermeister, wir werden hier nicht durch den Wald latschen«, verkündete der Mitarbeiter des Staatsanwaltschaft. »Kommen Sie doch raus.«

Der Bürgermeister schaute sich die ganze Zeit wild um, als ob er einen Fluchtweg suchte.

Der erste Mann rief: »Es läuft eine Untersuchung gegen Sie. Wegen Verdachts auf Untreue. Das ist keine Anklage. Vorläufig wurden Ihre Papiere und die Bücher aus der Buchhaltung beschlagnahmt. Die Auswertung dauert ein paar Wochen. Dann sehen wir weiter. Herr Steiner? Es ist eine Kulanzsache. Dass wir Sie informieren. Geben Sie uns doch mindestens ein Zeichen, dass Sie uns verstanden haben.«

Der Bürgermeister sagte nichts.

»Herr Bürgermeister. Wir wollen auch nach Hause.«

Der Bürgermeister formte seine Lippen rund und gab einen schrillen Laut von sich, der wohl den Brunftschrei eines Wildschweins nachahmen sollte, aber keineswegs so klang, dass Mensch oder Tier ihn jemals auch nur annähernd mit einem echten Brunftschrei verwechseln könnten.

»Danke sehr, Herr Bürgermeister«, sagte der erste Mann, und damit kehrten die Beamten zu ihrem Auto zurück.

Der Bürgermeister erhob sich seufzend und klopfte die Hose ab. Er war überhaupt nicht eingeschüchtert. »Keine Sorge, Jungs. Sobald wir den Schatz finden, wird sich alles in Wohlgefallen auflösen. Denn wisst ihr, eins haben wir, was der Kurt nicht hat. Ausdauer. Er hat aufgegeben. Wir nicht.« Nachdenklich blickte er Willi und mich an. »Was wir hier machen, ist keine Kleinigkeit, meine Herren. Es ist ein Kampf, ein monumentaler Kampf, der größte Heldenkampf, den es jemals in unserer Geschichte gegeben hat. Wir dürfen nicht aufgeben, egal, welches Opfer wir bringen müssen. Wenn wir aufgeben, werden künftige Generationen uns verfluchen. Wisst ihr, was mir neulich passiert ist? Ich stand in Karstadt in Wiesbaden und wollte einen gerippten Herrenslip umtauschen. Aber du weißt, wie die Verkäufer in Deutschland sind, Steve. Die Frau wollte partout nicht. Ich rief nach dem Geschäftsführer, und der wollte auch nicht. Ich bestand darauf. Er drohte mit der Polizei. Ich dachte, ›Es lohnt sich nicht, geh nach Hause‹. Aber dann dachte ich an die Nibelungen. Auch sie stehen am Ende in einer Halle, wo es brennt, und sie haben nichts zu trinken und müssen ihren Durst mit dem eigenen Blut löschen – aber sie gehen nicht nach Hause. Und wenn der ganze Karstadt um sie herum niederbrennen würde, sie würden nicht gehen, bis sie den Slip umgetauscht hätten. Irgendwann muss doch einer ein Zeichen setzen, Steve. Sonst macht Karstadt ewig so weiter. Weißt du, warum die Dinge sich ändern? Weil es irgendwann einen Mutigen gibt, der sich opfert, um etwas Größeres zu erreichen. Und das tat ich.

Ich ging nicht weg. Sie versuchten es mit Drohungen, und als das nichts brachte, ignorierten sie mich. Aber ich gab nicht auf. Ich stand eisern an der Kasse, und die Leute mussten um mich herumgehen. Ich hatte Hunger, und ich stillte ihn mit den Smarties neben der Kasse, ich hatte Durst, aber ich verkniff ihn mir, ich musste aufs Klo, aber ich verkniff es mir. Und nach zwei Stunden, Steve, gaben sie nach. Ich wette, wenn du in tausend Jahren zu Karstadt gehst und einen gerippten Herrenslip umtauschen willst, dann ist das überhaupt kein Thema mehr.«

Wir waren still. Dann meinte Willi, »Na ja, aufgegeben hat er nicht direkt, der Kurt.«

»Wie? Ich denke er hat aufgehört.«

»Er hat nur das Ende erreicht.«

»Was meinst du damit – er hat das Ende erreicht?«

»Die Quelle. So weit ist er gekommen. Er war auch nicht der Erste.«

»Was?«

»Mindestens fünf Schatzsucher haben den Fluss bis zur Quelle abgesucht. Er waren sogar Profis dabei.«

Der Bürgermeister stand stockstill. Sein Metalldetektor hing erschlafft zu Boden. Der Ausdruck in seinem Gesicht zeigte einen Hauch von Schock.

»Aber keine Sorge«, meinte Willi munter, »es hat keiner was gefunden.«

Der Bürgermeister dachte nach. Willi und ich kehrten zum Fluss zurück. Der Bürgermeister blieb stehen. Fast eine Viertelstunde lang. Dann schmiss er seinen Metalldetektor hin. »Es hat keiner was gefunden!«, äffte er Willi nach. »Und was sagt uns das?«

»Dass der Schatz noch da ist?« Willi schien ein wenig verunsichert.

»Nein, Willi, es heißt nicht, dass der Schatz noch da ist«, schrie Steiner. Er zitterte am ganzen Körper. Sein Gesicht war bleich. »Es heißt, dass es keinen Schatz gibt, Willi! Es heißt, dass ich schon wieder als Spinner dastehe, Willi, das ist es, was es heißt!«

Dann ging er. Ohne ein weiteres Wort marschierte er durch den Wald, über die Wiese zu seinem Auto. Willi und ich waren völlig perplex, und bis wir unser ganzes Zeugs eingepackt hatten und ihm nachgelaufen waren, war er fort.

Wir fanden den Bürgermeister in Willis Wohnzimmer. Er wartete auf uns im Dunkeln.

Willi machte Kaffee und stellte Kuchen bereit. Als wir uns hingesetzt hatten, wandte sich Fritz-Eberhard seinem Bruder zu und fragte: »Willi, sag mal, was ist eigentlich aus dem Gutachten geworden?«

»Das Gutachten?« Die Frage war Willi nicht angenehm. »Wir … warten noch drauf.«

»Das sagst du seit Monaten. Was ist damit?«

Willi war es nun peinlich. »Ich wollte es dir schon lange sagen. Ich dachte, besser ist, wir finden zuerst den Schatz.«

»Was ist passiert?«

»Ich habe fünfzehn E-Mails an Dr. Henke in der Schweiz geschrieben. Und ein Einschreiben, mit der Aufforderung, sich zu melden. Kam ungeöffnet zurück.«

Der Bürgermeister ließ seine Gabel sinken.

»Ich hab in der Schweiz angerufen und einen Detektiv beauftragt. Seinen Bericht habe ich hier irgendwo.« Willi stand auf und wollte ihn suchen.

»Sag mir einfach, was drinsteht.«

»Herr Dr. Henke hat seinen Doktortitel von einer Universität auf Jamaika, deren Adresse die gleiche ist wie eine bekannte Strandbar. Das Buch, das er veröffentlicht hat, *Die Nibelungen in neuem Licht*, handelt von einer Rasse außerirdischer Übermenschen und erschien im Eigenverlag. Seine weiteren Veröffentlichungen sind in rumänischen Pornomagazinen erschienen. Im Moment sitzt er in San Marino in Untersuchungshaft, er soll an einem Plan zum Umsturz der Regierung beteiligt gewesen sein. Aber er besteht darauf, dass er unschuldig ist.«

Der Bürgermeister sagte nur: »Hast du noch ein Stück Kuchen für mich?«

Er aß das letzte Stück schweigend. Seine Hände waren kraftlos und zittrig, wie die eines alten Mannes. Weg war diese geballte Energie, der hungrige Blick in seinen Augen, als er noch die wunderbare Zukunft von Loch sah. Als er fertig war, stand er auf: »Komm, Steve. Ich bringe dich nach Worms.« Er verabschiedete sich nicht von Willi.

Gemeinsam gingen wir über den dunklen, stillen Blatsplatz zu seinem matschbespritzten, zerbeulten Audi. Die Türen entriegelten sich automatisch. Wir stiegen ein. Steiner lenkte seine Limousine ratternd über den Blatsplatz und an der Kirche vorbei.

Ich kämpfte mit mir. Ich machte den Mund auf, presste ihn wieder zu. Schon im Wald wollte ich es sagen, wollte alles zugeben, mich winselnd dem Bürgermeister zu Füßen werfen und um Vergebung bitten: Ich war's! Ich habe die Staatsanwaltschaft zu verantworten! Ich war es, der dem Erler alles erzählt hat. Ich!

Immer noch sagte ich nichts.

Erst als Loch hinter uns lag, hämmerte er plötzlich mit voller Wucht auf das Lenkrad.

»Verdammt nochmal! Verdammte Scheiße! Der eigene Bruder – nicht mal auf den kann ich mich noch verlassen. Fünfmal abgesucht. Er hätte es ewig weiterlaufen lassen. Ein Träumer ist er, ein nutzloser Träumer. Dummheiten macht er, nichts als Dummheiten!«

Ich konnte es nicht mehr mit ansehen. Jetzt beschimpfte er auch noch den falschen Mann. Es platzte aus mir raus:

»Ich war's, Herr Bürgermeister. Nicht Willi. Es ist alles meine Schuld.«

»Was hast du denn mit dem Gutachten zu tun?«

»Die Durchsuchung meine ich. Der Staatsanwalt. Der Erler hat mir alles aus der Nase gezogen. Es ist meine Schuld.«

Ich schloss die Augen. Ich wusste, was jetzt kommt. Ich konnte ihm dabei nicht ins Gesicht sehen.

Aber es kam nichts. Alles war still. Ich weiß gar nicht, ob er mich gehört hatte. Dann dachte ich, ich höre ein Schluchzen. Ich schaute zu ihm rüber. Sein Gesicht war starr und weiß, und sein Mund hing offen. Er weinte nicht. Es war etwas anderes. Er bewegte seinen Arm nicht mehr. Er fuhr nicht mehr. Das Auto driftete langsam von der Straße ab. Er versuchte noch, das Lenkrad zu bedienen, aber der Audi rumpelte in ein Feld, wurde langsamer und fuhr gegen einen Baum. Mehrere kleine Sommeräpfel prasselten auf die Autohaube.

»Herr Bürgermeister?«

Sein Mund öffnete und schloss sich, er spuckte leicht. Seine Augen waren weit aufgerissen. Er schaute mich an und versuchte, mir etwas zu sagen:

»Farkt! Farkt! Farkt!«

32.

DER BÜRGERMEISTER konnte nicht fahren. Er sackte zappelnd zur Seite und begann sinnlos zu brabbeln. Als ich ihn nach der Telefonnummer des Notarztes fragte, erwiderte er so etwas wie: »Kei Noschars, da schauer stun stun stun.«

Ich wiederholte die Nummer: »Eins, Acht, irgendwas, neun, neun, neun«, aber er schüttelte heftig seinen Kopf. Er war irgendwie dagegen. Er schlug auf das Lenkrad. »Ich soll Sie fahren?«

»No Schars Schauer Schlange.« Er meinte wohl, der Notarzt dauert zu lange.

Er griff nach mir, und irgendwie zog ich ihn auf den Beifahrersitz, dann ging ich rum und stieg hinters Lenkrad.

Mit Ach und Krach schaffte ich es, das Auto wieder auf die Straße zu bringen und bis zur nächsten Kreuzung. Da fingen die Probleme schon an. Die erste Entscheidung. Ich las dem Bürgermeister vor: »Scharbach, Unter-Scharbach, Kocherbach, Affolterbach.«

»Sch… hü… bach«, sagte er. Er atmete sehr flach und zitterte und konnte seinen linken Arm nicht richtig bewegen, wie er es wollte. Ich glaube, er deutete mit dem linken Arm nach rechts, es kann aber sein, dass er sich nur kratzen wollte.

»Was? Was soll ich machen?«

»Bach!«

»Scharbach?«

»Bach!«

»Kocherbach?«

Er konnte das Wort, das er suchte, nicht richtig rausbringen, also sprach er einfach gerade drauflos, in der Hoffnung, er träfe das richtige irgendwann, wie jemand, der die Augen zumacht und blind auf die Landkarte zeigt: »Sinks, minks, dinks, finks! Dinks, dinks, dinks!«

»Ich lese am besten nochmal vor: Scharbach, Unter-Scharbach, Kocherbach, Affolterbach. Wohin?«

»Links! Links!«

Ich fuhr links.

»Nell! Nell!«

»Ich fahre schon *nell*!«

Hinter Unter-Scharbach machten wir Bekanntschaft mit einem Laster mit der Aufschrift »Lebensmittel – weil wir essen müssen«, der so lang war wie mein Wohnhaus in Krefeld hoch war. Er hatte offenbar schon vor Stunden versucht, um eine Ecke zu biegen, die deutlich enger war als der Flur in meinem Wohnhaus. Um den gestrandeten Leviathan herum standen rund ein halbes Dutzend Männer, die zuschauten, wie der Lkw-Fahrer zwei Millimeter nach links zurücksetzte, dann zwei Millimeter nach rechts wieder vorwärts, dann zwei Millimeter nach links zurück, dann zwei Millimeter nach rechts vorne, bis der Bürgermeister, sein Gesicht von Panik entstellt, spuckte, »H'rück, Tarück, Haurück, Uckuck!«

Also fuhren wir den ganzen Weg zurück und fingen von vorn an. Als wir dann wieder auf der Trommstraße angelangt waren, sagte er: »Bababach habach bahach achach!«

Was wollte er sagen? Kocherbach? Affolterbach? Hier war noch keine Kreuzung, es ging um etwas anderes. Dann sah ich es: Ein Feldweg ohne Markierung. Er wollte eine Abkürzung nehmen – er kannte sich hier gut aus, wahrscheinlich führte dieser Weg direkt zum Krankenhaus. Also bog ich rechts ein, durch das Feld Richtung Wald.

»Niwalt! Niwalt!«, sagte er aufgeregt. Es war jetzt sehr unwahrscheinlich, dass er damit »Nicht Wald« meinte, also ging ich davon aus, dass der Wald so was wie »Niwald« hieß, und ich gab Gas, bis wir von dunklen Bäumen umgeben waren.

Jetzt strengte er sich erst recht an. Er lehnte sich vor, bis sein Kinn auf dem Armaturenbrett lag, holte Atem und kniff vor Konzentration die Augen zu.

»Deve. Deve. Hilp mir.«

Ich bilde mir ein, ich konnte das Glitzern von Tränen in seinen Augenwinkeln sehen.

»Ich bringe Sie zum Krankenhaus«, versprach ich.

Er lehnte sich erschöpft zurück, den Kopf gegen die Kopfstütze, Augen zu, Mund weit offen. Er hatte Probleme beim Atmen, und ich roch Schweiß.

Im Freien war es noch nicht ganz dunkel, im Wald aber schon. Das Fahren in einem Forst in der Nacht – auch noch in einem ratternden Auto, das ziemliche Schieflage hatte – ist alles andere als beruhigend. Die Schatten am engen Wegesrand verdichteten sich, und ich musste mich auf mein Gespür verlassen, ob die Räder wirklich noch auf dem Weg waren. Die Kegel der Scheinwerfer erhellten gerade mal eine kleine Fläche vor dem Auto. Wo der Weg nicht mehr genau geradeaus führte, erkannte ich das erst, wenn die Stämme direkt vor mir im

Scheinwerferlicht auftauchten. Wir krochen zum Krankenhaus. Das Ruckeln und Holpern warf den Bürgermeister hin und her. Leise stöhnte und fluchte er abwechselnd.

Die Kreuzungen waren mit kleinen weißen Schildern markiert – Wanderwegschilder. Bei jeder Kreuzung stieg ich aus und las: Hammelbach, Grasellenbach, Steinbach, Lützel-Rimbach, Kröckelbach. Durch das Fenster auf der Beifahrerseite las ich ihm die Möglichkeiten vor. Nach der dritten Kreuzung antworte er nicht mehr.

»Herr Bürgermeister? Herr Bürgermeister?« Ich rüttelte ihn an seiner Schulter. Ich wollte schreien. Ich wollte weggehen, zu Fuß, damit ich einfach nichts mehr damit zu tun hätte. Ich wusste nicht, was tun.

Noch einmal griff ich seine Schulter und schüttelte, diesmal stärker, wie an einer Autotür, die klemmt, bis er sagte:

»Buh? Buh?«

»Herr Steiner«, sagte ich, »ich werde jetzt links nach Grasellenbach fahren, und wenn ich irgendwo ankomme, klingele ich an der ersten Tür, die ich finde, und ich frage nach den Weg. Ich hoffe, ich fahre nicht in die falsche Richtung.«

»Babach. Babababach. Hrbach.«

»Herr Bürgermeister, ich verstehe nicht.«

»Fingerkrisch«, knurrte er, »Halsumdreh. Grr.«

Ich stieg ein und fuhr.

An jeder Kreuzung schaute ich auf die kleinen weißen Schilder, dann rüttelte ich an Steiners Schulter, damit er wach blieb, aber irgendwann stellte ich fest, dass er gar nicht mehr reagierte, und fuhr einfach weiter, so schnell ich konnte, bis ich irgendwann an einen Parkplatz kam, und dahinter lag eine richtige Straße, es war die Scharbacherstraße, und ich fuhr drauf und über die Nibelungenstraße bis nach Grasellenbach, und dort, wo die Straße bergan führt, parkte ich vor einem der Kneipp-Heilbad-Hotels und rannte rein und fragte die Dame hinter der Theke nach dem nächsten Krankenhaus, und sie sagte »Erbach – fahren Sie die Straße einfach weiter, dann rechts auf die Siegfriedstraße, dann immer weiter bis zu der B45, dann links drauf und immer weiter nach Erbach. Kommt Ihre Frau nieder?«, aber ich antwortete nicht, ich stieg wieder ein und fuhr so schnell ich konnte, in meinem Kopf wiederholte ich immer wieder ihre genauen Worte, damit ich sie nicht vergaß, und als ich den Ort erreichte, fand ich auch das Krankenhaus, und ich rannte rein und alarmierte die erste Schwester, die ich finden konnte, und bald rannten Sanitäter an mir vorbei und hievten den Bürgermeister auf eine Trage, und ich lief hinter ihnen her, als sie mit ihm zur Notaufnahme rannten, und fragte immer wieder: »Atmet er? Ich weiß nicht, ob er noch atmet! Atmet er?«

Ich bekam keine Antwort.

33.

DIE KREFELDER WOHNUNG roch fremd und kalt und leer. Der Einzige, der mit mir die Bude teilte, war der Haufen Mahnungen, der zu solch einem Stapel angewachsen war, dass es leichter war, mich mit ihm zu unterhalten, als die Briefe einzeln aufzumachen. Habe ich schon erwähnt, dass das märchenhafte Honorar, das mir der Wormser Tourismuschef in Aussicht gestellt hatte, nie bei mir angekommen ist?

Carla flog irgendwo in der Weltgeschichte herum und meldete sich nicht. Irgendwann musste ihr verdammter Kurs doch mal zu Ende sein. Ich schäme mich, es zuzugeben, aber ich vermisste sie so sehr, dass ich sogar zu ihrer Mutter fuhr und sie aushorchte. Die wusste aber auch nicht mehr, außer dass sie einen Brief von Carla bekommen hatte, den man in etwa so zusammenfassen konnte: Ich brauche Zeit, um nachdenken.

Also tat ich das, was jeder Mann tut, dessen Ehefrau zu Hause erwartet wird, die ihn das letzte Mal gesehen hat, als er mit einer anderen Frau im Whirlpool saß: Ich putzte. Ich putzte wie ein Wahnsinniger. Und als die Wohnung picobello sauber war – es dauerte ja nur eine halbe Stunde – ging ich sogar einen Schritt weiter. Ich stand mitten im Wohnzimmer und stellte mir die schwierige Frage: Wäre die Wohnung für Carla ebenso sauber, wie sie jetzt für mich ist?

Es war eine schwierige Frage, und nachdem ich mich zu einer Antwort durchgerungen hatte, ging ich noch einmal ran. Diesmal dauerte es mehrere Tage. Als ich endlich fertig war, war Carla immer noch nicht zurück. Da dachte ich noch einmal scharf nach: Was sind diese ganzen anderen, eigentlich völlig überflüssigen Saubermachaktivitäten, die sie so sehr liebt?

Ich fing an mit den Rezepten. Sie hatte eine Menge davon aufbewahrt, auf Zettel gekritzelt und zwischen die Seiten anderer Kochbücher gesteckt. Ich sammelte sie, ordnete sie, schrieb sie sorgfältig auf Karteikärtchen und kaufte einen kleinen Kasten für sie. Erst, nachdem ich die alten Zettel weggeschmissen hatte, fiel mir ein, dass Carla meine Handschrift nicht lesen kann.

Das Telefon klingelte. Außer Atem sprang ich hin: »Carla?«

Es war Peter.

»Steve?«

»Peter! Wie geht's! Ist das schön, dich zu hören.«

»Es ist schön, dass ich dich wieder erreiche, Steve«, sagte er. »Ich habe einen Job für dich.«

»Hoffentlich brauchst du keine Hilfe bei einem Stück«, witzelte ich.

»Nee … nee …« Peter klang irritiert. »Es geht um Arbeit. Hier in der Schule. Wir brauchen einen Aushilfslehrer für Anfängerenglisch. Es geht um eine Weiterbildungsmaßnahme für schwer zu vermittelnde, fundamentalistische Migrantenfrauen, die westliche Werte aus Prinzip ablehnen.«

»Welche Schule?«, fragte ich. »Versteh ich nicht.«

»Na, die VHS. Steve, hier spricht Peter Titzmeier, von der VHS Krefeld.«

Das ging die ganze Zeit so. Schon am Krefelder Bahnhof, als ich ankam. Übermüdet, ungewaschen und mit Koffer, Rucksack und mehreren Aldi-Tüten in den Händen wollte ich mich auf den Weg nach Hause machen, als ich Mike sah. Er raste auf seinem Bike vorbei, parkte und rannte in den Bahnhof. Ich folgte ihm. Er rannte zu einer jungen Frau, nahm sie in die Arme, hob sie hoch und wirbelte sie herum. Sie lachte. Es war Nadine. Diese schwarzen Ponyfransen im Gesicht, die meterlangen Wimpern, dieser Arsch. Ich erstarrte, als Mike seine Pranke um Nadines zarte Taille legte und sie direkt auf mich zu marschiert kamen. Erst als sie an mir vorbeigingen, erkannte ich, dass sie es gar nicht waren.

Es war ein Kreuz. Immer wieder sah ich Locher auf den Straßen von Krefeld, bis ich am Ende aus Versehen zu Carla beim Sex »Nadine« oder »Renate« sagen würde – oder gar »Willi«. Gesetzt den Fall, dass ich jemals wieder Sex mit Carla haben sollte.

Vor allem dachte ich an den Bürgermeister. Ich wünschte so sehr, ich könnte es irgendwie wiedergutmachen, dass ich meinen Schnabel in Worms nicht hatte halten können. Aber ich wusste, das war vorbei. Vor allem, da es ihm jetzt egal war.

Nach der wilden Fahrt durch den Wald war ich nicht mehr nach Loch zurückgekehrt, um mich zu verabschieden. Ich hatte mich im Krankenhaus auf ein Sofa am Ende des Flurs geworfen, und im Halbschlaf bekam ich mit, wie Christel ankam, ihr Gesicht tränenüberströmt, dann Willi und viele mehr. Die Rathaussekretärin war da, mitten in der Nacht. Es hat mich überrascht zu sehen, dass auch sie mit den Tränen kämpfte. Mimi Lederer war da, aber nur kurz. Nach einem heftigen Wortgefecht mit Christel rauschte sie wieder ab.

Am nächsten Morgen gratulierte mir der Arzt: »Sie haben ihm das Leben gerettet, Herr Gunderson«, sagte er.

Das war so ziemlich das Schönste, was ich je gehört hatte. »Ich hatte solche Angst, dass es zu spät war«, gestand ich.

»Sie hatten Glück.« Er erklärte mir, dass der Bürgermeister eine »transitorische ischämische Attacke« erlitten hatte, bei der das Gehirn nicht ausreichend durchblutet wird und die Nerven verrückt spielen. Daher seine halbseitige Lähmung und die Sprachstörung. »Eine TIA geht innerhalb von 24 Stunden normalerweise von alleine wieder weg«, schloss der Arzt.

»Wie? Er hätte gar nicht ins Krankenhaus gemusst?«

»Oh, doch.« Der Arzt wiegte seinen Kopf. »Das war absolut richtig. Es hätte ja auch eine Hirnblutung sein können. Doch viel wichtiger ist: Bei unseren Untersuchungen haben wir festgestellt, dass er schon einmal einen Herzinfarkt gehabt hat, wahrscheinlich ohne es zu bemerken. Wir tippen auf verengte Herzkranzgefäße. So was kann lebensgefährlich sein. Das wäre sonst nie herausgekommen.« Die Ärzte wollten bei dem Bürgermeister noch eine Herzkatheteruntersuchung durchführen, am besten in der nächsten oder übernächsten Woche. »Wenn er Pech hat, muss er operiert werden. Er darf sich bis dahin keinesfalls übermäßig belasten. Übrigens«, fügte er hinzu, »er will Sie sehen.«

Der Bürgermeister war wach und erstaunlich gut gelaunt. Wenn er überhaupt noch wusste, was ich ihm im Auto über mein Gespräch mit Herrn Erler gesagt hatte, war es längst vergessen. Er kaute wieder Kaugummi.

»Wer hätte das gedacht? Mr *New York Times* hat mir das Leben gerettet«, meinte er. »Weißt du, Steve, es wird mir morgen schon leidtun, das Festspiel abzusagen, aber es soll wohl einfach nicht sein – nicht nur wegen dem Erler oder all dem, was sonst noch schiefgelaufen ist. So oder so wäre die Blase irgendwann geplatzt. Ich hab mich da total verrannt. Hinterher ist man immer schlauer. Nicht wahr.«

»Und die Staatsanwaltschaft?«

»Alles halb so schlimm. Es war ein Rechenfehler. Ich habe Backup-Dateien, die das belegen. Und die Helaba wird uns schon nicht im Stich lassen – irgendeine langfristige Ratenzahlung wird schon drin sein.«

»Und was passiert mit Ihnen?«

»Meine politische Karriere liegt wohl erst mal auf Eis.« Er verzog den Mundwinkel. »Aber es ist nicht aller Tage Abend. Ich habe meine Frau wieder und meine Freunde, und alles andere wird sich finden. Ich bin ein Stehaufmännchen, Steve, schon vergessen?«

Ich suchte nach Worten, die irgendwie zum Ausdruck bringen sollten, wie sehr ich ihm und seinem Städtchen das bisschen Erfolg gegönnt hätte. Aber ich weiß nicht, wie man so was sagt. Also meinte ich einfach: »Es tut mir leid.«

»Weißt du, Steve, vielleicht gibt es einfach Menschen, die immer ein bisschen daneben sind. Sie haben große, mutige Ideen und Visionen, genau wie die Genies dieser Welt, aber ihre Ideen sind immer leicht neben der Spur. Dieses Festspiel hat uns nicht weniger Anstrengung bereitet, als es Goethe gekostet hat, seine großen Werke zu schreiben. Aber der eine ist halt ein Genie und der andere nicht. Vielleicht bin ich so einer. Vielleicht ist diese Stadt so eine. Immer nur einen Zacken daneben.«

Er drückte mir die Hand zum Abschied und zwinkerte dabei.

»Vielleicht bist du auch so einer, Steve.«

Als ich mit dem Saubermachen fertig war und mit den Rezepten und als die Fenster blinkten und das Gewürzregal und die CDs alphabetisch geordnet waren, hatte Carla sich immer noch nicht gemeldet. Ich stand zum zweiten Mal mitten im Wohnzimmer und fragte mich: Was noch?

Ah, da war noch was von wegen Wollklamotten.

Jedes Jahr im Herbst stöbert sie ungebeten in meinem Schrank herum und schmeißt unter lautem Gejohle meine Pullis weg. »Siehst du das? Wieso siehst du so was nicht?« Sie zeigt dann auf irgendwelchen winzigen weißen Flecken. »Motteneier!« Ich weiß nicht, wozu sie sich aufregt: Vor allem auf dem hellen Norwegerpulli fallen solche weiße Flecken gar nicht auf. »Wie oft muss ich dir sagen, du sollst deine Wollsachen regelmäßig abbürsten?«

Also nahm ich meine Pullis raus in den Hinterhof und bürstete sie ab. Und dann, als ich damit fertig war und Carla sich immer noch nicht gemeldet hatte, nahm ich sämtliche anderen Klamotten, die ich in der Wohnung finden konnte, in den Hinterhof und bürstete sie auch ab. Dann nahm ich das Sakko, das ich in Loch getragen hatte, nach draußen und bürstete es ebenfalls ab.

Als ich es so von innen nach außen wendete, bürstete und schüttelte, sprang auf einmal etwas aus der Sakkotasche raus, klimperte zu Boden und rollte funkelnd und wie der Blitz quer über den Hinterhof.

Mein Ehering.

Immer wieder hatte ich den Bürgermeister oder seine Frau gebeten, noch einmal danach zu suchen, und immer wieder sagten sie, etwas genervt: »Du hast ihn längst bekommen, Steve, mit deinem Gepäck.« Einer von beiden musste ihn mir irgendwann in die Sakkotasche gesteckt haben, vermutlich in eine dieser komischen kleinen Mini-Taschen, die keiner braucht und die nur Verwirrung stiften.

Ich gab einen freudigen Japs von mir und wollte ihn gerade aufheben, als ich von oben angegriffen wurde. Ich duckte mich: In einem scharfen Manöver war ein schwarzweiß gefleckter Vogel dicht über meinen Kopf hinweggeflitzt. Es war eine Elster. Sie landete ein paar Meter entfernt, blickte mich abschätzig an, pickte das funkelnde Ding auf und flog damit aufs Dach.

»He!«, schrie ich, »lass das fallen!«, aber niemand sonst hört auf mich, warum sollte die Elster das plötzlich tun?

»Ich glaube, die versteht kein Deutsch!«, rief Nadine mir zu.

Zwei Häuser teilten sich unseren kleinen Hinterhof: die Nummer 5, wo Carla und ich im dritten Stock wohnten, und die Nummer 7, wo die sympathische Studentin Conni Holzmann genau gegenüber wohnte. Sie war es, die den Kopf jetzt aus dem Fenster reckte, um das Naturschauspiel auf den Dächern mitzubekommen.

Inzwischen nämlich war eine zweite Elster dazugestoßen, und die hatte es ebenfalls auf meinen Ehering abgesehen. Es begann ein Kampf, der der Luftschlacht über London in nichts nachstand: Die eine Elster stürzte sich auf die andere; diese wich aus, ließ aber vor Schreck den Ring fallen, der dann von der ersten Elster aufgepickt wurde; dann jagte die zweite die erste wieder und es ging von vorn los, immer von Dach zu Dach um den Hinterhof herum, immer von lautem Keckern begleitet, und dabei muss mein Ehering mindestens dreimal auf den Beton gepurzelt sein, vor meiner Nase, und jedesmal waren diese hyperaggressiven Klugscheißer-Kamikaze-Vögel schneller als ich, obwohl ich dermaßen herumhopste und -hampelte und vor mich hin fluchte, dass Fräulein Holzmann sich totlachte.

Ich rannte ihnen nach bis auf die Straße, die Augen immer in der Luft, aber sie waren weg. Und mit ihnen mein Ehering.

Doch plötzlich, mitten in dem Elsternduell, war mir etwas eingefallen. Und als ich in die Wohnung zurückkehrte, rannte ich, ja, ich sprang in die Luft, ein-, zweimal, bevor ich die Vordertür erreichte.

Ich wusste, wo der Schatz war.

Außer Puste griff ich zum Telefon. Ich probierte es zuerst bei Willi.

Er kapierte gar nicht, wovon ich sprach. »Warum fängt jeder plötzlich mit Elstern an?«, sagte er.

»Wie?«, fragte ich. »Wer denn noch?«

»Kurt«, meinte Willi. »Letztens. Er kam gerade aus dem Schnapphahn. Er fragte mich, ob ich was von Elstern verstehe. Wie weit sie fliegen, wollte er wissen. Ich sagte, ich könne nachschlagen, aber dann war es ihm peinlich, und er sagte, vergiss es.«

»Willi, er weiß es! Er weiß, wo der Schatz ist.«

Ich erklärte es ihm noch einmal.

»Ich ruf den Hardy an«, sagte er aufgeregt. Ein paar Minuten später klingelte es bei mir.

»Christel lässt ihn nicht ans Telefon«, seufzte Willi, »sobald ich irgendwas vom Schatz sage, geht sie auf 180.

Sie hat Angst. Sie sagt, der Hardy macht gar nichts, bevor er nicht seine Herzuntersuchung hinter sich hat. Warte fünf Minuten, dann ruf du ihn noch einmal an.«

Er legte auf. Ich wartete genau fünf Minuten, dann wählte ich die Nummer des Bürgermeisters. Er ging sofort ran.

»Steve?« Im Hintergrund hörte ich, wie Christel lautstark mit Willi stritt. »Steve, Willi ist gerade an der Tür. Was ist los?«

»Er lenkt Ihre Frau ab«, sagte ich. »Ich weiß, wo der Schatz liegt. Wir haben in der falschen Richtung gesucht. Er liegt flussabwärts, nicht flussaufwärts.«

»Das ist unmöglich. Das Amulett konnte doch nicht gegen die Strömung schwimmen.«

»Es war eine Elster«, sagte ich.

Stille.

»Oder ein Waschbär, was weiß ich. Irgendein Tier hat das Amulett gefunden und versucht, es zum Nest zurückzubringen, und ließ es dabei in den Fluss fallen.«

Endlich verstand er. »Ich rufe zurück«, sagte er.

»Herr Steiner, Sie müssen wissen: Der Kurt hat's auch rausgefunden. Er weiß von der Elster.«

Dann war er weg. Der Hörer wurde aufgelegt.

Ich wartete. Ich ging in der Wohnung auf und ab. Es wurde Abend. Das Telefon klingelte nicht. Ich aß ein Tiefkühlgericht vor dem Fernseher, den Ton heruntergedreht. Es klingelte nicht. Ich schlief kurz nach Mitternacht ein.

Und wurde irgendwann mitten in der Nacht geweckt.

»Hallo? Carla?«

Es war der Bürgermeister. Er flüsterte:

»Steve. Wie schnell kannst du hier sein?«

Als ich in Loch ankam, hatte Kurt Jannowitz schon 48 Stunden Vorsprung, und Willi und sein Bruder dachten gar nicht daran, sofort mit der Suche anzufangen.

»Ich muss noch etwas mehr recherchieren«, sagte Willi fahrig, als er mich nachmittags am Wormser Bahnhof abholte.

»Und Kurt Jannowitz?«

»Er fährt jeden Tag zum Fluss und kommt erst im Dunkeln wieder.«

Ich hatte ein schlechtes Gefühl.

»Aber er ist kein Historiker. Das ist unser Vorteil, Steve. Wir Historiker denken, bevor wir handeln. Das ist die Grundlage der westlichen Welt: Denke nach, erforsche, dann handle.«

Mein schlechtes Gefühl wurde zu einem bleiernen Klumpen in meinem Bauch. Trotz Walrossschnurrbart, fusseligem Zopf und dem tiefgreifenden Talent zum Schimpfen blieb mir an Kurt Jannowitz vor allem eins in Erinnerung: seine gebündelte Angespanntheit, gefangen in einem hageren, sehnigen Körper, der so aussah, als könne er jederzeit explodieren. Er war einer dieser Menschen, die sogar im Sitzen ständig vor sich hin wippen.

Ich konnte mich kaum beherrschen, als Willi uns in den Dachboden des Gemeindehauses einließ und seelenruhig begann, einen Stapel verstaubter Bücher, Landkarten und Mappen durchzusehen. Ich saß und wartete. Mein Fuß klopfte einen Rhythmus auf dem Holzboden, der ungefähr so klang wie das wiederholte Fehlzünden eines Autos, aber Willi ließ sich nicht aus der Ruhe bringen. Ab und zu klingelte das Telefon. Es war der Bürgermeister, im Flüsterton: »Ist Willi so weit?«

»Er forscht.«

»Mein Gott, wie lange dauert das denn noch?«

Dann, weit nach Mitternacht, sagte Willi: »Ich hab's.«

»Was? Was?« Ich war auf einem alten Feldbett zwischen den Regalen eingeschlafen.

»Schau her.« Vor uns lag eine Reihe uralter, vergilbter Zeitungen, aufgeschlagene Bücher in Frakturschrift und eine riesige, in Zellophan gehüllte Landkarte aus einem anderen Jahrhundert. Willi zeigte auf einen Artikel in der Zeitung.

»1858«, sagte Willi. »Die Leute damals waren alle verrückt nach Germanengräbern. Das war die Zeit, als man das Nibelungenlied neu entdeckte. Es war die Wagner-Zeit. Die Deutschen wollten alle Siegfried sein …«

»Willi«, unterbrach ich ihn, »wo ist der Schatz?«

»Germanengräber«, wiederholte er unbeirrt. »Du musst zuhören, Steve, das ist Geschichte. Auch hier im Überwald suchte man nach Germanengräbern. Und immer da, wo mehrere Steine aufgetürmt waren, dachten sie schon: Hier liegt irgendein Germanenkönig begraben. Aber es kam nie zu einer Ausgrabung. Teils war klar, dass es kein Germanengrab sein konnte. Teils wurde es von Behördenseite aus verhindert. Dieser Artikel im *Grasellenbacher Tagblatt* von 1858 behauptet sogar, der Bürgermeister von Worms wirke im Hintergrund, um die Ausgrabung zu verhindern. Dann verliert sich die Spur.«

»Und?«

Er setzte seine Finger auf die Landkarte. »Es ging vor allem um diese Stelle. Hier fangen wir an.«

Er griff zum Telefon, ließ nur einmal klingeln und legte wieder auf.

Wir eilten zu Willis Wohnung. Dort machten wir belegte Brötchen und eine große Thermosflasche Kaffee, steckten auch ordentlich Streuselkuchen ein. Dann gingen wir zum Blatsplatz und warteten auf der Bank am Brunnen, ohne ein Wort zu sagen. Die Stadt war finster, still und leer, doch die Nacht war warm. Es dauerte nicht lange, dann hörten wir die Tür zur Wohnung des Bürgermeisters aufgehen. Er hatte die drei Metalldetektoren bei sich, Schaufel, Spitzhacken und einen großen Sack.

Er sah ein wenig schwach aus. Vielleicht war es nur die Uhrzeit.

»Willi und ich schaffen das auch alleine«, bot ich an, als ich ihn sah. »Denken Sie an Ihr Herz.«

»Das bisschen Graben überlebe ich noch«, sagte er. Und zwinkerte.

Diesmal fuhren wir nicht auf Peters Grundstück; wir überquerten die Rinnach, folgten einem engen Forstweg im Wald auf der anderen Flussseite und dann den Berg hinauf, und parkten im Gestrüpp neben einem umgefallenen Baum. Der Wald war dunkel – und wach. Wir blieben im Auto, ließen die Fenster runter, tranken Kaffee und hörten zu: Um uns herum raschelte und wisperte es. Ein Vogel kreischte, dreimal; ein Tier nah am Boden blökte; irgendetwas schrie. »Das ist eine Eule«, flüsterte Willi. »Das war eine Maus.«

Es war der perfekte Moment, etwas Wichtiges zu sagen. Etwas über Leben und Streben, Suche und Sinn. Der Bürgermeister war gerade erst dem Tod von der Schippe gesprungen. Willi hatte erstmals in seiner ewigen Suche nach Lochs Geschichte Grund zur Hoffnung. Ich stand kurz davor, meine Frau, die ich liebte, zu verlieren, konnte aber nicht von dem Schicksal dieses Dorfes Abstand nehmen. Irgendjemand musste jetzt doch mal was sagen. Ich glaube, die anderen beiden wussten auch, dass dies der geeignete Moment wäre. Doch keiner sagte was. Wir saßen nur da, lauschten in den Wald und grinsten einander an.

Irgendwann räusperte sich jemand. Es war der Bürgermeister.

»Hinter dem Baum da drüben«, flüsterte er. »Irgendwas beobachtet uns.«

Es dämmerte gerade genug, um dort, wo der Bürgermeister hindeutete, eine Silhouette zu erkennen, und mittendrin zwei funkelnde Augen. Wir spekulierten im Flüsterton, was das für ein Tier sein könne. Ein Marder? Ein Fuchs?

»Das ist kein Tier«, meinte Willi.

Wir schauten genauer hin.

»Nein, das ist kein Tier«, bestätigte der Bürgermeister.

Mir lief es kalt über den Rücken.

»Das ist ein alter Wald«, erwähnte Willi. »Es gibt viele Sagen hier. Über Feen. Und Zwerge. Und Geister.«

»Ihr wollt mich verarschen«, sagte ich, aber die Härchen in meinem Nacken hatten sich schon aufgerichtet.

»Ich weiß, wer das ist«, raunte der Bürgermeister. »Das ist der Zwerg Alberich. Der den Schatz bewacht und die Tarnkappe.«

Und in dem Moment, im Wald, im Zwielicht, hätte ich es beinahe glauben können. Die anderen beiden auch. Ich merkte das daran, dass keiner von uns Witze machte.

»Ich stelle mich ihm vor«, beschloss der Bürgermeister. Er öffnete die Tür, stieg vorsichtig aus und ging langsam auf den Zwerg Alberich zu. Der Zwerg rannte nicht fort. Er rührte sich überhaupt nicht. Der Bürgermeister bückte sich, nahm ihn in die Hand, und stieg wieder ins Auto ein.

»Diese Japaner«, seufzte er, »die räumen nie hinter sich auf.«

Der Zwerg Alberich war einer dieser japanischen Glücksbringer – eine weiße Porzellankatze mit erhobener, winkender Pfote, *maneki neko* genannt.

Es dauerte nicht mehr lange, bis die ersten Sonnenstrahlen durch die Bäume schienen. Hell war es nicht, aber hell genug. Mit Metalldetektoren, Schaufeln, Spitzhacken und Säcken auf den Schultern marschierten wir den Waldweg entlang. Es war eine ganz schöne Schlepperei.

Zehn Minuten später kamen wir an Kurt Jannowitz' Minivan vorbei. Er war verschlossen, und die drei Hunde sprangen an den Fenstern hoch und kläfften und heulten, als sie uns sahen. Wir gingen weiter, aber unser Schritt war jetzt schneller, wir stolperten öfter, wir sperrten Augen und Ohren auf. Den Weg hatten wir längst verlassen, der Boden unter unseren Füßen war nachgiebig und uneben geworden. Matsch sammelte sich unter den Sohlen, und die Schuhe wurden schwer. Man wusste nie genau, wohin man trat. Mit unserem sperrigen Gerät blieben wir dauernd an den Zweigen hängen, die uns zur Rache in den Nacken peitschten.

»Es muss hier irgendwo sein«, schnaufte Willi, legte Schaufel und Säcke ab und entrollte die alte Karte. »Etwa auf dieser Höhe.«

Ich sah mich um. Der Boden hier war leicht abschüssig und unregelmäßig von dichten Brombeerhecken überzogen. Die Bäume, hauptsächlich Buchen, standen recht nah beieinander, doch Stürme hatten einige von ihnen niedergerissen. Nun lagen sie morsch und schief im Weg herum und waren zu lauter kleinen, glitschigen Biotopen mutiert, aus denen junge Schösslinge sprossen.

Willis alte Landkarte war so gut wie nutzlos. Es hatte sich alles verändert. Wir teilten uns auf und stapften herum, auf der Suche nach größeren Steinen. Wir behielten einander nicht immer im Blick, aber wir waren auch nicht weit voneinander entfernt. Altes Laub raschelte unter unseren Füßen, wir stolperten ständig über irgendwelche toten Äste. Und man sollte nicht unterschätzen, wie wahnsinnig viele Dornen Brombeersträucher haben. Viel mehr, als sie eigentlich brauchen. Bald waren wir alle verschwitzt, verkratzt und aus der Puste, nicht nur der Bürgermeister. Willi hatte das Germanengrab, das wir suchten, als eine Art Stonehenge beschrieben: lauter riesige Menhire in einem Kreis. Da war nichts dergleichen. »Muss es genau so aussehen wie in einem Asterix-Comic?«, erkundigte sich der Bürgermeister.

»Es müsste zumindest eine Ansammlung von Steinen sein«, meinte Willi.

»Da unten gibt's welche«, sagte Fritz-Eberhard, »aber es sind keine Hinkelsteine.«

Am Fuß eines Abhangs lag der Stamm einer umgestürzten Buche und um sie herum vier große, moosüberzogene Granitsteine. Das Grün der Steine leuchtete in der Sonne. Wir kraxelten seitwärts den Hang herab und schlugen uns mühsam durch das Gestrüpp. Eine halbe Stunde später hatte noch kein Metalldetektor angeschlagen.

»Gibt es noch eine andere Stelle?«, keuchte der Bürgermeister und wischte sich über die Stirn. »Wo damals ein Germanengrab vermutet wurde?«

Willi schüttelte den Kopf. »Irgendwas ist komisch hier«, meinte er. »Das Moos auf diesen Steinen – seht ihr das? Es ist bei jedem Stein auf einer anderen Seite. Und dieser Baum, der hier liegt, wo stand der vorher?«

»Na, der stand auch hier, bevor er umgerissen wurde«, erklärte ihm sein Bruder. »Oder denkst du, dass er durch die Luft geflogen ist?«

»Es gibt aber kein Loch«, bemerkte Willi.

Wir schauten uns um. Das Wurzelwerk der Buche ragte in die Luft, aber darunter war kein Loch. Nirgends. Dann zeigte der Bürgermeister zum Abhang direkt über uns. Er war glatt wie eine Rodelbahn. »Ein Erdrutsch«, sagte er. »Er stand vorher da oben. Und die Steine auch. Meine Herren!«

Wir kraxelten auf Händen und Füßen den Abhang hinauf, und tatsächlich: Da oben, wo einmal die Kante war, war ein tiefer Einschnitt, eine langgezogene Senke. Sie war mit Geröll, Schlamm und Blättern gefüllt, und sobald wir die Metalldetektoren anmachten, schlugen sie mit einen solchen Lärm an, dass wir erschraken.

Der Bürgermeister war der Erste, der reinsprang. Er holte Erde, Blätter und Zweige mit den bloßen Händen raus. Dann nahm er eine Schaufel. Willi und ich sprangen hinterher und gruben, als ginge es um unser Leben.

Und keine Viertelstunde später lag es vor uns. Unter Wurzeln und Geröll glitzerte uns aus der schwarzen Erde ein Stück dreckiges Gold entgegen. Es war gehämmert und hauchdünn – eine Klinge? Eine Speerspitze? Eine Prunkwaffe? Der Bürgermeister zog dran, aber es bewegte sich kein Stück. Wir gingen in die Knie und schippten mehr Erde weg, und eine schwarze Planke kam zum Vorschein, dann noch eine – Teile einer zerborstenen, morschen Holzkiste gespickt mit rostigen Nägeln, an denen wir uns die Hände aufrissen. Der Baum – er konnte nicht älter gewesen sein als sechzig oder siebzig Jahre – war anscheinend direkt über der Kiste gewachsen, bis er letztes Jahr vom Sturm geknickt worden war und der ständige Regen den Erdrutsch ausgelöst hatte. Und unter all dem alten, schwarzen Holz funkelte noch mehr.

Wir zogen, gruben und fummelten, fast verrückt vor Aufregung und doch so umsichtig wie möglich, wir zwangen uns zur Ruhe, um bloß nichts zu beschädigen, bis wir ein Stück nach dem anderen herausgefingert hatten: ein angerostetes Schwert mit goldenem Griff, einen schweren Prunkschild mit prächtigen Bronzebeschlägen, unglaublich viele kleine blanke Gold- und Silbermünzen, gedrehte Armreifen und Halsringe mit rätselhaften Verzierungen, dicke Bernsteinketten, einen halben Brustpanzer, einen goldenen Ziergürtel mit beweglichen Gliedern, der beim Herausziehen zersprang, aber wir fanden auch die andere Hälfte, ein erstaunlich gut erhaltenes Trinkhorn mit filigranen Goldbeschlägen …

»Das ist Gold«, sagte Willi, der auf eine Münze biss. Ich habe noch nie einen Historiker so was tun sehen. Ich glaube, er wollte sie essen.

»Das ist der Schatz«, sagte der Bürgermeister. Er küsste einen reich verzierten Helm. Erde klebte ihm im Gesicht. »Wir haben ihn gefunden. Mein Gott.«

34.

DAS GOLD, das uns so wohlwollend entgegenglitzerte und funkelte, hatte eine dermaßen hypnotische Wirkung, dass wir fast aus der Haut fuhren, als direkt hinter uns die Hunde anschlugen.

Fast über uns, am Rand des Lochs, stand er: Kurt Jannowitz mit seinen drei geifernden, sabbernden Bullterriern, die an ihren Leinen zerrten, so sehr wollten sie zu uns ins Loch hinunterspringen und uns zerfetzen.

Willi hatte seine Hände voller Münzen; der Bürgermeister hatte mir gerade einen dreckig-goldenen Helm über den Kopf gestülpt. Wir erstarrten und glotzten Kurt mit offenem Mund an, als ob er Hagen persönlich wäre.

»Jungs, ihr habt euch auf die falsche Baustelle verirrt. Das da gehört mir.« Jeder seiner schlecht gelaunten Bullterrier war jeweils an einer einzelnen Leine befestigt – Kurt musste nur seine Faust öffnen, und sie konnten losspringen.

Der Bürgermeister reagierte als Erster. Er packte sich unter einigem Keuchen aus dem Dreck das Schwert mit dem goldenen Griff und riss es herum, Kurt entgegen: »Komm nicht zu nah, Kurt Jannowitz, oder ich schwör dir, ich benutze das. Dieser Schatz gehört der Stadt Loch.«

»Das ist meine Fundstelle«, sagte Kurt. »Ich habe das

schon gestern entdeckt und wieder zugedeckt. Das ist mein Schatz, und meine Hunde beweisen es.« Es lag eine brodelnde Wut in seiner Stimme, die ich überhaupt nicht mochte. Der Bürgermeister auch nicht – ich merkte, wie er einen Moment lang unschlüssig war.

Willi merkte es auch. Er sprang in die Bresche und sagte: »Wenn deine Hunde herunterkommen, kommen sie nicht heil wieder raus.«

Seine Stimme war vor Aufregung und Alter flatterig, und er wusste es. Trotzdem hatte er aus dem Dreck zu unseren Füßen eine lange, vergoldete Speerspitze gezogen. Er warf mir einen Blick zu, und ich kramte einen goldenen Degen hervor und streckte ihn so bedrohlich wie es nur ging von mir. So standen wir da: Kurt mit drei kläffenden Killerhunden, wir mit goldenen Waffen, die wir nicht bedienen konnten.

Auch der Bürgermeister erkannte, dass wir nicht unbedingt die Oberhand hatten. »Ein Parasit bist du, ein blutsaugender Parasit«, fauchte er Kurt an, ohne sich vom Fleck zu rühren. »Die ganze Zeit ziehst du über andere her und kommst dir toll vor, aber wenn sie etwas erreichen, dann kommst du an und verlangst deinen Anteil.«

»Oh, großer Mann!«, gab Kurt zurück. »Du bist nichts als heiße Luft. Weißt du, was dein Problem ist? Du weißt genau, was für ein armes Würstchen du bist und kannst nichts dagegen tun, außer dich hinter deinen großen Sprüchen zu verstecken.« Kurt lachte. Alfons, Hasso und MacGyver zerrten an den Leinen und knurrten uns an, als ob wir Steaks auf der Flucht wären.

»Schau sie dir gut an, Kurt, schau sie an – Germanenschwerter sind das, was wir in der Hand halten, Kurt, und Goldmünzen und Germanenhelme – das sind meine Sprüche, hier sind sie, und es ist alles wahr, Kurt, jeder einzelne Spruch, jeder einzelne Ballon mit heißer Luft, alles wahr, Kurt, nicht wahr.«

Das mochte Kurt nicht. Sein Gesicht war in einem Ausdruck des Hasses eingefroren. Einen Moment lang schien er sich selbst zu fragen, wie sehr er den Bürgermeister wirklich hasste. Dann wusste er die Antwort und ließ die Hunde los.

Der goldene Degen sprang mir aus meiner Hand, als ob er ein Eigenleben hätte, was mir allerdings nicht auffiel, bis ich aus dem Loch geflogen, durch das Gebüsch geprescht und den nächsten Baum hochgekraxelt war. Einen meiner Schuhe ließ ich auch zurück – im Maul eines Bullterriers. Neben mir hing Willi, der es auch geschafft hatte, waffenlos in den Baum zu klettern, und keiner von uns verstand, wie wir so hoch hatten kommen können.

Nur der Bürgermeister hatte es nicht geschafft.

»Hardy!«, stöhnte Willi.

Der Bürgermeister lag auf dem Boden direkt unter uns. Die Hunde hatten ihn erwischt – alle drei. Einer zog an seinem Arm, die beiden anderen rissen an seinem rechten Bein. Er schrie und warf sich herum, er kämpfte, er schlug nach den Hunden mit seinem freien Arm, aber die Bullterrier waren unvergleichlich stärker.

»Alfons! Hasso! MacGyver!« Kurt pfiff sie zurück, und die Hunde ließen den Bürgermeister genauso schnell wieder los, wie sie ihn gefasst hatten. Es waren sehr gut trainierte Tiere, muss ich sagen: Sie setzten sich neben ihrer Beute hin und knurrten den Bürgermeister warnend an, als er sich vor Schmerzen vor ihnen hin und her rollte.

»Und jetzt verschwindet hier, ihr Wichser«, sagte Kurt.

Er stand neben dem Loch wie einer dieser Gutsherren aus alten Zeiten, der gerade eine Rotte Wilddiebe gestellt hat.

Willi und ich hangelten uns runter, während der Bürgermeister sich mühsam vom Boden erhob.

»Haut ab, sage ich!«, wiederholte Kurt. Wir gingen, geschlagen, sprachlos, gesenkten Blickes, der Bürgermeister hinkend und vor Schmerzen gekrümmt.

Als wir zu seinem Auto kamen, untersuchte Willi die Wunden seines Bruders. Er blutete. Vor allem am Bein war das Fleisch aufgerissen; alles war rot und geschwollen. Wir zogen ihm die Hose aus und spülten seine Wunden mit unserer letzten Flasche Sprudelwasser aus. Ich zerriss mein T-Shirt und legte ihm einen Verband um sein Bein. Er konnte gerade noch laufen. »Wir müssen dich ins Krankenhaus bringen«, sagte Willi. »Und dann gehen wir zur Polizei, ja?«

Der Bürgermeister antwortete nicht. An seinem Blick konnten wir erkennen, dass in seinem Kopf die Endlosschleife von seiner Niederlage gegen Kurt bereits begonnen hatte.

»Wir rufen die Polizei vom Krankenhaus aus an, ja?«, versuchte es Willi erneut.

Der Bürgermeister schüttelte den Kopf. Seine Augen waren glasig, und er schaute seinen Bruder nicht an. »Ich geh zurück.«

»Fritz-Eberhard, du tust nichts dergleichen. Wir fahren jetzt ins Krankenhaus.«

»Ich geh zurück«, wiederholte er.

»Denk an dein Herz.«

»Das überlebe ich auch noch.«

»Er bringt dich noch um, der Kurt.«

»Willi, was ist mit Siegfried passiert, als er mit Hagen in den Wald ging?«

»Er ist gestorben, Fritz-Eberhard. Hagen hat ihn umgebracht.«

»Ich bin nicht Siegfried«, sagte der Bürgermeister.

Er öffnete den Kofferraum und griff sich den großen Sack, den er mitgebracht hatte, und aus dem Sack nahm er ein Gewehrfutteral. Er machte den Reißverschluss auf und zog eine Schrotflinte heraus.

»Fritz-Eberhard ...«, begann Willi, aber er führte den Satz nicht zu Ende. Fast, als ob er sich mitten drin entschied, dass sein Bruder doch die bessere Idee hatte.

Der Bürgermeister setzte zwei Patronen ein. Dann marschierte er wieder in den Wald. Ohne Hose. Willi und ich eilten ihm nach.

Kurt buddelte schon. Alfons, Hasso und MacGyver schlugen an, und der Bürgermeister stemmte, sobald er die Hunde hörte, das Gewehr auf die Schulter und feuerte eine Ladung Streukugeln in die Luft mit einem solch heftigen Donnern, dass alle – auch die Hunde – zusammenzuckten.

Dann richtete er den Lauf der Schrotflinte auf die Bullterrier. Diese wurden sehr still. Hinter ihnen rieselten immer noch Blätter und Holzstücke vom Himmel.

»Bevor du deine Hunde noch einmal auf mich hetzt, Kurt, wäre es eine gute Idee, wenn du nicht direkt hinter ihnen stehst«, empfahl der Bürgermeister. Er stand da wie ein verrückter Einsiedler, der zum wildgewordenen Rächer mutiert war.

Kurt sagte gar nichts.

»Nimm die Hunde und hau ab«, sprach der Bürgermeister. »Der Schatz gehört dir nicht.«

Kurt überlegte.

»Du ahnst nicht, wie sehr ich abdrücken will, lieber Schwager. Der Wunsch wächst von Sekunde zu Sekunde.«

Irgendwie war Kurt jetzt doch überzeugt. Mit einem Ruck kletterte er aus dem Loch, nahm die Leinen der Hunde in die eine Hand, seinen Rucksack in die andere, und mit einem hasserfüllten Blick ging er an uns vorbei. Der Lauf der Schrotflinte folgte ihm, bis er nicht mehr zu sehen war.

»Schnell«, sagte der Bürgermeister. Er war blass.

Willi und ich holten Säcke und Schaufeln, die wir vorhin hatten fallen lassen, und sprangen in das Loch.

Das Rathaus war leer und dunkel, als wir ankamen. Es war ein Sonntag. Ich war mir sicher, das Hämmern des bürgermeisterlichen Herzens zu hören, als wir die Säcke in sein Büro hochschleppten und auf den runden Besprechungstisch ausleerten. Wir sprachen nicht. Wir staunten nur. Unglaublich, unglaublich, unglaublich.

Wir kratzten, bürsteten und polierten die Erde von jedem Fundstück. Das meiste war aus Gold. Ornamente waren in die Brustpanzer und Trinkgefäße eingraviert: Drachen und Zwerge und halbnackte Barbaren, die mit Bären kämpften. Der riesige Haufen nahm den halben Tisch ein. Es glitzerte und funkelte und stellte alles andere im Büro in den Schatten – ach was, es stellte alles andere in der Welt in den Schatten.

Der Bürgermeister schwang das Schwert durch die Luft, mit dem er Kurt bedroht hatte. »Loch am Rhein! Loch am Rhein!«

Willi wog einen Schild in den Händen und inspizierte

die Figuren drauf. »Das könnte der Hunnenkönig Attila sein«, sagte er beseelt.

Der Bürgermeister stülpte einen geschwungenen, silber-goldenen Armreif über seinen haarigen Unterarm. »Wir haben's ihnen gezeigt, nicht wahr, die Herren. Wir haben es ihnen gezeigt!«

Ich selbst traute mich, einen Schild und Schwert zu nehmen. »Schaut mich an!«, sagte ich. »Ich bin Siegfried!« Sie lachten.

»Und was bedeutet das hier?«, fragte der Bürgermeister. Auf dem Schwert, das ich in der Hand hielt, auf der Klinge, stand ein Wort eingraviert, in einer dieser komischen alten Schriften, die ich kaum entziffern konnte. Willi aber konnte es: *»Sigurd!«,* verkündete er, außer sich vor Freude. »So hieß Siegfried in den nordischen Sprachen. Das ist der letzte Beweis, den wir brauchen.«

Er entdeckte noch weitere Inschriften: *»Brynhildr. Gudrun.* Das sind die alten Namen für Brunhild und Kriemhild. Hier: *Hogni.* Das ist Hagen. Sie sind alle hier. Wirklich alle.«

Ich glaube, der arme Willi war nah dran, ohnmächtig zu werden.

»Also, die Herren«, sagte der Bürgermeister feierlich und lehnte sich über den Tisch zu uns hinüber: »Es ist offiziell: Loch ist das deutsche Troja.«

Wir schauten den Schatz mit einer solchen Ehrfurcht an, dass unsere Herzen fast zu bersten drohten.

Dann bekam Willi ganz langsam, fast wiederstrebend, leise seufzend, ein bekümmertes Gesicht.

»Ach so«, sagte er.

Wir schauten ihn fragend an.

»Hardy, Steve. Merkt ihr was?«

Er zeigte auf die eingravierten Namen.
»Was denn?«, sagte der Bürgermeister ungeduldig.
»Das ist doch Frakturschrift.«

35.

GERÜCHTE GEISTERTEN in der Stadt herum. Dass der Schatz gefunden worden sei. Dass der Bürgermeister versucht habe, Kurt zu ermorden. Dass Kurt versucht habe, den Bürgermeister zu ermorden. Dass die Nibelungen Willi und dem Bürgermeister im Traum erschienen seien und ihnen gezeigt hätten, wo sie den Schatz finden könnten. Dass der Bürgermeister den Schatz bei sich im Büro aufbewahre und ihn nachts mit einer Schrotflinte auf dem Schoß bewache. Warum sonst brannte das Licht die ganze Nacht?

Willi verschwand. Von einem Tag zum anderen war er nicht mehr aufzufinden. Man munkelte, dass er für wichtige Gespräche über den Schatz zur UNESCO nach Paris geflogen sei; dass er nach dem Fund des Nibelungenschatzes ins Kanzlerbüro nach Berlin bestellt worden sei; dass Kurt ihn umgebracht habe. Auf Willis Verschwinden angesprochen meinte der Bürgermeister nur, Willi sei erwachsen und könne gut auf sich selbst aufpassen.

Es kursierte das Gerücht, dass Herr Erler zur Audienz ins Locher Rathaus zitiert wurde und dass der Bürgermeister ihn sitzend, mit einer Schrotflinte auf dem Schoß, vor dem aufgehäuften Schatz empfangen habe, und dass der Wormser Tourismuschef Loch mit Tränen in den Augen verlassen habe und zuvor gerade noch habe aushandeln können, dass der Bürgermeister mit der Bekanntmachung des spektakulären Fundes bis nach dem Wormser Festspiel warten würde, unter der Bedingung, dass der Herr Erler mit ein oder zwei alten Schulfreunden in Wiesbaden und Darmstadt spräche.

Oder wie sonst war es zu erklären, dass schon zwei Tage später die Darmstädter Staatsanwaltschaft mit einem Kleinbus und in Begleitung von Polizeibeamten in Loch erschien und sämtliche beschlagnahmten Papiere zurück ins Rathaus schleppte und bis spät in die Nacht alphabetisch wieder einsortierte? Oder, dass am Tag darauf ein Vertreter der Helaba in der Stadt auftauchte und sich stundenlang mit dem Bürgermeister in dessen Büro unterhielt, und dass noch am gleichen Tag, nachdem der Helaba-Mann wieder weg war, Peter zum Bürgermeister gerufen wurde, wo er erfuhr, dass das Festspiel doch noch stattfinden würde, und dass die Schauspieler sich jetzt, wo sie weniger als drei Wochen hätten, erst recht ins Zeug legen müssten – und noch während sie sprachen, ging das Licht im Rathaus wieder an?

Gerüchte besagten ebenso, dass noch eine Person den Schatz zu Gesicht bekam: Renate Pirsch. Oder wie ist es sonst zu erklären, dass sie, nur Stunden nach einem vertraulichen Gespräch mit dem Bürgermeister in dessen Büro, bekannt gab, dass seine angestrebte Abwahl nicht weiterverfolgt werde, und dass sie die Organisation des Festspiels übernehmen würde, während der Bürgermeister sich gesundheitlich erhole?

Nicht alles an den Gerüchten war übrigens falsch.

Das Gerücht, dass der Bürgermeister den Schatz in seinem Büro im Rathaus mit der Schrotflinte auf den Knien bewachte, stimmte schon. Zumindest für die meisten Nächte. In manchen Nächten überließ er mir die Ehre.

Die Vorbereitungen zum Festspiel liefen auf Hochtouren.

Die resolute und patente Renate Pirsch organisierte alles, vom Catering für die Truppe bis hin zu der Wiederaufnahme der stornierten Aufträge bei diversen Dienstleistern, die die Zufahrtsstraße zum Steinbruch freiräumen, Bühne und Tribüne aufbauen und das Festspiel überregional bewerben sollten. Bald rannten Locher und Nicht-Locher durch die ganze Stadt, riefen Befehle durcheinander und parkten und luden aus und luden ein wie verrückt – so ein Tohuwabohu hatte der Ort noch nicht gesehen.

Währenddessen arbeitete Peter mit seiner Truppe fieberhaft daran, das Stück wieder auferstehen zu lassen. Herr Becker war längst wieder in Hamburg, nachdem er den Bürgermeister verklagt und dieser ihn daraufhin von seinen Pflichten als Regisseur entbunden hatte. Siggis und Aisches Rollen, das Rückgrat des Stückes, hatte Peter fertig geschrieben und mit Aische bis zum Anschlag geprobt, aber nach der kurzen Zwangspause erkannte er jetzt selber, dass er dem Rest des Textes nicht ganz so viel Aufmerksamkeit geschenkt hatte. Also ließ er sich von Nadines Idee inspirieren, große Teile ihrer Brunhild-Rolle aus Drafis Buch zu übernehmen, und stopfte nun auch die restlichen Lücken des Stückes mit Drafis Dichtung aus. Er war erstaunt, wie gut das funktionierte.

Dann verschwand Mike. Keiner wusste, wo er steckte. Zwei Tage später erschien er wieder mit einer wortkargen Nadine im Schlepptau, deren Sitzfleisch von dem Sechs-Stunden-Ritt von Hamburg nach Loch hinten auf Mikes Yamaha schmerzte, aber das kommt eben davon, sagte

Mike, wenn man darauf besteht, nichts unter der Hose zu tragen als das, was Nadine unter der Hose trug.

Man probte jeden Tag bis spät in die Nacht. Kostüme, die Carmen schon aufgegeben hatte, wurden jetzt eifrig fertig genäht. Henner und die Jungs hämmerten, schraubten und pinselten fieberhaft, um Mirandas Bühnenbild – von dem neuen, verbesserten Drachen ganz zu schweigen – doch noch fertigzustellen. Es wurde zu viel Kaffee getrunken, zu viel gestritten, es gab zu viele dunkle Ringe unter den Augen und zu viele Ehemänner und -frauen, die drohten, die Familie zu verlassen, wenn das so weitergeht. Aber am nächsten Tag erschienen sie stets frisch und voller Tatendrang wieder zur Probe.

Auch Nadine und Aische rauften sich zusammen … und zwar regelmäßig.

In der Szene, in der Kriemhild und Brunhild sich vor den Kirchentüren zoffen, nannte Brunhild einmal ganz zufällig Kriemhild eine Hure. Die Reaktion war bemerkenswert. Aische beschimpfte Nadine so wild, dass Peter sie wegen maßloser Übertreibung ermahnte, woraufhin Aische aus dem Saal stürmte und Peter begriff, dass das kein Spiel mehr war. Es dauerte den halben Tag, sie zu überzeugen, dass Nadine nicht sie, sondern Kriemhild damit meinte, und Nadine zu überreden, dieses Wort nie wieder zu benutzen.

Das tat Nadine auch nicht – zumindest so lange nicht, bis sie an dem Abend Heißhunger auf Döner bekam und Herrn Degobedan in ein Gespräch verwickelte, in dem es darum ging, wie bestimmte Worte auf Türkisch hießen. Zwei Tage später führte Nadine ein neues Wort in die Kirchenportalszene ein: *Oruspu*, das eine noch extremere

Reaktion hervorrief, und wieder musste Nadine versprechen, dieses Wort nie wieder anzuwenden.

Henner und seine Special-Effects-Abteilung trainierten das große Finale mit Jugendlichen aus der ganzen Region: die blutige Schlacht zwischen Nibelungen und Hunnen. Der letzte Kampf wurde sorgfältig choreographiert und immer wieder geübt, sodass Peter nur das Stichwort nennen musste – *»Köpfe werden rollen!«* –, und die Jungs und Mädchen legten die Szene perfekt hin. Sie konnten es im Schlaf.

In der zweiten Woche entdeckten wir, dass sämtliche Einlasskarten, Anzeigen und Poster mit dem falschen Datum gedruckt worden waren. Wir hatten die gleiche Agentur wie die Wormser beauftragt, und irgendwie glaubten die Drucker, dass beide Festspiele am 17. August stattfänden, und so stand es dann auch überall.

Der Bürgermeister regte sich nicht auf. Er sagte einfach: »Dann machen wir das Festspiel eben am gleichen Tag wie Worms. Auch das werden wir überleben.« Und warf noch eine Handvoll ACE-Hemmer ein. Den Termin für seine Herzkatheteruntersuchung hatte er schon auf den 18. August verschoben: »Wenn die mich gleich dabehalten, wer soll dann auf den Schatz aufpassen?«

Jeder Mann hat eine Geschichte über den besten Sex, den er jemals hatte, und er hegt und pflegt und schätzt sie sein Leben lang.

Meist findet dieses denkwürdige Ereignis im frühen Erwachsenenleben statt, oft in den ersten Monaten einer längeren Beziehung, wenn man leidenschaftlich und experimentierfreudig ist. Oft wird die Erfahrung dadurch ausgelöst, dass man von irgendeiner seltsamen sexuellen

Praxis gehört, gelesen oder sie gar gesehen hat, und auf Ideen kommt. Manchmal spielen antike Rituale, Diamantringe und frisch gemahlener rosa Pfeffer eine Rolle. Manchmal Sprühsahne, ein geklautes Auto und ein paar superhohe neue Schuhe. Wie auch immer, einmal kommt die Nacht, in der sie ihm ihre geheimsten Phantasien anvertraut, auch wenn sie rot wird dabei, und er schlüpft für sie in die Rolle, die sie sich immer erträumt und immer befürchtet hat.

Den Rest seines Lebens denkt er sehnsüchtig an jenen Abend zurück und fragt sich, ob ein solches Ereignis sich jemals wiederholen wird. Bei den meisten Männern kommt es nicht zu einem zweiten Mal.

Ich glaube, im Falle des Locher Bürgermeisters ist das Ereignis »bester Sex meines Lebens« ein zweites Mal eingetreten, und zwar in der Nacht vor der Premiere.

Ich kann es nicht beweisen, doch folgende Hinweise habe ich beobachten können:

1) In dieser Nacht blieb das Licht im Bürgermeisterbüro aus.

2) In dieser Nacht schimmerte gedämpftes Licht – möglicherweise Kerzenlicht – im bürgermeisterlichen Schlafzimmer.

3) Am Morgen danach in seinem Büro – am Premierenmorgen – als er mich bat, den Schatz aus dem Schlafzimmer seiner Wohnung zu holen, trug er ohne ersichtlichen Grund ein unangebracht übertriebenes Grinsen zur Schau.

4) Frau Steiner, die mich fröhlich an der Tür begrüßte, hatte genau das gleiche, unausstehlich breite Lächeln auf den Lippen.

5) Bestimmte Teile des Schatzes – der Attila-Brustpan-

zer, der Hagen-Helm und mehrere Armreife – rochen irgendwie nach Aftershave.

6) Als ich mich von Frau Steiner verabschiedete, in meinen Armen den Schatz, machte sie die nicht ganz nachvollziehbare Bemerkung: »Ihr Jungs seid aber auch alle echte Siegfrieds geworden.«

7) Als der Bürgermeister den Schatz wieder in seinem Büro in Sicherheit sah, machte er ebenfalls eine nicht ganz nachvollziehbare Bemerkung, nämlich: »Nun, auch das habe ich überlebt.«

Die letzte Probe fand am Abend vor der Premiere statt.

Die Truppe ging nicht mehr in den Landsknecht – alle sollten sich gut ausschlafen, also machten sie im Gemeindesaal zwei Flaschen Sekt auf und prosteten sich zu. Abwechselnd sprachen Peter und einige andere, sagten, was es für einen Mordsspaß gemacht hatte, was die ganze Erfahrung für einen – nein, für alle – bedeutete, und dass man diese Tage zusammen immer in guter Erinnerung behalten würde, egal, wie es morgen ausginge. Sie stießen an: »Auf die Nibelungen! Auf Loch!«

Und als es vorbei war und der Gemeindesaal abgeschlossen, stieg Aische in Peters Citroën, und er fuhr sie an seinem Haus vorbei, über das Feld zum Fluss. Er nahm sie an der Hand und brachte sie zu der Stelle, wo sein Vater das Amulett gefunden hatte. Dort saßen sie am Ufer, während die Dämmerung anbrach.

»Weißt du, dass ich das alles nur deinetwegen durchgezogen habe?« Peter lächelte sein schiefes Lächeln. »Eigentlich hast du einen besseren Autor verdient. Aber als ich dich gesehen habe, da hab ich mir gesagt: Jetzt bin ich mal so egoistisch.«

Sie zeichnete mit dem Finger ins Gras. »Du hast mich nie gefragt, warum ich das überhaupt mache.«

»Dann frage ich jetzt.«

»Mein Vater«, sagte Aische. »Der ist nicht wie die meisten Väter, die arbeiten gehen und Samstag Auto waschen und sonntags Frühschoppen, und das war's. Er ging in die Fremde. Er hatte Mut. Als Kind weißt du nicht, was Mut ist, aber je älter ich werde, umso besser begreife ich das. Und jetzt ist er hier in diesem Kaff und sucht immer noch eine Herausforderung. Als ich herkam, sagte ich mir: Das kann ich auch. Hier hab ich dich und dein Nibelungenspiel gefunden, und mir gedacht: Vielleicht ist es das.«

»Was hast du eigentlich vor, wenn dein Studium vorbei ist?«, fragte Peter. »Das hast du nie erzählt.«

»Ich?«, sagte Aische und schüttelte ihre Locken. »Ich werde eine berühmte Rechtsanwältin und sämtliche zwangsverheiratete Frauen befreien und ihnen zu ihrem Recht verhelfen.«

»Echt?« Peter schien ein wenig eingeschüchtert ob der Größe dieses Vorhabens.

»Das war ein Witz! Ich will einfach eine gute Anwältin sein. Das ist schwer genug.«

Sie schwiegen eine Weile.

»Hast du auch das Gefühl, dass dieser ganze Wahnsinn hier dich irgendwie verändert hat?«, wollte er wissen.

»Wer hätte gedacht, dass ich mal auf der Bühne stehe und eine deutsche Ikone spiele?« kicherte Aische.

»Es ist, als ob ich in ein Zimmer reingegangen bin, und dann wieder raus – aber wer rauskam, ist ein anderer, als der, der reingegangen ist. Verstehst du das?«

Aische nickte.

»Ich drehe mich um und schau nochmal durch die Tür, aber es ist niemand anders im Raum – es kann nur ich sein, der wieder rausgekommen ist, aber ich bin ein anderer.«

»Ich dachte immer, was auch kommt, ich bleibe ich selbst«, sagte sie. »Ich studiere Jura und werde Anwältin, aber ich bin immer noch Aische, Aische die Anwältin halt. Ich komme nach Loch und lerne dich kennen, aber ich bin immer noch Aische, die Peter kennt. Aber es stimmt nicht. Du machst was, was du nie zuvor gemacht hast, und am nächsten Abend bist du jemand anderes. Ein bisschen macht mir das Angst.«

Der Wind streichelte die Baumwipfel und das Gras am Ufer. Mehr und mehr Sterne erschienen am Nachthimmel. Sie hörten, wie Toto über den Hang zu ihnen getrabt kam.

Peter lächelte wieder. »Mir nicht. Ich bin neugierig. Ich will wissen, wer das ist, der ich morgen bin. Ich kann's kaum erwarten.«

»Ein komisches Gefühl im Bauch«, gab sie zu. »Vielleicht werden wir alles versemmeln. Trotzdem – ich mag es.«

Er drehte sich zu ihr. Sie schaute ihn schon die ganze Zeit an mit diesem seltsamen Blick, den sie manchmal hatte – als ob sie nicht ganz sicher war, was sie direkt vor sich sah, aber sie würde es schon gern langsam wissen. Er strich ihr die Locken aus der Stirn. Dann machte er endlich das, was er die ganze Zeit schon tun wollte.

Ich schlief auf dem Sofa in Willis leerer Wohnung und half tagsüber Peter und dem Bürgermeister, wo ich konnte, aber je näher die Premiere rückte, desto weniger hatte ich zu tun. Am Tag vor der Premiere war ich zu nervös, um den ganzen Tag vor dem Fernseher zu sitzen, also ging ich raus und schaute mich um. Café Hell und der Landsknecht waren voller Fremder. Ich warf einen Blick in den Schnapphahn. Dort saß eine einzige Dame an der Theke. Ich erkannte sie. Ich zögerte, dann trat ich ein und setzte mich an die Theke neben Renate Pirsch, bestellte einen Kaffee und fragte: »Waren Sie schon mal verheiratet, Frau Pirsch?«

Sie lachte kurz auf. Ich konnte nicht einschätzen, ob es ein bitteres oder ein belustigtes Lachen war. »Schon lange her«, sagte sie. »Wir haben eine offene Ehe geführt.«

»Und? Hat's funktioniert?«

»Klar hat es funktioniert. Es hat so gut funktioniert, dass er es gleich in Serie gemacht hat. Jetzt ist er in Böblingen bei seiner dritten offenen Ehe.«

Ich nickte und nahm einen Schluck. Dann erzählte ich ihr von Carla.

Seit der unglücklichen Begegnung im Whirlpoolbereich hatte ich meine Frau nicht mehr gesprochen, obwohl ich so gut wie jeden Tag versuchte, sie zu erreichen. Ich bekam auch die Nummer ihres Quartiers in Frankfurt-Hahn heraus, aber immer wenn ich dort anrief, war sie zufällig nicht da. Wenn ich versuchte, ihren Lehr- und Flugplan herauszufinden, damit ich persönlich hinfahren konnte, hieß es: »Solche Informationen geben wir nicht heraus. Sie muss es Ihnen schon selber sagen.« Carla hatte sich gut abgeschottet. Möglicherweise zu meinem eigenen Schutz.

»Steve, sie wartet darauf, dass du sie zurückholst. Sie wartet aber nicht ewig«, erklärte mir Renate Pirsch.

»Aber ich hab doch schon alles probiert«, sagte ich.

»Erzähl nicht so einen Scheiß«, knurrte sie. »Ein Mann hat nie alles probiert.«

Als ich am frühen Nachmittag am Flughafen ankam, fand ich schnell die nette Kollegin, die mir letztes Mal an der Infotheke geholfen hatte. Jetzt fragte sie freundlich: »Wie ist es denn damals ausgegangen?«

Sie blieb auch freundlich, selbst nach ihrem kurzen Telefonat mit meiner Frau, deren Stimme ich deutlich aus dem Hörer vernahm: »Sagen Sie ihm, er soll zu der Tussi mit dem nassen T-Shirt zurückgehen!«

»Sie hat leider keine Zeit im Moment«, sagte mir die nette Dame mit einem etwas überforderten Lächeln. »Ich sehe hier, dass sie gleich an Bord geht – Flug Nummer 1856 nach Kaunas.«

»Ich brauche ein Ticket«, sagte ich, während ich meinen Ringfinger mit einem dicken Pflaster verzierte, damit Carla nicht merkte, dass der nicht geschmückt war.

Die Dame an der Infotheke war offenbar Romantikerin. Sie half mir, in letzter Sekunde – und vermutlich mit dem letzten Geld von Carlas Mutter – eine Karte zu kaufen. Ich rannte förmlich zum Gate – aber nicht, bevor die Dame mich informierte: »Die da kriegen Sie nicht durch die Security.« Sie meinte die dreizehn roten Rosen, mit denen ich die ganze Zeit herumwedelte. Also bekam sie sie. Machte nichts: Ich hatte eine viel bessere Waffe bei mir, und die würde ich schon durch die Security kriegen.

Carla sah adrett aus in ihrer hellblauen Uniform und irgendwie überraschend sexy. So hatte ich sie noch nie gesehen. Ihr Make-up war modelmäßig, ihre Haare in Form gesprayt. Diese distanzierte, geschäftige Freundlichkeit machte mich an. Das war eine Seite ihrer Persönlichkeit, die ich sonst nicht kannte. Danke, Ryan Air!

Der Ausdruck in ihrem Gesicht, als sie kurz vor dem Start den Gang entlangkam, um die Sitzgurte zu kontrollieren, und mich da sitzen sah, wechselte in schneller Folge von Unglaube zu blankem Schock zu brennender Wut.

Sie lehnte sich über mich und zischte: »Mach keinen Scheiß hier. Ich arbeite. Im Gegensatz zu dir. Meine Ausbilderin beobachtet mich.«

»Nur wenn du mir hier und jetzt verzeihst und sofort nach dem Flug mit mir ins Bett steigst, süße Stewardess.«

»Hör auf!«, sagte sie wütend. »Spinnst du? Und ... das Geld für das Ticket hier?! Steve, wir brauchen das Geld.«

Es half alles nichts. Ich bestellte Erdnüsse.

Danach mied sie mich wie die Pest. Ich drückte immer wieder den Serviceknopf, aber sie schickte ihren Kollegen Ronald vor, der mich musterte wie ein Insekt und fragte: »Wollen Sie wirklich schon wieder ein Glas Wasser?«, als ob er in Wahrheit sagen wollte: »Sind Sie sicher, dass Sie keine Lepra haben?« Ihn schaute ich mir genauer an. Er war Carlas einziger männlicher Kollege auf diesem Flug, und seine Stimme kam mir bekannt vor. Als ob ich sie schon mal am Telefon gehört hatte. Und schwul war er auch nicht.

Als Carla das nächste Mal an mir vorbeimusste, versuchte ich es schnell mit: »Fräulein, ich würde Sie auch gern für meinen nächsten Flug buchen«, aber sie beschleunigte ihren Schritt sofort.

Der Typ neben mir bekam alles mit – ein Mann von der Form einer Regentonne, der einen verfilzten Pulli in verwaschenem Grau trug und mit einem vermutlich russischen Akzent schnarrte: »Die Ryanair-Stewardessen sind die besten. Es liegt an der Uniform. Dieses Blau, es leuchtet einfach.«

Dann gab der Pilot bekannt, wir würden in 30 Minuten landen. Ich hatte keine andere Wahl. Ich wollte nicht, dass es so weit kam, aber sie hatte mich dazu gezwungen.

Carla kam ein letztes Mal den Gang entlang und kontrollierte die Gurte. Ich stieg aus meinem Platz, kniete vor ihr nieder und sang.

Nun ist es nicht so, dass deutsche Liebeslieder überall auf der Welt bekannt und beliebt sind. Autos schon, Gummibärchen auch, Liebeslieder weniger. So war ich überrascht, als ich vor Jahren, frisch in Deutschland angekommen, Stephan Sulke entdeckte. Andere Sänger wirkten hölzern und überanstrengt; er sprach Deutsch, wie ein Franzose es tun würde, und ich liebte die Sehnsucht und die Melancholie in seiner Stimme. Er sang ein Lied, das mich schon damals zum Weinen brachte, weil es von einem zu jungen und zu naiven Paar mit zu wenig Geld handelte – dem einzigen Liebespaar, über das es sich zu singen lohnt. Das sang ich nun für Carla:

»Und mein junges Herz, ja, das schlug ganz kreuz und quer!«

»Mein Gott, Steve!«

»Und nicht mal mein kluger Kopf setzte sich zur Wehr.«

»Steve, steh auf. Wir landen. Steve!«

»Carla, weißt du noch? Wie wir lebten in dem Mauseloch? In dem miesen grauen Kämmerlein? Es war so kinderleicht, verliebt zu sein!«

Ihre Kolleginnen kamen schon herbeigeeilt. Mein Sitznachbar flüsterte mir etwas zu. Ich glaube, es war Ermunterung. Ich fuhr fort:

»Ohne Zukunft, ohne Haus und Geld. Uns gehörte doch die ganze Welt.«

»Sie müssen sich hinsetzen, Herr Gunderson.« Das war jetzt Ronald.

»Und zu zweit zu sein – nein, das schien mir gar nicht schwer! Mein Herz, das war übervoll, meine Taschen leer.«

»Bitte nehmen Sie Platz.« Das war die Chefstewardess. Carlas Chefin.

»Und ich hab dir doch unser Leben aufgebaut! Immer voller Zuversicht, nie zurückgeschaut«, sang ich.

Die blondierte und geliftete Frau auf der anderen Seite des Gangs gab mir den guten Tipp: »Sehen Sie nicht, dass sie nicht auf Sie steht? Und singen können Sie auch nicht.«

»Heute weiß ich nicht – hab ich etwas falsch gemacht? Hab ich etwas übersehen? Etwas nicht bedacht?«

Das Letzte sang ich schon vom Sitzplatz aus. Die Chefstewardess und Ronald hatten mich an den Armen genommen und auf meinen Platz zurückgehievt. Und als sie mir den Sitzgurt schlossen, drehte ich mich, so weit es ging, und sang Carla zu, während sie, den Tränen nah, die Hände vor dem Gesicht, den Gang nach hinten rannte:

»Carla, weißt du noch! Damals liebten wir uns doch! Damals konnten wir so glücklich sein! Damals sollte es für immer sein!«

Dann spürte ich schon das Rumpeln der Landebahn unter uns.

Ich hatte gehofft, dass sich Kaunas nicht unweit von Krefeld befindet, aber es liegt in Litauen. Die Dreiviertelstunde oder so, die ich im Flughafen Kaunas verbrachte, saß ich allein – abgesehen natürlich von dem Security-

Mann, der mich bewachte – auf einem wackeligen Stuhl vor einer Tasse Kaffee in der großen Halle, umgeben von jungen Backpacktouristen mit großen Augen und verkaterten Briten, argwöhnisch beäugt von der dürren Bedienung hinter der Theke.

Auf dem Rückflug sah ich keine Spur von Carla. Nur Ronald, der, muss ich sagen, mir gegenüber gar nicht so freundlich war, wie er es sicher im Training gelernt hatte.

36.

IM LAUFE DES VORMITTAGS zog wie aus dem Nichts eine Gruppe Freaks in Mittelalterkostümen am Blatsplatz auf: Ritter, Barbarenkrieger, Prinzessinnen, Schmiede, Henker und Hofnarren. Sie jonglierten an Straßenecken, sie fochten Schwertkämpfe vor dem Landsknecht aus, sie sprachen Passanten an und machten sich über ihre moderne Kleidung lustig. Dann gab ein Hofnarr bekannt: Ab Mittag gibt's im Steinbruch Mittelalterzelte und Schaukämpfe sowie Nibelungenmet, Nibelungenbrezeln und heiße Nibelungenbratwürste.

Während die Baumaschinen, Transporter und Lkws nochmal ordentlich Staub aufwirbelten, bevor sie abzogen und die Roadies letzte Hand an die Technik legten, trafen die Schauspieler im Steinbruch ein.

Der Steinbruch selbst formte ein weites Halbrund am Berghang mitten im Überwald, nicht ganz so lang wie ein Fußballfeld, als hätte ein hungriger Riese einst ein Stück aus dem Berg herausgebissen. Die rosaroten Sandsteinstufen ragten steil hinauf in den blauen Himmel, da und dort mit kleinen Büscheln von Grün durchzogen. Die Zufahrtsstraße wand sich durch den Wald bis in ein schmales Tal, das zum Steinbruch hin auslief. Der Boden hier war zur Hälfte mit Gerüsten bedeckt: Bühne, Zuschauertribüne, Sicherheitsgeländer, Scheinwerfer. Gegenüber vom Bühnenbereich war ein provisorischer Parkplatz hergerichtet, und im großen Mittelalterzelt fand man alles, was das Nibelungenherz begehrte. Wenn man von hier aus Richtung Bühne blickte, sah man die imposante Kulisse des alten Steinbruchs in voller Pracht, und darüber, auf dem weiter ansteigenden Hang, die Baumwipfel des Überwalds und noch weiter oben den Himmel mit seinen weißen Wolken.

Die Schauspieler probierten die neuen Ansteckmikros und ließen Carmen und ihre Mädels letzte Ausbesserungen an den Kostümen vornehmen. Das Umkleidezelt hinter der Bühne war voller Germanen und Hunnen mit Speeren, Schwertern, Schilden und vor allem mit Helmen – Helme mit Flügeln, mit Hörnern, Helme mit Skulpturen von Tigern, Elefanten und nackten Göttinnen, und alles aus Pappmaché. Wenn man ihren Schlachtruf hören wollte, brüllte die ganze Pappmaché-Bande: »Fürchte nichts außer Feuer und Wasser!« Es wimmelte von Germanen mit noch nie dagewesenen Musikinstrumenten, mit Körben von Pappmaché-Broten und Pappmaché-Bierfässern, dazwischen sprangen die Locher Kinder, von denen einige mitspielten, mit glänzenden Augen herum. Nach und nach trieb es die Germanen, die Ritter, die Hunnenkrieger, die edlen Hofdamen und die stolzen Barbarenweiber, sogar den Priester in voller Montur hinüber zu den Mittelalterfans, wo sie mit ihnen eine Nibelungenbratwurst aßen und zur Nervenberuhigung einen Nibelungenmet hinterherkippten.

Gegen Mittag fing es an zu regnen. Hunderte Locher hielten den Atem an. Ihre Herzen pochten schneller. In den Häusern der Stadt stellte man sich an die Fenster und guckte raus mit besorgten Mienen. Im Steinbruch stand man unter dem Dach hinter der Bühne und im Mittelalterzelt und guckte raus, und man könnte meinen, stahlharte Germanenkrieger würden gleich weinen.

Meine Arbeit hatte schon früh am Morgen begonnen, als der Himmel noch blau war. Zurück aus Kaunas, war ich mitten in der Nacht gerade noch mit dem letzten Shuttle aus Frankfurt-Hahn herausgekommen, aber nur bis zum Frankfurter Hauptbahnhof gelangt. Dort hatte ich in irgendeiner schlachtfeldähnlichen Wartehalle geschlafen, quer über vier Sitzplätze gestreckt, was nicht sehr bequem war, da jeder einzelne von ihnen anatomisch geformt war, ich nehme an, mit Absicht, neben sehr vielen Rucksäcken und diversen anderen dösenden Männern und Frauen, die vermutlich auch gerade erst um ihre Geliebten gekämpft und verloren hatten.

Als ich merkte, dass es hell wurde, stolperte ich Richtung Bahnhofsvorplatz und versuchte, in meinem übermüdeten, halbtoten Zustand einen Weg zurück nach Loch zu finden. Draußen fiel mir etwas auf: Japaner. Frische, fröhliche, aufgeregte japanische Touristen, die sich vor einem Bus versammelten, um ihre heutige Tour anzutreten. Diesen Bus hatte ich doch schon mal gesehen. Irgendwo, wo er überhaupt nicht hingehörte. Dann fiel mir ein, wo. Auf dem Blatsplatz, natürlich.

Ich rannte zu ihnen, gerade als der Letzte einsteigen wollte, und fragte, ob sie nach Loch führen.

»Was Sie wollen?«, fragte die genervte Reiseleiterin im gebrochenen Deutsch.

»Ich dachte, Sie könnten mich mitnehmen.«

»Nur für Tourgruppe«, sagte sie eisern.

»Ach so. Sagen Sie mal – warum fahren Sie überhaupt nach Loch? Es gibt da doch gar nichts zu sehen.«

»Wir Kulturreise«, sagte sie. »Cliff Clarke wohnen in Loch.«

»Wer?«

»Sie kennen nicht Cliff Clarke? Wichtiger Autor. Sehr berühmt. Neben Gunter Grass berühmtester Autor in Deutschland.«

Ich hatte keine Ahnung, wovon sie sprach. Sie kicherte.

»Sie kennen Deutschland nicht gut. Wie lange leben Sie hier?«

Wir waren jetzt von neugierigen Touristen umgeben, und während ich mich mit ihr über die Existenz irgendeines »Cliff Clarke« stritt, drückte mir ein Mann ein Taschenbuch mit einem grellfarbigen Cover in die Hand: *Kevin Jupiter, Roboter mit Herz*, hieß die Serie auf Deutsch, und das aktuelle Abenteuer: *Das Schweigen der Sterne (Nr. 1304)*. Der Mann machte das Buch auf und zeigte auf ein Foto von Cliff Clarke.

»Ich kenne diesen Mann«, sagte ich.

»Du kennen Cliff Clarke?« Die Japaner strahlten. »Bitte schön«, sagte die Reiseleiterin, »Sie einsteigen.«

Dass ich den Mann kannte, war nicht mal gelogen. Ich hatte ihm mal bei Frau Sinner den Vortritt gelassen, als ich Streuselkuchen holen war, und hatte es sofort bereut, da er sich nicht zwischen Brötchen, Hörnchen und Brezeln entscheiden konnte. Aber dass er der bestverkaufte deutsche Autor in Japan, Malaysia und Abu Dhabi war, wie ich im Bus gleich erfuhr, davon hatte ich keine Ahnung gehabt.

Sie erzählten mir alles über ihn und über *Kevin Jupiter, Roboter mit Herz*, und wie die Lektüre ihre Jugend geprägt hatte. Sie zeigten mir ihre *Maneki-nekos* und andere

Glücksbringer, die sie in seinen Garten stellen wollten. Japanische Glücksbringer gibt es für Reichtum und Karriere, Glück und Gesundheit und scheinbar für emsiges Weiterschreiben, in den verschiedensten Farben. Sie sagten, sie hätten so gern ein Autogramm von ihm, aber es wäre unhöflich anzuklopfen. Ich sagte ihnen, ich sei Amerikaner und hätte kein Problem damit, unhöflich zu sein. Ich sagte, ich hätte einen Plan.

Als wir in Loch ankamen, hatte ich das kleine Meisterwerk durchgelesen und war beeindruckt ob der Vielfalt an seltsamen Wesen und noch seltsameren Frauen, organisch wie auch mechanisch, im Universum. Der Bus hielt direkt vor dem unscheinbaren Haus Am Wieschesgraben 18. Ich bat die Reiseleiterin, auf mich zu warten, straffte mich und klingelte, beobachtet von 42 zum Zerreißen gespannten Japanern. Auf der Klingel stand »Fiebel«.

Die alte Lore nickte den Japanern in ihrem Vorgarten zu und ließ mich ein. Ihr Sohn Hans Fiebel, auch bekannt als Cliff Clarke, war ein Mann um die fünfzig, etwas in die Breite gegangen nach langen Jahren harter Arbeit vor Schreibmaschine und Computer. Er machte einen leicht verstaubten Eindruck. Ob das damit zusammenhing, dass er seit mehreren Tagen sein Doppelkinn nicht rasiert hatte, oder eher damit, dass er seit mehreren Jahren keine Sonne gesehen hatte, kann ich nicht sagen.

Wir unterhielten uns ausgiebig. Wahrscheinlich war ich der Einzige, der die letzten zwanzig Jahre so lange mit ihm persönlich gesprochen hatte. Er war scheu, hatte gleichzeitig aber einen skeptischen Blick, als ob er grundsätzlich jeden verdächtigte, der sich länger als fünf Minuten mit ihm befasste. In Deutschland hatten Journalisten nichts als Häme für ihn übrig, wenn sie ihn überhaupt wahrnahmen. Wir saßen im Wohnzimmer, ab und zu kam seine tattrige Mutter rein mit frischem Tee und Butterkeksen und sagte so Sachen wie: »Vielleicht will dein neuer Freund zum Mittagessen bleiben? Es gibt Käsebohnen mit Speck.«

Ich versprach ihm Dinge, die ich eigentlich nicht versprechen durfte: Dass Willi bereit sei, im neuen Museum die bundesweit erste *Kevin Jupiter, Roboter mit Herz*-Sonderausstellung zu veranstalten. Ob ich versprach, dass eine Straße nach ihm benannt werden würde, kann ich nicht mehr mit Sicherheit sagen. Auf jeden Fall willigte er ein. Wir gingen zum Fenster und zogen die Vorhänge auf. Er winkte 42 glücklichen Japanern zu, die sofort anfingen, Bücher schwenkend zur Tür vorzutreten.

»Oh Gott«, sagte er, »sie kommen. Sie wollen Autogramme.«

»Nicht jetzt«, schärfte ich ihm ein und schob ihn zur Tür. »Sagen Sie ihnen, heute Abend.«

Dann ließen wir uns die Käsebohnen schmecken.

Ich hatte gerade genug Zeit, mich zu duschen, bevor Renate Pirsch mich etwa um zwei Uhr abholte, und zwar in dem nagelneuen Kleinbus für zwölf Personen, den sie gemietet hatte.

Auf dem Weg nach Worms blickte sie immer wieder in den Himmel, doch die Scheibenwischer blieben an. In einem Wormser Feinkostladen holten wir Gänseleberpastetchen, Kräcker, Weintrauben, einen guten Champagner und Cognac und verstauten alles im Bordkühlschrank.

Noch eine Stunde warteten wir in einem stillen, dunklen Café, während draußen der Regen tröpfelte. Die Premiere in Loch sollte mit Einbruch der Dunkelheit um halb neun steigen. Halb sieben parkte Renate den Kleinbus vor dem Hotel Rheinblick.

Ich fing auf der obersten Etage an und ging höflich klopfend von Tür zu Tür. Immer, wenn einer aufmachte, wedelte ich wichtig mit meinem abgelaufenen Wormser Rathauskantinenausweis und fragte: »Gehören Sie zur Presse? Herr Erler möchte Ihnen ein besonderes Erlebnis anbieten.«

Es dauerte, bis ich sie fand, aber ich fand sie, die Presse:

Herr *Zeit* wusste, wo die Wormser Premiere stattfände, und fände alleine hin, danke schön. Frau *SZ* musste sich noch zurechtmachen. Herr *taz* hatte den verdammten Odenwald schon gesehen und wollte ihn nie wieder sehen, solange er lebe. Die anderen aber waren dabei, als ich ihnen unsere exklusive kulinarische Prä-Premieren-Nibelungentour anbot.

Eine halbe Stunde später bestiegen sechs der besten überregionalen Kulturjournalisten Deutschlands unser Shuttle, und wir fuhren los.

Erst als wir die Nibelungenbrücke überquerten, bemerkte ich, dass der Regen aufgehört hatte. Die Sonne kam wieder heraus und erleuchtete den ganzen Odenwald. Er dampfte.

Nachdem alle rundum mit Champagner und Häppchen versorgt waren, nahm ich das Mikro zur Hand. »Willkommen zu unserer kleinen Tour durch die Heimat der Nibelungen.«

»Steve«, erwähnte Renate, »hier kommt Wald-Erlenbach«.

»Wald-Erlenbach!«, sagte ich. »Meine Damen und

Herren, wenn Sie links ganz den Abhang hinunterschauen, sehen Sie eine Höhle. Der Legende nach war das die Höhle, in der der Zwerg Alberich hauste. Man sagt sogar, dass es dort noch Zwerge gibt und dass sie heute noch ihre Zwergenbabys in die Wiegen der Odenwälder legen, damit sie von Menschen erzogen werden. Wussten Sie, dass Jeanette Biedermann, Norbert Blüm und die Vorfahren von Johnny Depp alle aus dieser Gegend stammen? Noch etwas Gänseleber?«

Die Journalisten schmunzelten und tranken, und ich köpfte die dritte Flasche.

Renate fuhr, wie sie Lust hatte, und ich erzählte – von Kriemhilds großer, weniger bekannter Schwester, die später in Rimbach einen Henker in fester Anstellung heiratete, fünf Kinder produzierte und im hohen Alter den ersten mittelalterlichen Beziehungsratgeber schrieb, der freimütig Sex nach den Wechseljahren thematisierte, allerdings auf Latein. Vom Drachen Fafnir, der der Sage nach den Sommer in Albersbach verbrachte, aber den Winter über nach Spanien flog – eine wenig bekannte Tatsache, die der Siegfried-Forschung Kopfschmerzen bereitet, wenn es darum geht, genau Ort und Zeit des Drachenkampfes festzulegen. Renate durchquerte Lauten-Weschnitz.

»Ah, Lauten-Weschnitz! Viele von Ihnen wissen, dass Siegfried gelernter Schmied war. Was die wenigsten wissen: Sein Onkel aus der jüdischen Seite der Familie war der berühmteste Schneider seiner Zeit und hatte seine Schneiderei eben hier in der Schneidergasse. Keinem anderen Schneider vertraute Siegfried seine Tarnkappe an, wenn sie gestopft werden musste. Schlückchen Champagner für Sie?«

Und als wir durch Grasellenbach fuhren, bemerkte Frau *Donau-Kurier*: »Soll nicht Siegfried hier ermordet worden sein?«

»Wie aufmerksam von Ihnen!«, lobte ich. »Das passierte tatsächlich genau hier. Aber nicht nur das. Grasellenbach war damals schon ein berühmter Kurort, und zwar der Lieblingskurort der drei Könige, Gunter, Gernot und Giselher. Sie kamen oft hierher, nahmen Schwefelwasserbäder und ließen sich heilpeitschen. So, und jetzt kommen wir zu den Petits Fours!«

Nach Grasellenbach waren es nur noch ein paar Minuten, bis wir auf dem Blatsplatz eintrafen. »Und schon sind wir angelangt«, gab ich bekannt.

»Aber auf dem Schild stand Loch«, sagte Herr *Neue Zürcher Zeitung*. »Gibt es das? Einen Ort namens Loch?« Die anderen Journalisten lächelten belustigt ob dieser Vorstellung.

»Loch ist eine kleine, aber feine Stadt unweit von Worms«, erklärte ich würdevoll, als Renate den Kleinbus durch die Stadt und den Berg hinauf lenkte. »Hier in Loch befindet sich der schönste Steinbruch der Region. Wir haben das Festspiel an diesen Ort verlegt, weil …«, ich legte eine dramatische Pause ein, »… weil der Nibelungenhort nach neuesten Erkenntnissen hier – und nicht im Rhein – vergraben wurde.«

An ihren Mienen erkannte ich, dass sie sich anstrengten, das zu verarbeiten. Ich befürchte, das war in ihrem Zustand bereits eine diffizile Aufgabe.

»Was sehe ich denn da?«, sagte ich aufmerksam. »Ein leeres Glas!« Ich beeilte mich, dem abzuhelfen.

Es gab keine Zeit mehr für lange Debatten, denn Renate fuhr die weite Kurve in den alten Steinbruch hinein und bis zur Zuschauertribüne. Die Skepsis der Feuilletonisten schmolz endgültig dahin, als sie ausstiegen und die prächtige Naturkulisse sahen. In den Pfützen auf dem Weg spiegelte sich noch der blaue Himmel; die behauenen Stufen aus rotem Sandstein stiegen wie eine Arena der Götter empor. Ganz langsam setzte die Dämmerung ein.

Ich teilte Sitzkissen mit eingesticktem Locher Wappen an sie aus, nahm die Champagner-Kühlbox und führte sie zu den Presseplätzen. Eine Sekunde lang kam ich mir vor wie eine Stewardess. Unterwegs bügelte ich Nachfragen nach Mario Adorf und Maria Schrader mit dem Ausdruck »paralleles Kunsthappening« und »das muss man im Gesamtzusammenhang sehen« ab, und erst als wir in der ersten Reihe ankamen, bemerkte ich, dass wir nicht die Ersten waren.

Ein gutaussehender Schwarzer in einem amerikanischen dreiteiligen Anzug mit Krawatte saß dort und beobachtete uns amüsiert, als wir näher kamen. Dann stand er auf, reichte mir die Hand und fragte auf Englisch: »Sind Sie Steve Gunderson? Ich auch.«

37.

»DIE« PREMIERE gab es eigentlich gar nicht – so viele Menschen haben diesen herrlichen Theaterabend so unterschiedlich erlebt, dass man von mindestens fünf, nein, zehn komplett anderen Stücken reden müsste.

Die Kritiken, die seltsamerweise allesamt erst drei Tage nach der Premiere erschienen, überschlugen sich förmlich vor Lob. Die *FAZ* schrieb zum Beispiel, dass es »anfangs und gelegentlich auch zwischendurch so aussieht, als sei keinesfalls beabsichtigt, die Personen in einer linearen Handlung an die überlieferten Theatergesetze zu binden, an die Einheitlichkeit von Ort und Zeit, an die Logik von Rede und Gegenrede«.

Die *WAZ* fügte hinzu: »Mythisch bleibt trotz mannigfaltiger Auslegungsarten die kathartische Wirkung des Stückes, die das Theater der hellenistischen Antike als seelische Beichtverkörperung verstand.«

Die *Neue Zürcher Zeitung* sah in Peters Regie gar das Theater von morgen: »Die vielgeschmähten Ideale eines ›Kunstwerkes der Zukunft‹ sind keine kunstphilosophischen Träumereien Westernachers mehr – sie sind zur Tat geworden und werden Epoche machend die ganze theatralische Welt bewegen.«

Selbst die *Bild-Zeitung* war begeistert: »Es wird geknutscht, gestöhnt und gefummelt! So scharf waren die Nibelungen noch nie!«

Mit anderen Worten: »Die radikale Sexualisierung der mythisch-epischen Überlieferung durch die animalische Lesart der Libido-inspirierten Akteure durchdringt die multiplen Schichten von Bedeutung, Logik und Rechtfertigung und verrät die radikal ur-triebgesteuerte Begründung allen Tuns überhaupt.«

Es ist natürlich denkbar, dass die Journalisten am nächsten Morgen mit einem so epischen Kopfweh und derart begrenztem Erinnerungsvermögen aufgestanden sind, dass sie sich vorläufig entschlossen, gar nichts zu schreiben – dann aber wurden sie von ihren Redakteuren auf Steve Gundersons äußerst durchdachten Artikel in der *New York Times* aufmerksam gemacht, und dachten sich: *Oh Gott, jetzt muss ich wirklich was bringen.*

Was der echte Steve Gunderson in der *New York Times* schrieb, war nämlich so positiv, dass es die kühnsten Träume des Bürgermeisters übertroffen hätte, hätte der Bürgermeister die Chance gehabt, den Artikel zu lesen.

Das Erste, was mein Namensvetter mir sagte, war: »Ich soll Grüße von Ihrer Frau ausrichten.«

Vor einer Woche erst hatte Carla ihn in einem der vielen Flughäfen dieser Welt aufgegabelt. Sie war gerade beim Kaffeetrinken, als sie den Namen »Steve Gunderson« ausrufen hörte und dachte irritiert: »Was macht der jetzt wieder für einen Scheiß?« Also begab sie sich zum Informationsschalter und traf dort auf den anderen Steve Gunderson. Und flirtete ihn an mit allem, was sie hatte. Er durfte sie zu einem Kaffee einladen, und im Gegenzug musste er sich die Geschichte von ihrem Mann und von Loch anhören.

Zufällig hatte Steve Gunderson schon von Loch gehört. Vor einigen Monaten hatte er einen seltsamen Anruf von einem Deutschen bekommen, der kaum Englisch konnte, aber darauf bestand, ihm von einem Festspiel in einer Kleinstadt vorzuschwärmen. Wichtige Journalisten bekommen ständig solche Anrufe, und er dachte sich nichts weiter dabei. Doch als Carla auch noch davon anfing, wurde er immer aufgeschlossener. Er tourte nämlich gerade durch Europa und finanzierte seine Reise damit, immer ein Ohr für interessante Geschichten offenzuhalten, die er in der *New York Times* platzieren konnte. Da dachte er: *Wagner kenne ich, den* Ring des Nibelungen *kenne ich, aber die Heimat der Legende im Odenwald kenne ich nicht.* Und gab Carlas Drängen nach.

»Ihre Frau lässt ausrichten, sie ist übermorgen zu Hause, und bittet Sie, für mich zu dolmetschen«, schloss er.

»Hat sie sonst irgendwas gesagt?«

»Oh yes«, meinte er, mit einem Lächeln, das verriet, dass er mehr wusste, als er zugab: »Sie sagte, das wäre das schönste Lied gewesen, das sie je im Leben gehört hat.«

Ich grinste wie ein Honigkuchenpferd.

Die Zuschauertribüne war leer, als wir ankamen, und das machte mich etwas nervös, aber sie füllte sich noch während wir sprachen. Ich sah, wie der japanische Tourbus in den Steinbruch einbog und glaubte, ganz vorne Hans Fiebel wahrnehmen zu können. Gleich dahinter ratterte ein ungewaschener, zerbeulter Audi A6.

»Steve, ich möchte Sie jemandem vorstellen«, sagte ich.

Fünf Minuten später grinste auch Bürgermeister Fritz-Eberhard Steiner wie ein Honigkuchenpferd.

Für uns in der ersten Reihe begann es mit einem Knall.

Nicht irgendein Soundeffekt vom Band, kein Paukenschlag, sondern ein richtig deftiger Knall. Ich fuhr in meinem Plastikstuhl hoch, und die Haare im Nacken standen mir zu Berge. Plötzlich war alles dunkel, dunkel wie im Weltall, dunkel wie zu Beginn allen Daseins, als die Götter aus der Ursuppe krochen.

Ich hielt den Atem an. Das Publikum gab keinen Laut von sich. Neben mir saß Steve Gunderson – weiter rechts der Bürgermeister und Christel – mucksmäuschenstill. Man spürte förmlich die Aufregung und Neugier. Hinter der Bühne vernahmen wir geheimnisvolle Geräusche – die Laute des Entstehens des Urhelden! Dann die gemurmelten Stimmen – das geheime Beraten der Götter: »Wo ist der Sicherungskasten? Es muss doch verdammt nochmal irgendwo einen Sicherungskasten geben.«

Auf einmal rappelte es: Aus der Dunkelheit schossen gleißende Flammen quer über die Bühne. Dann wieder Dunkelheit. Dann wieder: eine Feuerpeitsche wie von einem Flammenwerfer. Jetzt erhaschten wir, bevor es wieder dunkel war, einen flüchtigen Blick auf einen grün geschuppten, feuerspuckenden Drachen. Seine Flügel waren über seinem taubenförmigen Körper wie Segel gespannt, und seine Zähne und Krallen waren wie Schwerter. Wer richtig hinschaute, erblickte unter den Pappmaché-Flügeln den neunjährigen Max, der in der Kabine saß und steuerte, sowie vier weitere Jungs, die von hinten schoben. Doch kaum einer bemerkte das, weil wir jetzt auch Siggi wahrnahmen.

Unser Held Siegfried trug eine Bon-Jovi-Perücke, einen Lendenschurz und ein Jäckchen, das halb aus Fell und halb aus Leder bestand und sein dezentes Übergewicht hervorhob. Wie ein Wilder rannte Siegfried hin und her über die Bühne, sein Schwert Balmung hinter sich her schleifend, dem feuerspeienden Drachen immer nur einen Schritt voraus. Er hielt das Publikum in Atem, indem er immer wieder über diverse Kabel stolperte und schrie, wenn er sich in letzter Sekunde aus dem Weg warf, bevor das Feuer über ihn schoss.

»Das ist ein wirklich überzeugender Schauspieler«, flüsterte Steve Gunderson neben mir, »man spürt richtig seine Angst.«

Der Eindruck der Angst wurde noch erhöht, als ein Pappmaché-Bergfried Feuer fing und die rote Sandsteinwand des Steinbruchs eindrucksvoll illuminierte. Jetzt war nicht nur Siggi zu sehen, sondern auch weitere Germanen, die auf der Bühne mit Wassereimern hin und her sprangen und die Flammen löschten.

Siggi stürzte direkt vor dem Drachen zu Boden und kam nicht mehr hoch. Im nächsten Flammenerguss sahen wir, dass das gehörnte Biest bereits über ihm stand. Gekrümmt, gelähmt und bibbernd vor Angst lag er da und schien um sein Leben zu betteln – dann war es dunkel –, der Drache spuckte erneut, und wir sahen, dass Siggi sich mit dem Fuß in einem Kabel verfangen hatte. Er versuchte, zappelnd davonzukriechen; zugleich versuchten mehrere Germanen, den Drachen wegzuzerren. Die Jungs wehrten sich, und der Drache drehte sich wild wie im Todeskampf, die Flammen sprühten in hohem Bogen durch die Luft über das in Ehrfurcht erstarrte Publikum, bis ein riesiger Germane in schwarzen, wallenden Seidentüchern mit einem Speer auf die Jungs eindrosch, sie flohen, und es wurde wieder dunkel.

Alle Scheinwerfer auf der Bühne sprangen an. Mitten

im weißen Licht stand Siggi und drosch mit seinem Schwert auf den Pappdrachen ein, immer wieder, mit voller Wucht, fluchend und heulend, bis das Biest in Fetzen fiel. Dann sackte er neben dem Drachen auf dem Boden zusammen. Das Licht erlosch in dem Moment wieder, als eine Handvoll Germanen ihn und den Drachen eilig wegschleppte, während aus dem Lautsprecher Peters Stimme knisterte: »Und so tötete Siegfried den Drachen Fafnir und wurde zum unverwundbaren Helden … weil er im Blut des Drachen badete …« Die Bühne war jetzt leer. Peter ergänzte: »… allerdings badete er an einem geheimen Ort, wo keiner ihn sehen konnte, weil er ein sittsamer Held war.«

Ich dolmetschte so gut es ging für Steve Gunderson, der so beeindruckt war, dass er sich zum Bürgermeister lehnte, um diesem seine positiven Eindrücke ins Ohr zu flüstern. Ich weiß nicht, ob der Bürgermeister sein Englisch überhaupt verstand, aber er nickte vergnügt.

Drafi Becker wollte Loch eigentlich nie wiedersehen.

Über zwei Wochen vorher hatte Mike bei der gemeinsamen Wohnung von Herrn Becker und Fräulein Bembel geklingelt und Nadine nach einer leidenschaftlichen Wiedersehensfeier auf Herrn Beckers Lieblingssofa überzeugt, mit ihm nach Loch zurückzukehren. Herr Becker war zu dieser Zeit nicht zu Hause. Genau jene Stunden verbrachte er nämlich beim Intendanten des *Hamburger Helfende Hand Sozialtheaters*, auch als *HHHSozi* bekannt, den er so dezent wie möglich um seine alte Anstellung als Regieassistent für Projekte mit langzeitarbeitslosen Jugendlichen unter 18 anbettelte. Den verhassten Job hatte Drafi im Frühjahr hingeschmissen, als ihn das Angebot aus Loch erreichte. Jetzt brauchte er ihn dringend zurück, schon allein, um die Prozesse gegen seine Exfrau, die Stadt Loch und diverse Bewohner derselben sowie gegen das Erbacher Krankenhaus zu finanzieren.

Als er seine alte Anstellung endlich wiederbekam – der Intendant hatte seinem inbrünstigen Flehen lange und genüsslich zugehört –, kehrte Drafi in die Wohnung zurück und fand Nadines Zettel vor, auf dem stand, dass sie a) demnächst in Loch doch auftrete, b) nicht zu ihm zurückkehre und c) er ihr noch Geld schulde. Da dachte er an die vielen Gelegenheiten, bei denen Nadine sich über die blöden Locher beschwert hatte, vor allem über jenen tumben Biker, der sie regelmäßig ins Krankenhaus gefahren hatte und den er persönlich sexuell überhaupt nicht attraktiv fand, und sagte sich: *Dieses kleine Luder.*

Sorgfältig bereitete er über die kommenden Wochen seine Rache vor. Als er am Tag der Premiere im Steinbruch erschien und, etwa zur gleichen Zeit, als Siggi vor dem Drachen um sein Leben rannte, hinter der Bühne die Truppe begrüßte, war er nicht allein, sondern in Begleitung von zwei ernst dreinschauenden Polizeibeamten, einer Anwältin im adretten hellgrauen Kostümchen, einem vielleicht nur subjektiven Hauch von Schwefel und einer einstweiligen Verfügung.

»Was hier dargebracht wird, basiert fast ausschließlich auf Herrn Beckers Buch«, gab die Anwältin bekannt. »Weil die Stadt Loch sich vertraglich nicht mit meinem Klienten einigen konnte, steht dem Festspiel sein Text nicht zur Verfügung. Per Gerichtsbeschluss wird diese Vorstellung sofort unterbunden. Wenn nötig sind anwesende Vollzugsbeamte bereit, den Beschluss durchzusetzen.«

Peter lief rot an und stotterte: »Aber … du kannst doch nicht … es sitzen dreihundert Leute da draußen …« Germanen und Hunnen rannten herum wie kopflose Hühner; die weisen Frauen tuschelten sinnlos durcheinander, und Volker der Minnesänger brachte keinen Ton heraus. Nadine aber fauchte Drafi an: »Arschnase«, »arroganter Sack«, »alter, verzweifelter Mann« und Schlimmeres. »Eitler Fatzke« kam von Aische, die drei Könige überboten einander mit »Popanz«, »Sackgesicht, elendes« und »hirnamputiertes Rüsselschwein«, und Carmen schloss etwas rätselhaft mit: »Und der wilde Hengst im Bett bist du auch nicht, mein Lieber.«

Doch Drafi hielt den Beschimpfungen stand wie ein Fels in der Brandung. »Wenn Sie es nicht bekannt geben wollen, mache ich das gern für Sie«, gab er sich hilfsbereit. »Es ist ja schon peinlich genug, dass Sie meinen Text geklaut haben, Sie müssen nicht noch da rausgehen und es zugeben.«

Es war Aische, die kühlen Kopf bewahrte. »Moment noch«, sagte sie. »Wir können Herrn Beckers Texte nicht benutzen, aber alles andere schon, richtig?«

Die Anwältin bestätigte: Die Zeilen, die Peter geschrieben hatte, waren nicht betroffen.

»Dann können wir immerhin die Kriemhild-Szenen spielen«, meinte Aische erleichtert.

»Das hättest du wohl gern«, regte sich Nadine auf. »Ohne mich gehst du nicht da raus.«

»Spinnst du? Irgendwas müssen wir denen bieten, du Möchtegernprimadonna.«

Bei diesem Ausdruck erstarrte Nadine zu Eis, wobei es eher »Möchtegern« als »Primadonna« war, was sie störte.

»Du bist eine Nebenfigur«, fuhr Aische vernünftig

fort. »Der Kern von Peters Stück ist die Liebesgeschichte zwischen Siegfried und Kriemhild.«

Nadines Stimme war kalt, als sie sich der Anwältin zuwandte:

»Habe ich richtig verstanden, dass wir zwar die Sage der Nibelungen spielen können, nur nicht in Drafis Fassung.«

»Die Legende selbst unterliegt natürlich keinem Urheberrecht«, bestätigte die Anwältin.

»Also, es geht nicht um einzelne Worte – ›Hure‹ zum Beispiel können wir noch benutzen, oder auch *›Oruspu‹*?«

Die Anwältin bestätigte das im Prinzip.

Aisches Blick war voller Hass. »Was willst du jetzt machen? Schnell einen neuen Text schreiben?«, fragte sie spöttisch.

»Ich brauche keinen Text«, lächelte Nadine. »Ich bin Profi.«

Das Grinsen verschwand von Drafis Gesicht. »Hör zu, Kleine, das schaffst du nicht. Leute, macht euch nicht lächerlich. Lasst mich es bekannt geben – ich mache es kurz und schmerzlos. Ich bin kein Unmensch.«

»Nein«, sagte Peter. Er trat vor. Er war blass, aber fest entschlossen: »Wir haben zu viel geopfert, wir haben zu oft hingeschmissen und uns wieder hochgerappelt, als dass wir jetzt aufgeben. Wenn wir uns lächerlich machen, dann da draußen auf der Bühne, wo wir hingehören, nicht hier hinten, weil irgendein Neider es nicht erträgt, dass wir was ohne ihn fertigbringen. Leute, wir kennen unsere Rollen – wir müssen sie nur in eigene Worte fassen. Das können wir, ich weiß es. Und das werden wir auch.«

Stille herrschte.

»Also, ich schaffe das«, meinte Blödel, dessen einzige Dialogzeile offiziell »Meine Königin! Geh nicht ins Hunnenreich!« lautete.

»Wir können tun und sagen, was wir wollen?«, fragte Demon.

»Genau«, bestätigte Peter. »Einfach die Geschichte spielen. Wenn irgendjemand das kann, dann wir.«

»Jetzt wirst du sehen, wozu man dich alles nicht braucht«, zischte Nadine in Drafis Richtung und warf ihm eine Kusshand zu.

In dem Moment lief Siggi an der Gruppe vorbei. Er trug wieder Jeans und Jeansjacke und hielt die Autoschlüssel in den zitternden Händen. Seine Augenbrauen waren angesengt, und er sagte kein Wort, als er die Truppe verließ und Richtung Parkplatz humpelte.

»He! Wo gehst denn du hin?«, erkundigte sich Peter.

»Bin doch nicht verrückt«, jammerte Siggi mit einer zitternden Stimme, die an Heulen grenzte, »ich tue mir das nicht an. Ich steige aus.«

»Und wer ist auf der Bühne?« Peter war entsetzt.

Auf der Bühne war schon eine ganze Weile nichts mehr passiert. Nach ein paar Minuten kam Volker der Fiedler raus und fiedelte ein bisschen. Allerdings konnte er nicht unbedingt fiedeln. Also versuchte er, das Ganze interessanter zu machen, indem er trällernd von einem Fuß auf den anderen hüpfte. Das Publikum tuschelte schon. Einige gingen schnell Bier und Würstchen holen. Irgendwo hinter mir hörte ich die Frage: »Ist schon Pause?«

Der Bürgermeister wurde zunehmend unruhig. Dann sah er Willi.

Willi kam vom Parkplatz. Er wisperte Entschuldigungen, eilte gebeugt die erste Reihe entlang bis zu seinem Bruder und beugte sich zu ihm herab. Er flüsterte und flüsterte, und je länger es dauerte, desto breiter wurde das Grinsen auf dem Gesicht des Bürgermeisters. Dann sah Willi mich. Er zwinkerte mir zu und flüsterte so laut es eben ging in meine Richtung: »Ich weiß, was es ist! Ich hab's rausgefunden!«

Er meinte den Schatz, natürlich.

Volkers Fiedelei verklang, und Peters beste Märchenerzählerstimme ertönte: »Es wurde Frühling im Burgundenreich, und alle versammelten sich für eine große Doppelhochzeit. Die erste Braut – die liebliche Prinzessin Kriemhild.«

Mirandas prächtiges Bühnenbild wurde erleuchtet: Die in den Himmel ragenden Türme des Wormser Doms, in schimmerndem Lila gehalten, das monumentale Kirchenportal in Scharlachrot, umrankt von weißen Rosen, und das i-Tüpfelchen: zwei kräftige Plüschlöwen als Torwächter.

Und schon erschien die liebliche Aische, in roter Bonnie-Tyler-Lederbluse mit mittelalterlich angehauchten Schulterpolstern, einem Wasserfall schwarzer Locken, die über und über mit Strass durchflochten waren, und von einem Diadem gekrönt. Ihr folgten gemessenen Schrittes und ausgerüstet mit mächtigen Zeptern die drei Könige.

»Warum tragen sie alle drei Kronen?«, wollte Steve Gunderson von mir wissen.

Ich erklärte ihm, dass die drei Könige die uralte und stolze deutsche Tradition des politischen Koalierens begründet hatten.

»Und welcher heiratet Brunhild – Demon, Starchild oder Spaceman?«, fragte er.

»Da gibt's erst mal eine Grundsatzdiskussion«, wich ich aus. Die drei Kiss-Figuren konnte man zwar an ihrer Mascara auseinanderhalten, aber wer König Gunter war, blieb ein Rätsel.

»Und nun der Held aus dem Norden«, intonierte Peter, »der Bezwinger des Drachen Fafnir, der Besitzer des sagenumwobenen Nibelungenhorts, der unverwundbare … Siegfried!«

Wer da auf die Bühne gerannt kam, war aber nicht Siggi. Dieser Siegfried war irgendwie kleiner und schlanker. Die Felljacke war ihm zu groß: der hochgestellte Kragen reichte bis zu den Schläfen und der Saum fast bis zu den Knien. Auch der Helm rutschte ihm über die Ohren. Das Einzige, was noch an Siggi erinnerte, war das dezente Bäuchlein, das man durch die offene Jacke sehen konnte. »Ich bin Siegfried! Ich bin Siegfried! Ich bin Siegfried!«, sprach er und rammte sein Schwert in den Boden. »Und ich bin hier, um Kriemhild zu freien!«

»Er sieht aber nicht aus wie der erste Siegfried«, bemerkte der echte Steve Gunderson, als ich ihm die Worte übersetzte. »Ist das ein anderer? Ist es Siegfrieds Bruder?« Ich erläuterte ihm Peters radikalen Vorstoß, die Figur alles Figürlichen zu entheben: »Siegfried ist ja ein Ideal«, sagte ich, »kein Mensch, deshalb soll das Publikum ihn auch nicht ganz greifen können.«

Er nickte zufrieden, und in seinem Artikel am nächsten Tag fand er, dass Peter »kompromisslos die innewohnende Schizophrenie der Siegfried-Figur nach außen gekehrt hat, bis die abstrahierte Seele des Menschen nackt und blutend vor uns lag«.

Der Lautsprecher knisterte erneut. Diesmal vernahmen wir Nadines Stimme: »Und jetzt kommt Brunhild – die heimliche Hauptfigur der Sage, die wahre Liebe Siegfrieds und die mächtigste und begehrenswerteste Frau aller Frauen unter den Nibelungen!«

Ich war nicht der Einzige, der beeindruckt war, als sie die Bühne betrat. Den anderen Schauspielern fiel die Kinnlade runter. Aisches Augen wollten aus dem Kopf springen. Bis auf zwei martialische Schulterpolster aus Blech, einen Kettenpanzer-Tanga und geharnischte, silberne Overknee-Stiefel mit Zehn-Zentimeter-Absätzen, die, das muss ich sagen, ihrer ganzen Erscheinung einen gewissen Schwung verliehen, war Brunhild nackt. Erst da bemerkte ich überhaupt, wie kühl die Nachtluft war. Oder waren diese beeindruckend spitzen Brustwarzen nur ein weiterer Beweis ihrer schauspielerischen Körperbeherrschung? »Kniet nieder vor der Gebieterin der Männer!«, herrschte sie ihre Kollegen an. Diese blickten verwirrt. Peter schüttelte ihr die Hand.

Schon während der Hochzeitsszene zeigte Nadine auf beeindruckende Weise, was sie unter Improvisation verstand. Als der Priester zur Tat schritt, musste er dreimal von vorn anfangen, weil Nadine den Ring, den Blumenstrauß und Siegfrieds Schwert, das sie ihm aus ungeklärten Gründen aus der Scheide zog und liebevoll an ihren Körper presste, aus den Fingern verlor, worauf die Objekte quer über die Bühne sprangen. Da musste die nackte Brunhild natürlich hinterherjagen und sie durch langes und genüssliches Bücken wieder aufheben. Doch die ernsthaften Schwierigkeiten begannen erst, als man zur Schlafgemach-Szene schritt.

Mir war ja nie wirklich klar gewesen, warum Siegfried unbedingt zu Brunhild ins Bett kriechen musste, und das auch noch am zweiten Abend nach deren Hochzeit mit König Gunter. Vielleicht war der germanische Mensch einfach ein Mensch, der gern Lösungen für Probleme erfand, die schlimmer waren als die Probleme selbst. Offiziell geht die Geschichte etwa so: König Gunter war in der Hochzeitsnacht nicht Manns genug, um Brunhild zu … beeindrucken. Am nächsten Morgen war die Amazonenkönigin immer noch Jungfrau, und auch noch stolz darauf, während Gunter verständlicherweise an seiner Männlichkeit zweifelte. Da kam ihm die geniale Idee, dem großen Held Siegfried diese Aufgabe zu übertragen. Im Dunkeln würde er zu Brunhild ins Bett kriechen, sich als Gunter ausgeben und sie ordentlich beeindrucken, womöglich mehrmals am gleichen Abend.

Brunhilds Schlafzimmer, errichtet aus rosaroten Quadersteinen, wird dominiert von einem übergroßen, rosaroten und irgendwie bedrohlichen Bett voller rosaroter Plüschkatzen. Ebendort räkelte sich Brunhild, nackt bis auf ihre sehr selektive silberne Rüstung, die ihr scheinbar auch als Nachtgewand diente, mit einer Plüschkatze, als es an der Tür klopfte.

»Ich bin's«, sagte Peter/Siegfried in Bon-Jovi-Perücke, »dein König Gunter.«

»Einen Moment noch, Liebling!«, rief Brunhild und verschaffte sich damit Zeit, um sich erst mal ordentlich die Haare zu kämmen.

Es klopfte erneut. »Ich bin's! Gunter! Lass mich rein!«

»Moment noch, Liebling!« Die nackte Brunhild musste sich noch ein wenig mit einer bestimmten rosaroten Plüschkatze beschäftigen.

Endlich sprang die Tür auf. Peter marschierte rein, machte die Kerze neben dem Bett aus und sagte barsch: »Ich bin's! Gunter! Dein Mann! Können wir endlich anfangen?«

Im Halbdunkel bekamen wir Nadines Liebeskünste nur in Umrissen zu sehen, aber diese Umrisse waren dank meisterhafter Ausleuchtung wie mit einem Leuchtstift nachgezeichnet. Zwei Körper rangen unter einer rosaroten Decke miteinander, und währenddessen improvisierte Nadine weiter: »Jetzt zeig ich dir, mein süßer kleiner König, warum ich die Herrscherin über die Männer bin.« Die Decke flog davon, als sich Herrscherin über die Männer auf Peters süßen kleinen König setzte.

Peter konnte aber auch improvisieren:

»Huch!«

»Na?«, hauchte Nadine. Ihre Stimme war sinnlich rauchig, ihre Bewegungen langsam und genüsslich. »Bist du König der Hunnen? Nein. Bist du König der Römer? Nein. König der Burgunden bist du. Zeig mir deine Pferdestärke, du germanischer Hengst.«

Neben mir notierte der echte Steve Gunderson wie wild. Weiter rechts von ihm starrte der Bürgermeister gebannt auf die Bühne. Hinter uns gab das Publikum keinen Mucks von sich.

Aber auch Peter war nicht schlecht: »Oh mein Gott«, stöhnte er überzeugend.

»Fass mich an, mein König …«

»Ah … hmmpf …«

»Ja, greif richtig zu …«

»Argh … du … uff … kleines Miststück!«, improvisierte Peter.

»Sag es richtig, mein König. Du weißt, was ich hören

will – ich bin deine Hure, nicht wahr? Deine ganz persönliche Hure …«

Jetzt ritt sie ihn auch noch. Je nachdem, wie man die Szene interpretierte, versuchte Peter vehement, sich zu befreien, wurde aber von ihren Schenkeln festgehalten, oder er versuchte es vehement nicht. Kann sein, dass er ihr nur deswegen eine auf den Po pfefferte, weil er loskommen wollte, aber besonders effektiv war das nicht. Im Gegenteil, Nadine stöhnte ziemlich überzeugend: »Oh ja! Bestrafe mich, mein König – ich bin deine Hure! Sag es! Ich bin deine *Oruspu! Oruspu!*«

In dem Moment knallte die Tür auf, und Aische erschien mit einem Eimer Wasser in den Händen. »Das reicht, du läufige Hündin!« Und schon waren Nadine, Peter und das Plüschkatzenbett pitschnass.

Die Lichter sprangen an, und Aische drehte sich zum Publikum:

»Jetzt habe ich alles, was ich will«, sprach sie, »den Mann, den ich liebe, und mit ihm die Möglichkeit, gegen die Ungerechtigkeit dieser Welt zu kämpfen. Zusammen werden wir …«

Sie kam mit ihrem leidenschaftlichen Plädoyer für eine bessere Welt nicht weit. In dem Moment schoss ein menschengroßes Projektil vom Bett und warf sie um. Nadine hatte sich auf sie gestürzt. Zusammen purzelten sie auf die Bretter. »Hure!« war Nadines Schlachtruf. »Hure! Hure! Hure!«

Aische verschwendete keine Zeit mit Schlachtrufen. Sie prügelte auf Nadine ein, so gut sie konnte, und bald hielten die beiden einander mit einer Hand an den exquisit frisierten Haaren fest und droschen mit der anderen Hand aufeinander ein.

»Wie heißt die Schauspielerin«, wisperte Gunderson neben mir, »... die, die unten ist?«

»Die ... Moment – die, die gerade unten war, oder die, die jetzt unten ist?«, flüsterte ich.

»Die in der mittelalterlichen Rüstung.«

Ich erzählte ihm ein wenig von Nadine Bembel, und er notierte. Nadine bekam ihr Porträt in der *New York Times*, wenn auch nur in Form von drei Absätzen in seinem Artikel. Eine »sensationelle Neuentdeckung« nannte er sie, eine Vollblutschauspielerin, die vor nichts zurückschreckt, für die das Spiel kein Spiel ist, vielmehr bitterste Realität.

Peter erkannte schnell, was zu tun war. Ein anderer hätte Verstärkung geholt, die Szene gestoppt oder gar die Feuerwehr gerufen. Peter versuchte, die Szene zu retten.

»Brunhild, Kriemhild – ihr wisst von meinem und Gunters Geheimnis! Schon jetzt! Und ich dachte, ich hätte mindestens Zeit bis zum nächsten Kirchgang, bevor ihr von meinem Betrug erfahrt!«

Mir fiel wieder ein, dass der große Streit zwischen den Frauen ja nicht im Schlafgemach, sondern erst später, vor dem Kirchenportal, stattfinden sollte. Auch die Truppe hatte Peters dezenten Hinweis verstanden. Während Nadine es kurzzeitig schaffte, Aische zu entkommen und auf das Bett zu flüchten, eilten mehrere Germanen auf die Bühne und tauschten die rosarote Schlafgemachkulisse mit dem Kirchenportalhintergrund aus. Als Aische mit einem mörderischen Schrei zu Nadine ins Bett sprang und die nackte Brunhild mit Plüschkatzen traktierte, tat sie es vor den Kirchentüren, wie es sich gehörte.

Peter verstand jetzt, warum Regisseure nicht gleichzeitig Schauspieler sein sollten: Wie sollte er seiner Truppe nur vermitteln, dass sie schnellstmöglich zur nächsten Szene schreiten mussten? Der arme Mann rief Regieanweisungen vor sich hin: »Was habe ich nur getan? Ich habe König Gunter in tiefe Schmach gestürzt! Wird er mir nun die Treue halten oder mich ermorden lassen?«

Demon wusste, was er zu tun hatte, und schoss auf die Bühne. »Was hast du getan, Siegfried? Jetzt muss ich meine Ehefrau vor dieser Furie retten!«, sprach er und warf sich ins Bett auf Nadine, um sich aufopferungsvoll zwischen sie und Aisches Fäuste zu stellen.

»Was ich meine, ist«, sagte Peter verzweifelt, »König Gunter muss jetzt irgendwie seine Ehre retten. Aber wie?«

Erneut wurde der Hinweis verstanden. Diesmal sprang Starchild auf die Bühne und stürzte sich mit den Worten »Ich werde die Ehre des Königs retten!« ebenfalls auf das Bett, wo er versuchte, Demon von der strampelnden Nadine loszureißen. Space Ace wartete den nächsten Hinweis nicht einmal ab. »Wenn einer hier was retten kann, dann ich!«, sprach er, als er auf das Bett sprang.

Ich hörte ein leises Lachen und schielte zum Bürgermeister rüber. Er starrte gebannt auf die Bühne. Seine Augen glänzten – vielleicht liebte er einfach, wie seine Locher sich ins Zeug warfen – und ich sah, wie er die Hand seiner Frau drückte.

Ich weiß nicht, ob das Publikum eher darauf gespannt war, wie die Handlung weiterging, oder wie die Schauspieler sich jetzt noch aus der Patsche retten würden. Im Idealfall, beides. Wenn ich das richtig verstand, müssten die drei Könige nun ihren Berater Hagen um Rat bitten, und dieser würde ihnen die einzige machbare Lösung eröffnen, Gunters Ehre wiederherzustellen: Siegfrieds Tod.

»Hagen, Hagen! Nur du kannst jetzt König Gunter einen guten Rat geben«, schrie Siegfried verzweifelt.

Und da kam er endlich: Mike sprang auf die Bühne wie ein Löwe im Meat-Loaf-Kostüm, Speer in der Hand, hohe Absätze unter den Füßen und umweht von schwarzen Seidenschals. Er stürmte zu seinen Königen, drehte sich zum Publikum, um seinen Text entschlossen loszuwerden … und kein Wort kam heraus.

Mike erstarrte. Mund offen, Augen weit aufgerissen, blieb er reglos stehen. Wir blickten ihn an. Nicht mal seine Augen bewegten sich. Später beschrieb er uns, was passiert war, mit einer gewissen Verwunderung in der Stimme: »Es war, als ob ich meinen Körper verlassen hätte«, sagte er. »Ich schwebte empor und schaute auf mich herunter, und ich sah euch alle auf der Bühne, und auch das Publikum, von irdischen Problemen geplagt, und ich wollte euch sagen: Macht euch nicht so viele Sorgen, Mann, es ist alles schwerelos, wo ich bin, hat alles eine andere Bedeutung.«

Auf der Bühne fuchtelte Peter Mike mit den Händen vor dem Gesicht herum, schüttelte ihn sogar, aber nichts brachte ihn zu sich – der Mann war an einem anderen Ort. Die drei Könige hatten inzwischen von Aische und Nadine abgelassen und schauten zu, ebenso gespannt wie alle anderen, wie es jetzt weiterginge.

Es war Starchild, der als Erster versuchte, die Situation zu retten. »Was will unser Hagen uns damit sagen?«, überlegte er. »Dass es besser ist, gar nichts zu tun?«

»Das kann nicht sein«, intonierte Demon. »Er will uns sicher den einzigen Ausweg aus unserer Schmach zeigen – nämlich, Siegfried zu töten.«

»So ein Quatsch«, meinte Space Ace, »er will, dass wir

zuerst alle diplomatischen Möglichkeiten ausschöpfen – und das kann nur eins bedeuten: Dass Brunhild und Kriemhild sich mit einem Kuss versöhnen sollten, und zwar auf der Stelle, hier im Bett.«

Auf einmal wusste Peter, dass es allein an ihm hing. Er rannte zu Hagen, riss ihm den Speer aus der Hand und rammte ihn theatralisch durch die eigene Achselhöhle.

»Hagen, Hagen, was hast du getan? Du hast mich ermordet!« Peter stolperte hin und her. »Wo bleibt deine Treue? Bedeutet dir das Wohl des Reiches so viel, dass du dafür selbst einen Freund umbringst?«

Peter warf die Hände in die Luft, sank auf die Knie und starb. Mike hatte sich die ganze Zeit nicht gerührt.

In seinem Artikel schrieb der echte Steve Gunderson: »Westernacher nimmt auf provozierende Weise die psychoanalytische Maxime ernst, nach der das Opfer Opfer sein will und den Täter nur als Ausführenden missbraucht. Mutig!« Meine Worte, übrigens.

Mit einem Schrei stürzte Kriemhild auf die noch warme Leiche ihres Geliebten. Sie heulte, sie raufte sich die Haare, sie weinte, und ab und zu beugte sie sich über Peter und flüsterte: »Was jetzt? Was machen wir jetzt?«

»Du schwörst Rache«, raunte Peter. »Rache für meinen Tod. Sag alles, nur nicht *›Köpfe rollen‹*.«

Es werden Köpfe rollen war das Stichwort für die letzte Schlacht.

»*›Köpfe rollen‹*?«, fragte Aische

»*Nicht* ›Köpfe rollen‹«, flüsterte Peter. »*Nicht* ›Köpfe rollen‹!«

Aische erhob sich, drehte sich zu uns und schrie, fest entschlossen und überzeugt: »Es werden Köpfe rollen!«

Ich wollte schreien: *Nein!* Aber es war zu spät. Der

Hinweis wurde verstanden. Über die Lautsprecher hörten wir wilde Trommelmusik, vermutlich von Hunnentrommeln. Und da kamen sie schon: Ein wilder Barbar in löchrigem Fell mit Hörnern auf dem Kopf flog aus dem Nichts, kletterte auf das Bett und schrie: »Ich bin Attila der Hunnenkönig!« Hinter ihm kamen zehn, zwanzig Keulen schwingende Hunnenkrieger in Ledergürteln, Fell und Nieten, während von der anderen Seite ebenso viele Nibelungenritter mit wehenden Haaren und offenen Hemden hereinstürmten, die ihre Schwerter über dem Kopf hin und her schwenkten.

Es war ein wunderbarer Kampf rund um das riesige Bett. Schwerter klangen auf Schilde, Speere sausten durch die Gegend – mehrmals mussten wir uns im Publikum ducken, als Speere und einmal ein Helm auf uns zugeflogen kamen. Vor allem die Hunnen schienen große Anhänger der asiatischen Kampfkünste zu sein – ein historisch nicht uninteressanter Aspekt. Als Zeichen ihrer schauspielerischen Hingabe schreckten weder Hunnen noch Germanen davor zurück, das Bühnenbild mit in das Geschehen einzubinden, und bald waren die Plüschlöwen platt, die Türme des Wormser Doms gestürzt, und die Kirchenportale hingen nur noch in den Angeln. Und zäh waren sie auch: Keiner blieb lange liegen, nachdem er ins Jenseits befördert worden war – nein, sie standen auf und kämpften weiter –, manche zwei-, dreimal.

Die Special-Effects-Abteilung leistete ganze Arbeit. Das erste Wurfgeschoss traf den tapferen Starchild auf die Brust und explodierte in einer nassen, roten Wolke: Kunstblut, hoffte ich. Die Special-Effects-Jungs standen am Rande und bewarfen die ganze Bühne mit einer

Kunstblutbombe nach der anderen. Die Dinger füllten die Luft und landeten mit feuchtroten Explosionen auf Kriegern, Kriegerinnen, auf Hunnen und Nibelungen, überall und wahllos … nein, Moment: Ganz wahllos war es nicht. Wer genau hinschaute, merkte, dass ein überproportionaler Anteil der Geschosse die nackte Nadine traf. Bald schwamm die Bühne in Blut, und dort kämpften, schlitterten und stürzten die Nibelungen ihren letzten Kampf.

Als es vorbei war – als alle auf dem blutigen Schlachtfeld tot daniederlagen, sogar diejenigen, die laut Nibelungenlied am Leben blieben, standen nur noch Nadine, Aische, Peter und Mike aufrecht, erstarrt zwischen den Leichen, ihre Kleidung blutbespritzt, die Kulisse ein Trümmerhaufen, wortlos, sprachlos, reglos, und blickten schockiert auf die Katastrophe, die sie herbeigerufen hatten.

Dann erloschen sämtliche Lichter, und die Bühne war pechschwarz.

Das Publikum war ratlos. Wir wussten nicht, ob nun Pause war oder bereits Schluss. Es war nicht mal eine halbe Stunde vergangen.

Hinter der Bühne wusste man es auch nicht. Peter ging als Erster, mit gesenktem Haupt. Aische und Nadine folgten ihm, dann standen vorsichtig und leise die Toten auf, einige blickten auf die Uhr. »Haben wir was ausgelassen?«, fragte Demon besorgt.

Aische und Nadine schauten einander wortlos an. Sie konnten nicht ganz begreifen, was eben passiert war.

Alle Blicke ruhten erwartungsvoll auf Peter. »Das kann nicht sein«, murmelte er zu sich selbst: »Das kann nicht sein.« Er ging an den Toten, am süffisant grinsenden

Drafi, der Anwältin, den Polizeibeamten vorbei, direkt zum Kühlschrank und nahm eine Flasche Fallobstschnaps heraus.

Nun lachte Drafi lauthals. »Ich musste euch gar nicht stoppen«, sagte er. »Ihr schafft das von alleine. Loch! Ein Erlebnis für sich!«

In dem Moment kam ein Projektil angeflogen. Es kam wie aus dem Nichts, aber es wurde von einem Profi geworfen, einem kleinen, ernst zu nehmenden Hunnen um die neun Jahre: Max. Das Projektil war ein Ballon prallvoll mit Kunstblut, und das Ziel war Drafi.

Es traf ihn mitten im Gesicht.

Drafi stürzte brüllend zu Boden, er krümmte sich und rollte und fluchte. Wir hörten seine Schreie draußen im Publikum, aber was er schrie – »Meine Nase! Meine gottverdammte Nase!« – das verstand das Publikum nicht.

Dafür hörten wir eine andere Stimme, die näher war, und lauter. Es war Mike: »Ich bin nicht schuld!«, brüllte er.

Hinter der Bühne bemerkten die Schauspieler zum ersten Mal, dass Mike gar nicht unter ihnen war. Wie ein steinernes Meat-Loaf-Denkmal stand er noch auf der dunklen Bühne. Er öffnete den Mund und presste die Worte heraus, so laut er konnte, als ob er gegen einen enormen Druck kämpfte: »Ich bin nicht schuld!«

»Na toll«, sagte Peter, der schon einen Schluck aus der Flasche genommen hatte.

»Ich habe nur getan, was ich tun musste!«, rief Mike irgendwo auf der Bühne.

Diejenigen im Publikum, die sich gerade zum Gehen bereit machten, setzten sich wieder hin.

»Wartet mal«, flüsterte Nadine den anderen zu. »Hört

doch. Er spielt!« Sie griff zu ihrem Headset, das sie schon abgenommen hatte, und hauchte hinein: »Recht hast du, mein tapferer Hagen – es gab keine andere Lösung.«

Mike wandte sich panisch hin und her, als ob er vom Fleck kommen wollte, aber seine Füße ihm nicht gehorchten. »Wäre es denn mutiger gewesen«, rief er ins Leere, »keine Entscheidung zu treffen?«

Nadine hielt das Mikro zu, griff Henner an der Schulter und schüttelte ihn. »Hör zu, Junge – geh zum Lichtpult und mach, dass das Licht ausbleibt, nur ein einziger Spot nicht – und lass den Spot immer auf denjenigen scheinen, der gerade spricht, egal, wer das ist. Verstanden?«

Henner rannte los.

Sie griff sich eine weiße Decke aus der Garderobenecke und wandte sich zu Aische: »Mädchen, wenn du deine Dialoge loswerden willst, mach, dass dein Möchtegernregisseur aufsteht und auf die Bühne kommt – es ist jetzt oder nie.« Dann ging sie nach draußen.

Keiner im Publikum rührte sich, als wir die Bewegung sahen. Wir hörten ihre Stimme: »Doch fragst du dich nicht, tief im Innern, mein mutiger Hagen, ob das nur eine Rechtfertigung ist?«

»Ich habe schon erlebt, was passiert, wenn man nichts tut«, knurrte Mike. »Die Katastrophe kommt von selbst. Viel mehr Mut verlangt es, das Risiko auf sich zu nehmen.«

In dem Moment leuchtete ein einzelner Spot in der Finsternis auf. Er flitzte über das Schlachtfeld da oben hin und her, bis er Nadine fand. »Aber hast du auch den Mut«, sagte sie und kam näher, »die Schuld auf dich zu nehmen?« Im Licht leuchtete sie in ihrem weißen Tuch wie eine Kristallsäule.

»Ich bin kein schlechter Mensch!«, rief Mike aus dem Dunkel.

»Was ist ein schlechter Mensch?« Das war eine neue Stimme. Der Spot raste über die Bühne und fand Aische. Ihr Bonnie-Tyler-Kostüm war zerrissen und blutbeschmiert. »Bin ich ein schlechter Mensch, weil ich mich rächte, nachdem mir das Herz herausgerissen wurde? Ist die Welt besser, wenn das Opfer sein Leid akzeptiert, nur damit nicht noch mehr Leid entsteht? Ich wollte die Rache vergessen, doch der Schmerz war stärker.«

»Es stimmt, was man sagt«, sprach Mike. »Das Leben ist nichts als ein Chaos, in dem jeder Einzelne unschuldig ist …«, und Aische ergänzte: »… aber alle zusammen zerstören die Welt.«

Der Spot umfing Nadine, die nun neben Aische stand: »Kriemhild, ich weiß, wie es ist, alles zu besitzen, was dir nichts bedeutet, aber alles zu verlieren, was du jemals wolltest. Ich habe so hart um ihn gekämpft, doch dir wurde er geschenkt.«

»Ich wollte dieses Geschenk gar nicht«, erwiderte Aische. »Ich schickte ihn doch fort.«

Nadine nahm die weiße Decke von ihren Schultern und legte sie Aische um. Dann zog sie sich ins Dunkel zurück.

Kriemhild ging über die Bühne, als ob sie durch die Zeit schritt, bis hin zu dem Moment lange vor der Katastrophe. Sie sprach, wie sie damals zu Siegfried sprach:

«Liebe mich nicht, Siegfried, denn ich träumte deinen Tod. Ich will dich nicht sterben sehen.«

»So selbstsüchtig bist du?«, kam Peters Stimme aus der Finsternis.

Als der Spot auf der Suche nach ihm über die dunkle

Bühne flitzte, sahen wir einen Augenblick lang, wie ein junges Mädchen im weißen Kleid über das Schlachtfeld schritt. In ihren Händen trug sie einen funkelnden Helm.

Dann war sie wieder weg, und der Spot fand Peter, der auf Aische zutrat. Er hatte eine helle Tunika übergeworfen. Seinen Flügelhelm hielt er lässig unterm Arm. »Du verweigerst mir Liebe, weil mein Leben kurz ist? Was ist das Leben, kurz oder lang, wenn ein Mann nicht die Liebe zumindest eine süße Stunde lang erlebt?« Er hatte wieder sein schiefes Lächeln aufgesetzt. In dem Moment erinnerte er mich an den Peter, der im Landsknecht zu Aische gesagt hatte: »Ich bin Besamungstechniker«, und ich fragte mich zum ersten Mal, ob er solche Sprüche und dieses Lächeln möglicherweise bewusst einsetzte.

»Wer ist selbstsüchtiger«, entgegnete Aische und verschränkte die Arme, »du oder ich? Gern lebe ich mein Leben im Kloster, unberührt und ungeliebt, wenn ich nur wüsste, du müsstest wegen mir nicht sterben.«

Es war schwer, dem echten Steve Gunderson alles zu dolmetschen, aber ich war gut genug, dass er seine Notizen vergaß. Zwei Stühle weiter wischte sich Frau Steiner eine Träne aus dem Augenwinkel.

Wieder flitzte der Spot durch die Finsternis, denn Peter hatte sich bewegt, und diesmal sahen wir mehr Mädchen in weißen Kleidern. Sie liefen vorsichtig über die Bühne und trugen Teile aus dem Schatz vor sich her: einen Gürtel, einen Schild, ein Schwert. Der Spot fand Peter ganz vorne:

»Nicht die Welt vor dem Bösen bewahren ist die Arbeit des Helden«, sprach er ins Publikum, »sondern der Welt

Hoffnung geben. Doch das kann ich nur, wenn ich daran glaube, dass es Hoffnung für mich gibt.« Mit diesen Worten wandte er sich Aische zu, doch sie regte sich nicht. »Das als Einziges wurde mir nicht geschenkt«, fuhr er fort, »den Kampf, zu glauben, muss ich selber kämpfen – ohne Zauberschwert, ohne Tarnkappe, ohne Schatz. Das ist der Kampf, den keiner sieht und den jeder Mann kämpft, jeden Tag, allein mit sich selbst. Liebe mich dafür, ein gewöhnlicher Mann zu sein.«

Sie wandte sich ihm zu, erstaunt. Er trat näher. Sie berührten sich, und etwas geschah. Es war, als ob sie sich gegenseitig öffneten, und ganz zart, ganz leicht machte sich ein Teil von ihr los und schwebte zu ihm herüber, und ein Teil von ihm schwebte zu ihr herüber, und dann war ihre Stimme voller Kraft:

»Nimm Rache, mein Held, denn ich habe dich belogen.« Sie ergriff Peters Hände. »Ich kann es nicht leugnen. Lass sie also kommen, die Liebe. Lass mich jedes Mal vor Angst erschauern, wenn du in den Krieg ziehst; lass mich vor Neid erstarren, wenn du von schönen Frauen gelobt wirst; lass mich dereinst mit den Tränen kämpfen, wenn ich alt bin und du dein Auge auf eine Jüngere wirfst. Lass es geschehen.«

Als der Spot dieses Mal über die Bühne huschte, sahen wir mehr: Die jungen Krieger waren wieder da. Sie waren umgezogen und brachten ebenfalls Teile des Schatzes nach vorn, vorsichtig, Schritt für Schritt. Es mussten zwanzig Kids auf der Bühne sein, die langsam vortraten, immer ein Mädchen neben einem Krieger.

»Doch lass auch das Glück kommen«, forderte Aische jetzt. »Das Glück, das mir versprochen wurde; auch wenn es nur ein paar Tage währt, das Glück, das die Vorauszahlung ist für all das Leid, das folgt. Dies nur verlange ich von dir, mein Liebster, gib es mir jetzt, und der Rest ist mir gleich.«

Peter nahm sie in die Arme, sie sank hinein wie eine Tänzerin, und er küsste sie, mit so viel Herzblut und Verlangen, wie ein Held ein Mädchen küssen muss. Dann gingen die Lichter aus, und die Bühne war in Dunkelheit getaucht.

Das Publikum machte keinen Mucks.

Auf einmal gingen sämtliche Lampen an, und auf der Bühne standen sie alle – die Schauspieler und die Kids, alle in Weiß, und die meisten von ihnen hielten einzelne Teile aus dem Schatz hoch über den Kopf.

Jetzt brach Applaus los.

Ich schaute umher. Ich sah die Journalisten, die ganzen Locher und ihre Freunde aus der Region. Manche lachten, mancher grinste nur, aber alle klatschten. Ich sah Hans Fiebel mit seinen Japanern – sie tobten.

Der Bürgermeister war der Erste, der sich erhob. Er lachte dabei. Er flüsterte aufgeregt mit Christel, er nickte Willi zu, er klatschte, er schaute ins Publikum hinter sich und sah, wie sie aufstanden und applaudierten, er zwinkerte mir zu; er lehnte sich zum echten Steve Gunderson und sagte etwas über deutschen Humor, soweit Mister Gunderson seine Worte verstand, und rief »Bravo!«, bis die Schauspieler sich dreimal verneigt hatten.

»Die letzte Nibelungen-Aufführung, die ich gesehen habe, dauerte fünf Stunden«, sagte der echte Steve Gunderson, und schaute durchaus wohlwollend auf seine Uhr. »Peter Westernacher hat geschafft, woran unzählige Nibelungen-Regisseure seit Wagner gescheitert sind«, hieß es später in seinem Artikel: »Er lieferte ein 39-Minuten-

Nibelungenstück, und davon war keine Minute langweilig.«

Und immer noch war der Bürgermeister nicht fertig. Jetzt rief er »Autor! Autor!« so lange, bis Peter auf die Bühne kam und sich verneigte. Peter rief dann die anderen Darsteller dazu und holte sich einen goldenen Helm und ein goldenes Schwert, hielt sie hoch über den Kopf und rief:

»Loch, dein Nibelungenschatz!«

Das Publikum raunte. Der Bürgermeister klatschte, bis ihm die Tränen in die Augen stiegen, aber das Grinsen verließ nie sein Gesicht, selbst, als er aufhörte zu klatschen und an seine Brust griff und sich wieder hinsetzte, obwohl die anderen noch standen. Er nahm einen Schluck von seiner Wasserflasche, Christel beugte sich zu ihm und fragte, ob alles in Ordnung sei, und er gestikulierte mit seiner Hand: *Alles in Ordnung!*, und Christel klatschte weiter, und die anderen auch, und die Schauspieler verneigten sich erneut, und der Bürgermeister saß noch da, bequem in seinem Stuhl, und seufzte, und erst nachdem der Applaus vorbei war und Henner und seine Jungs unter Aufsicht des Herrn Hinkel ein tolles Feuerwerk in den Nachthimmel geschossen hatten und nur eine einzige Rakete vom Kurs abkam und in das Zelt der Mittelalterfreaks flog, und dieses völlig abfackelte, auch wenn niemand verletzt wurde, und der Bürgermeister weiterhin seelenruhig sitzen blieb, wandte sich Christel ihrem Mann wieder zu und schüttelte ihn an der Schulter, und er reagierte nicht mehr. Aber noch immer trug er dieses äußerst zufriedene Lächeln im Gesicht.

Epilog

DAS FESTSPIEL wurde leider nie wieder aufgeführt, ist den Lochern aber in lebhafter Erinnerung geblieben. Dafür wurde im folgenden Jahr ein Komitee gegründet zur Etablierung eines *Kevin Jupiter, Roboter mit Herz*-Festspiels mit vielen Stars. Man sagt heute, die Vorbereitungen nähern sich langsam ihrer Vollendung.

Des Bürgermeisters Sekretärin Fräulein Ganzke kam mit ihren Forderungen nicht mehr durch, und zwei Wochen nach dem Regierungswechsel war sie leider arbeitslos. Einerseits tat es dem neuen Stadtoberhaupt zwar leid, eine Angestellte so unsozial zu entlassen, andererseits brauchte die Arbeitslosenkartei von Loch sowieso ein paar neue Namen.

Die neue Bürgermeisterin hieß Renate Pirsch (SPD). Ihre erste Amtshandlung war, in den wohlverdienten Urlaub zu fahren, und zwar nach Taos im amerikanischen Bundesstaat New Mexico, wo sie an einem dreimonatigen spirituellen Langzeitworkshop teilnahm, um ihr persönliches Krafttier zu finden. Den letzten Monat des Workshops konnte sie allerdings nicht mehr absolvieren, weil sie aufgrund einer verbotenen Protestaktion, deren Ziel der Gouverneur von New Mexico war, eine Haftstrafe absitzen musste. Selbst das fand Frau Pirsch erfrischend, weil Julia Roberts, die ein Haus in Taos besaß, drei Tage lang ihre Zellenmitbewohnerin war, wobei die selbstverständlich für die gleiche Aktion eine viel kürzere Haftstrafe bekam.

Als Frau Pirsch erholt nach Loch zurückkehrte, war sie nicht allein: Begleitet wurde sie von einem indianischen Künstler in den Mittfünfzigern namens Randy, der mit Hilfe von Frau Pirsch einen Stand mitten auf dem Blatsplatz aufbaute, wo er seine spirituellen Gemälde zum Verkauf anbot. Nebenher errichtete er im Überwald Schwitzhütten für meditierende Frauen.

Miranda Michels war anfangs ob dieser Entwicklung pikiert, weil dieser Stand in direkter Konkurrenz zu ihrer Galerie stand und Randy ebenso die Farben Lila und Rosarot und genauso kuschelige Tiere als Motive bevorzugte, doch nachdem sie ihn persönlich kennenlernen konnte und er sie mit seinen dunklen, funkelnden Augen und einer Stimme tief wie das Rauschen des Waldes beeindruckt hatte, fühlte sie sich von dem neuesten Bewohner Lochs nicht mehr ganz so bedroht, und ähnlich ging es bald auch den meisten anderen Einwohnerinnen von Loch.

Zwei Monate nach dem Einzug des Indianers auf dem Blatsplatz machte der Dönerstand zu.

Man glaubte, Loch müsse in Zukunft auf einen Türken verzichten, allerdings entdeckte man zwei Wochen später den Herrn Degobedan im Landsknecht, und zwar hinter der Theke. Er hatte das Lokal gekauft und kochte fortan selbst, mit Hilfe eines jungen, ehrgeizigen Kochs aus Erbach.

Es gab einen kurzen Aufschrei, doch dann entsann

man sich wieder, wie oft man doch nach einem Ausflug in den Landsknecht mit Bauchschmerzen heimgekehrt war und überdurchschnittlich viel Zeit im kleinsten Zimmer des Hauses verbracht hatte, und man befand, dass nicht jedes Lokal ein Nationalheiligtum sei. Nicht lange danach machte sich der Landsknecht in der Region einen guten Namen für neue deutsche Küche.

Nachdem Siggi seine Bikerkneipe dichtmachen musste und aus Loch weggezogen war, kaufte Mike das Waldschlösschen und renovierte es mit einer Mischung aus Germanen- und Bikermotiven, dazu natürlich ziemlich vielen Festspielpostern mit Nadines Gesicht darauf. Die Kneipe läuft mehr oder weniger gut, auch wenn Mike regelmäßig nebenher noch Roadie-Jobs annehmen muss.

Das mit Nadine klappte oder klappte nicht, je nachdem, wie man es sieht.

Eine Woche nachdem der Artikel über die Locher Festspiele in der *New York Times* mit den sehr schmeichelhaften Absätzen über sie erschienen war, bekam Nadine ein Angebot aus Helsinki, wo man Fritz Langs *Metropolis* in einer Stummfassung auf die Bühne bringen wollte, und sie sollte die Roboterin spielen. Solch ein Angebot konnte sie nicht ablehnen.

In der Folge entstand ein seltsames Muster: Nadine verschwand immer wieder, manchmal ohne sich tage- und wochenlang zu melden, sodass Mike sie schon abschrieb und seine Yamaha in »Naddi« umtaufte. Dann plötzlich tauchte sie ohne Vorwarnung wie ein Wirbelwind auf und zog wieder bei ihm ein, und er musste sein Bike eiligst wieder in »Susi« zurücktaufen. Eines Morgens war sie dann wieder ausgeflogen – nach Bielefeld, nach

Wernigerode, nach Neapel, nach Sylt, nach Xanten, und Mike lebte abermals in Ungewissheit, und wenn es ihm zu lange dauerte, warf er sich aufs Bike, fuhr durch Europa und holte sie wieder heim.

Drafi Becker war das Geld fast ausgegangen, als er am Schwarzen Brett des Gerichtsgebäudes seinen Traumjob fand – als Theaterprojektleiter in einem renommierten Frauengefängnis.

Mimi Lederers Firma ist nicht Konkurs gegangen, aber keiner erfuhr davon.

Nur eine Woche bevor sie Konkurs anmelden musste, tauschte sie ihre Manager und Unternehmensberater aus und fand in letzter Minute eine Firma in China, die bereit war, ihr zu einem Bruchteil des üblichen Preises Steine nach Deutschland zu liefern. Damit konnte sie einen weiteren Kredit aufnehmen und mit Ach und Krach sämtliche Locher Arbeitsplätze retten.

Weil sie die Schmach ihres Beinahekonkurses nicht an die große Glocke hängen wollte, erzählte sie niemandem von ihrem genialen Schachzug. Außer Christel. Doch, doch, sie sprachen wieder miteinander.

Eines Abends traf sie Christel in der Stadt und lud sie spontan zu einem Caipi in ihrem Bungalow ein. Dort erzählten sie sich längst vergessene Geschichten über den Hardy. In dieser Nacht wurde auch die Idee von dem Standbild geboren.

Das Denkmal aus rotem Sandstein für den Bürgermeister zeigt einen Mann mit einer goldenen Schaufel, der gerade den Schatz von Loch heben will. Es sieht ihm auch ziemlich ähnlich. Es wurde zentral auf dem Blatsplatz aufgestellt, direkt neben dem Kuhbrunnen. Als man bemerkte, dass aus einem ganz bestimmten Blickwinkel – also wenn man direkt aus der Sparkasse kam – der Bürgermeister aussah, als ob er nicht gräbt, sondern schippt, und das direkt hinter der Brunnenkuh, diskutierte man den Vorschlag, das Denkmal umzustellen, doch man konnte sich nicht mehr dazu durchringen, die notwendigen Gelder freizumachen. Stattdessen stellte man einen Blumentopf zwischen Schaufel und Kuh.

Ein halbes Jahr später fand der Spatenstich zur Grundsteinlegung des neuen *Internationalen Locher Museums der Fälscher, Hochstapler und Betrüger* statt. Leiter des Museums war Willi, und neben der ständigen Sammlung zur Geschichte der Stadt war die größte Attraktion natürlich der Nibelungenschatz.

Inzwischen wusste man auch, was der Schatz wirklich war.

Am Morgen nach unserem Fund war Willi sofort aufgebrochen. Seine Reise führte ihn vom Residenzschloss Darmstadt in das Katzenelnbogener Stiftsarchiv St. Goar, nach Wiesbaden, nach Moskau und nach Koblenz. Als er am Abend der Premiere nach Loch zurückkehrte, konnte er dem Bürgermeister in Stichworten folgende Information ins Ohr flüstern:

1876 war Ludwig III., der beliebte Großherzog von Hessen und bei Rhein, bereits ein alter Mann, als er den berühmten Kunsthändler Ferdinand-Bertrand Sillig aus Livorno und Wald-Michelbach kennenlernte. Nachdem der Großherzog mit Silligs Hilfe mehrere erstaunlich gut erhaltene Meisterwerke aus der Antike erworben hatte, trat der Kunsthändler mit einem Angebot an ihn heran: Er kenne da einen Förster, der den Schatz der Nibelungen gefunden habe.

Der Schatz sei zwar schon ausgegraben, aber gleich wieder dort deponiert worden, wo er gefunden worden war – in einem alten Germanengrab im Odenwald. Als Beweise überließ Herr Sillig dem Großherzog einen prächtigen goldenen Armreif, an dem noch Erde klebte. Der Förster wollte das Gold zur privaten Bereicherung einschmelzen, so Sillig, doch er ließe sich überreden, ihn der deutschen Allgemeinheit zur Verfügung zu stellen, aber für die gleiche Summe in Gold.

Für eine kleine Vermittlungsgebühr wollte Sillig das Gold gerne an den Förster weiterleiten und dem Großherzog dafür den Schatz der Nibelungen liefern.

Erst fünf Jahre zuvor, nach dem stolzen Sieg über die Franzosen, waren die deutschen Territorien zu einem einigen Reich zusammengefügt worden, und seither suchte jeder eifrig überall nach dem, was »deutsch« sei. Der Hort der Nibelungen war nun wirklich ur-deutsch. Der Großherzog ließ eilig diverse goldene Erbstücke einschmelzen und sagte zu.

Doch als der Tag kam, da Sillig ihn mit einem Tross von Helfern zu dem Fundort im Odenwald führen wollte, erschien der Mann nicht. Es erfolgte eine aufgeregte Jagd nach Sillig, und schon am nächsten Tag fand man seine aufgedunsene Leiche im Mainzer Leichenschauhaus. Er war sturzbesoffen am Fischtor in den Rhein gefallen und ertrunken. Das Gold tauchte nie wieder auf.

Der Großherzog starb ein Jahr später.

Lange glaubte man, Sillig sei von seinen Helfershelfern des Goldes beraubt, ermordet und in den Fluss geworfen worden, bis Willi Licht in die Geschichte brachte: Der Sillig, im Herzen ein Künstler wie so viele Fälscher, liebte die Fälschung noch mehr als das Geld, und er hatte tatsächlich das Gold des Großherzogs mit Hilfe von Goldschmieden in einen Nibelungenschatz verwandelt, dann den Schatz in einem vermeintlichen Germanengrab in der Nähe von Loch, wo er geboren und aufgewachsen war, vergraben.

Es war nur ein böser Zufall, dass er am Tage vor der Übergabe ordentlich gefeiert hatte und ertrank.

So war der falsche Schatz über hundert Jahre unentdeckt geblieben, bis darüber ein Baum gewachsen war, ein Sturm den Baum umgerissen, der Erdrutsch den Schatz freigelegt hatte, irgendein Tier das Amulett gefunden und in die Rinnach hatte fallen lassen und der alte Westernacher nach einem Sturm das Gold im Bach funkeln sah.

Hätte der Sillig den Coup überlebt, wäre er sicher aufgeflogen – nein, im vierten Jahrhundert schrieb man nicht mit Frakturschrift –, aber er wäre immerhin als größter Fälscher in die deutsche Geschichte eingegangen. Zu dieser Ehre konnte ihm Willi nachträglich mit dem Museum verhelfen.

Peter blieb nicht in Loch. Er verkaufte den Hof und zog im Frühling nach Frankfurt, wo er und Aische zusammenlebten, bis sie mit ihrem Studium fertig war und schwanger wurde. Ihr kleines Mädchen heißt Nilgün – auf Türkisch bedeutet das »Ein Tag am Nil«. Peter bestreitet vehement, dass er sie ursprünglich »Ringün« nennen wollte. Aische hat jetzt ein Anwaltsbüro in Frankfurt. Peter ist weiterhin erfolgreicher Besamungstechniker und arbeitet derzeit an einem witzigen Buch über seine Erlebnisse unter Viechern mit dem Titel *Auf der Suche nach der optimalen Kuh*. Am Wochenende kann man die drei öfter mal im Landsknecht antreffen.

Seit Anfang 2003 kann man an der Gemeindestraße Am Zindelfeld zwei neue Schilder bewundern.

Auf dem Ersten steht:

Loch an der Rinnach
Stadt des ersten *Internationalen Museums der Fälscher, Hochstapler und Betrüger* und Geburtsort von Cliff Clarke, Schöpfer von *Kevin Jupiter, Roboter mit Herz*

Auf dem Zweiten steht das Gleiche nochmal in Japanisch.

Zwei Tage nach der Premiere holte ich Carla am Bahnhof in Krefeld ab.

Wir stiegen aus dem Bus und schleppten unsere Sachen nach Hause. Ich trug immer noch ein dickes Pflaster um den Finger, aber ich wusste, irgendwann würde ich zugeben müssen, dass ich meinen Ehering verloren hatte.

Ich schloss die Haustür auf, während sie die Post holte. Dann hörte ich ihre Stimme in meinem Rücken: »Hast du mir was zu sagen?«

Sie hielt einen geöffneten Brief in der einen und meinen Ehering in der anderen Hand. Auf dem unfrankierten Umschlag standen nur die Worte:

Ich glaube, das gehört dir –
alles Liebe, Conni.

»Carla«, sagte ich, »ich kann alles erklären.«

Danksagung

Vielen Dank an all diejenigen, die uns für Recherchen zur Verfügung standen – an Wolfgang Block, Forstamtsleiter Beerfelden; an Dr. Christoph Scheding, Freund und Arzt an der Charité in Berlin; an Heinz Schnellbächer, leidenschaftlicher Motorradfahrer im Odenwald; an die Behörden und Pressestellen beim Innenministerium in Wiesbaden, dem Rathaus in Erbach und dem Landesamt für Denkmalpflege Hessen in Wiesbaden und in Darmstadt. Einen besonderen Dank an den großartigen Stephan Sulke für die freundliche Erlaubnis, Texte aus seinem Lied *Lotte* zu verwenden. Und vor allem ein großes Dankeschön an die netten Menschen des Odenwaldes für ihre Gastfreundschaft während unserer verschiedenen Reisen durch ihre schönen Berge, Städte und Wälder.

Obwohl einiges in diesem Buch von unseren Erlebnissen unterwegs (und speziell von Erics Reise durch das Mittelalter, wie sie in *Die Nibelungenreise* beschrieben wird) inspiriert wurde, sind alle Figuren erfunden, und es gibt keinerlei Parallelen zwischen ihnen und echten Menschen.

Weiterhin möchten wir darauf hinweisen, dass dieses Buch mindestens drei Plagiate enthält. Darüber hinaus wurden die Kritiken diverser Nibelungenaufführungen seit 2002 in den Fassungen von Wagner, Hebbel und Moritz Rinke aus den Zeitungen *FAZ* (27. 10. 08), *WAZ*

(25. 11. 07) und *Bild* (12. 08. 06) zitiert sowie aus der *NZZ* vom 21. 10. 06 – dort finden sich die Worte einer Originalkritik zu Wagners Uraufführung der *Walküre* in Zürich 1856.

Berlin, im Januar 2009